H. S. Palladino
Wer die Schuld trägt

Autorin

Hilde Palladino ist eine norwegische Autorin, die sich nicht im stillen Kämmerchen einschließt, um zu schreiben. Sie reist seit 20 Jahren und liebt es, nur wenige Dinge zu besitzen. Am wohlsten fühlt sie sich über und unter Wasser in Indonesien, und auch in ihrer Heimat Norwegen.

Von H. S. Palladino bereits erschienen

Die den Schnee fürchten

H. S. PALLADINO

WER DIE SCHULD TRÄGT

Thriller

Deutsch von Maike Dörries
und Günther Frauenlob

blanvalet

Die Originalausgabe erschien 2024 unter dem Titel
Den som bærer skyld bei Cappelen Damm, Oslo.

This translation has been published with the financial support of
NORLA.

Penguin Random House Verlagsgruppe FSC® N001967

1. Auflage 2025
Copyright der Originalausgabe © CAPPELEN DAMM AS 2024
Copyright der deutschsprachigen Ausgabe © 2025 by
Blanvalet in der Penguin Random House Verlagsgruppe GmbH,
Neumarkter Straße 28, 81673 München
produktsicherheit@penguinrandomhouse.de
(Vorstehende Angaben sind zugleich
Pflichtinformationen nach GPSR)

Redaktion: Ricarda Essrich
Umschlaggestaltung: © U1berlin/Patrizia Di Stefano
Umschlagmotive: © Emzzi, Konstantin Aksenov,
Vibe Images/Shutterstock
StH · Herstellung: DiMo
Satz: Vornehm Mediengestaltung GmbH, München
Druck und Bindung: GGP Media GmbH, Pößneck
Printed in Germany
ISBN 978-3-7341-1272-0

www.blanvalet.de

Man will geliebt werden,
oder wenigstens bewundert,
oder wenigstens gefürchtet,
oder wenigstens gehasst und verachtet.

HJALMAR SÖDERBERG,
DOKTOR GLAS, 1905

1

Jenny, 2006

Das ist meine Chance. Ihn loszuwerden. Für immer. Ich muss ihn nur in den Wald locken, in die alten Hütte, und ihm dort ein Ende bereiten.

Ich schiebe mich zwischen den Zweigen durch, drücke den Körper an einen Stamm. Bohre die Nägel in die Rinde und klammere mich fest. Mache mich so klein und unsichtbar wie nur möglich. Warte auf ihn. Im Dunkeln, während etwas, von dem ich nicht weiß, was es ist, durch mein Blut kriecht.

Ich spüre meinen Herzschlag bis in den Kopf. Ta-damm, ta-damm. Erinnere mich selbst daran, was ich hätte tun sollen, als die Nachrichten immer beklemmender wurden. Aber was hätte ich der Polizei sagen sollen? Dass jemand mir Unbekanntes mich süß findet?

Solche Dinge führen immer wieder dazu, dass ich mich über mich selbst ärgere. Über meine Schwäche. Meine Unentschlossenheit. Dass ich am liebsten nach Hause laufen, Mama alles erzählen will und noch immer daran glaube, dass sie sich kümmert. Dabei hat sie keinen Schimmer, was ich mache. Jammert bloß permanent über Papa, der sie mit all der Verantwortung alleingelassen hat und nach Spanien gegangen ist. Sie kocht und nervt, dass ich mein Zimmer aufräumen und mir andere Freunde suchen soll. Eine tolle Verantwortung ist das.

Meine Hände sind so blass, dass sie fast durchsichtig wirken. Es dauert eine Weile, bis ich bemerke, wie still es ist. Kein Lüftchen regt sich. Keine Vögel. Keine Insekten. Nur das Rauschen in meinen Ohren und mein Herzschlag. Dabei müsste hier doch irgendwas sein. Ein Knacken, eine Bewegung, ein Geruch. Ein Lichtreflex, der zeigt, dass er hier ist. Aber da ist nur Stille, und ich spüre, was nicht zu sehen ist. Glühende Augen. Bedrohliche Schatten. Geduckte Gestalten, die durch mein Dasein flimmern.

Dann sind plötzlich leise Stimmen in meinem Kopf. Ein Flüstern, was alles schiefgehen kann.

Du kannst dem Tod nicht davonlaufen.

Die Luft ist zäh, ich kann kaum noch atmen. Als hätte jemand seine Hände um meinen Hals gelegt. Wo kommen die Worte her. Papa, vielleicht? Aber warum jetzt? Ist es wirklich so, wie Mama gesagt hat? Ist das ein böses Omen?

Ein Geräusch dringt an mein Ohr, und ich weiß sofort, was es ist. Feste Schritte auf trockenem Waldboden. So vorsichtig, dass man kaum von einer Bewegung sprechen kann, drehe ich den Kopf und sehe ihn. Eine schwarze Silhouette in der dunklen Sommernacht.

Er hebt vorsichtig die Füße, setzt sie kontrolliert wieder auf. Scannt die Umgebung wie eine Waldkatze. Hält die Nase in die Luft und schnuppert. Bleibt stehen. Verharrt eine Weile, bis er sich wieder in Bewegung setzt.

Er ist auf der Jagd.

Auf mich.

Mit jedem Schritt kommt er näher. Fließend, direkt auf mich zu. Vor meinen Augen dreht sich alles. Ich zwinge mich zur Ruhe, bewege keinen Muskel. Ich darf nicht einmal blinzeln. Mit einem Mal empfinde ich Reue. Der Plan ist scheiße. Dass ich ihn habe sehen lassen, wie ich allein in den Wald gehe. Und niemandem gesagt habe, wo ich bin.

Er bleibt direkt unter dem Baum stehen, auf dem ich sitze. Der Stamm knackt, als er sich mit dem Rücken dagegen lehnt und die Arme vor der Brust verschränkt. Meine Beine krampfen. Ich will schreien, aber meine Kehle schnürt sich zusammen. Bevor es mir richtig bewusst wird, steigen mir Tränen in die Augen. Ich kriege keine Luft mehr. Meine Nase schwillt zu. Ich zwinge mich, durch den Mund zu atmen und dabei ganz still zu sitzen. Kämpfe gegen den Reflex an, die Nase hochzuziehen.

Eine Schar Elstern fliegt durch die Luft. Kreischend und meckernd. Er folgt ihnen mit dem Blick. Höher und höher in die Luft. Sieht den Vögeln nach, bis sie verschwinden. Dann grunzt er leise, stößt sich mit dem Rücken vom Stamm ab und geht geduckt weiter.

Als er zwischen den Bäumen verschwunden ist, lasse ich alle Luft aus den Lungen. Hebe vorsichtig eine Hand und wische mir den Schweiß von der Oberlippe. Sehe in die Richtung, in die er verschwunden ist. Mein Kopf sagt, dass ich so schnell es geht nach Hause rennen soll, aber ich weiß, dass Papa recht hat – wenn man sich wie die Beute aufführt, wird der andere zum Jäger.

Lautlos klettere ich durch die Zweige nach unten. Halte mich am Stamm fest. Warte. Sehe mich um und klettere langsam weiter. Spähe immer wieder durch die Zweige. Als ich fast unten bin, fällt mir ein, dass der unterste Zweig beim Hochklettern geknackt hat. Brauche ich den oder kann ich schon vorher abspringen, ohne Geräusche zu machen?

Vorsichtig setze ich einen Fuß auf den Zweig und hebe den anderen an.

Er bricht. Ein lautes Knacken, wie ein Donner. Ich falle, bleibe mit einem Arm an einem Zweig hängen und schürfe mir an der rauen Rinde den Oberschenkel auf.

Hat er das gehört?

Es bleibt alles still. Als ich mich endlich traue, mich wieder zu rühren, hangele ich mich langsam nach unten und gehe in die Hocke. Nehme einen Zweig und versuche, ihn in die Erde zu bohren, die nach dem heißen, trockenen Sommer steinhart ist. Ich kratze Erde zu einem kleinen Häufchen zusammen, spucke in die Hände und vermische alles. Stecke etwas in den Mund und schmiere mir das Zeug auf Hals, Gesicht und Arme. Dann auf die Beine. Jetzt bin ich kaum mehr zu sehen.

Ich stehe auf. Meine Tränen sind versiegt. Ich verlasse den Trampelpfad und nehme den Umweg zur Hütte.

2

Ich wollte ihn nicht in meiner Gruppe haben, niemand wollte das. Leif Moen war ein schlaksiger Typ mit fettigen Haaren, einem dünnen Pferdeschwanz und einem verletzten Auge, durch das er wie eine halb blinde Katze aussah. Auf die Vorderseite des Halses war der etwas eingefallene Kopf eines kahlen alten Mannes tätowiert, der wie ein Lederball ohne Luft aussah.

»Bjørk, auf so eine Frage antworte ich nicht, das weißt du.«

Der Ball bewegte sich im Takt mit der rauen Stimme. Eine fast unterirdische Stille erfüllte den Raum. Leif war einer der unbegreiflichsten Menschen, die ich kannte. An einem Tag ein Vulkan, am nächsten eine Klapperschlange. Sicher war nur, dass er immer seine eigene Agenda verfolgte.

»Nächste Frage«, sagte er.

Ich schob mein Kinn vor, um seine Standhaftigkeit zu imitieren. Ich war es leid, dass er so manipulativ war. Immer versuchte er, mich aus der Ruhe zu bringen, aber ich hatte dem inzwischen etwas entgegenzusetzen, war in den letzten Monaten immer selbstsicherer geworden. Meine Tochter war nun fast ein Jahr alt, und ihr Vater und ich verbrachten mehr Zeit miteinander. Die Medien schienen mich vergessen zu haben. Hoffentlich. Und so sah ich nach einigen finsteren Jahren endlich wieder Licht.

Ich schlug die nächste Seite des Protokolls auf. Las die Notizen, die ich mir nach dem letzten Mal gemacht hatte. Es drängte mich, auch jetzt meine Eindrücke festzuhalten, aber ich hatte nichts zu schreiben. Nichts, das als Waffe taugte, war hier zugelassen.

Leif lehnte sich zurück und verschränkte die Hände im Nacken. Streckte sich langsam und kontrolliert, bis sein Skelett knackte. Es fühlte sich an, als würde er jedes Detail von mir studieren, jede meiner Bewegungen. Und analysieren, was er sah.

»Wir sind wie Skinners Tauben«, sagte er so unvermittelt, dass ich zusammenzuckte. »Wir tanzen nach der Pfeife, um zu kriegen, wonach uns gelüstet.«

Ich drückte mir den Zeigefinger zwischen die Augen und tat so, als dächte ich über die Philosophie nach. »Und du hast keinen Hunger?«

Er lehnte sich noch weiter zurück, fixierte mich mit dem gesunden Auge. »Nicht, wenn das die Belohnung dafür ist, ein braver Junge zu sein.«

Der kühle Raum war gut vor der brennenden Sonne abgeschirmt. Im künstlichen Licht der alten Neonröhren sahen wir blass aus wie Gespenster. Ich versuchte nicht einmal, mein Seufzen zu unterdrücken.

»Hast du noch immer nicht verstanden, warum du hier bist?«

»Ich glaube, die Leute kapieren nicht, wie hart das ist.«

Er warf einen Blick auf die anderen drei Männer. Sie antworteten mit einem schnellen, fast unsichtbaren Nicken. In ihren Blicken lag etwas Gequältes. Ich achtete immer darauf, niemanden zu erniedrigen, aber es war schon ein bisschen seltsam, dass Leif sich selbst noch immer als normalen Menschen ansah, der die Scheiße der anderen einfach nicht akzeptieren konnte.

»Es steht dir frei zu gehen«, sagte ich und zeigte in Richtung Tür. »Wenn du bleibst, musst du aber auch bereit sein zu teilen.«

Leif zeigte mit einem krummen Zeigefinger auf sein verletztes Auge. »Weißt du, wie das passiert ist?«

Natürlich wusste ich das, er ließ darüber niemanden lange im Unklaren. Ich konnte mir den Vorfall bildlich vorstellen. Leif hatte den Anführer der Motorradgang, in der er Mitglied war, herausgefordert, und zum Dank hatte man die Spitze eines Messers mit einem Feuerzeug erhitzt. Leifs Augapfel war teilweise geschmolzen. Mit dem Bild vor meinem inneren Auge kam auch der imaginäre Geruch. Verbranntes Salz.

»Der andere sieht schlimmer aus«, sagte Leif und grinste breit.

Von den übrigen Männern kam gedämpftes Murmeln. Ich blätterte eine Seite weiter, um seine verfaulten Zähne nicht sehen zu müssen.

»Hör mal, Baby«, sagte er mit einer Stimme, die alles andere als weich und verführerisch war. »Was ich *fühle*, ist irrelevant. Wichtig ist nur, dass das nicht wieder passiert. Ich dachte, du würdest das regeln.«

Ich faltete das Protokoll zusammen. »Das ist nicht so einfach, wenn man den Karren alleine ziehen muss.«

»Ich hab einfach keinen Bock, über irrelevante Dinge zu reden.«

»Es reicht jetzt, Leif«, sagte ich. »Wenn du wirklich Resultate willst, *musst* du darüber reden. Gefühle sind das Wichtigste, was wir haben.«

Er schnaubte. »Komm schon, Baby. Reiß dich zusammen.«

Ich streckte den Rücken, wie er es gerade getan hatte.

»Nein, wenn sich hier einer zusammenreißt, dann du«, sagte ich und hob einen Finger. Die Worte kamen schärfer als beabsichtigt aus meinem Mund, trotzdem feuerte ich weiter. »Die Frage ist bloß, ob du Manns genug bist, das einzusehen.«

Plötzlich hielten alle die Luft an. Wie immer kam kein Mucks von den anderen, wenn Leif redete.

»Manns genug?« Er zog eine Braue hoch und seine Augen wurden schmal. Dann richtete er sich auf seinem Stuhl auf und lachte so heftig, dass sein Brustkorb bebte. Das laute, dröhnende Lachen wurde von den Wänden zurückgeworfen. »Du hast Eier, das muss man dir lassen, Bjørk.«

Die anderen atmeten hörbar aus. Ich musste mich beherrschen, nicht am Kragen meines Pullovers zu zerren. Sah die vier einen nach dem anderen an.

»Wenn ihr die Wut in den Griff kriegen wollt, müsst ihr darüber reden, wie es sich angefühlt hat, wie schwer das auch sein mag. Vor, während und nach der Tat. Ihr müsst euren Verstand nutzen, um euch umzuprogrammieren.«

Ein Grunzen wie von einer Rotte Wildschweine war zu hören.

»Mehr hast du uns heute nicht zu sagen?«, fuhr Leif fort. »Ich dachte, du wärst hier, um uns zu helfen, und nicht, um so pseudoexistenziellen Quatsch zu faseln.«

Ich schluckte. »Ich habe noch keinen endgültigen Eindruck von dir, von keinem von euch. Aber es gibt ein paar Werkzeuge, die ich selbst genutzt habe, als …«

Ich hielt die Luft an, schwebte ins Ungewisse. Und sie schienen instinktiv zu spüren, dass in diesem Moment eine Verbindung zwischen uns entstand.

Aber war das klug?

»Als ich ziemlich in der Scheiße steckte.«

Vier Augenpaare betrachteten mich, als ich draußen auf dem Flur Schritte hörte, die sich näherten. Ich sah zur Tür, aber niemand öffnete.

»Wir waren auf der Suche nach einem Typ, der unter dem Verdacht stand, zwei siebzehnjährige Mädchen vergewaltigt und getötet zu haben. Die Kripo war verzweifelt, und die Medien verlangten die Lösung des Falls. Ich war neu und hatte Angst, nicht gut genug zu sein. Es vergingen Monate, aber wir kamen nicht weiter. Der Druck von meinen Vorgesetzten war unerträglich. Schließlich empfahl ich die Festnahme des verdächtigen Mannes.«

Große schwarze Flecken tanzten durch mein Sichtfeld. Die Ruhe, die ich eben noch gespürt hatte, war weg. Wie lange würde ich durchhalten? Wie viele Monate, bis es mir wieder so ging wie beim letzten Mal?

Ein Fuß begann zu zucken, aber ich zwang mich weiterzureden.

»Wir sind voll auf die Schnauze geflogen. Als der DNA-Beweis kam, der ihn als Täter ausschloss, war es zu spät. Er hatte sich in seiner Zelle erhängt.«

Und da war er: Mein schlimmster Feind. Diese so vollständig schiefgelaufene Ermittlung.

»Ich trage die Schuld am Tod eines Menschen«, sagte ich. »Genau wie ihr.«

Die Männer nickten langsam. Leif verschränkte die Arme vor der Brust.

»Die Gegensätze des Lebens«, sagte er. »Nur dass du nicht einsitzt.«

Natürlich hatte er recht. Ich war nicht ins Gefängnis gekommen, auch wenn ich es sicher verdient hätte. Ich wollte das Gespräch beenden, als Leif den Kopf zur Seite neigte.

»Haben sie ihn gekriegt? Den Schuldigen?«

Die Frage, die noch immer so wehtat. Und die Antwort, die das Ende meiner Karriere besiegelt hatte. Und noch schlimmer: ein Täter, der bereits zwei Mal getötet hatte und mit seinem Projekt garantiert noch nicht fertig war.

»Nein«, sagte ich. »Wir haben ihn nie gefasst.«

3

Mich vor vier Mördern bloßzustellen? Wie blöd kann man sein? Ich ließ mich auf die Rückbank des Taxis fallen und schob die Sonnenbrille zurecht, die die unwirtliche Landschaft noch grauer färbte. Öffnete das Fenster und schloss es gleich wieder, weil es draußen nach Gülle stank.

Mir fielen die Augen zu, und meine Gedanken gingen zurück zu der Diskussion vor drei Jahren. Der letzten vor der Verhaftung von Ellingsen.

»Sind wir wirklich hundertprozentig sicher?«, hatte der Chef der Ermittlungsabteilung des Kriminalamts, Absalon Lund, immer wieder gefragt. »Ist das unser Mann?«

Ich weiß noch genau, wie er, der Mentor, zu dem ich aufsah, vor dem überfüllten Schreibtisch stand. Normalerweise der Inbegriff eines Wikingers, ein Fels in der Brandung, der stoische Ruhe ausstrahlte. Doch an diesem Tag waren seine roten Haare zerzaust, das Gesicht mager unter dem wildwüchsigen Bart. Die Finger umklammerten das Phantombild eines großen weißen Mannes in dunkelblauer Jeans, langärmeligem Pullover und einer tarnfarbenen Wollmütze mit einem gelben Zeichen an der Seite. Das Zeichen war entscheidend, die Zeugin war sich sicher gewesen. Eine Art Logo in Form eines Hirschkopfes, bei dem nur ein Teil des Geweihs intakt war.

Die anderen waren sich nicht hundertprozentig sicher,

ich mir hingegen schon. Dabei hatten wir nur Indizien. An einer Wand in Ellingsens engem Büro hingen Fotos der beiden dunkelhaarigen Mädchen. Lyra und Henriette. Zwei weibliche Requisiten in der Inszenierung eines Mannes. Zum Sterben verurteilt, weil die Fantasie eines anderen Menschen wertvoller war als ihre Leben.

»A primal condition«, sagte ich.

Abs hob den Kopf. »Und das ist was?«

Ich zeigte auf die Karte hinter ihm. »Das Feuchtgebiet am Øyeren als letzte Ruhestätte für die Opfer könnte eine Rückkehr zur Natur symbolisieren.«

Er zog eine Augenbraue hoch. »Und?«

»Die Tat ist für ihn eine Notwendigkeit, die er nicht auf die leichte Schulter nimmt. Dass er die beiden in einem beliebten Naherholungsgebiet abgelegt hat, sagt uns, dass er wollte, dass sie schnell gefunden werden. Damit sie nicht irgendwo im Wasser verrotten.«

»Und was willst du uns damit sagen?«

»Dass es ein Wunder ist, dass du nicht noch mehr Eltern besuchen musstest.«

Er trat einen Schritt vor. Ich konnte ihn inzwischen recht gut lesen, was nicht immer der Fall gewesen war. Er war skeptisch, dass die Indizien vor Gericht standhielten.

»Wir müssen uns absolut sicher sein, bevor wir ihn festnehmen, Bjørk. Wir haben eine einzige Chance, diesen Typ zu überraschen, und das muss klappen.«

Ich nahm ihm die Phantomzeichnung aus der Hand und schnippte mit dem Finger auf das Papier. Nach den monatelangen Ermittlungen kannte ich den Typ mit der tarnfarbenen Mütze besser als irgendwer sonst. Ich sah immer wieder vor mir, wie er die Mädchen studierte. Sich ihre Verhaltensmuster einprägte und auf den richtigen Augenblick wartete, bis er dann irgendwo im Dunkeln zuschlug. Wenn ich mir ihre letzten Minuten vorstellte, wenn sie erkannten, was geschehen würde, brachte mich das immer aus der Fassung. Hatten sie das Geräusch der harten Sohlen hinter sich gehört? Die Erregung gerochen, vielleicht ohne zu wissen, was es war?

Es deutete absolut alles auf Ellingsen hin. Er passte genau ins Bild.

»Du willst also warten, bis der nächste Jogger eine Tote findet?«, fragte ich.

»Hör auf.« Abs Stimme war hart und frustriert und sein großer, breiter Körper wirkte mit einem Mal irgendwie gedrückt. »Schon mal was von begründetem Verdacht gehört?«

»Verdammt!«, sagte ich. »Der Verdacht ist begründet. Er wurde weniger als einen Kilometer vom Fundort der Leiche bei einer Verkehrskontrolle gestoppt. An seinem Arbeitsplatz wurden Spuren der Kleider von beiden Mädchen gefunden. Und die Kommentare seinen Kollegen gegenüber deuten eine Verbindung an.«

»Das sind alles nur Indizien.«

»Nehmt ihn fest, während wir das noch einmal durchgehen. Tu es für die beiden Teenager, die sechs Tage lang vergewaltigt und mit einem Stich in den Hinterkopf, genau in die Medulla oblongata, getötet wurden.«

Abs stellte eine dreckige Tasse beiseite, schob seinen Hintern auf den Tisch und verschränkte die Arme vor der Brust. »Wenn du dich irrst, sind wir beide fertig. Das ist dir klar, oder?«

»Unter normalen Umständen wäre ich ganz deiner Meinung«, sagte ich. »Dann wäre ich auch fürs Warten, für eine Fortsetzung der Überwachung. Aber wir haben es hier nicht mit einem verschmähten Lover oder irgendeinem Ex zu tun. Unser Täter ist ein erwachsener Mann, der garantiert schon früher getötet hat. Derart perfekte Morde begeht man nicht, ohne zu üben.«

»Wenn du dich irrst, sind wir erledigt.«

»Ich irre mich nicht. Er ist es. Und wir haben keine Zeit.«

Abs stand auf. Wanderte durch den Raum. Das Team war erschöpft. Technische, taktische und elektronische Funde wurden seit Monaten analysiert. Die ganze Nachbarschaft war abgeklappert und Familien und Freunde verhört worden. Bekannte Sexualstraftäter, Follower in den sozialen Medien, Männer, die in der Gegend gesehen worden waren. Wie ein Trawler, der sein Netz über den Meeresboden zieht, hatten wir nichts ausgelassen. Und erst kürzlich hatten wir auch noch diverse namenlose Funde und Vermisstenmeldungen sowie vermutlich illegal eingewanderte Migranten unter die Lupe genommen, um sicherzugehen, dass nicht noch mehr Mädchen Opfer desselben Täters geworden waren.

»Glaubst du, dass er aufhört?«, fragte ich.

Abs schüttelte den Kopf. Wir waren ein eingespieltes Team, aber so erschöpft hatte ich ihn noch nie gesehen.

Nein, der Täter war noch nicht fertig. In diesem Punkt waren wir uns einig, aufgrund einer Sache, die wir noch nicht an die Medien weitergegeben hatten. Eine Art Muster.

Vor dem Verschwinden der beiden Mädchen waren ihre Haustiere ebenfalls verschwunden.

Und beide Mädchen waren mit gelben, dreieckigen Ohrmarken getaggt worden. Wie sie für das Markieren von Tieren benutzt wurden.

»Wir sind da.«

Ich rieb mir das Gesicht und öffnete die Augen. Das Taxi hielt vor einem sandfarbenen Haus im Zentrum von Oslo. Der Fahrer zog seelenruhig meine Karte durch das Lesegerät. Als er endlich fertig war, nahm ich sie ihm aus den klammen Fingern und stieg aus.

»Hallo, Sie haben die Quittung vergessen!«, rief er auf gebrochenem Norwegisch hinter mir her, aber ich war bereits auf dem Weg über den glühend heißen Bürgersteig.

Eine Frau stand am Eingang und rauchte. Anfang fünfzig, lila Kaftan, kein Schmuck. Mit dem pflaumenfarbenen, in Schnecken hochgesteckten Haar sah sie aus wie eine gealterte Prinzessin Leia.

»Sie haben den Weg gefunden«, sagte sie.

Ich erkannte die Stimme von dem Telefongespräch am Vorabend, erinnerte mich aber nicht mehr an ihren Namen.

Zum Glück half sie mir auf die Sprünge. »Rita Waage, Journalistin. Willkommen zum True-Crime-Podcast *Durch die Dunkelheit*.«

Ihre Stimme war seltsam monoton, die matten Augen nicht so neugierig, wie ich es von einer Journalistin erwartet hätte. Ich bereute es bereits, sie nicht gegoogelt oder mir wenigstens einige ihrer Podcasts angehört zu haben. Rief mir das Versprechen ins Gedächtnis, das ich mir gegeben hatte, alles nur Erdenkliche für ein normales Leben mit einem stabilen Einkommen zu tun. Für meine Tochter.

Ich reichte ihr die Hand. »Bjørk Isdahl.«

Ihr Händedruck war überraschend schlaff, aber lang.

Was für eine Journalistin mochte sie sein? Arbeitete sie für eine der großen Zeitungen? Beim Fernsehen? Von so einem Podcast konnte man doch wohl nicht leben? Am Telefon hatte es sich so angehört, als könnte das Interview meiner Karriere einen gewaltigen Schub geben. Jetzt fragte ich mich, ob es die Mühe wirklich wert war.

»Danke, dass Sie so kurzfristig kommen konnten«, sagte sie. »Sind Sie wieder bei der Polizei?«

Ein schwarzer Käfer lag auf dem Rücken neben meinen Füßen. Als ich ihn mit der Schuhspitze umdrehen wollte, sah ich, dass seine Unterseite trocken und aufgeplatzt war. Im letzten Monat war nicht ein Tropfen Regen gefallen, und mein Gehirn zerschmolz, konnte nicht klar denken und traf die falschen Entscheidungen. Wie eben meine Beichte in der Gruppe oder die Einwilligung zu diesem Interview.

»Ich war externe Beraterin für die Polizei.«

»Aber Sie haben noch immer Ihre Kontakte?«

Ich zog meine Hand weg, damit sie nicht mitbekam, wie ich erstarrte. Rita hatte garantiert gründlich über mich recherchiert, und ich fragte mich, ob es für dieses Interview einen Hintergedanken gab. War sie eine von denen, die Lyra und Henriette vergessen hatten, nachdem bekannt geworden war, dass der Hauptverdächtige der Polizei sich in Untersuchungshaft das Leben genommen hatte? Eine von denen, die den Sturm losgetreten hatten, als offiziell bekannt war, dass ich die Festnahme empfohlen hatte.

»Denken Sie an etwas Spezielles?«, fragte ich.

Rita nahm ein Päckchen Camel heraus, zündete sich eine neue Zigarette mit der alten an und rauchte hektisch weiter.

»Meine Freundin Hege ist seit mehr als einem Tag nicht zu Hause erreichbar.«

Trotz des warmen Nachmittagslichts war ihre Haut blass.

»Könnte es sein, dass sie einfach nicht ans Telefon geht?«

Rita warf einen Blick über die Straße und schnippte die Asche von der Zigarette.

»Hege und ich kennen uns seit über zwanzig Jahren. Das ist sehr untypisch.«

»Haben Sie schon mit der Polizei geredet?«

»Die sagen, dass Hege erwachsen ist und tun kann, was sie will.«

»Aber Sie sind anderer Ansicht?«

Rita zupfte etwas von ihrer Zungenspitze. »Sie hat mich angerufen, hat sich ängstlich angehört.«

Ich neigte den Kopf zur Seite. »Wann?«

»Vorgestern. Wir haben uns nach der Arbeit bei ihr verabredet, doch als ich bei ihr geklingelt habe, hat sie nicht aufgemacht.«

Auf der anderen Seite der Straße ging ein junges Paar vorbei. Die Frau war typisch nordisch. Groß, mit langen, flachsgelben, in einem Pferdeschwanz zusammengebundenen Haaren. Er wirkte eher südländisch. Haut wie Karamell und dunkle, weiche Locken. Sie schoben einen Kinderwagen vor sich her. Das könnten Kristian und ich sein.

»Was ist mit ihrem Arbeitgeber?«, fragte ich.

»Ihr wurde vor einer Weile gekündigt.«

»Gekündigt?«

»Ja, sie …« Ihre Stimme war nur noch ein trockenes Flüstern. »Hege ist so etwas wie eine professionell Trauernde.«

»Hä?« Das Wort schob sich einfach so über meine Lippen.

»Sie geht auf Beerdigungen. Beerdigungen von Fremden. Manchmal organisiert sie die sogar. Vermutlich wurde es dem Elektroladen, in dem sie gearbeitet hat, zu viel, dass sie immer wieder halbe Tage freihaben wollte.«

Professionell Trauernde? Damit hatte ich nun nicht gerechnet.

»Wissen Sie …?«

Rita hob die Hand, um zu signalisieren, dass sie nicht weiter über dieses seltsame Hobby sprechen wollte.

»War die Angst denn begründet?«, fragte ich, als sie weiterhin schwieg.

»Tja, das weiß ich nicht. Es gab ein paar Zwischenfälle, aber …«

»Zwischenfälle?«

»Wir haben jeweils die Wohnungsschlüssel der anderen. Falls eine von uns beiden sich aussperrt.«

»Dann waren Sie bei ihr, weil Sie sie nicht erreicht haben?«

»Gestern früh.« Rita kämpfte gegen die Tränen an. »Da hatte ich wirklich das Gefühl, dass … dass was Schlimmes passiert ist.«

Das junge Paar blieb stehen. Umarmte sich und sah mit liebevollen Blicken in den Kinderwagen. Eingehüllt in eine Rauchwolke wurde mir plötzlich klar, dass Kristian und ich nie so ein Paar werden würden, so herzlich waren wir nicht miteinander.

»Wir müssen das Interview verschieben«, sagte Rita. »Kommen Sie trotzdem mit rein?«

Ohne auf meine Antwort zu warten, tippte sie den Code ein und riss die Tür auf. Ging vor mir durch einen angenehm kühlen Flur, in dessen Ecken sich Staub sammelte.

Auf der Innenseite der Deckenlampe krabbelten ein paar träge Motten herum.

»Hat sie Familie?«, fragte ich, als Rita uns in den zweiten Stock führte.

»Ihr Exmann ist vor acht Jahren nach Spanien ausgewandert. Da ist sie garantiert nicht.«

»Und sie hat keinen neuen Mann kennengelernt?«

Der Gedanke beunruhigte Rita. Ihr Oberkörper spannte sich sichtlich an, und ihre Finger zitterten, als sie die Tür des Studios aufschloss und mich hineinführte.

»Nein«, sagte sie. »Hege hat zu viel Mist erlebt, um noch einmal an das große Glück zu glauben.«

Ein Gedanke meldete sich. War das Interview nur ein Vorwand? Hatte Rita mich in Wahrheit angerufen, weil ihre Freundin verschwunden war?

4

Jenny, 2006

Es war vor ein paar Sommern, in den Ferien bei Papas Familie in Spanien. Die feuchte Hitze machte den Körper träge. Am Ende einer engen Gasse lag ein kleiner Platz mit Restaurants und ein paar kleinen Läden. Es war ein dunkler Abend, vor dem schwarzen Himmel hingen Lichterketten mit nackten Glühbirnen in Regenbogenfarben. Die Leute strömten aus ihren apricotfarbenen Häusern. Versammelten sich um wackelige, mit Salat, Pizza, Pasta, Fisch und Wein gedeckte Tische. Viel Wein, aus kleinen Tonbechern getrunken. Alle sprachen durcheinander. Die meisten waren beschwipst, mich eingeschlossen. Papa hatte mir ein Glas Rotwein, gespritzt mit Wasser, eingeschenkt.

Papas Großfamilie saß in der Reihe ganz vorne am Platz. Insgesamt ein netter Haufen. Das Problem ist nur, dass sie einen ständig antatschen wollen. Den Rücken und die Haare. Mir feuchte Wangenküsse aufdrücken. Am ekligsten sind die alten Knacker. Egal, wie laut und deutlich ich sage, dass ich das nicht mag, können sie ihre Finger einfach nicht bei sich behalten. Eines Abends kam Papas Bruder in mein Zimmer, als ich schon im Bett lag. Er beugte sich übers Bett und wünschte mir flüsternd eine gute Nacht. Dabei streifte seine Hand meine Hüfte. Ich knallte ihm eine. Und rief nach Papa. Danach kam der Onkel nie wieder in mein Zimmer.

Mitten beim Essen kamen ein Mann mit Gitarre und fünf Frauen in knallroten Kleidern auf den Platz. Die Frauen hoben ihre knöchellangen Kleider hoch und klackerten mit hohen, breiten Absätzen auf die Pflastersteine im Takt zum Gitarrenspiel. Dazu klatschten sie rhythmisch und zackig in die Hände. Das Stimmengewirr verstummte. Die Frauen begannen, mit langsamen und geschmeidigen, aber bestimmten Drehungen zu tanzen. Die Röcke schmiegten sich um muskulöse Waden. Die Musik steigerte sich und die Bewegungen der Tänzerinnen wurden immer wilder. Sie drehten sich schneller und schneller, die Hände über den Kopf erhoben. Klatschten so energisch den Takt mit, dass es wie Pistolenschüsse klang. Inzwischen klatschten nicht mehr nur die Tänzerinnen. Von allen Tischen kamen Applaus und begeisterte Rufe.

Der Einzige, der nicht mitklatschte, war Papa. Er war gebannt von den Bewegungen der Tänzerinnen. Verschlang mit seinen Blicken jeden Millimeter ihrer Körper, jeden Schwung ihrer Handgelenke. Ich konnte seinen Blick nicht ganz einordnen, spürte nur instinktiv, dass es nicht in Ordnung war.

Ich ertrug es kaum, ihn so zu sehen, konnte die Augen aber nicht abwenden. Mein Kopf glühte und mir war schlecht. Sie haben Macht, dachte ich. Diese Frauen. Sie können Männer verhexen. Die Erkenntnis machte mir Angst. Ich wollte weg, wollte aufstehen. Aber als ich vom Stuhl aufstand, packte Papa mich am Arm und zog mich wieder zurück.

»Guck zu«, flüsterte er heiser. »Guck zu und lerne.«

5

Rita zeigte mit einem Nicken zum Sofa und ging weiter zum Kühlschrank. Kurz darauf kam sie mit einer Karaffe Wasser mit Gurkenscheiben zurück, in der ein paar Eiswürfel klirrten. Sie schenkte uns in zwei auf dem Tisch stehende Gläser ein. Ich drückte das Glas an meine Wange und den Hals. Hob das Haar an und fächerte mir kühle Luft zu.

»Ich weiß wirklich nicht, wie ich Ihnen helfen könnte«, sagte ich. »Die Polizei wäre da die zuständige Instanz.«

Sie setzte sich vis-à-vis auf den Stuhl. Legte die Zigarettenschachtel auf den Tisch.

»Die nehmen mich nicht ernst! Es heißt doch, die ersten achtundvierzig Stunden wären entscheidend? Die sind nun bald vorbei, und Hege ist, verdammt noch mal, noch nicht wieder aufgetaucht.« Sie legte die Hände vors Gesicht und schluchzte leise. »Außerdem würde die Polizei mir nicht glauben.«

Ich fühlte mich ertappt, weil ich tatsächlich skeptisch war. Okay, ich konnte ihre Sorgen nachvollziehen, weil sie ihre Freundin nicht erreichte, glaubte aber auch nicht daran, dass eine alleinstehende Frau mittleren Alters einfach so verschwand. Sollte ich ihr die unschöne Wahrheit sagen? Dass viele erwachsene Menschen aus eigenem Antrieb verschwanden und nicht gefunden werden wollten?

»Gibt es in der Gegend irgendwelche Probleme mit Bandenkriminalität?«, fragte ich, um wenigstens den Anschein zu geben, dass ich über Alternativen nachdachte. »Könnte sie jemand gesehen haben?«

»Hege ist nicht unbedingt sozial. Aber wir könnten mit ihrer Nachbarin Britt reden.«

»Wir?«

Rita tat mir leid. Natürlich machte sie sich Sorgen. Aber falls Hege wirklich verschwunden war, erforderte das Ressourcen, die mir nicht zur Verfügung standen.

»Helfen Sie mir?«, bat sie und fingerte an ihren Nägeln herum. »Ich bezahle Sie auch dafür.«

Rita schien auf ein Angebot meinerseits zu warten, aber ich schüttelte den Kopf.

»Ich bin keine Polizistin und habe keine Möglichkeiten, Telefonkontakte, Überwachungskameras oder Krankenakten zu überprüfen.«

»Könnte sie eingewiesen worden sein?«

»Haben Sie das überprüft?«

»Hege und ich haben doch nur uns«, sagte Rita. »Ich muss wissen, ob ihr was passiert ist. Ist das zu viel verlangt?«

»Sie haben was von Zwischenfällen gesagt«, sagte ich. »Gab es Kampfspuren im Haus?«

Rita stützte die Stirn auf die Finger und biss sich auf die Unterlippe.

»Vor zwei Monaten hat sie einen Einbruch angezeigt. Es ist nichts gestohlen worden, aber unheimlich war es trotzdem.«

Das Eiswasser lief kühl die Kehle herunter. Unter dem Glas hatte sich ein Kondenswasser-Ring gebildet. So ein Einbruch konnte durchaus als bedrohlich erlebt werden.

»Weiß man, wie der Einbrecher reingekommen ist?«, fragte ich.

Rita nahm die Zigarettenschachtel vom Tisch, drückte sie zusammen.

»Es schien alles in bester Ordnung, nur ein paar kleinere Gegenstände standen nicht mehr da, wo sie sonst standen.«

Ich beugte mich zu ihr vor.

»Verstehen Sie mich jetzt bitte nicht falsch, Rita, aber könnte Hege das selbst getan und anschließend vergessen haben?«

Rita richtete sich auf. »Hege ist nicht dement, falls Sie das damit andeuten wollen.«

»Okay«, sagte ich und zog mich wieder zurück. »Erzählen Sie mir von der Scheidung.«

Sie wirkte erleichtert, dass ich ihr zu glauben schien.

»Sie waren eine gute Familie. Ich habe keine Ahnung, was da vorgefallen ist. Die beiden waren total verschieden, aber die Chemie stimmte irgendwie, wenn Sie verstehen.«

»Besser als Sie denken«, rutschte es mir heraus. Ich lächelte verlegen. Kristian und mir ging es genauso. Er zog gesundes, selbst gekochtes Slowfood vor, während ich ein Allesfresser war. Er liebte ewig lange Kunstfilme, in denen in der ersten Stunde rein gar nichts passierte, ich besaß noch nicht einmal einen Fernseher. Ich war impulsiv und spontan, er plante alles. Besonders seit Victorias Geburt war es, als gäbe ihm seine stabile Kindheit das natürliche Recht, über alles von der Kindererziehung bis zur beruflichen Orientierung zu entscheiden. Wir stritten uns, dass die Fetzen flogen, und trieben uns gegenseitig bis zur Weißglut. Aber trotz aller Unterschiede war da immer diese gute Chemie zwischen uns.

»Der Ex hat Familie in Südspanien«, erzählte Rita. »Ein halbes Jahr nach seinem Auszug ist die Tochter verschwunden.«

Ich hatte einen metallischen Geschmack im Mund.

»Was ist passiert?«, fragte ich.

Rita drehte den Oberkörper zur Seite. »Bootsunfall.«

Die knappe Wortwahl bedeutete entweder, dass sie nicht darüber reden wollte oder den Vorfall als nicht relevant für die Suche nach der Mutter erachtete.

»Sie hat das Haus behalten«, sagte Rita und nannte einen Ort zwischen Lørenskog und Lillestrøm, oben am Wald.

Mir entglitt für einen Augenblick der rote Faden. Die Flashbacks kamen in Schüben. Lichter werdende Bebauung, Bäume. Endlose, einsame Wälder. Das war noch so ein Punkt, in dem Kristian und ich uns unterschieden. Er liebte die Wildnis, für mich war der Gedanke, von Natur umgeben zu sein, unerträglich.

»Könnte sie einen Ausflug in die Marka gemacht haben?«, sagte ich, um mich wieder zu sammeln. »Könnte sie gestürzt sein?«

»Quatsch«, sagte Rita und warf das Zigarettenpäckchen zurück auf den Tisch. »Da hätte sie garantiert irgendwer gefunden.«

»Der Wald ist weitläufig da oben«, antwortete ich und fragte mich, ob die Journalistin wusste, dass ich oben an der Stadtgrenze ein Haus hatte.

Rita schüttelte den Kopf. »Hege geht nie allein in den Wald, ist eher der ängstliche Typ.«

Wir saßen eine Weile still voreinander. Ich hatte keine Ahnung, wie ich ihr helfen konnte. War aber getriggert, mehr über Hege herauszufinden, obwohl ich besser die Finger von allem lassen sollte, was nach Polizei-fall aussah.

Rita stand auf. »Kann ich Ihnen vertrauen?«

Ehe ich antworten konnte, ging sie zu einem Schreib-tisch. Kam mit einer vergilbten *VG*-Zeitung zurück.

»Die habe ich bei ihr zu Hause gefunden.«

Die Zeitung war drei Jahre alt, aus der Woche, in der offiziell bekannt wurde, dass Ellingsen nicht der Täter war, nach dem wir suchten. Mein Gesicht auf der Titelseite zog mir den Boden unter den Füßen weg. Alles kam wie-der hoch. Die Hetze in der Presse, meine Kündigung, die Gerüchte. Die Drohungen auf Social Media. Ich stand auf, um meinen Atem zu beruhigen. Ließ die Zeitung auf dem Tisch liegen, traute mich kaum, hinzuschauen. Das Foto war nicht das Schlimmste. Etwas anderes hatte mich aus der Bahn geworfen, und das brachte alle Ereignisse von damals zurück.

Neben meinem Gesicht war eine Art Logo gezeichnet. Die Konturen eines Hirschkopfes mit nur einem intakten Geweih.

6

Die Marke der Mütze war der Presse nicht bekannt. Genau wie die Ohrmarken und die im Vorfeld verschwundenen Haustiere der Mädchen hatten wir das Mützenlogo unter Verschluss gehalten.

»Sehen Sie sich das an«, sagte Rita.

Ich wedelte abwehrend mit der Hand. Wich ihrem Blick aus. Versuchte mich zu entsinnen, ob Heges Name bei den eingegangenen Tipps zu dem Fall aufgetaucht war. Das wäre aber ein unglaublicher Zufall. Als ich mich wieder einigermaßen sortiert hatte, schlug ich behutsam die Zeitung auf und fand den Artikel über den Doppelmord. An den oberen Rand der letzten Seite war eine Telefonnummer gekritzelt. Meine Nummer.

»Hat Hege das gezeichnet?«, fragte ich und hielt Rita das Titelblatt hin. »Und wieso hat sie meine Nummer notiert?«

Rita sah aus, als stellte sie sich dieselbe Frage. Die Eiswürfel klirrten, als sie das Glas hochnahm.

»Hege hat die Suche nach Antworten auf das Verschwinden ihrer Tochter nie aufgegeben. Und vor ungefähr zwei Jahren scheint sie etwas gefunden zu haben. Ich habe keine Ahnung, was es war, aber sie war eindeutig auf irgendwas gestoßen. Zuerst dachte ich, es hätte was mit den drei Jugendlichen zu tun, aber inzwischen bin ich nicht mehr so sicher.«

»Welche Jugendliche?«

Rita beugte sich vor, musterte mich über den Rand ihres Glases.

»Ihre Tochter Jenny war vierzehn und hing mit drei älteren Jugendlichen ab. Unangenehme Typen, wenn Sie mich fragen. Sie haben sich in einer alten Jagdhütte im Wald getroffen und Alkohol getrunken, Hasch geraucht und weiß Gott was sonst noch. Hege war stinksauer. Sie hat Jenny verboten, die anderen zu treffen, was natürlich nichts nützte. Eines Tages ist Jenny einfach abgehauen und mit den anderen in einem Boot raus auf den Øyeren gefahren.«

»Auf den Øyeren?«

Mein Fuß begann zu wippen. Ich zwang mich zum Stillhalten. Rita konnte nichts von meinem speziellen Verhältnis zu dem Ort wissen.

»Sie haben erzählt, dass sie auf dem Boot übernachtet haben«, sagte Rita. »Und als sie aufgewacht sind, war Jenny weg.«

»Sie wurde nie gefunden?«

Rita schüttelte den Kopf. »Ihre Kleider waren noch an Bord, aber ihr Bikini war weg.«

Das Gefühl, gegen den Sog im Wasser anzukämpfen, war körperlich greifbar. Die Kraft, die einen an den Füßen festhielt, an einem zog, während einem das Wasser in den Mund schwappte. Ich hatte das einmal erlebt, vor langer Zeit.

Rita und ich sahen uns schweigend an, und mit einem Mal verstand ich, wieso sie wissen wollte, ob ich noch Kontakte zur Polizei hatte. Abs' und meine Zusammenarbeit lag fast drei Jahre zurück. Das letzte Mal hatten wir uns im Zuge der Ermittlungen um den Mord an meiner Schwester vor anderthalb Jahren gesehen. Ich dachte an sie. Wie sie direkt vor meinen Füßen mit dem Kopf auf den Boden aufgeschlagen war. An die Hoffnungslosigkeit in ihrer Stimme bei ihrem letzten Anruf.

Ehe ich abwägen konnte, wie schlau es war, nahm ich das Handy und wählte die Nummer meines früheren Chefs.

»Ich brauche deine Hilfe«, sagte ich, sobald seine Stimme auf der Mobilbox verstummte. »Es gibt da jemanden, mit dem du reden solltest.«

Ich musste ihm nicht sagen, worum es ging, das würde er auch so verstehen.

»Die Polizei?«, fragte Rita, als ich das Handy wieder weglegte.

»Absalon Lund.«

»Haben Sie noch Kontakt?«

»Natürlich.« Ich hatte das Bedürfnis, die darauf folgende Stille zu füllen. »Er ist eigentlich ein ziemlich netter Kerl, dabei hatte ich am Anfang wirklich Angst vor ihm.«

»Warum?«

»Vor der Legende, dem Mythos, seiner Hartnäckigkeit. Er hat einmal einen Verdächtigen zu Fuß in die Berge verfolgt. Fünf Stunden durch einen Schneesturm.«

Rita lächelte. »Hatten Sie Angst, dass er Sie auf solche Ausflüge mitnehmen würde?«

Es schüttelte mich innerlich bei der Vorstellung einer endlos weißen Schneedecke. Ich drückte die Wahlwiederholung.

»Abs wird auf die unlösbaren Fälle angesetzt«, sagte ich, während das Freizeichen ertönte. »Weil er bereit ist, sich vor den schwersten Karren spannen zu lassen. Als ich begriffen habe, für was er in den Krieg zieht, wurde meine Angst durch Respekt ersetzt.«

»Inwiefern Krieg?«

»Das sind eigentlich die Worte der Kollegen. Ein Wikinger auf Kriegszug. Für Wahrheit und Gerechtigkeit.«

»Hehre Worte.«

Ich konnte mich nicht zu einem Lächeln durchringen. Schließlich war Abs auch der Mensch, den ich am tiefsten enttäuscht hatte. Unsere vor drei Jahren eingeleitete Ermittlung war noch nicht abgeschlossen. Während ich erneut anrief, sah ich uns an einem weit entfernten Ort. Vor all den schmerzvollen Erfahrungen, nach denen wir nie mehr die Alten sein würden. Solch finsteren Gedanken konnten mich aus dem Nichts überkommen. Mitten in einem Gespräch, bei einem Lachen, in einem freudigen Augenblick, lauerte das Böse. Zwischendurch gibt es nichts außer der Scham. Glaubte ich ernsthaft, dass sich das irgendwann ändern könnte?

»Bjørk?«

Seine Stimme ließ mich zusammenzucken.

»Ich glaube, ich bin auf etwas gestoßen«, flüsterte ich fast. »Kannst du herkommen? Jetzt?«

Ich wusch mein Gesicht und zog ein leichtes Kleid an, das ich in diesem heißen Sommer meist in der Tasche dabeihatte. Als Abs eine halbe Stunde später vor der Tür stand, bereute ich, ihn angerufen zu haben. Zwischen Rita und ihm baute sich eine unmittelbare Spannung auf. Das sah ich an ihrer geduckten Körperhaltung. Und an seinem flüchtigen und angestrengten Händedruck.

Er hielt meine Hand lange fest.

»Schön, dich zu sehen, Bjørk.«

Während ich versuchte, die Vibes einzuordnen, überlegte ich, ob ich voreilig gehandelt hatte.

»Nehmen Sie doch Platz«, sagte Rita.

Er setzte sich auf die vordere Kante des Stuhls zu meiner Linken. Ich legte die Zeitung vor ihm auf den Tisch. Sein Blick glitt zu der Skizze des Hirsches, aber er verzog keine Miene.

Ich hielt die Luft an. Befallen von der alles lähmenden Angst, dass er meinen Fund nicht ernst nehmen würde.

»Ritas Freundin Hege ist verschwunden«, sagte ich. »Diese Zeitung hat sie zu Hause bei ihr gefunden und …«

»Gibt es Hinweise, dass ihr etwas zugestoßen ist?«, fragte Abs.

Ich fühlte mich betrogen.

»Sie ist weg«, sagte Rita. »Ich habe die Polizei in Lillestrøm angerufen. Die meinten, ich sollte noch ein paar Tage abwarten.«

Abs schüttelte den Kopf. »Die Anzeige wurde zur Untersuchung aufgenommen. Die Fahndungsgruppe der Einheit Ost hat alle Personen im näheren Umfeld befragt, was nicht viele sind. Nachbarn, frühere Kollegen und Taxiunternehmen.«

Woher wusste er das?

»Wurde sie bedroht?«, fragte Rita mit übertrieben dramatischer Miene.

»Wie kommen Sie darauf?«, fragte Abs.

Rita fingerte an dem Zigarettenpäckchen herum.

»Sie hatte vor irgendwas Angst.«

Abs beugte sich vor, stemmte sich mit den Unterarmen auf den Oberschenkeln ab.

»Für einen offiziellen Fall braucht die Polizei mehr Informationen, und noch einmal mehr, wenn die Kripo eingeschaltet werden soll. Das wissen Sie beide.«

Rita hustete. Wischte sich mit dem Handrücken über die Lippen.

»Wie wäre es, wenn wir zu ihrem Haus fahren und Sie sich dort umsehen?«

Sie sah Abs unverwandt an. Ich versuchte, seine Reaktion zu deuten.

»Ohne konkreten Verdacht oder Durchsuchungsbeschluss kann ich kein Haus betreten«, sagte er.

Ich tippte mit dem Finger auf die Zeitungsseite.

»Und was ist hiermit?«

»Überwachungskameras«, sagte Rita.

»Ich kriege keine Genehmigung, wenn die Polizei die Kripo nicht um Beistand bittet.«

»Was ist mit dem Handy?«

»Das Einzige, was ich tun kann, ist, bei den Ermittelnden nachzufragen, an welchen Masten Heges Handy sich zuletzt eingewählt hat.«

Rita nickte. Nahm ihr Wasserglas und leerte es. Starrte auf den Boden und schüttelte den Kopf. Sah immer wieder zu Abs, ehe sie den Blick wieder senkte. Ich wurde das Gefühl nicht los, dass da irgendwas zwischen den beiden war.

»Hab ich irgendwas verpasst?«, fragte ich schließlich.

Abs' Blick schoss an mir vorbei zu Rita. Er seufzte tief.

»Leider ist es nicht das erste Mal, dass Hege Brodersen die Polizeiressourcen strapaziert.«

7

»Nicht das erste Mal?«

Ich sah sie beide nacheinander an.

»Heges Tochter ist ertrunken«, sagte Abs.

Rita räusperte sich. »Technisch gesehen wissen wir das nicht, die Polizei hat das sehr schnell als Unfall abgetan. Hege war unheimlich enttäuscht darüber, dass der Fall nicht weiter untersucht wurde. Sie meinte, die Jugendlichen an Bord hätten genauer unter die Lupe genommen werden müssen.«

Abs und ich tauschten schnelle Blicke.

»Gab es einen Anfangsverdacht?«, fragte ich.

Abs schüttelte den Kopf. »Es deutete alles darauf hin, dass sie im betrunkenen Zustand schwimmen gegangen ist.«

Rita winkte ab. »Hege ist überzeugt davon, dass Jenny nicht ertrunken ist. Das Mädchen kannte sich mit Booten aus und war eine sehr gute Schwimmerin.«

Abs seufzte. »Ich sage es noch einmal. Sie war vierzehn und betrunken. Tragisch, aber so etwas passiert. Anschließend hat Hege immer wieder auf höchst kreative Weise den Anstoß dafür zu geben versucht, gegen die anderen an Bord zu ermitteln.«

»Seien Sie nicht so herablassend«, schnaubte Rita. »Können Sie sich vorstellen, was sie durchgemacht hat? Wie es einer Mutter geht, die ihr Kind verloren hat?«

»Natürlich nicht«, sagte Abs. »Und ich verstehe, dass ...«

Rita überhörte ihn. »Sie war die Einzige, die etwas unternommen hat, während alle anderen sich auf ihrem Arsch ausgeruht haben. Hat Flugblätter mit einem Foto von Jenny und einer Telefonnummer verteilt. Hat in der ganzen Gegend rumgefragt, ob irgendwer was gesehen hat. Sie hat sogar Menschen aufgespürt, die zur selben Zeit mit dem Boot draußen waren, und sie gebeten, ihre Fotos zu checken. Ich glaube, sie war jeden Tag im Präsidium und hat sich nach Neuigkeiten erkundigt. Als ihr klar wurde, dass ihre Tochter nicht zurückkommen würde, hat sie eine Woche am Stück geschlafen.«

»Sie hat versucht, Zeugen zu beeinflussen«, sagte Abs. »Hat Desinformationen verbreitet, Leserbriefe in der Lokalzeitung geschrieben und bei jeder Gelegenheit gegen die Polizei gehetzt.«

»Es ist genau wie beim letzten Mal«, sagte Rita und knallte das Glas auf die Tischplatte. Dann schnappte sie sich die Karaffe und füllte Wasser nach. Blieb am Waschbecken stehen und stützte sich auf beide Hände.

Ich musterte Abs.

»Wir sind diese Vorwürfe so leid«, flüsterte er. »Spekulationen, Tipps und Theorien ohne jeden Anhaltspunkt. Hege hat die Freunde ihrer Tochter sogar wegen Mordes angezeigt.«

»Mir ist so etwas noch nie untergekommen«, sagte ich. »Dass weder die Polizei noch das Kriminalamt sich um Vermisstenmeldungen kümmern.«

»Wir haben uns gekümmert.«

»Ich dachte, da müsste erst ein ...«

»Nicht eine Krone wird mehr für diese Frau verwendet. Das ist ein Beschluss von ganz weit oben.«

Abs schüttelte den Kopf. Dämpfte die Stimme noch mehr. »Ich könnte darauf wetten, dass sie einfach abgehauen ist, ohne etwas zu sagen.«

Ich legte die Hand auf die Zeitung. »Diese Zeichnung kann kein Zufall sein, das weißt du. Das ist genau das Logo von der Mütze.«

Abs schnitt eine Grimasse und kratzte sich im Bart. »Nicht überzeugend genug, um den Fall wieder zu öffnen.«

Ich starrte ihn an. »Willst du damit sagen, dass …«

»Dass was?«

»Dass du nicht mehr daran glaubst, diesen Fall lösen zu können?«

»Mein Gott, Bjørk. Natürlich nicht. Aber wir haben getan, was wir konnten.«

»Bullshit. Wir haben uns viel zu früh auf einen Verdächtigen eingeschossen.«

Abs sah zu Rita, die ungewöhnlich lange brauchte, um die Karaffe aufzufüllen.

»Außerdem ist es danach ja zu keinen weiteren Morden gekommen.«

Ein Punkt, der mich immer wieder zum Nachdenken brachte. Warum verhielt sich so ein Täter drei Jahre lang ruhig?

»Er sammelt neue Energie«, sagte ich. »Glaub mir, der kommt irgendwann zurück, mit neuer Kraft.«

Die Pause zog sich in die Länge und setzte mir zu.

»Sollten wir nicht alles tun, um sie zu finden? Wenn Hege von dem Logo weiß, heißt das doch vielleicht, dass sie …«

»Und warum ist sie damit nicht zu uns gekommen, wenn sie etwas weiß?«

»Mangelndes Vertrauen in die Polizei?«

Dass auch Abs schlaflose Nächte hinter sich hatte, war kein Geheimnis. Wie ich lag er in den Stunden vor der Dämmerung häufig wach. Natürlich wollte er den Fall lösen. Er wusste, dass mein Bauchgefühl meistens richtig war. Und selbst wenn ich mich irrte, steckte oft ein Funken Wahrheit darin. Außerdem war ich mindestens so hartnäckig wie er.

»Wir haben es nicht zu Ende gebracht«, sagte ich. »Die Eltern der Mädchen haben nie eine Antwort erhalten.«

Er seufzte, und ich beugte mich vor und flüsterte ihm ins Ohr.

»Der Typ ist noch nicht fertig. Es liegt ihm im Blut. Er hört nicht auf, bevor wir ihn schnappen. Komm mit zu Heges Haus. Lass uns gucken, ob wir dort etwas finden. Eine Stunde kannst du dafür doch investieren.«

Noch bevor Rita mit der aufgefüllten Karaffe zurück war, hatte ich ihn überredet.

Unsere Schuhe wirbelten Staub auf, als wir auf den rissigen Bürgersteig traten. Abs hatte in einiger Entfernung von Heges Haus geparkt und vorgeschlagen, zu Fuß durch die Siedlung zu gehen. Die Gebäude waren ein Sammelsurium aus niedrigen, funktionalen Wohnblocks, Einfamilienhäusern, einem etwas heruntergekommenen Schulgebäude und einer dreistöckigen Turnhalle mit verblichener brauner Fassade. Hinter den Häusern ragte dichter Nadelwald auf. Die Straßen waren ausgestorben, als wohnte hier eigentlich niemand. Die wenigen Menschen, die wir sahen, wirkten apathisch und müde. Sicher waren sie die sengende Sonne auf dem Asphalt leid. Leid, in einem sterilen Viertel am Rand einer Trabantenstadt zu wohnen.

»Sie ahnen ja nicht, wie dankbar ich Ihnen bin«, sagte Rita und zog uns förmlich über die eintönigen Straßen vorbei an verstaubten Schaufenstern.

Aus den Mülleimern schlug uns Gestank entgegen, als wir uns Heges Viertel näherten. Kein Wunder bei der Hitze, die schon seit Wochen wie ein Tuch über dem Land lag. Ich ließ meinen Blick über die Häuser schweifen, die meisten aus den Neunzigern mit Vorhängen und geblümten Hollywoodschaukeln, Gartenzwergen und verblassten Traumfängern im Türrahmen. Eine Gardine bewegte sich, und für den Bruchteil einer Sekunde waren ein Augenpaar und die Andeutung eines Mundes zu sehen, als wir vorbeigingen.

Rita führte uns zu einem grauen Holzhaus in einem vertrockneten Garten in der Größe eines mittelgroßen Schwimmbeckens. Ich tippte, dass Hege viel Energie in dieses Stückchen Land gesteckt, dann aber den Kampf gegen Trockenheit und Hitze aufgegeben hatte. Die Blätter an den Obstbäumen waren gelb, die Äpfel teilweise verschrumpelt. Die Rosen ließen die Köpfe hängen und in den Beeten war selbst das Unkraut vertrocknet. Von einem der Zweige kam ein metallisches Klimpern. Ein kupferfarbenes Windspiel baumelte über einer angegrauten Teakholzbank. In der schwachen Abendbrise hörten sich die Töne irgendwie falsch an.

»Ein schönes Haus«, sagte ich. »Nicht viele Alleinerziehende können sich so was leisten.«

»Hege hat ziemlich viel von ihren Eltern geerbt«, sagte

Rita. »Den Ex hat sie ausbezahlt und recht sparsam gelebt. Sie hat mir mal gesagt, dass das Haus fast schuldenfrei ist.«

Der Kies knirschte unter ihren Füßen. Rita nahm ein Schlüsselbund aus der Tasche und wollte aufschließen, aber Abs hielt sie zurück.

»Sehen wir uns erst mal draußen um.«

Die Gardinen waren zugezogen. Abs ging über den Rasen und grüßte eine Nachbarin, die mit einer grünen Gießkanne im Garten nebenan die Rosen wässerte, obwohl im gesamten Østland das Gießen der Gärten untersagt worden war. Auf einer Liege ein Stück hinter ihr sonnte sich eine recht kräftige Jugendliche in einem sportlichen grün-weißen Bikini. Sie hatte ihre Haare unter eine rosa Kappe geschoben. Auf ihrem Bauch lag ein aufgeschlagenes Buch.

Rita und ich setzten uns auf die Bank, während Abs einmal um das Haus herumging.

»Keine zerbrochenen Fensterscheiben«, stellte er eine Weile später fest. »Kein Anzeichen für eine Straftat.«

»Ich weiß nicht, wann ich Hege zuletzt gesehen habe«, sagte die Nachbarin, als wir über die Hecke grüßten. »Ich meine, das wäre gestern gewesen.«

Sie stellte sich als Brit vor und wässerte währenddessen einen Rosenbusch, dessen Blüten die Köpfe hängen ließen.

»Ja, ja, ich weiß, dass das Gießen verboten ist. Aber diese Rosen waren schweineteuer und brauchen Wasser.«

»Verstehe«, log ich. »Hege hat nicht zufällig erwähnt, dass sie sich ein paar Tage freinehmen will?«

Brit schüttelte nachdenklich den Kopf und kippte den Rest Wasser auf ein paar andere Pflanzen. »Sie hätte auf jeden Fall Urlaub nötig gehabt. Die arme Frau hat so viel durchgemacht.«

Drei Ameisen krabbelten von ihrem Knöchel nach oben bis unter ihren Kleidersaum.

»Wie meinen Sie das?«, fragte Abs.

»Sie wissen das mit ihrer Tochter?«

Wie auf Kommando stand das Mädchen von der Liege auf und kam zu uns. Sie war etwa sechzehn. Baute sich vor uns auf, die Hände in die Seiten gestemmt, die Brust rausgestreckt. Frisch lackierte Fingernägel. Ohne jede Scham sah sie von Abs zu Rita und dann zu mir.

»Kenne ich Sie von TikTok?«

Ich lachte kurz auf. »Sicher nicht.«

Etwas entfernt bellte ein Hund. Das Mädchen grinste. »Okay, dann eben nicht TikTok, aber Sie sind doch diese Profilerin, oder?«

Ein kurzes Schweigen, dann blinzelte sie. »Ich finde Sie cool.«

»Du hast Hege in den letzten Tagen nicht zufällig gesehen?«, fragte ich.

»Nö, I don't care«, sagte sie, drehte sich um und ging zurück zu ihrer Liege.

Abs schüttelte den Kopf und ging über den vertrockneten Rasen zum Gartentor. Rita hastete hinter ihm her und klirrte mit dem Schlüsselbund.

»Sie kommen doch mit rein?«

Abs blieb stehen. »Wie bereits gesagt, sollte ich ohne einen begründeten Verdacht für eine kriminelle Handlung oder ein Unglück kein Privathaus betreten!«

»Sollte? Und was, wenn ich Sie einlade, mit reinzukommen? Hege hat mir ihre Schlüssel anvertraut, und ich glaube nicht, dass sie etwas dagegen hätte.«

Abs sah mich an, als würde er das nur für mich tun.

»Okay. Aber nur, wenn Sie anschließend noch mal bei der hiesigen Polizei Druck machen oder akzeptieren, dass sie einfach nur verreist ist.«

Rita öffnete die Haustür. Zog Abs hinter sich her ins Haus, während ich im Windfang stehen blieb. Die Luft roch abgestanden, aber sauber. Sommerjacken in Beige und Schwarz hingen an der braunen Garderobe. Ein metallenes Schuhregal mit zwei Paar Ledersandalen, ein paar ausgetretenen, aber gepflegten Joggingschuhen und ein paar Stiefeletten. Kein Spiegel, nur das vergilbte Foto eines älteren Mannes auf einem Segelboot im Wind. Der verschmitzte Ausdruck in seinen Augen verriet, dass er den Code des Lebens geknackt hatte.

Ritas Absätze sendeten Morsesignale aus der oberen Etage nach unten. Abs war auf dem Weg ins Wohnzimmer. Ich lief über einen handgewebten Stoffläufer und nahm mein Handy heraus. Fotografierte alles, das mir instinktiv etwas über Hege verriet. Ich arbeitete mich über einen glänzend sauberen Parkettboden vor, der nach synthetischen Kiefernnadeln roch, und hatte so ein vages Vorhernachher-Gefühl, ohne sicher sagen zu können, woher es kam und was es ausdrücken sollte. Irgendetwas gefiel mir hier nicht. War es der Geruch? Die zu große Sauberkeit?

Wenn Hege den Hirschkopf auf der Zeitung skizziert hatte, musste sie über den Doppelmord Bescheid gewusst haben. Aber woher hatte sie diese Informationen? Die Zeugin vor drei Jahren hatte geschworen, nur mit der Polizei geredet zu haben.

Eine winkelförmige Küche öffnete sich zum Wohnzimmer. Die Einrichtung mit den klaren Linien, glatten Oberflächen und grauen Plastikstühlen um einen Esstisch war sicher zwanzig Jahre alt. Alles war gepflegt und glänzend. Keine Tassen oder Teller in der Spüle. Keine Brotkrümel auf der Arbeitsfläche aus Granit. Im Kühlschrank standen ein paar sorgsam gestapelte Plastikdosen mit Resten und eine ungeöffnete Packung Elchburger von einem lokalen Anbieter.

Ich hörte ein leises Räuspern und schwang herum. Das junge Mädchen aus dem Nachbargarten stand hinter mir. Barfuß und noch immer im Bikini.

»Habe ich Sie erschreckt?«

Ich lachte. »Ja, ein bisschen.«

»Entschuldigung. Also. Da ist noch was, das ich nicht sagen konnte, als Mama dabei war.«

»Ja?«

»Ich habe Hege gesehen. Vorgestern Nacht.«

»Gesehen? Wo?«

»Hier. Mein Freund hat ein bisschen oberhalb geparkt, und als ich mich durch das Gartentörchen geschlichen habe, ist sie aus dem Haus gekommen.«

Abs war in den Raum gekommen, stand zwischen Küchenecke und Wohnzimmer und betrachtete uns.

»Wann in der Nacht war das?«, fragte ich.

»So gegen drei, vielleicht.«

»War jemand bei ihr?«

»Nee. Sie ist durch das Tor, in weißer Hose und roter Tunika. Und sie hatte eine schwarze Tasche über der Schulter.«

Ich atmete langsam und gleichmäßig aus. Wusste nicht, was ich denken sollte. Abs ging zur Treppe und verschwand mit schweren Schritten nach oben. Wechselte ein paar Worte mit Rita.

Das Mädchen strich sich mit dem Daumen zwischen den Brüsten entlang. »Sagen Sie nichts«, flüsterte sie mir zu. »Mama bringt mich um, wenn sie erfährt, dass ich so spät noch unterwegs war.«

Rita stürmte nach unten und kam zu uns. »Olivia?«

»Hege ist weggefahren«, sagte das Mädchen und wiederholte, was sie mir gesagt hatte.

Rita blies sich eine Locke aus dem Gesicht. »Eine rote Tunika? Das kann nicht stimmen. Hege hat nie Farben getragen.«

»Dann hat sie wohl jetzt damit angefangen«, sagte Olivia. »Man darf sich doch verändern.«

Sie machte auf den Fersen kehrt und verließ die Küche.

Rita klopfte mit dem Finger auf die schwarze Arbeitsplatte. »Das Handy lag immer hier.«

Sie stemmte die Hände in die Seite und starrte auf den leeren Fleck. Ein kleiner Ölfleck in der Größe eines Hemdenknopfs war das einzige Zeichen, dass Hege hier gewesen war.

»Was denken Sie über das, was das Nachbarmädchen gesagt hat?«, fragte ich.

»Olivia ist eine Lügnerin. Glauben Sie ihr kein Wort.«

Ein Schnauben, Olivia stand direkt hinter uns. Sie nickte in Richtung Rita. »Hat Sie Ihnen von ihrem Streit mit Hege erzählt? Vor ein paar Wochen, wie die Verrückten.«

»Raus mit dir!«, zischte Rita.

Olivia sah mich an. »Sind sie nicht süß in diesem Alter?«

8

Jenny, 2006

Das Kleid ist gewagt, ein Traum in Knallrosa. Ich drehe mich vor dem Spiegel hin und her. Studiere, wie mein Po sich unter dem Stoff abzeichnet. Er betont meinen Busen und macht meinen Bauch flacher. Als ich aus der Umkleide komme, unsicher auf viel zu großen Schuhen, verschlägt es Camilla fast die Sprache. Dank Papas Genen sehe ich aus wie eine dieser spanischen Tänzerinnen.

»Das steht dir super«, sagt die Verkäuferin. »Wenn es dir zu freizügig ist, könntest du einen Seidenschal um die Schultern tragen.«

Einen Schal? Wie Mama? Bestimmt nicht. Ich schließe die Augen für einen Moment und stelle mir seine Hände auf mir vor. Denke an die Nachricht, die er mir gestern geschickt hat.

Du bist vollkommen

Ich mache ein paar Schritte durch das Geschäft. Stelle mich vor einen Spiegel, auf den von hinten die tief stehende Sonne fällt. Der Stoff glüht. Wie meine Wangen. Als ich den Rock bis zu den Knien anhebe und meine Beine zeige, sehe ich mich selbst, wie ein Mann mich sehen würde. Nicht die pickligen Welpen in meiner Klasse, sondern einer mit achtzehn oder neunzehn. Einer, der mich so ansieht, wie Papa die spanischen Tänzerinnen angesehen hat.

Die ersten Nachrichten kamen vor knapp zwei Wochen. Kein Name. Keine Nummer, die ich suchen konnte. Nur erwachsene Worte, die zum Ausdruck brachten, dass ich ihm gefiel. Ein paar Mal hat er mich gebeten, bestimmte Dinge zu tun. Nichts Ekliges, nur so wie heute früh. Nimm den Bus in die Stadt, geh in diese Boutique und probiere das Kleid an.

Bestimmt ist er auf der weiterführenden Schule.

»Das Kleid passt vielleicht doch nicht so gut zum Schulball«, sage ich.

»Nicht wirklich«, stimmt Camilla mir zu. »Kannst du es dir denn leisten?«

»Mama hat mir für den Ball ein neues Kleid versprochen«, sage ich. »Aber das hier ist vielleicht ein bisschen too much.« Die Verkäuferin geht zur Wand und kommt mit einem weißen Tüllkleid mit blauen Schmetterlingen auf der Brust zurück. Hübsch, aber langweilig. Ich probiere es trotzdem an. In dem weiten Rock und mit dem viel zu engen Ausschnitt sehe ich wie ein Kind aus.

»Mir gefällt das hier besser«, sage ich zu Camilla. »Was meinst du?«

Sie ist gleicher Meinung. Wie immer.

Auf dem Weg aus der Boutique bekomme ich eine Nachricht.

Sexy girl.

9

Rita legte den Kopf in den Nacken, atmete ein paar Mal schnaufend ein und aus und zeigte auf eine zwischen Toaster und Eierkocher eingeklemmte Schale.

Ich schaute hinein. Rümpfte die Nase und warf Abs einen fragenden Blick zu. Nudeln unter einer dicken Fettschicht, obendrauf eine tote Fliege. Ich fand es merkwürdig, dass Rita Olivia so schnell abgewimmelt hatte, aber was wusste ich schon. Vielleicht war das Mädchen bekannt dafür, dass sie gerne log.

»Gibt es einen Laptop?«, fragte Abs.

Rita sah sich um, als würde sie erst jetzt nach dem Rechner suchen. »Sie hat einen, ziemlich neu, glaube ich.«

Abs schaute auf seine Armbanduhr.

»Hören Sie, für mich deutet hier drinnen nichts auf ein Verbrechen hin. Ich muss jetzt wirklich weiter.«

Eine angespannte Stille senkte sich auf uns. Das Geräusch seiner Schritte zur Haustür klang in meinen Ohren wie eine Zurechtweisung. Ich wollte hinter ihm herlaufen, ihn fragen, was das Haus ihm sagte, aber meine Unentschlossenheit hielt mich zurück. Stattdessen warf ich einen Blick ins Wohnzimmer. Rita nahm das als Aufforderung, weiter durchs Haus zu gehen, und schob sich an mir vorbei in einen offenen, spärlich möblierten Raum mit Landschaftsbildern an den Wänden. Sonnenstrahlen fielen durch die

Fenster direkt auf ein Bild, das einen Mann im Wald zeigte. Er trug moosgrüne Kleider und ein Gewehr über der Schulter. Auf einem anderen Gemälde lag ein blutfleckiger Hase neben einer Schachtel Schrotkugeln.

Während ich mich fragte, woher Heges Vorliebe für diese Motive kam, fiel mir ein, was ich instinktiv vermisste, aber bis zu diesem Moment nicht hatte benennen können. Es gab nirgendwo persönliche Fotos. Keines von Hege selbst, kein Familienfoto. Nicht ein einziges Bild von der verschwundenen Tochter.

»Fällt Ihnen irgendetwas Ungewöhnliches auf?«, fragte ich.

Rita ließ den Blick schweifen und schüttelte den Kopf. »Nein.«

Die fehlenden Fotos ließen mir keine Ruhe. Warum waren hier nur Landschaftsbilder? Es konnte ja durchaus sein, dass Hege ein Faible für Waldbilder hatte, aber diese Bilder waren so austauchbar, so unpersönlich, als hätte sie sie von irgendeinem Flohmarkt.

»Hier hängen gar keine Fotos von ihrer Tochter«, sagte ich.

Rita ging vor mir die Treppe hoch, öffnete wortlos eine Tür und ließ mir den Vortritt.

Ich blieb auf der Schwelle stehen. Musste die Augen vor der erdrückenden Trauer schließen.

Der Raum war voller Fotos. Sie füllten die Wände, die Kommode, beide Nachtschränke. Manche Fotos waren mit Tesa an den Kleiderschrank geklebt, andere steckten in teuren Rahmen. Fotografien von einer Frau und einem fröhlichen Mädchen. Von der frühen Kindheit bis ins Teenageralter. Hege hatte blondes welliges Haar und eine sportliche Figur. Auf ein paar Fotos trug sie ausgewaschene Jeans und eng anliegende Tops. Die Tochter hatte keine Ähnlichkeit mit ihr. Das Mädchen mit der goldenen Haut und dem schokobraunen Haar schlug wohl eher nach der spanischen Familie. Sie war nicht im herkömmlichen Sinne hübsch, sah aber mit ihrem aufgeweckten Blick und der markanten Nase recht energisch aus. Auf den meisten Fotos war nur das Mädchen zu sehen, und auf allen lächelte sie. Verschmitzt oder breit grinsend.

Jenny, stand auf einem der Rahmen. Jenny.

Heges Schlafzimmer war ein Mausoleum für ihre verschwundene Tochter.

Ich stieg über die quer vor der Schwelle liegende Matte und ließ den Blick durch den Raum schweifen. Dann ging ich zu dem ordentlich gemachten Doppelbett in der Mitte des Raums. Sah mir das große Bild über dem Kopfende an, auf dem Hege den Arm um ihre Tochter gelegt hatte und schallend über etwas lachte. Sie trug ein geblümtes Sommerkleid mit Rüschen. Jenny schien die Situation peinlich zu sein.

»Hier sieht sie aber ganz schön bunt aus«, bemerkte ich.

Rita öffnete wortlos den Kleiderschrank, in dem alles ordentlich nach Kleidertyp in den Fächern und auf Bügeln sortiert war. Weite Kleider, ausgewaschene Pullover. Strickjacken und Hemden. Alles in Schwarz und Grau. Ich zog die Schublade vom Nachtschrank auf, in der nichts Außergewöhnliches lag. Handcreme, Migränetabletten, Stift und Notizblock. Ein älteres Taschenbuch von einem mir unbekannten Autor. Ganz hinten eine Schmuckschatulle mit Modeschmuck und ein paar echten Goldarmbändern. Zwei angelaufene Eheringe und eine alte Brosche.

»Fehlt irgendwas?«, fragte ich.

Rita beugte sich über die Schublade.

»Nur ein einfaches Schmuckstück, das sie oft getragen hat. Glauben Sie, das hat was zu bedeuten?«

»Könnte sie es getragen haben, als sie verschwunden ist?«

»Vermutlich. Ist das jetzt wichtig? Sollten wir nicht losgehen und nach ihr suchen?«

»Haben Sie eine Idee, wo wir suchen müssen?«

Rita machte den Mund auf und schloss ihn gleich wieder. Trat ein paar Schritte zurück.

»Wollen Sie Jennys altes Zimmer sehen? Hege nennt es Gästezimmer, aber sie hat nie Besuch, und wer will schon mitten in den Erinnerungen an ein verstorbenes Mädchen schlafen?«

Wie wahr.

Rita ging zurück auf den Flur. Ich blieb noch stehen. Was hatte das alles zu bedeuten? Die Verteilung der Fotos und Bilder wirkte auf mich konstruiert.

Rita schob den Kopf zur Tür herein.

»Kommen Sie?«

»Wann hat Hege die Bilder aus dem Wohnzimmer ins Schlafzimmer umgezogen?«, fragte ich.

Rita zog die Schultern hoch. »Vor einem Jahr vielleicht? Ist das wichtig?«

»Hat sie einen Grund genannt?«

»Nein. Und ich wollte nicht nachfragen und alte Wunden aufreißen.«

Im Flur blieb ich noch einmal stehen, während Rita auf eine offene Tür zulief. Hier roch es anders als im Rest des Hauses, süßlich irgendwie. Rita machte einen Schritt zur Seite, damit ich eintreten konnte. Meine Brust schnürte sich vor dem Anblick zusammen, der sich mir bot. Vor dem Echo von Jenny, das auch noch achtzehn Jahre nach ihrem Verschwinden nachklang.

Mein Blick fiel als Erstes auf ein Poster von Amy Winehouse mit dem schräg übers Bild geschriebenen Text »Stronger Than Me«. Dann auf einen Schminktisch mit Bürsten, Parfüms und Schmuck. Über dem Stuhl davor hing eine Jacke, die Marke kannte ich nicht, sie sah aber teuer aus. An der Wand hing eine Korktafel mit Zeichnungen, Schleifen und Eintrittskarten für ein Konzert, für das Jenny zu jung gewesen sein dürfte. Daneben ein Pass und die Einladung zu einem Ball. Jede Menge mit Stecknadeln angepinnte Fotos. Jenny und Freundinnen, Jenny alleine, Jenny mit Jungs. Das Jugendzimmer war eine Zeitkapsel aus den frühen 2000ern.

Rita öffnete den Kleiderschrank. Pullover, ein Poncho und ein schickes Kleid in Gelb und Beige.

»Die sind bestimmt heute wieder in«, sagte Rita und zeigte auf ein Paar Cowboystiefel.

Achtzehn Jahre nach dem Verschwinden ihrer Tochter hatte Hege es noch nicht geschafft, sich von den Sachen zu trennen. Ich dachte an meine eigene Jugendzeit mit viel zu viel Alkohol und härteren Sachen. Albträume und Psychologen. Phasen, in denen die Scham so groß gewesen war, dass ich mit niemandem außer meinen Eltern sprach. Das Einzige, was ich nie tat, war, die Schule zu schwänzen, weil ich wusste, dass ich clever war, und an eine Zukunft glaubte, wenn ich es nur schaffte, zu überleben.

Neben dem Fenster stand ein Bücherregal mit hauptsächlich Fantasy und Jugendbuchklassikern. Die Bücher waren von der Sonne ausgeblichen und ohne erkennbares

System eingeordnet. Ganz außen Oscar Wildes *Bildnis des Dorian Gray* neben der englischen Ausgabe der *Geheimen Geschichte* von Donna Tartt. Die verschlissenen Cover zeugten davon, welche Bücher wirklich gelesen worden waren. Ich schweifte mit der Handykamera über alle Details. Der Raum war genauso sauber wie der Rest des Hauses, der Schminktisch penibel aufgeräumt. So hatte es hier zu Lebzeiten des Mädchens sicher nicht ausgesehen. Für Jugendliche ist das Schlafzimmer häufig der einzige private Rückzugsort. Er spiegelt die Persönlichkeit wider, zeigt, wer man ist. Aufgeräumte Teenager gibt es noch nicht einmal im Film.

In der Schreibtischschublade war das Schminkzeug. Rote Lippenstifte in allen Nuancen, Mascara, Nagellack in einem dunklen Lila und Rot, eine Auswahl verschiedener Lidschatten. Die Pastellfarben waren unberührt, ebenso die matten Erdtöne. Schwarz, Grau und Metallicgrün mit Glitzer waren leer.

Ich sah Rita an. »Das sind nicht die Farben eines schüchternen jungen Mädchens, sondern einer Jugendlichen, die es nicht erwarten kann, erwachsen zu werden.«

Rita beugte sich über meine Schulter und zog unter einer Puderdose ein Foto hervor. Jenny und eine Freundin. Beide mächtig aufgebrezelt wie auf dem Weg zur hottest party in town. In hauchdünnen Kleidern mit tiefen Ausschnitten. Amy-Winehouse-Look, das Haar zu typischen Sechzigerjahrefrisuren hochtoupiert. Jenny sah definitiv älter aus, als sie war.

»Das ist Signe«, sagte Rita.

Die Freundin umarmte Jenny fest und drückte ihr einen Kuss auf die Wange.

»Wohin waren sie unterwegs?«, fragte ich.

Die Frage blieb unbeantwortet in der Luft hängen. Ich sah mir die anderen Bilder von Jenny noch einmal an, und etwas begann unter meiner Haut zu kribbeln. Die gut gebaute Vierzehnjährige hatte lange dunkle Haare und für ihr Alter eine üppige Oberweite. Und obwohl Jenny etliche Jahre jünger war als Lyra und Henriette, hatte sie große Ähnlichkeit mit den beiden toten Mädchen.

»Hören Sie mir zu?« Ritas Stimme riss mich aus meinen Gedanken.

»Was?«

»Jenny war merkwürdig.«

»Inwiefern?«

»Na ja.« Rita biss sich auf die Unterlippe, als wollte sie zurückhalten, was ihr auf der Zunge lag. »Heute wäre sie vermutlich ein Fall für die Jugendpsychiatrie. Ich sage nur, dass das Mädel in ihrer eigenen Welt gelebt hat.«

Doch, Jenny ähnelte Lyra und Henriette. Wie Hunderte anderer Mädchen, die ich in den vergangenen drei Jahren gesehen hatte.

Ich beugte mich zur Pinnwand vor und sah mir die Bilder an. Fand ein Selfie von Jenny im Querformat. Sie schaute mit Kussmund direkt in die Kamera. Hinter ihr brannte ein Schuppen oder eine Hütte. Ich nahm das Bild von der Tafel. Hielt es gegen das Licht, kniff die Augen zusammen und studierte jeden Millimeter.

In meinem Kopf blinkte eine Warnlampe, als ich im Hintergrund die verwischten Konturen einer großen Person sah. Das Gesicht war nicht zu erkennen, nur die Kopfbedeckung. Passend zu der Zeugenaussage in dem Doppelmord.

Eine tarnfarbene Strickmütze mit gelbem Markenlogo an der Seite.

10

»Ein Kleid für mehr als viertausend Kronen? Bist du völlig übergeschnappt?«

Die Luft in der Küche ist zum Schneiden. Der Gestank von gekochtem Dorsch wabert wie eine dichte Nebelwolke durchs Erdgeschoss.

»Ich brauche das für den Ball.«

Mama ist sauer. Mal wieder. Sie beachtet mich kaum, schüttelt nur den Kopf und geht zurück zum Herd.

»Ich frag mich ernsthaft, ob es besser wäre, wenn du ein Junge wärst«, murmelt sie vor sich hin. »Die nerven wenigstens nicht dauernd wegen teurer Klamotten.«

Ich verkneife mir einen Kommentar.

»Was ist mit dem Kleid, das Tante Rita dir vermacht hat?«

»Sie ist nicht meine Tante.«

»Trotzdem hat sie dir ein Kleid geschenkt.«

»Das sauhässlich ist. Und viel zu groß.«

»Dann nimm halt einen Gürtel. Oder bist du dir zu fein für Secondhand? Oversized ist grad modern.«

Wie üblich rafft sie gar nichts.

»Wir müssen aufs Geld achten«, redet sie weiter und schnappt sich die braunen Topflappen, die ich ihr in der Vierten gestrickt habe. »Das verstehst du doch, oder?«

Mir wird schlecht von dem Fischgeruch. Ich halte mir die Nase zu.

»Dass du mit deiner dämlichen Freundin wegfährst, ist okay, aber sobald ich mal irgendwas will …«

Mama sieht mich mit ihren übertrieben traurigen Augen an, und ich weiß genau, was jetzt kommt.

»Die Ferien habe ich wirklich gebraucht.«

»Kein Wunder, dass Papa sich verpisst hat.«

Mama sieht mich mit zugekniffenen Augen an. Hält den Fischtopf wie ein Schild vor sich. Dampf quillt aus dem Deckelschlitz.

»Was soll das heißen?«

Ich hätte Lust, was richtig Gemeines zu sagen, aber ihr Blick verunsichert mich. Irgendwas stimmt nicht mit ihr. Ich guck mir das schon eine Weile an. Ihre Schwäche.

Sie macht zwei Schritte auf mich zu, mit dem verdammten Fischtopf in den Händen. Ihr Gesicht ist knallrot.

»Wann hörst du endlich auf, so zickig zu sein?«, fragt sie.

Mein Blick verschwimmt. Ich weiß nicht, ob das an dem Dampf liegt, der aus dem Topf aufsteigt, oder an der Vorstellung, wie ihr Kopf rotieren würde, wenn ich ihr jetzt um die Ohren haue, dass ich mit Leuten aus der Oberschule abhänge und einer von ihnen mir geheime Nachrichten schickt.

»Du weißt schon, dass die Leute dich eine vertrocknete und verbitterte alleinerziehende Mutter nennen?«

Für einen Moment sieht es so aus, als hätte sie sich unter Kontrolle, doch dann schleudert sie plötzlich den Topf von sich. Fischbrocken und heiße Brühe spritzen aus dem Topf, der gegen das Tischbein knallt, und treffen mich im Gesicht und an den Händen.

»Aua!«, schreie ich.

»Raus!«, schreit Mama. »Du Miststück! Verschwinde!«

11

Ein Gedanke nahm langsam Form an und entfaltete sich in allen Details. Hatte die Lösung etwa die ganze Zeit vor unserer Nase gelegen? Meine Schultern zitterten. Nicht vor Kälte, sondern wegen der alles umwälzenden Erkenntnis.

Ich atmete tief ein und drehte mich zu Rita um. »Wissen Sie etwas darüber?«

Sie kam zu mir, nahm mir das Foto aus der Hand. »Da war die Sache mit dem Feuer.«

»Was für ein Feuer?«

»Die Hütte im Wald, von der ich erzählt habe. Jemand hat behauptet, Jenny hätte sie angezündet. Hege ist in die Luft gegangen.«

»Und wer ist der Typ im Hintergrund?«

Rita schüttelte den Kopf. »Das kann sonst wer sein.«

Nein, sonst wer war das nicht.

»Sicher, dass Sie ihn noch nie gesehen haben?«

Rita beugte sich über das Foto und strich mit den Fingern über das Papier. Plötzlich zuckte sie zurück.

»Oh, verdammt!«

»Ich werde Abs noch mal anrufen«, sagte ich und schob das Foto in die Tasche meines Kleides.

Mein Kopf dröhnte. Ich schlang die Arme um den Oberkörper und ging hinaus. Der Dorn eines verblühten Rosenzweigs hinterließ einen blutigen Kratzer an meinem Bein, als ich zu der Gartenbank im Schatten unter dem Apfelbaum ging. Die Scham brannte auf meiner Haut, wenn ich daran dachte, dass ich bei den Ermittlungen vor drei Jahren den Familien die Antworten auf ihre Fragen schuldig geblieben war. Sie hatten nur Entschuldigungen und hohle Phrasen zu hören bekommen.

Eine zottige gelbrote Katze mit schläfrigen Augen schlich an der Hecke entlang. Sie humpelte und hatte eine fiese Narbe über der Schnauze. Stierte mich misstrauisch an, ehe sie in Britts Garten huschte. Ich lehnte mich zurück. Hielt das Handy in der Hand und überlegte, wie ich es formulieren sollte. Eine Idee nahm in meinem Kopf Form an. War die aufgeräumte Wohnung mit den Erinnerungen an ein vergangenes Leben eine Inszenierung? Eine Vorstellung von Jenny und ihrer Mutter?

»Wir haben etwas«, informierte ich Abs. Ich erzählte ihm von dem Selfie vor der brennenden Hütte und dem Typ mit der tarnfarbenen Mütze.

»Die Einheit Ost Lillestrøm überprüft, wo das Handy zuletzt benutzt wurde«, sagte er. »Schick ein Foto des Bildes, und bring das Original mit. Aber noch einmal: Wenn sie etwas wusste, hätte sie das melden müssen.«

Meine Liste nicht angenommener Anrufe war lang. Eine der Nummern darin könnte Heges sein.

Nach dem Gespräch mit Abs ging ich wieder hinein, fand eine Schale und füllte sie mit Wasser. Ich stellte sie unter die Bank am Apfelbaum und schaute hoch zu den Fenstern der oberen Etage. Eine Inszenierung. Ich wurde das Gefühl nicht los. Jedes Zuhause erzählt die Geschichte derer, die dort leben, aber hier war noch mehr.

»Abs hofft in den nächsten Tagen auf Antworten, was

Heges Handy angeht«, informierte ich Rita. »Könnte ich wohl den Schlüssel für die Wohnung haben, falls er ihn braucht?«

Rita nahm den Schlüssel aus der Tasche.

»Sie wissen aber schon, dass er damals mit zum Team gehörte?«

»Was soll das heißen?«

»Als Jenny verschwand, war er einer der jüngeren Ermittler.«

Mit diesen Worten ließ sie mich allein. Ich blieb im Garten sitzen, bis es mir selbst im Schatten zu heiß wurde. Im Briefkasten lag nur ein Reklameheft vom Obs-Markt. Die Mülltonnen rochen streng. Am Boden der einen lag ein schlaffer schwarzer Müllbeutel unter einem grünen Beutel mit Essensresten. In der anderen Tonne war eine Papiertüte von einem Hobbyladen, die mit losen Blättern und Zeitungen gefüllt war. Als ich mit dem Arm tief in der Tonne steckte, um den Abfallsack herauszunehmen, tauchte Britts Gesicht über der Hecke auf. Sie glotzte mich mit großen Augen an, während ich mich an einem entwaffnenden Lächeln versuchte. Den Abfallsack nahm ich im Bus mit nach Hause.

12

Mit Einmalhandschuhen und einer Gabel bewaffnet schnitt ich zwei Müllsäcke auf und breitete sie auf dem Küchenfußboden aus. Dann kippte ich Heges Abfall darauf und ging in die Hocke. Ich bin nicht sonderlich geruchsempfindlich, aber die Essensreste stachen in der Nase. Nachdem ich rasch festgestellt hatte, dass in der grünen Tüte außer organischem Müll nichts war, knotete ich sie schnell wieder zu und stellte sie vor die Tür. Den Rest sortierte ich mit der Gabel. Eine leere Shampooflasche, leere Aufschnittverpackungen, ein zerknüllter Klebestreifen, Konserven, Q-Tips und ausgediente Lappen. Aus der Papiertüte zog ich einen leeren Umschlag, der nach Behörde aussah, einen fleckigen Einkaufsbon und das vergilbte Faltblatt eines lokalen Orientierungssportvereins. Der Rest waren Reklame und ein paar Zeitungen.

Ganz unten lag ein zerknülltes, muffig riechendes, offensichtlich aus einer Zeitung ausgeschnittenes Stück Papier. Als ich es glatt strich, sah ich drei unterschiedliche Todesanzeigen. Mir kam keiner der Namen bekannt vor, und auf Google konnte ich keinen Zusammenhang zwischen den Verstorbenen finden. Dann fiel mir wieder ein, dass Hege häufig zu Beerdigungen fremder Menschen ging.

Nachdem ich den Müll in den Gemeinschaftstonnen entsorgt hatte, sah ich mir die Orientierungssportbroschüre an. Laut Werbetext war Orientierungslauf nicht nur was für Naturfreaks. Waldpflege und Kaffeeposten sollten die Leute an die frische Luft locken, sommers wie winters. Auf kürzeren und längeren Routen konnte man die Gegend kennenlernen. Sie erstreckten sich von der Stadtgrenze im Westen bis zum Øyeren im Osten und ein gutes Stück nach Süden. Rita sagte, dass Hege niemals alleine in den Wald ging. Das Faltblatt war vermutlich eine unpersönliche Wurfsendung. Aber irgendetwas daran triggerte mich, und ich fotografierte alle Seiten ab.

Je mehr ich über Hege nachdachte, desto mehr drängte sich mir die Frage auf, wer und wo sie war. Und vor allen Dingen – was sie über den Mann mit der militärgrünen Mütze wusste.

Google warf nur wenig über das Verschwinden von Jenny aus. In der Lokalzeitung fasste ein Polizist aus Lillestrøm den Fall kurz zusammen. Seine Ausführungen wirkten etwas herablassend. Inhaltlich deckte sich seine Aussage aber in etwa mit dem, was Rita gesagt hatte. Am 16. August 2006 hatten vier Teenager den heißen Nachmittag und Abend auf dem See verbracht. Sie waren von Nerdrum aus aufgebrochen, wo einer der Jungen das Familienboot geliehen hatte. Es wurde viel Alkohol konsumiert, und im Laufe des Abends schliefen sie ein. Als die Jugendlichen wach wurden, war Jenny Brodersen, 14 Jahre, nicht mehr an Bord. Vermutlich ertrunken.

Auf Facebook gab es vier Personen mit Heges Namenskombination. Keins der Profilbilder stimmte mit den Fotos überein, die ich bei ihr zu Hause gesehen hatte. Auf einem war aber eine orangene Rosenblüte zu sehen, und die Person folgte einer Seite über Opferentschädigung in Norwegen. Das könnte sie sein.

Ich sah mir die Seite an. Die öffentlichen Beiträge waren an einer Hand abzuzählen. Blumen und Rotweinglas im Garten. Ein paar Fotos von der Katze. Und ein Bild von Rita. Strahlend mit roten Wangen, ein Glas Weißwein in der Hand. Möglicherweise irrte ich mich, aber zwischen den Gartentipps und »Wir wollen das Bremykt-Original zurück«-Forderungen fanden sich Links zu Gruppen von Amateurermittlern. Ging es nur darum, den Fall der Tochter wieder aufzurollen?

Heges Freundesliste war nicht öffentlich, und gemeinsame Freunde gab es nicht, was aber auch daran liegen konnte, dass Facebook und ich nicht ganz auf einer Wellenlänge lagen.

Andeutungen zu einem Exmann konnte ich nicht finden. Ich schrieb Rita eine Nachricht.

Haben Sie zufällig die Kontaktdaten von Heges Ex?

Sekunden später schickte sie mir eine spanische Nummer. Nach vier Freizeichen wurde ich von einer mechanischen spanischen Frauenstimme begrüßt, die ich nicht verstand. Im Hintergrund war gedämpfte Fahrstuhlmusik zu hören, doch als sie mit ihrem Wortschwall fertig war, wartete ich vergeblich auf den Piepton, nach dem ich eine Nachricht hinterlassen konnte. Ich rief noch einmal an, genauso erfolglos.

Richtige Nummer?
Glaub schon, ist aber schon alt.

Achtzehn Jahre nach der Scheidung war die Chance, dass er etwas über Hege wusste, minimal. Aber vielleicht hatte ich ja Glück und sie hatten zwischendurch mal telefoniert. Verbunden durch den Verlust der Tochter.

Vielleicht kannte er ja auch den Mann mit der Strickmütze im Hintergrund des Selfies.

Ich rief die Fotos aus Heges Haus auf, wählte eins von jedem Raum und druckte sie aus. Während ich mir die unscharfen Bilder anguckte, versuchte ich mich zu erinnern, was Olivia gesagt hatte. Hege hatte das Haus in weißer Hose, roter Tunika und mit einer schwarzen Tasche über der Schulter verlassen. Allein. Das alles hörte sich verdächtig nach einem spontanen Urlaub an. Vielleicht hatte sie einfach vergessen, Rita Bescheid zu sagen.

Aber die Zeichnung in der alten Zeitung war ein Fakt. Irgendetwas schien Hege zu wissen.

Ich hatte einen bitteren Geschmack auf der Zunge. Die Ermittlungen vor drei Jahren waren völlig chaotisch gewesen. Es waren zu viele Fehler begangen worden, die ich nicht wiederholen durfte.

Auf dem Weg zu Kristian rief ich ihn an.

»Heute hat mich die Kleine echt herausgefordert.«

Seine Stimme war wie eine warme Brise. Er klang überglücklich, was mich an die erste Woche nach Victorias Geburt erinnerte. Ich lag mit permanentem Kopfschmerz mehr tot als lebendig im Krankenhaus und spürte nicht die Spur von Glück, dabei hielt ich das kleine Bündel in den Armen und hatte Kristian rund um die Uhr an meiner Seite. »Wochenbettdepression«, sagte die Schwester jedes Mal, wenn ich losheulte. Woher sollte sie auch wissen, dass die

Tatsache, ab jetzt Verantwortung für ein Kind übernehmen zu müssen, mir solche Panik bereitete.

Vor Kristians Haus rauschten zwei Mädchen auf ihren Tretrollern vorbei. Beide trugen steife hellrosa abstehende Tüllröcke und dazu passende Tops. Ich stand da und starrte ihnen nach, während in meinem Kopf die Gedanken Karussell fuhren. Heges Haus, die Inszenierung. Was übersah ich?

Als die Mädchen am Ende der Straße ankamen, rief ich mir die Bilder aus Jennys Zimmer ins Gedächtnis. Die Bücher und Poster, die Korkpinnwand. Die Partyschminke. Ich hob den Kopf und sah die Mädchen um die Kurve verschwinden. Tüllrock, Ballett … Ball. Auf dem Foto von der Korkpinnwand wurde ich fündig. Die Einladung zum Schulball.

Während mein Gehirn die Zusammenhänge herstellte, begann die Luft zu vibrieren. Ich drückte noch einmal Abs' Kurzwahltaste. Nach acht Freizeichen wurde ich zur Mailbox umgestellt.

»Es ist die gleiche Schule«, sagte ich. »Jenny ist auf dieselbe Schule gegangen wie Lyra und Henriette.«

Die Familien waren kurz nach dem Abschluss der Mädchen an der weiterführenden Schule umgezogen. Darum war mir vorher kein Zusammenhang aufgefallen. Als ihre Leichen gefunden wurden, hatten wir den neuen Bekanntenkreis befragt. Von der alten Schule war nur der Englischlehrer vernommen worden, und das auch nur, weil Lyra mehrfach geäußert hatte, dass er jemand sei, dem sie sich anvertrauen würde.

Ich erinnerte mich an ihn. Ein Nerd mit kaum sichtbaren Wimpern, eingefallenen Wangen und einer ziemlich vorwurfsvollen Stimme. Seine Aussagen hatten eingeübt geklungen.

Als sich die Ermittlungen immer mehr auf den neuen Lebensraum der Mädchen konzentrierten, hatte ich ihn vergessen.

Ein fataler Fehler?

13

Jenny, 2006

Die Tür zu seinem Büro ist nur angelehnt. Ich klopfe vorsichtig an den Rahmen und schiebe den Kopf hinein.

»Komm rein«, sagt er mit einem Nicken zu dem Stuhl neben seinem Schreibtisch.

Ich gehe zu dem angewiesenen Platz. Setze mich ganz vorn auf die Kante und reibe meinen Arm. Sein Schreibtisch ist aufgeräumt, Kugelschreiber und Bleistifte nach Größe sortiert. In der Mitte ein Stapel Mathebücher. Daneben eine Packung Zigaretten und die besten Kekse der Welt. Oreo.

Er muss mein Starren bemerkt haben, seine schmale Stirn zieht sich in Falten.

»Hunger?«

Ich nicke. Er öffnet die Packung und reicht sie mir.

»Du hast heute aber schon was gegessen, oder?«

Ich nehme die ganze Packung. Stecke mir einen Keks in den Mund und lege mir zwei auf den Schoß. Er riecht nach kaltem Rauch, aber ich tue so, als würde ich das nicht bemerken.

»Hast du gefrühstückt?«

»Mama ist morgens immer so fertig. Haben Sie Wasser?«

Er steht auf und geht raus auf den Flur. Kommt mit einem vollen Glas zurück, das er mir reicht, wobei er mich mustert wie ein Insekt aus der Biologiesammlung. Er scheint die Veränderung meines Körpers zu bemerken. Dass meine Silhouette eine neue Dimension bekommen hat. Anfang des Sommers habe ich meine Tage bekommen, und meine Haut hat sich verändert. Plötzlich frage ich mich, ob er es ist, der nachts unter dem Apfelbaum steht. Ob seine Augen so starr nach oben zu meinem Fenster blicken.

Als ich das Glas auf seinen Schreibtisch stelle, rutscht der Ärmel meines Pullovers hoch und entblößt die roten Brandblasen von dem heißen Fischwasser.

Die Falten auf seiner Stirn werden tiefer.

»Du meine Güte, was ist denn da passiert?«

Ich sehe zu Boden. Der Keks zwischen meinen Fingern zerbröselt. »Das war ... eine Art Unfall.«

»Eine Art Unfall?«

»Kochendes Wasser. In der Küche.«

»Mein Gott«, murmelt er fast zu sich selbst. Dann deutlicher. »Warst du damit auf der Krankenstation?«

»Mama hat mir eine Salbe gegen Verbrennungen gegeben und gesagt, ich soll nicht jammern.«

Er legt zwei Finger auf meine Hand, und ein Zucken geht durch meinen Körper.

»Jenny, wie läuft es eigentlich bei dir zu Hause?«

Ich zucke mit den Schultern. Wird er mir glauben, wenn ich ihm erzähle, wie Mama wirklich ist?

»Hör mal«, beginnt er. »Ich melde dich in der Krankenstation an, okay?«

Ich stehe auf, gehe zu ihm und schlinge meine Arme um ihn. Halte ihn fest, bis er mich wegschiebt.

»Übrigens«, sagt er, als ich auf dem Weg nach draußen bin. »Wolltest du mir nicht was sagen?«

»Ich wollte Ihnen nur sagen, dass ich im Herbst nicht zurückkomme. Ich ziehe nach Spanien.«

Draußen sehe ich zwei Jungs aus der Parallelklasse. So Typen, die sich ständig aufspielen müssen. Sie bedrängen mal wieder einen jüngeren Schüler.

»Deine Mutter ist eine echte MILF!«, rufen sie.

Ich kenne den Jungen nicht. Tippe, dass er in die letzte Klasse der Grundschule geht. Er trägt einen karierten, ordentlichen Pullover. In seinen viel zu weiten Shorts sehen seine Beine wie Streichhölzer aus.

Die beiden älteren grölen. Schieben Ellenbogen und Hüften vor und zurück. Ich erwarte, dass der jüngere auf sie losgeht, sie anschreit oder losheult. Aber er steht nur da, als würde ihn das alles nichts angehen. Dann geht er seines Weges, als wären ihm die verbalen Angriffe der anderen egal.

Ich wär gern wie er.

14

Sie lächelte mich an, als wäre sie noch nie so froh gewesen, jemanden zu sehen. Die plötzliche Wärme raubte mir den Atem. Ich hob sie dicht vor mein Gesicht und sog den Duft des frisch gebadeten Babys ein. Der warme Körper, die mir entgegengestreckten Ärmchen, das Glucksen aus dem kleinen Mund. Der Mittelpunkt meiner Welt. Das war Glück, oder?

Erst danach nahm ich sein teures Parfüm wahr, Kräuter und Leder. Drehte mich um. Kristian lehnte am Türrahmen und betrachtete uns zärtlich.

»Ihr beide werdet immer das Wichtigste in meinem Leben sein.«

Ich schluckte geräuschvoll, versuchte mich an einem Lächeln. Zögerte mit der Antwort, und er reichte mir Victorias Nachtsachen. Begleitete uns in das kühle Schlafzimmer mit den phosphoreszierenden Sternen unter der Decke und all den Spielsachen, für die sie noch viel zu klein war. Ich legte sie vorsichtig in ihr Bettchen. Strich mit dem Zeigefinger über das flaumige Haar. Ihre langen schwarzen Wimpern zuckten leicht, als sie einschlief.

»Bleibst du heute Nacht hier?«, fragte Kristian auf dem Weg ins Wohnzimmer.

Ohne auf die Antwort zu warten, ging er in die Küche, holte sich ein Glas Rotwein und setzte sich in den Sessel gegenüber dem Sofa. Schlug die Beine übereinander und legte die Hände um das Glas.

Sollte ich ihm von der Zeitung erzählen? Von der Skizze des Logos und dem Bild von Jenny, auf dem im Hintergrund am Waldrand ein Mann mit tarnfarbener Mütze zu sehen war? Ich hätte brennend gerne nachgeschaut, ob es Neuigkeiten von Abs gab, zwang mich aber, ruhig sitzen zu bleiben und in Kristians elegant eingerichtete Küche zu blicken.

»Du weißt, dass es hilfreich gewesen wäre, wenn du …« Er brach mitten im Satz ab. Seine Stimme klang gereizt, er nahm den Blick nicht vom Weinglas.

»Kristian«, unterbrach ich ihn. »Nicht heute Abend. Es war gestern ein langer Tag, ich habe schlecht geschlafen und …«

Er sah mich an. »*Du* hast lange Tage?«

Ich fühlte mich entlarvt. Nackt. Legte den Kopf nach hinten und starrte den Stuck unter der Decke an. Die Schatten der Abendsonne. Ich sollte hierbleiben. Meine Wohnung aufgeben und bei Kristian einziehen. Seine hingebungsvolle Partnerin werden, die perfekte Mutter für unser Kind. Ich sollte neben mir aufs Sofa klopfen und den Kopf an seine Schulter legen, wenn er sich zu mir setzte. Mir ein Glas Wein einschenken, damit es mir leichter fiel.

Sein Gesicht wurde etwas weicher, als er fragte: »Wie läuft deine Gruppe?«

Erleichtert, nicht über all das nachdenken zu müssen, was hätte sein können, erwiderte ich sein Lächeln.

»Gut. Sehr gut. Die Männer machen Fortschritte, ich erlange tiefere Einsichten. Eine absolute Win-win-Situation.«

»Und das Podcast-Interview?«

Ich zuckte mit den Schultern. »Ganz okay.«

Kristian trank einen Schluck Wein.

»Victoria braucht ihre Mama. Sie braucht eine stabile Mutter in ihrem Leben, eine, die immer für sie da ist, nicht nur ...«

Wir hatten diese Diskussion schon so oft und wussten beide, wohin es führte.

»Du weißt, dass das nicht so leicht für mich ist«, sagte ich seufzend und knetete eins von Victorias Stoffspielzeugen in den Händen.

»Das alles ist ein Jahr her!«

»Verdammt, Kristian«, schimpfte ich. »Glaubst du, es geht nur darum, dass ich meine Schwester verloren habe und jemand mich umbringen wollte? Dass man mich aus einem Job geschmissen hat, den ich geliebt habe? Glaubst du wirklich, dass ...«

Mir ging die Luft aus. So einen Wortschwall hatte ich lange nicht mehr am Stück von mir gegeben, wenn ich mit ihm diskutierte. Er wusste genau, dass ich die Stelle im Gefängnis angenommen hatte, um endlich zu begreifen, wie das Gehirn eines Mörders funktionierte. Und ich würde keine Ruhe finden, solange ich wusste, dass irgendwo da draußen ein Mörder frei herumlief.

Er umklammerte sein Glas etwas fester. »Bjørk, Liebes. Ich werde niemals verstehen, was du in der Kindheit durchmachen musstest. Was ihr erlebt habt, war so grausam, dass ich ...« Er machte eine Pause, schluckte. »Aber Victoria zuliebe solltest du wirklich versuchen ... dich zusammenzureißen. Meine Elternzeit geht in drei Woche zu Ende, und dann braucht sie dich. Sie braucht Stabilität. Sicherheit. Und keine Gastauftritte. Das kannst du nicht bringen. Dann wärst du nicht besser als ...«

Er hielt inne, als wollte er die spontanen Worte wieder einsaugen.

»Entschuldige, so wollte ich das nicht sagen.«

Ich hätte ihm alles um die Ohren hauen können, andererseits wusste ich, dass er es so nicht gemeint hatte. Und wütend auf ihn zu sein, wenn er doch recht hatte, war unmöglich. Denn schließlich drehte es sich ja genau darum: Meine größte Angst war, dass ich nicht besser war als sie.

Als ich aufstand, begann der Raum um mich zu kreisen.

»Ich prügele nicht.«

»Natürlich nicht, Bjørk, das meine ich auch nicht. Aber deine Psychologin sagt, dass du dich auf eine seltsame Art und Weise selbst verletzt.«

»Ja, ja.« Ich atmete tief ein. Versuchte, das Unbehagen beiseitezuschieben. »Ich gebe mir wirklich Mühe. Gib mir einfach noch ein bisschen Zeit. Bitte.«

Sein Kopf bewegte sich wie von selbst. Langsam. »Klar doch.«

»Manches fühlt sich tatsächlich schon besser an«, sagte ich. »Das hast du vielleicht bemerkt.«

Er nickte erneut.

»Hast du?«

»Ja, ich glaube schon.«

Er sprach oft davon, wie gut wir es haben könnten und wie perfekt wir zusammenpassten. Dieses Mal hörte ich nur mit halbem Ohr zu. Dachte an Jenny, die auf dem Øyeren verschwunden war. Dass sie einen Mann mit Tarnmütze mit gelbem Logo fotografiert hatte und Lyra und Henriette zum Verwechseln ähnlich sah. Natürlich konnte das ein

Zufall sein. Falls nicht, war der Mann schon seit beinahe zwanzig Jahren aktiv. Dieser Gedanke war unerträglich.

Mein Handy vibrierte. Abs.

Die Trackingdaten von Heges Handy sind da. Zuletzt benutzt zu Hause. Seitdem ist das Ding tot.

Ich wollte antworten, aber als ich an Kristian vorbeiging, streckte er seine Hand nach meinem Arm aus. Ich blieb einen Moment stehen und fragte mich, ob es stimmte, was ich zu Rita gesagt hatte. Über die gute Chemie.

»Ich bleibe«, sagte ich. »Ich übernehme dann morgen früh, okay?«

Er drückte als Antwort zärtlich meinen Arm. Dann ließ er ihn los, und ich ging ins Gästezimmer.

15

Am nächsten Morgen rief ich einen Makler an und verabredete ein Treffen für den Herbst. Ich zwang mich selbst, in die Gänge zu kommen. Ich musste das Grundstück herrichten und mein Elternhaus ausräumen.

Das einst strahlend weiße Haus lag abseits der Straße am Waldrand, weit vom nächsten Nachbarn entfernt. Wenn ich von der Einfahrt durch den verwilderten Garten zum Haus ging, überkam mich immer dasselbe Gefühl. Meine Schritte wurden kürzer und mein Hals schnürte sich zu. Die Geister empfingen mich. Groß und bedrohlich, wie ein Kind sie empfunden hätte, hingen sie am Rand meines Blickfelds. Abwartend. Ließen mich passieren. Folgten mir, bis ich die Tür aufschloss und den dunklen Flur betrat.

Der Geruch von Staub, Schimmel und etwas, das an alte Putzlappen erinnerte, stach in der Nase. Wie gewöhnlich ging ich direkt ins Wohnzimmer und öffnete die Terrassentür, um zu lüften. Ich schob den Stapel Maklerbroschüren zur Seite und setzte mich auf die Treppe.

Ein verwitterter Holzzaun rahmte den Garten ein. Die Pflanzen waren vertrocknet und tot. Fliegen schwirrten vor meinem Gesicht herum, als ich das alte Sonnenblumenbeet betrachtete. Dass ich tatsächlich einmal gedacht hatte, dieser Ort könnte ein Zuhause für mich und Victoria werden, war wie ein Hohn. Hier, wo alle Erinnerungen hausten, wo meine Geschichte wohnte, lauerte etwas Böses. Etwas, das zu einem Teil von mir werden könnte, wenn ich es zuließ.

Genau wie meine Klienten im Gefängnis führte ich ein Wuttagebuch. Jetzt holte ich es aus der Tasche. Gab mich meiner Selbstverachtung hin. Es war verdient. Ich hatte einen Unschuldigen hinter Gitter gebracht.

Man durfte bei einer Ermittlung keinen Tunnelblick haben, sonst konzentrierte man sich auf einen Verdächtigen und ließ alles andere außer Acht. Jens Ellingsen war ein ruhiger, vertrauenerweckender Mann mit freundlichem Gesicht gewesen. Er war Leiter einer Baufirma und respektiertes Mitglied einer Wildschutzliga, die sich um verletzte Tiere kümmerte und diejenigen einschläferte, die nicht gerettet werden konnten. Mit gutem Leumund und einer Frau und Tochter, die ihn vergötterten. Eigentlich hätte er gar nicht auf unserem Radar auftauchten dürfen. Trotzdem war mir bei diesem Mann immer wieder ein Schauer über den Rücken gelaufen. War es sein Background, der meinen Eindruck von ihm geprägt hatte? Er war als Jugendlicher wegen seiner Aggressivität von vielen gefürchtet worden. Er hatte andere gestalkt, Unterwäsche gestohlen und Frauen verfolgt, denen er abends begegnet war. Er hat sogar andere Kriminelle kopiert, um besonders taff zu wirken.

All das gehörte aber der Vergangenheit an. Als der Verdacht auf ihn fiel, hatte er sein Leben längst in den Griff bekommen.

Andererseits war er nicht grundlos in Untersuchungshaft genommen worden. An beiden Mädchenleichen hatte man Fasern der Säcke gefunden, die auf der Baustelle verwendet wurden, auf der er arbeitete. Er hatte sich in der Nähe des Tatorts aufgehalten, als sie verschwanden, und war am selben Abend in der Nähe des späteren Fundorts bei einer Polizeikontrolle angehalten worden. Sein Alibi war fragwürdig gewesen, und eines der Mitglieder der Wildliga hatte sich besorgt über die Kommentare geäußert, die er bezüglich der Toten von sich gegeben hatte.

Was bei ihm nicht passte, waren die Instagram-Bilder. Sowohl Lyra als auch Henriette waren zu unterschiedlichen Zeiten in derselben Wohnung gewesen. Mit cappuccinofarbenen Wänden und hohen Decken. Sie hatten auf einem beigen Sofa gesessen, mit einem pinkfarbenen Drink in den Händen. Hinter ihnen war ein orangeroter Retro-Lampenschirm zu sehen. Ellingsens Wohnung hatte anders ausgesehen, und wir hatten keine Hinweise darauf gefunden, dass er noch eine weitere Wohnung besaß.

Hatte ich diese Wohnung aus fehlender Erfahrung ignoriert? Oder hatte ich Abs nicht enttäuschen wollen?

Die drängendste Frage aber war, ob es meine Schuld war, dass ein Mörder noch immer frei herumlief.

Der Stift flog förmlich über die Seiten. Warum werden Frauen von so vielen Männern wie Statistinnen behandelt? Warum wird von Frauen verlangt, Männern zu gefallen? Warum weinen nicht alle Frauen über ihre misshandelten Schwestern?

Warum habe ich den Schuldigen nicht gefunden?

Es gab nur eine Möglichkeit, die Antwort auf die letzte Frage zu finden.

Ich musste graben.

Ich stand auf und ging die wenigen Schritte zur Klapptür, die in den Keller führte. Öffnete sie, begleitet vom schrillen Klagen der Scharniere, und ging nach unten. Kalte, klamme Luft strömte mir entgegen und kühlte meinen Körper, während meine Augen sich an das Dunkel des leeren Kellers gewöhnten.

Ganz hinten in einer Ecke hing ein silbrig schimmerndes Spinnennetz, in dessen Mitte ein hellblauer Schmetterling hing. Er musste sich in den Keller verirrt haben, als die Tür offen gestanden hatte. Jetzt bemerkte ich auch den alten Spaten. Ich hatte nie darüber nachgedacht, aber der musste es gewesen sein.

Ich nahm ihn in die Hand. Er war schwer wie Blei. Es muss die Hölle gewesen sein, damit zu graben.

Und jetzt musste ich graben, um die Wahrheit ans Licht zu bringen und meine Erinnerungen zu beerdigen.

Ich musste graben, um zu vergessen, und ich musste graben, um zu verkaufen.

Wer auch immer dieses Haus kaufte, durfte niemals entdecken, was im Garten verbuddelt war.

16

Jenny, 2006

Die glänzende Schere liegt kalt an meinem Gesicht. Ich blicke in den Spiegel. Fahre mit dem spitzen Metall vom Mund vorbei an der Nase bis zum Rand des Auges. Bis zu den Wimpern.

Wenn ich mir doch nur ein neues Leben zurechtschnippeln könnte. Chemisch gereinigt von solchen Idioten wie Mama.

Ich spüre eine fast übernatürliche Macht, als mir endlich die Erleuchtung kommt. Wenn ich mir die Augenlider abschneide, kapiert er bestimmt, dass Mama es nicht schafft, auf mich aufzupassen. Und dann holt er mich zu sich nach Spanien.

Mein lieber, lustiger Papa. Hardrock, immer volle Pulle aufgedreht. Käsebrote zum Mittag und wilde Geschichten, bei denen auch noch der letzte Depp versteht, dass sie frei erfunden sind. Manchmal, wenn er sich unbeobachtet fühlt, spielt er Luftgitarre.

Natürlich wollte er mit dieser streitsüchtigen Hexe nicht mehr verheiratet sein. Natürlich ist er gegangen.

Jetzt wohnt in diesem Haus ein Gespenst, und ich bin die Geisterkatze.

Ich hole mein Handy und schreibe ihm.

Wann kann ich zu dir ziehen?

Das Handy gibt ein leises Seufzen von sich, als die Nachricht gesendet wird. Danach wird es still.

Still.

Ich lerne jetzt Spanisch.

Nichts.

Einstellungen? Ist etwas schiefgegangen? Stimmt was mit der Übertragung nicht?

Wäre sicher gut, wenn ich nach den Sommerferien bei dir zur Schule gehen würde.

Noch immer keine Antwort.

Draußen bleibt die Welt stehen. Die Sonne, wegen der die Leute von dieser Klimakrise faseln, wärmt nicht mehr.

Ein Pling. Papa. Die Erde dreht sich weiter.

Zu früh, mein Schatz, ich muss mich hier erst einarbeiten.

Hat Mama ihn angerufen? Eine Geschichte erfunden, dank der ich jetzt hier festsitze?

Mama ist komplett durchgedreht, ich muss hier weg.

Stille.

Ich hasse sie.

Stille.

Ich brauche Geld für ein Kleid.

Als er auch darauf nicht antwortet, nehme ich wieder die Schere und lege sie ans Auge. Ziehe ein Augenlid hoch und schiebe die Spitze darunter. Bis zum Rand des Augapfels zu den dünnen Sehnen, die ihn festhalten.

Etwas zieht sich in meiner Brust zusammen, rauscht durch mein Blut. Ich denke an diese blöde Camilla. An die Lehrerin. An Anders, der sich sicher vorgestellt hat, ich sei nackt, als er die Fotos gemacht hat.

Ein Pling vom Handy. Ich zucke zusammen und die

Schere schiebt sich noch tiefer unter mein Augenlid. Schmerz spüre ich keinen, sehe im Spiegel aber den dünnen roten Faden, der über mein Auge rinnt.

Mir wird warm in der Brust, als ich sehe, dass die Nachricht nicht von Papa ist.

Sie ist von *ihm*.

Vorsichtig, sonst verletzt du dich noch.

17

Vor dem Café, in dem ich mich mit Abs verabredet hatte, hockte ein junger Mann auf dem Boden. Dreckige Klamotten, löchriger Pullover. Das Gesicht furchig und leer. Vor ihm standen ein Pappbecher und ein Schild mit krakeligem Text: Danke.

Das dunkle Café mit Bildern von Jagdhunden an den Wänden und den robusten Holzmöbeln erinnerte an einen englischen Pub. Ich bestellte Saft, Kaffee und zwei Sandwiches. Eine Flasche Wasser. Und bat die Bedienung, dem Mann auf dem Bürgersteig ein Sandwich und die Flasche Wasser zu bringen. Dann sah ich mich nach Abs um.

Er saß mit einem schwarzen Kaffee vor sich in der hintersten Ecke. Hob den Blick erst, als ich vor ihm stand, und legte seine Hände auf die raue Tischplatte.

»Wir müssen das Doppelmord-Material noch einmal durchsehen«, sagte ich, ehe ich den Stuhl vom Tisch weggezogen hatte. »Vielleicht haben wir die Informationen, die Hege möglicherweise hat, damals übersehen.«

»Wie geht es dir eigentlich, Bjørk?«

Ich setzte mich. »Gut. Hörst du mir zu? Wir müssen uns den Fall noch mal vornehmen.«

»Wirklich?«

»Was?«

»Ich würde gerne wissen, wie es dir wirklich geht.«

»Gut, sag ich doch.«

Er fegte meine Antwort mit einer Handbewegung vom Tisch.

»Die Aggressionsbewältigungsgruppe ist deine einzige Arbeit. Du hast nur fünfzig Prozent Sorgerecht für deine Tochter. Das ist an sich nicht dramatisch, damit bist du nicht allein. Ich tippe aber mal, dass Victoria gar nicht die Hälfte der Zeit bei dir ist.«

»Höre ich da eine Anklage?«

Er führte die Kaffeetasse zum Mund. »Sorry, so ist es nicht gemeint. Ich möchte nur wissen, wie es dir damit geht.«

»So gut wie seit Langem nicht mehr.« Ich legte das Selfie von Jenny vor der brennenden Hütte auf den Tisch. Zeigte auf die Person hinter ihr. »Lass uns lieber darüber sprechen.«

»Was ist damit?«

Das Bedürfnis, mehr über Jennys Schicksal zu erfahren, hatte sich über Nacht verstärkt. Gegen vier Uhr war ich mit dem Gefühl aufgewacht, dass der Doppelmord ihn verändert hatte.

»Die Ähnlichkeit ist nicht zu übersehen.«

»Zufall«, sagte Abs mit rauer, bestimmter Stimme. »Jenny ist ertrunken, fünfzehn Jahre bevor unser Mann zugeschlagen hat. Ihre Wege werden sich kaum gekreuzt haben.«

Ich war schlagartig verunsichert. Panisch, dass er mir jede weitere Einsicht verweigerte.

»Wir haben keine passenden Mützen gefunden. Das hier ist ein echter Lead.«

»Nein, Bjørk. Das ist kein Lead. Alle Spuren und Hinweise sind und bleiben Spekulation. Wenn sie sich häufen, wird es interessant, aber solche Kerle halten nicht fünfzehn Jahre lang still. Davon abgesehen war es was ganz anderes ...«

»Doch, tun sie«, protestierte ich hitzig. »Der Modus Operandi ändert sich in dem Grad, wie der Täter dazulernt. Die Signatur hingegen legt er nicht einfach ab, seine Rituale verändern sich selten. Bestimmte Ereignisse im Leben können den Prozess bremsen oder in Gang setzen. Das wissen wir. Vielleicht war der Täter inhaftiert!«

Das Paar am Nachbartisch schielte zu uns herüber. Ich sprach schnell und laut, wenn ich aufgeregt war. Also beugte ich mich über den Tisch und senkte die Stimme.

»Wie viel muss sich deiner Meinung nach denn noch *anhäufen*?«

»Es ist ziemlich unwahrscheinlich, dass das unser Mann ist«, sagte Abs schon ein wenig zögerlicher. »Siehst du vielleicht nur, was du sehen willst?«

Ich starrte auf das verdreckte Fenster, auf unsere verzerrten Spiegelbilder.

»Lass uns das Material noch einmal durchgehen. Wir beide kennen den Fall am besten, und wie du so treffend erwähnt hast, habe ich außer meinem Job als Wut-Coach grad nichts zu tun. Zeit hätte ich also genug.«

Abs schlürfte seinen Kaffee. Wischte sich die Feuchtigkeit aus dem Bart und musterte mich.

»Wie wäre es, wenn wir nach sich überschneidenden Namen Ausschau halten?«, redete ich weiter auf ihn ein. »Ich weiß, dass du in Jennys Vermisstenfall ermittelt hast. Du hast doch sicher Zugang zu Unterlagen, die ich mir ansehen kann.«

Das Paar am Nachbartisch ignorierte uns jetzt demonstrativ. Abs zuckte nicht mal mit der Wimper.

»Bist du sicher, dass du das willst?«, fragte er.

Ich schluckte den Kloß im Hals herunter.

»Was zum Teufel meinst du damit?«

»Du weißt, was passiert, wenn bekannt wird, dass wir uns den Fall noch mal vornehmen.«

»Es muss ja niemand davon erfahren. Nicht mal deine Kollegen.«

»Ich soll nicht erzählen, warum ich das Material wieder hervorkrame?«

Ich biss in mein Sandwich.

»Behalt einfach die Dinge für dich, von denen die anderen nichts wissen müssen.«

Abs betrachtete mich.

»So sehr ich deine Gehirnkapazitäten schätze, Bjørk, ich will dich nicht noch einmal in so eine Sache hineinziehen. Was du damals alles durchmachen musstest, geht teilweise auf meine Kappe.«

Ich blinzelte. »Das ist deine Chance, es wiedergutzumachen.«

Er schüttelte den Kopf. »Die Medien dürfen dich nicht noch einmal an den Pranger stellen.«

»Wurde Jenny damals nach dem Brand verhört?«

»Ja, sie war zur Vernehmung da.«

»Kann ich das Protokoll einsehen?«

»Was hoffst du dort zu finden?«

»Kann ich es mir ansehen?«, wiederholte ich meine Frage. »Ich will nur einen raschen Blick darauf werfen. Dafür brauche ich keinen Zugang zum System, ein Ausdruck würde mir reichen. Please.«

Die meisten Kollegen hielten Außenstehende auf Distanz. Nicht so Abs, wenn er nicht musste.

»Es gibt ein Video«, sagte er. »Der Fall wurde vor bald zwanzig Jahren geschlossen. Komm morgen im Laufe des Tages vorbei, dann suche ich es für dich raus.«

Ich konnte meinen Eifer nicht verbergen. Abs schaute nachdenklich auf seine Hände.

»Du könntest noch etwas anderes tun. Nicht ganz im Rahmen, aber nützlich fürs Verständnis des Verhörprotokolls.«

»Ich bin ganz Ohr.«

»Der für den Bootsunfall verantwortliche Ermittlungsleiter lebt am Ortsrand von Lillestrøm. Ein pensionierter Stinkstiefel, der mich nie leiden konnte. Vielleicht stattest du ihm einen Besuch ab und schaust, ob er Informationen für dich hat, die den Fall etwas verständlicher machen.«

Der Bettler vor dem Café hielt das Sandwich in einer dankenden Geste vor sich hoch, als er mich rauskommen sah. Dann stand er auf und fing laut an zu proklamieren.

»Was ist die Hölle? Die Erinnerung daran, genau dieses Leben immer und immer wieder durchleben zu müssen. Bis in alle Ewigkeit.«

18

Die Adresse in Lillestrøm, die Abs mir gegeben hatte, lag
ein Stück oberhalb des Bahnhofs auf der gegenüberliegenden Flussseite.

Das Wasser floss träge und grün dahin. Die Algenblüte
war sicher den viel zu wenigen Niederschlägen, hohen
Temperaturen und der Überdüngung in der Landwirt-
schaft zu verdanken, dachte ich, als ich in das schleimige
Wasser schaute. Hatte Hege sich womöglich an dem Ort
das Leben genommen, an dem ihre Tochter verschwunden war?

Kurz darauf stand ich vor der hüfthohen Hecke eines
gepflegten weißen Hauses in einem großen Garten. Eine
Treppe führte hinauf auf eine kleine Veranda vor der Tür.
Am Geländer lehnte ein älterer, großer Mann mit vollem,
zum silbergrauen Bart passenden Haar. Neben ihm stand
eine Frau in meinem Alter. Preppy Style, das honigfarbene
Haar im Nacken gelockt. Ihr Gesicht sah ich nur im Profil.
Sie wirkte kräftig, hatte breite Schultern.

Die Frau war sichtlich gestresst, ihr Körper konstant in
Bewegung. Sie fuhr sich mit den Fingern durchs Haar, trat
zwei Schritte weg von dem Mann und verschränkte die
Arme vor der Brust.

Ich beobachtete sie eine Weile, hörte an ihrem Tonfall,
dass sie außer sich war. Als sie wenig später die Treppe

runterlief, bückte ich mich und machte mich am Riemen meiner Sandalen zu schaffen.

Der Kies knirschte, und ich hob den Blick. Die Frau kam direkt auf mich zu, ignorierte mich aber komplett. Wischte sich mit einem Finger unter den Augen entlang und ging weiter in Richtung Brücke.

War das Jennys alte Freundin Signe? Ich hatte sie nur auf den Fotos in Jennys Zimmer gesehen, aber sie sah ihr ähnlich. Ich folgte ihr mit dem Blick, bis sie nicht mehr zu sehen war. Dann ging ich zu dem schicken Haus und klingelte.

»Bjørk Isdahl«, stellte ich mich vor, als er aufmachte, und wartete auf eine Reaktion, die ausblieb.

Er starrte mich mit versteinerter Miene an und schob den Hemdärmel über eine hautfarbene Bandage am Handgelenk.

Ich nahm innerlich Anlauf. »Vielleicht irre ich mich, aber wenn ich richtig informiert bin, haben Sie vor achtzehn Jahren in einem Vermisstenfall ermittelt?«

»Davon gab es ein paar.«

»Jenny Brodersen. Sie ist während einer Bootstour auf dem Øyeren verschwunden.«

Er warf einen Blick runter zu Straße, wo eben noch die Frau gewesen war.

»Sie ist nicht verschwunden, das war ein Unglück. Der Fall wurde geklärt.«

Ich legte meine Hand an die Tür, als er sie schließen wollte.

»Die Leiche wurde nie gefunden.«

»So etwas kommt vor.«

»Aber nicht so häufig.«

»Sind Sie Journalistin?« Er spuckte die Frage förmlich aus. »In diesem Fall verziehen Sie sich.«

»Profilerin«, sagte ich und bewegte mich keinen Millimeter vom Fleck. »Ich habe mit der Polizei zusammengearbeitet. Es geht mir nicht um das Mädchen, sondern um ihre Mutter.«

Er kratzte sich am Oberarm und schlug nach einem Insekt. »Da müssen Sie sich an die Polizeibehörde wenden.«

Ich fragte mich ernsthaft, wieso Abs mir vorgeschlagen hatte, mit dem Kerl zu sprechen. Hätte er mir nicht genauso gut über Jennys Verschwinden berichten können?

»Ich würde aber gerne mit Ihnen darüber reden«, sagte ich. »Was denken Sie darüber, dass die Leiche nie gefunden wurde?«

»Ging es Ihnen nicht um die Mutter?«

»Die Mutter ist verschwunden«, sagte ich. »Ich will Ihre Zeit gar nicht unnötig strapazieren. Darf ich kurz reinkommen?«

»Sie sind keine Journalistin?« Er starrte mich an. Dann schien ihm plötzlich ein Licht aufzugehen. »Sie sind das, jetzt ...«

»Ja, ich bin es«, fiel ich ihm ins Wort. »Dann wissen Sie ja auch, dass ich nicht so leicht aufgebe.«

Endlich schien er nachzugeben, aber statt mich hereinzubitten, trat er nach draußen auf den Treppenabsatz, lehnte sich wieder an das Geländer und verschränkte die Arme vor der Brust.

»Es wurden Taucher in die betreffenden Gebiete geschickt«, sagte er schließlich. »Sie haben eine Woche mehrere Suchaktionen durchgeführt, ohne Resultat. Haben alle Inseln durchkämmt. Um den Øyeren gibt es weitflächige Feuchtgebiete mit dichten Schilfgürteln und unwegsamem Gelände. Beim Frühjahrshochwasser transportiert die Glomma große Mengen Treibholz. In dem riesigen Binnendelta gibt es jede Menge Stellen, an denen man hängen bleiben kann.« Er seufzte.

»Ist Ihnen im Laufe der Ermittlungen irgendetwas Ungewöhnliches aufgefallen?«, fragte ich, ohne ihn aus den Augen zu lassen.

Er lächelte matt. »Einer der Teenager, Noah, gab an, dass er ein anderes Boot gehört hätte.«

»War die Aussage glaubwürdig?«

»Es war ein schöner Abend, da waren viele Boote unterwegs. Aber umgekehrt hat keiner der Jugendlichen irgendetwas Kriminelles bemerkt.«

»Und Sie haben ihnen abgenommen, dass sie keine Ahnung hatten, was mit Jenny passiert ist?«

»Es gab keinen Grund, das zu bezweifeln. Alle drei haben nur Gutes über Jenny gesagt. Laut ihrer Aussage war sie witzig und intelligent, aber oft missverstanden.«

»Missverstanden?« *Merkwürdig* hatte Rita gesagt.

»Das haben sie ausgesagt«, sagte der Mann mit einem Grunzen. »Ich hatte damals selbst Kinder in dem Alter.«

»Könnte es Selbstmord gewesen sein?«, fragte ich.

In seinem Gesicht war nicht ein Hauch Empathie zu sehen. Er musterte mich so gleichgültig, als ginge ihn das alles nichts an.

»Es hat nichts darauf hingedeutet. Kein Abschiedsbrief oder irgendeine andere Erklärung.«

Ich war geneigt, ihm zuzustimmen. Die meisten Menschen, die nicht mehr leben wollten, hatten das starke

Bedürfnis, den Grund dafür mitzuteilen. Da unterschieden Jugendliche sich nicht grundlegend von Erwachsenen.

Auch Hege hatte keinen Brief hinterlassen. Ich drehte mich um und schaute auf die schimmernde Oberfläche des Flusses.

»Gibt es vielleicht das eine oder andere ...«, setzte ich an, aber er fiel mir ins Wort.

»Hören Sie. Ich würde diesen schönen Sommertag gerne mit meiner reizenden Frau und einem Glas Eistee im Garten genießen.« Er stieß sich mit dem Gesäß vom Geländer ab. »Wenn Sie also fertig wären.«

»Nein, eine Frage hätte ich noch.«

»Okay, eine Frage.«

»Gab es eine gegen das Mädchen gerichtete Bedrohung?«

»Was verstehen Sie unter Bedrohung?«

»Ein Vorfall, der im Nachhinein unangenehm aufgefallen ist?«

»Nein.«

»Was ist mit dem Hüttenbrand?«

Er schüttelte den Kopf, öffnete die Tür. »Dafür waren andere zuständig. Wiedersehen.«

»Mir ist eine Frau entgegengekommen, als ich hier ankam«, sagte ich, ehe er die Tür ganz zugezogen hatte. »Ich habe das Gefühl, sie schon mal irgendwo gesehen zu haben.«

Er schob den Kopf heraus. »Sie hatten Ihre letzte Frage schon.«

»Danach gehe ich, versprochen.«

Er unterdrückte ein Gähnen. Rieb sich den Nacken, als überlegte er, was er sagen wollte.

Ich erkannte die Lüge, noch ehe er sie aussprach.

»Die Tochter eines Bekannten.«

19

Jenny, 2006

Signe ist zwei Jahre älter als ich, Handballstar, bärenstark und total selbstbewusst. Camilla versteht überhaupt nicht, wieso sie sich mit mir abgibt. Ich auch nicht.

Als ich sie vor der Festung in Oslo treffe, sind Anders und Noah bei ihr. Anders hat einen krummen Rücken und fettige Haare. Wenn man nicht so genau hinguckt, sieht er eigentlich ganz gut aus, er ist aber ziemlich schräg drauf. Er setzt einen schweren Rucksack im Gras ab und öffnet ihn. Eine große Kamera kommt zum Vorschein. Er nimmt sie nicht heraus, lässt sie nur gerade so aus der Öffnung ragen, um bereit für das perfekte Motiv zu sein, sagt er. Ich könnte wetten, dass er nur damit angeben will.

Noah ist Anders' absolutes Gegenteil. Er ist lässig, schlank, aber muskulös. Frisch gebügeltes Hemd. Barfuß in sogenannten Loafers. Seine dunklen Augen sind immer neugierig, interessiert. Laut Signe ist er supersmart und will auf die Business School.

Er zieht die Schuhe aus und legt sich ins Gras, stützt sich auf den Ellenbogen ab. Grinst mich frech an. Und da fällt es mir wie Schuppen von den Augen. Die Nachrichten kommen von ihm. Garantiert. Ich ziehe wie er meine Schuhe und Socken aus, erwidere sein Lächeln, um ihm zu signalisieren, dass ich Bescheid weiß.

Signe hat Weißwein und Erdbeeren gekauft. Es sind viele Leute unterwegs. So spät am Abend ist der Fjord blauschwarz. Vor uns scheinen die rot glühenden Lampen der Restaurants auf Aker Brygge. Eine magere junge Frau mit feuerroten Haaren und Sommersprossen auf porzellanweißer Haut klimpert auf einer Gitarre herum. Fängt an zu singen. Mit tiefer, leiser Stimme. Fast wie ein Mann.

Signe verteilt Gläser und öffnet die Flasche.

»Wie gefällt dir die Stadt?«, fragt Anders.

Redet er mit mir? Ja, er sieht mich an. Ich trinke einen Schluck Wein, um mir eine Antwort zu überlegen. Huste, als ich merke, wie sauer er ist. Schiebe mir schnell eine Erdbeere in den Mund.

»Wie meinst du das?«

Anders sieht sich um. »Der Fjord. Die Ruhe, verglichen mit anderen Großstädten. Und die Nähe zum Land, natürlich.«

Ich war noch nie in einer anderen Großstadt, nur in dem Kaff in Spanien, wo Papa herkommt. Aber dann fällt mir ein, was Mamas Freundin mal gesagt hat. Dass die Nähe zur Natur das Beste an Oslo ist und es im Sommer keinen tolleren Ort gibt.

Anders nickt. Er weiß nicht, dass der Wald mir Angst macht. Dass ich mir alle möglichen Sachen eingebildet habe, wenn Papa mit mir Pilze sammeln war. Dass ich Angst vor der Gestalt habe, die ich nachts in unserem Garten sehe.

Ich trinke noch einen Schluck Wein, und noch einen. Der Alkohol steigt mir direkt zu Kopf. Signe und Noah sitzen dicht nebeneinander und drehen fette Kippen, die süß riechen. Gras. Sie reichen den Joint weiter an Anders, der mich mit Fragen bombardiert.

Was mich an der Natur am meisten fasziniert? Was ich an anderen Menschen schätze? Ob ich schon mal darüber nachgedacht habe, dass die Erde im Universum kleiner als ein Staubkorn ist?

Erwartet er eine Antwort?

»Glaubst du an einen Sinn im Leben?«, frage ich zurück. »Oder ist es nur ein zufälliger Raum, in dem wir herumtaumeln?«

Die Worte fallen mir einfach so aus dem Mund. Shit, wie peinlich. Das muss ich in irgendeinem Film aufgeschnappt haben.

Anders hält mir wortlos den Joint hin.

»Ich glaube, wir sind alle Sklaven«, sagt er.

Ich reibe meine Füße aneinander. »Wieso Sklaven?«

»Wir lassen uns viel zu sehr von den Meinungen anderer lenken, von schlechten Erfahrungen, der Angst, nicht geliebt zu werden.«

»Hört, hört, Philosoph Anders«, sagt Signe und reicht ihm eine neue Weinflasche.

Er nimmt sie, öffnet sie und gibt sie Signe zurück. Als er sich zurücklehnt, streicht er wie zufällig mit seiner Hand über meine nackten Füße. Ich verkrampfe mich innerlich. Schiele rüber zu Signe, die nur Augen für Noah hat. Sie spitzt die Lippen und wird rot, als er etwas zu ihr sagt, das ich nicht verstehe.

Anders rückt näher an mich heran, sein Mund ist fast an meinem Ohr. »Versteh mich jetzt nicht falsch, aber ich hab irgendwie das Gefühl, dass in dir eine Fabel schlummert.«

Die Worte treten ein Gedankenkarussell in meinem Kopf los. Eine Fabel? Ich weiß nicht genau, was das Wort bedeutet, aber ich bin nicht dumm. Wie er es gesagt hat: so möchtegernsexy. Und sein Blick streichelt die ganze Zeit über meine Brüste.

»Ah ja?«, sage ich.

»Dunkel und mystisch.«

Ich rutsche weg. Würde am liebsten gehen.

»Habt ihr es schon gehört?«, fragt Noah unvermittelt. »Abends und nachts soll irgendein Kerl durchs Viertel schleichen.«

Ich hab ihn gesehen, will ich gerade sagen, aber Signe kommt mir mit einem Kichern zuvor.

»Bestimmt ein Zombie, der zurück in das Haus will, in dem er seine Familie ermordet hat.«

Anders und Noah lachen. Signe hört gar nicht mehr auf zu kichern. Ich schweige. Weiß, was ich gesehen habe, will aber nicht, dass die anderen mich für eine Spinnerin halten. Ich schaue rüber zu der Gitarrenspielerin. Sie sitzt auf einer umgedrehten Bierkiste, drei Typen liegen vor ihr im Gras.

Anders zupft an meinem Kleid. Er hat die Kamera aus dem Rucksack genommen, sieht hindurch und dreht sich zu mir. Ich schaue direkt in die Linse, ausdruckslos. Höre ein Klicken, dann noch eins. Trinke mehr Wein und schaue über den Fjord, während er weitere Fotos schießt.

Sieh zu und lerne, hat Papa gesagt, als wir den Flamenco-tänzerinnen zugeschaut haben. Ob er das hier damit gemeint hat?

20

Auf der Zugfahrt in die Stadt glaubte ich, das Gesicht zu sehen, das sich mir so ins Gedächtnis eingebrannt hatte. Die drei letzten Jahre waren nicht gnädig zu ihr gewesen. Ihr Haar war stumpf und grau, das Gesicht aschfahl. Die ehemalige Chefin eines internationalen Technologieunternehmens, der die Welt offengestanden hatte, strahlte nicht mal mehr einen Hauch von Stolz aus.

»Alles okay?«, fragte ein Mann mit breitem Kreuz und ausgewaschenem Fußballtrikot, als ich von meinem Platz aufsprang und durch den Gang davonstolperte. »Ist Ihnen schlecht?«

»Alles gut«, flüsterte ich und wischte mir Schweiß von der Oberlippe. Ich kam mir so feige vor, weil ich ihr nicht in die Augen sehen konnte.

Ein Kind begann zu weinen. Ich schaute über die Schulter. Wurde von anderen Reisenden weitergeschoben. Fand keinen neuen Sitzplatz und passte mich dem rhythmischen Schwanken einer Gruppe Jugendlicher mit dicken Rucksäcken an.

Als der Zug in einen Tunnel fuhr, drehte ich mich noch einmal zu der Frau um, aber sie war weg.

Es kam hin und wieder vor, dass ich glaubte, sie zu sehen, und jedes Mal überlegte ich, zu ihr zu gehen und sie anzusprechen, um dann doch nur festzustellen, dass ich die Person nicht kannte. Ich hatte mehrmals in Erwägung gezogen, sie zu besuchen, aber dazu war ich zu feige.

Zehn Minuten später fuhren wir aus dem Tunnel in den Hauptbahnhof ein. Die Passagiere purzelten geradezu auf den Bahnsteig. Ich drängelte nach draußen, und da stand sie. Ihr Körper zerbrechlich, die Augen tief in den Höhlen versunken. Diesmal war es keine Einbildung. Sie sah aus, als wüsste sie nicht, wie sie sich in der Menschenmenge bewegen sollte. Ich machte mich so klein wie möglich, damit sie mich nicht sah, senkte den Kopf und ließ mir die Haare ins Gesicht fallen. Aber sie blickte direkt in meine Richtung. Lyras Mutter. Sie brauchte nichts zu sagen, ich konnte ihre Gedanken auch ohne Worte lesen.

Warum hast du ihn nicht gefunden?

Flucht war unmöglich. Ich blieb wie festgewachsen auf dem Bahnsteig stehen. Versuchte, ihren Blick zu ertragen, mitten in dem lauten Stimmengewirr. Da legte sie plötzlich die Hände auf die Ohren, krümmte sich und verschwand in der Østbanehalle. Ich blieb stehen, kurzatmig und kraftlos.

Während der Ermittlungen hatte ich mich immer wieder zur emotionalen Distanz zu den Opfern und ihren Angehörigen ermahnt, eine essenzielle Überlebensstrategie für die Arbeit. Jetzt, da ich selbst Mutter war, wurde mir klar, dass es unmöglich war, nicht davon berührt zu werden.

In der Østbanehalle roch es nach Schweiß und Fritten. Ich schob mich durch die Menschenmenge. Mein Magen zog sich zusammen, als die Fäden sich neu verknüpften. Jennys Ähnlichkeit mit Lyra und Henriette, deren Leichen an dem Ort gefunden worden waren, an dem Jenny zuletzt gewesen war. Der Mann mit der Mütze auf Jennys Selfie, und Hege, die hartnäckig behauptete, dass ihre Tochter umgebracht worden war.

War Jenny sein erstes Opfer?

Und war er seitdem aktiv?

Wie viele weitere tote Mädchen gab es noch?

Wenn Hege seine Identität kannte, konnte es im Haus noch andere Spuren geben. Noch hatte ich den Schlüssel, ich musste ihn aber Abs geben.

Neben dem Eingang zum Shoppingcenter lag eine kleine Werkstatt.

»Wie lange dauert es, einen Schlüssel nachzumachen?«, fragte ich den Mann hinterm Tresen.

»Fünf Minuten.«

Kurz darauf verließ ich mit schlechtem Gewissen den Laden. Was würde passieren, wenn herauskam, dass ich mir einfach so einen Nachschlüssel gemacht hatte? Wie eine Kleinkriminelle versuchte ich, die Tat zu bagatellisieren. Ich steckte den Schlüssel in die Tasche und redete mir ein, dass ich ihn ja doch nicht benutzen würde.

21

Die Männer wurden in den Raum geführt. Sie setzten sich auf ihre angestammten Plätze, Leif ganz vorne auf den Stuhlrand.

»Wer möchte heute anfangen?«, fragte ich.

Alle sahen zu Leif. Kopierten seine Bewegungen und bestätigten so seinen Platz in der Rangordnung. Als er nichts sagte, hob einer der anderen die Hand.

»Denkst du, dass Tiere über ihre Fehler nachdenken?«

Die Nachmittagssonne fiel in Streifen auf seine Haare.

»Fehler?«

»Wenn sie zum Beispiel ein anderes Tier getötet haben …«

Leif stand auf. Ging zum Fenster, sah nach draußen und kam zurück. Stellte sich direkt hinter ihn und legte ihm schwer die Hände auf die Schultern. »Tiere töten, weil sie hungrig sind, nicht aus Rache. Das macht nur der Homo sapiens.«

Die anderen versuchten zu lachen, aber das Lachen blieb ihnen im Hals stecken. Ich dachte an den Doppelmord. An die Instagram-Fotos der beiden Mädchen aus der Wohnung mit der orangefarbenen Retrolampe. Die Polizei hatte beide Handys untersucht, auf keinem davon waren Fotos aus diesem Raum gefunden worden. Auch waren mit den Bildern keine technischen Informationen verlinkt, aus denen man hätte ablesen können, von wo sie verschickt worden waren. Und den Händler der Lampe hatten sie auch nicht gefunden. Niemand im näheren Umfeld der Mädchen kannte die Wohnung. Die Wandfarbe war in vielen Läden zu finden, das warme Braun war beliebt. Es wurde sogar untersucht, in welchem Winkel das Licht in den Raum fiel, um etwas über die Ausrichtung der Wohnung und den Zeitpunkt der Aufnahme sagen zu können.

Gebracht hatte das alles nichts.

Ich zeigte auf den Stuhl, damit Leif sich wieder setzte.

»Tiere können Trauer empfinden«, sagte ich. »Elefanten besuchen die sterblichen Überreste von Familienmitgliedern. Schimpansen adoptieren Junge und betrauern ihre Toten. Terrassentür sind mehrfach bei ihren toten Kälbern gesehen worden.«

»Ich meinte, wenn sie durch ein Versehen töten.«

»Könntest du das etwas vertiefen?«

Er richtete sich auf. »2017 wurden dreihundert Schafe von einer einzigen Wölfin gerissen. Ich glaube nicht, dass sie getötet hat, weil sie hungrig war.«

Leif kicherte. »Du fragst dich ernsthaft, ob die Wölfin das bereut?«

»Sie wurde erschossen.«

»Manche Lebewesen töten aus Lust«, sagte Leif. »So wie erwachsene Männer auf die Jagd gehen.«

Der andere öffnete den Mund, um zu protestieren, hielt dann aber inne. Ich hatte längst verstanden, dass er von dem Mord sprach, den er selbst begangen hatte.

»Ich habe keine Antwort«, sagte ich. »Ich bezweifle aber, dass wir Menschen das Monopol auf Gefühle haben. Es mehren sich die Meinungen, dass es an der Zeit für eine evolutionäre Einschätzung aller Aspekte von Scham, Schuld und Liebe ist.«

Leif spreizte die Beine und stützte die Ellenbogen auf den Knien ab. »Es wäre sicher das Beste, wie ein Wolf zu leben. Ohne Reue. Dann schläft man nachts ruhiger.«

»Er hatte was gegen mich in der Hand«, sagte der andere und starrte vor sich hin. »Wenn das rausgekommen wäre, wäre alles kaputt gewesen.«

Ein wachsamer Zug lag auf seinem Gesicht, und die nächsten Worte waren kaum zu verstehen. »Schon blöd, dass ich zu spät kapiert habe, dass ich mir mit dem Mord noch viel mehr kaputt mache.«

22

Jenny, 2006

Die Nachrichten kommen jetzt häufiger, aber er gibt sich noch immer nicht zu erkennen. Sagt, dass er mich erst besser kennenlernen will. Ist vermutlich normal, wenn man etwas älter ist.

Immer, wenn das Handy piepst, stockt mir der Atem und ich schwebe durch den leeren Raum. In der Gewissheit, dass ein älterer Junge sich für mich interessiert.

Ich stelle mich zu Hause vor den Spiegel und verfolge, wie meine Kurven immer deutlicher werden. Ein paar Wochen sind vergangen, und wir haben immer öfter Kontakt. In der Regel meldet er sich, wenn ich ins Bett gegangen bin. Sagt, er wäre gerne jemand, dem ich mich anvertrauen mag. Dass wir über alles reden können. Manchmal fragt er mich, was ich trage, und schickt mir nette Komplimente. Meistens interessiert er sich aber einfach nur für meinen Alltag. Über was ich mit meinen Freundinnen rede und was wir so machen.

Manchmal denke ich mir Sachen aus. Dass ich ins Schwimmbad fahre. Oder Signe bei einem Spiel zusehe. Aber eigentlich traue ich mich nicht zu lügen, weil ich ja weiß, dass er mich beobachtet.

Immer wieder scanne ich die Gegend, suche nach Noahs Gesicht, sehe ihn aber nie.

Hin und wieder erzähle ich was von Mama und dass ich nach Spanien ziehen will. Dann sagt er, dass wir gemeinsam fahren können. Wenn ich ihn frage, was er mal für eine Ausbildung machen will, ob er auf die Handelshochschule will, antwortet er vage. Eigentlich will er immer nur über mich reden.

Zwischendurch denke ich, dass es vielleicht doch nicht Noah ist. Aber wer könnte es sonst sein? Anders? Es muss jemand sein, den ich kenne, da mein Handy auf Papa registriert ist und nur wenige die Nummer haben. Die im Laden haben gesagt, die Nachrichten kämen von einem Prepaid-Handy. Mit einer SIM-Karte, die man nicht registrieren muss.

Einige seiner Nachrichten sind wie kleine Gedichte.

Das Funkeln in deinen Augen zieht mich in seinen Bann.

Lass mich dir etwas Magisches zeigen, etwas, das du noch nie gesehen hast

Einmal hat er mich gefragt, ob ich mit jemandem zusammen bin, und da wusste ich, was er wollte. Dass er seine Arme um mich legen will. Mich küssen. Es tun.

Ich habe geantwortet, dass ich mich nicht für Jungs in meinem Alter interessiere.

23

Das Blut auf dem Asphalt war ein wahres Festmahl für die Fliegen. Das Hinterteil war deformiert, ein Bein ragte schräg in die Luft. Das Maul stand offen, der Blick war leblos. Im Wagen vor mir starrten zwei etwa siebenjährige Jungen entsetzt auf das schwarz-weiß gestreifte Tier mitten auf der Fahrbahn. Als sie vorbei waren, drehten sie sich um und sahen mich durch die Heckscheibe direkt an. Der eine winkte, der andere zeigte mir den Mittelfinger. Dann mussten beide wie verrückt lachen.

Der Verkehr floss wieder schneller, als wir an dem Kadaver vorbei waren. Ich nahm das Handy, um das Tier zu melden, und sah, dass ich eine Nachricht von Abs bekommen hatte. Ich fuhr von der Autobahn ab und hielt in einer Seitenstraße.

Ich habe das Verhörvideo, komm, wenn es passt.

Auf dem Weg nach Bryn geriet der Verkehr immer wieder ins Stocken. Ich parkte ein Stück vom Kriminalamt entfernt und bat Abs, mich draußen zu treffen. Ich war seit meinem Ausscheiden nicht mehr hier gewesen, und heute war nicht der Tag, um das zu ändern.

Abs legte den Speicherstick in meine Hand und schloss meine Finger darum. Ich sah ihm in die Augen.

»Hat die Polizei Heges Handy gefunden?«

»Ja, es war im Haus. Wir versuchen, Kontaktpunkte zu finden. Wo sie im letzten Monat war, und andere elektronische Spuren.«

»Laptop?«

Abs schüttelte den Kopf, sprach aber nicht weiter. Ein Zeichen, dass er mir nicht mehr sagen konnte.

»Weißt du eigentlich, welche Feuerwehreinheit damals zu dem Hüttenbrand ausgerückt ist?«, fragte ich.

»Tut mir leid, nein, das ist achtzehn Jahre her.«

Ich hastete zurück zu meinem Auto. Wollte einsteigen, als ich plötzlich das beklemmende Gefühl hatte, beobachtet zu werden. Ich sah zur anderen Straßenseite hinüber. Scannte die vorbeifahrenden Autos, die Fenster des Hauses gegenüber.

Reiß dich zusammen.

Da war niemand. Und es wollte mir auch niemand an den Kragen. Trotzdem zerbrach ich mir auf dem Weg ins Zentrum das Hirn, welche Fehler wir damals gemacht hatten. Welche Lügen ich hätte durchschauen müssen. Welche Beweise wir ignoriert hatten, weil sie nicht in die Hypothese der Polizei passten. Es war denkbar, dass uns das noch heute jemand vorwarf.

Eine Stunde später parkte ich vor Kristians Haus. Ich schloss den Wagen ab, schloss ihn an die Ladestation an, ging aber nicht hinein. Stattdessen lief ich zu Fuß zu mir nach Hause. Weit entfernt läuteten Kirchenglocken. Das Geräusch verstärkte mein Unbehagen. Wenn Jenny das erste Opfer des Mannes war, hatte er zwanzig Jahre Vorsprung.

Vor dem Mietshaus, in dem ich wohnte, klingelte mein

Handy. Eine unbekannte Nummer. Im letzten Jahr hätte ich einen solchen Anruf weggedrückt, jetzt aber war ich so gespannt auf die Videoaufzeichnung von Jenny, dass ich mich mit fester Stimme meldete.

»Bjørk Isdahl.«

Der Mann am anderen Ende versuchte, genauso taff zu klingen, aber seine Unsicherheit war nicht zu überhören. Er stellte sich als Jacob Thoresen vor.

»Ich studiere Kriminologie«, sagte er, als würde das Vertrauen schaffen.

Ich biss die Zähne aufeinander und antwortete mechanisch. »Ja?«

Der Eifer in seiner Stimme war freundlich und echt. »Ihre Arbeit interessiert mich. Können wir uns treffen? Ich habe eigentlich nur ein paar Fragen.«

War meine Nummer jetzt öffentlich?

»Was für Fragen?«

»Nun, wir haben über Sie diskutiert.«

»Über mich?« War ich jetzt schon Thema im Kriminologiestudium? Eine Art schlechtes Beispiel?

Er lachte. »Keine Angst. Ich rede von der Wutbewältigungsgruppe. Ich wollte wissen, ob wir vielleicht mal darüber reden können.«

Ich fummelte mit dem Schlüssel herum, öffnete die Eingangstür. »Im Moment passt es nicht so gut. Melden Sie sich doch in einem Monat wieder.«

»Ich arbeite an einem Forschungsprojekt.«

»Ich dachte, Sie wären Student?«

»Doktorarbeit.«

»Verstehe.«

Im letzten Jahr hatte ich mehrmals überlegt, in die Forschung zu wechseln, wenn ich im Kriminalamt nicht wieder aufgenommen würde. Die Vorstellung, meine Tage dann immer nur umgeben von Wänden zu verbringen, schnürte mir den Hals zu. Andererseits hat mich kriminelles Handeln schon immer interessiert. Im Moment drängte es mich aber nur, nach oben in die Wohnung zu kommen. Der USB-Stick mit dem Video von Jennys Zeugenaussage brannte zwischen meinen Fingern.

»Rufen Sie später noch mal an, ja? In zwei Wochen, vielleicht?«

»Verstehe«, sagte er. »Dann versuche ich mal, mich in Geduld zu üben.«

Eine Viertelstunde später saß ich auf dem Sofa mit einer Tasse Hagebuttentee und Knäckebrot mit Brunost. Ich lud die Videodatei auf meinen Rechner und wartete, bis sie sich öffnete. Knetete meine Hände. Das Verhör fand in einem dieser gemütlich eingerichteten Räume für die Befragungen von Kindern und Jugendlichen statt. Jenny saß auf einem schmalen Sofa, neben ihr Hege. Ihnen gegenüber eine Beamtin in Zivil. Ihre Körpersprache ließ erkennen, dass sie mit solchen Situationen vertraut war, Jenny und ihre Mutter hingegen waren sichtlich angespannt.

»Wie lautet dein voller Name?«, fragte die Polizistin.

Jenny trug ihre dunklen Haare in einem Pferdeschwanz, der schwer über ihrem geblümten Kleid hing. Ihre Brüste waren bereits gut entwickelt.

»Jenny Brodersen.«

»Fangen wir ganz vorne an. Erzähl uns von dem Abend.«

»Ich hab ja schon gesagt, dass es meine Idee war«, sagte das Mädchen ruhig. Sie steckte sich die Spitze des Pferdeschwanzes in den Mund, saugte kurz daran und warf ihn dann wieder über die Schulter nach hinten. In einer Hand hielt sie etwas. Umklammerte es wie einen Stressball.

Die Ermittlerin machte sich Notizen und bat Jenny, den Handlungsverlauf zu beschreiben.

»Da gibt es nicht viel zu sagen. Ich bin zur Hütte gegangen und habe sie angesteckt.«

»Woher hattest du das Benzin?«

»Vom Auto des Nachbarn abgepumpt.«

Die konkreten Geschehnisse wurden im Detail erklärt, mehr aber auch nicht. Ich sah es vor mir und wartete auf die entscheidende Frage, die aber nicht kam. Warum erkundigte die Ermittlerin sich nicht nach den Beweggründen? Es musste doch einen Grund dafür geben, dass ein vierzehnjähriges Mädchen zwei Stunden mit einem Benzinkanister im Rucksack durch den Wald lief. Die Zielstrebigkeit, mit der sie vorgegangen war, sah man ihr noch im Verhör deutlich an, aber die Ermittlerin schien es nicht zu bemerken. Sie interessierte sich nur für die Details des Feuers und bemerkte nichts von der Wut, die in dem Mädchen steckte.

»Ich habe es dem Lehrer und der Schulschwester gesagt«, fuhr Jenny mit einem Schnauben fort. »Dass ich das tue, aber scheinbar ist das ja allen egal.«

»Was ist egal?«, fragte die Beamtin.

Jenny starrte sie apathisch an. Die Frau war empathisch wie eine Schaufensterpuppe.

»Er hat Jagd auf mich gemacht.«

»Wer? Wo?«

»Ich habe das gespürt. Im Wald. Er hat mich gejagt.«

Hege sah besorgt zu ihrer Tochter. Kaute auf ihrer Unterlippe, während Jenny abwechselnd an ihren Haaren und den Trägern des rosa BHs zupfte. Sie zog das linke Bein auf dem Sofa unter sich. Während die Beamtin ihre Befragung fortsetzte, drehte Jenny das Ding in ihrer Hand. Knetete es. Es war gelb, das konnte ich sehen. Gelb und flach.

Meine Hand zuckte, als ich erkannte, was es war, der Tee schwappte aus der Tasse über mein Handgelenk. Ich ignorierte den Schmerz. Das war der Zusammenhang, nachdem ich suchte. Der Hinweis, der alles ändern konnte. Ein Detail, mindestens so wichtig wie die Mütze.

Eine dreieckige, gelbe Ohrmarke. Wie die, mit denen Lyra und Henriette markiert worden waren.

24

Verbissen spulte ich das Video weiter. Fror das Bild ein, auf dem Jenny die Marke hielt. Beugte mich dicht zum Bildschirm vor, um hundert Prozent sicher zu sein, dass ich mich nicht irrte. Ich nahm das Telefon, machte ein Foto vom Display und schickte es an Abs.

Jetzt war ich mir vollkommen sicher. Lyra und Henriette waren nicht die ersten Opfer. Das war Jenny.

Hatten die Mädchen die Marken zu einem früheren Zeitpunkt bekommen? Hatten sie sie bei sich, als sie gekidnappt wurden? Das würde dann aber bedeuten, dass er sie schon vorher kannte und die Mädchen das für sich behalten hatten.

Ich klappte den Laptop auf und öffnete die Notizenapp, in der ich Ideen und Vorschläge sammelte, was wir möglicherweise übersehen haben könnten. Es gab Karten und Diagramme, die die Bewegungen dokumentierten, Zeitlinien und geografische Details. Chronologische Abfolgen der Geschehnisse vor und nach den Morden, teilweise mit neuen Deutungen. Ich hatte all das längst an Abs geschickt, der nur wenige meiner Nachrichten beantwortet hatte.

Jetzt fügte ich neue Gedanken hinzu. Als fünf Minuten vergangen waren, ohne dass Abs zurückgerufen hatte, drückte ich noch einmal auf seinen Namen. Er ging nicht ans Telefon. Ich versuchte es erneut. Dann noch einmal.

»Verstehst du die Zeichen wirklich nicht, Bjørk?«

»Es ist derselbe Mann«, sagte ich. »Jenny wurde vom selben Täter getötet.«

Ich wiederholte, was wir bereits diskutiert hatten: Die Schule, die Marken, die Mütze. Erzählte, dass Jenny beim Verhör gesagt hatte, jemand sei ihr in den Wald gefolgt, nein, jemand habe *Jagd* auf sie gemacht.

»Ich schaue mir die Sache noch einmal an«, sagte er.

»Wie du dir all die anderen Sachen angesehen hast, die ich dir geschickt habe? Wandert das direkt in den Papierkorb, oder hast du einen Spamfilter für meine Mails?«

Die folgende Pause sagte mir, dass ich den Ball flachhalten sollte.

»Die Einheit Ost hat die Suche nach Hege verstärkt«, sagte Abs. »Halt still, bis wir sie gefunden haben. Dann können wir reden, okay?«

Niemals. Wenn Jenny das erste Opfer des Mannes war, gab es mit Sicherheit noch weitere. Ich konnte nicht auf Ermittlungsergebnisse warten, die vielleicht erst in ferner Zukunft kamen.

»Natürlich«, sagte ich. »Wir machen es so, wie du willst.«

Die Dunkelheit lag grauschwarz über dem Wohngebiet, als ich vorsichtig über die Einfahrt von Heges Haus ging. Natürlich sollte ich nicht hier sein, sondern zu Hause bei meiner Tochter. Sollte jede Minute ihrer kurzen Säuglingszeit mit ihr verbringen und nicht wie eine Diebin hier herumschleichen.

Eine einzelne Fledermaus flog zwischen den Obstbäumen hindurch. In den Fenstern bei Britt war alles dunkel.

Ich hörte das Klicken, als ich mit meinem unerlaubt kopierten Schlüssel die Tür aufschloss, und spürte mich magisch hineingezogen in das leere Haus. Ich machte kein Licht, schaltete aber in der oberen Etage die Taschenlampe meines Handys ein.

Der Läufer vor Heges Schlafzimmer lag schief und etwas faltig da, als wäre jemand damit weggerutscht. Ich stellte mir Hege vor. Wie sie vom Schlafzimmer zur Treppe ging. Aber das passte nicht, also versuchte ich es noch einmal. Aus dem Bad lief ich über den Flur zu Heges Schlafzimmer. War sie gerannt und mit dem Teppich weggerutscht?

Der Geruch, der mir schon beim letzten Mal aufgefallen war, zog mich ins Bad. Waschbecken und Dusche waren blitzsauber. Die ordentlich gefalteten Handtücher erinnerten mich an meine eigene spartanisch eingerichtete Wohnung. Aber der Geruch passte nicht zu dieser pedantischen Sauberkeit. Ich ging zur Toilette. Und richtig. Es war nicht abgezogen worden, mehrere Tage alter Urin stank mit Toilettenpapierresten um die Wette.

Stück für Stück nahmen die Geschehnisse in meinem Kopf Gestalt an. Hege hatte auf der Toilette gesessen, war von etwas überrascht worden und hektisch ins Schlafzimmer gelaufen, ohne zu spülen. Aber was wollte sie dort? Hätte sie sich verstecken wollen, wäre der Raum ihrer Tochter neben dem Bad die bessere Wahl gewesen.

Oder hatte sie etwas geholt und in die schwarze Tasche gestopft, mit der sie das Haus verlassen hatte?

Ich durchsuchte die Schubladen des Nachttisches und den Schrank in Heges Schlafzimmer. Schob Pullover, Hosen und andere dunkle Sachen hin und her und stutzte erneut über die Aussage des Nachbarmädchens, dass Hege das Haus in weißen Hosen und einer roten Tunika verlassen hätte.

Ich war auf dem Weg nach unten, als ein Geräusch die Stille durchbrach. Erst war ich mir nicht sicher, doch dann waren die Schritte draußen auf dem Kies deutlich zu hören. Hastig schaltete ich das Licht aus und schlich zurück in Heges Schlafzimmer. Stellte mich hinter die Gardine und sah durch den Spalt.

Eine Silhouette bewegte sich durch den Garten. Der Umriss eines großen Mannes mit dunklen Kleidern und Kapuzenpulli. Grau vor Grau in einer fließenden Bewegung. Ich folgte ihm, bis er in den Schatten der Apfelbäume verschwand. Trat vom Fenster zurück. Niemand durfte mich hier sehen. Ritas Aussage war damit bestätigt. Offensichtlich war Heges Angst tatsächlich begründet gewesen.

Ich blieb starr wie in einem Vakuum stehen, bis ein leises Knirschen meinen Körper in Alarmbereitschaft versetzte – das unverkennbare Geräusch einer Türklinke. Dann ein Knarren, als die Tür geöffnet wurde. Ich huschte mit wenigen Schritten zum Treppenabsatz, ging auf die Knie und sah durch das Geländer nach unten. Legte das Kinn auf den kühlen Boden und versuchte, den Eindringling zu sehen. Plötzlich zuckte ein blasser Lichtkegel im Dunkeln hin und her. Die Schritte klangen wie Schläge aufs Trommelfell.

Er bewegte sich unvorsichtiger. Vermutlich, weil er glaubte, allein zu sein. Ich atmete lautlos aus. Hörte ihn den Raum durchsuchen. Schubladen und Schränke öffnen. Papiere durchblättern. Dann schob er einen Stuhl an den Esstisch. Er arbeitete schnell. Während ich die Schatten unter mir verfolgte, kam mir die Erkenntnis, dass er nach oben kommen würde, wenn er unten nicht fündig wurde.

Das Schleifen seiner Schuhsohlen über den Boden näherte sich der Treppe. Ich spannte die Muskeln an, wollte aufstehen, bereitete mich auf den Kampf vor. Doch dann drehte er unvermittelt ab, blieb stehen und schaltete schließlich das Licht aus. Hatte er mich gehört?

Ich drückte die Wange auf den Boden und machte mich ganz klein, schob mich vor, um einen Blick auf ihn zu erhaschen. Verfluchte mich für meine Neugier, meine Sturheit, die zur Folge hatte, dass ich mich jetzt vor einem Mörder verstecken musste.

Die Treppe knarrte. Er kam nach oben. Leise kroch ich zurück. Schob mich gebückt in Heges Zimmer. Öffnete das Fenster und beugte mich nach draußen. Schlug mit der Hand zweimal gegen die Außenwand und hielt die Luft an. Hoffte darauf, dass er einen Schrecken bekommen und das Weite suchen würde. Aber nein, die schweren Schritte kamen näher. Gemächlich. Als wüsste er, dass er nicht allein war, aber die Übermacht hatte. Ich schloss das Fenster lautlos, legte mich flach auf den Boden und schob mich so weit wie möglich unter das Bett, wobei ich die ganze Zeit zur Tür schaute.

Joggingschuhe und dunkle Jeans tauchten in der Türöffnung auf. Ich lag wie gelähmt da, mein Herz klopfte wild. Krampfhaft umklammerte ich mein Handy. Starrte auf die Schuhe. Ziemlich ausgelatscht, rot-orange. Unter der schwarzen Silhouette des Pumas war ein schmutziger Riss.

Die Taschenlampe ging an, der Lichtkegel huschte durch den Raum. In den Kleiderschrank und durch die Schubladen der Kommode. Den Nachttisch. Ich fühlte mich unter dem Bett angreifbarer und verletzlicher, als wenn ich jetzt über die Treppe nach unten und aus dem Haus stürmen würde. Ich musste einen Entschluss fassen. Schnell. Wenn er sich – und dazu würde es kommen – bückte und unter das Bett schaute, wollte ich schreien. Nach ihm treten. So viel Lärm und Radau machen, dass er zurückschreckte und nach hinten gegen die Kommode knallte.

Er hockte sich hin. Stemmte die Hände auf den Boden.

Ich bereitete mich vor. Ratlos, wie genau ich mich verteidigen sollte, als ein gedämpftes Brummen ertönte. Für den Bruchteil einer Sekunde dachte ich, es wäre mein Handy, dann wurde mit klar, dass es seines sein musste.

»Ja?«, bellte er.

Ein kurzer Satz am anderen Ende.

»Nein, ich finde hier nichts. Verdammte Scheiße.«

Gedämpfte Stimme am anderen Ende, unterbrochen von der wütenden Antwort des Eindringlings.

»Gottverdammt, ist das denn so schwer zu verstehen? Ich kann hier nichts finden!«

Der Lichtkegel schweifte schnell durch den Raum. Er beendete das Gespräch und ging über den Flur zu Jennys Zimmer. Ich atmete langsam aus, schob mich unter dem Bett hervor und stand auf. Blieb gebeugt stehen. Hörte ihn im Nebenzimmer hantieren und dann schnell die Treppe runterlaufen. Er ging nach draußen und schloss die Tür hinter sich. Vergeblich wartete ich auf die Schritte im Kies. Lief zum Fenster und sah ihn durch den Garten zur Hecke laufen. Ich hielt das Handy vor mich. Versuchte, sein Gesicht zu fokussieren, als er plötzlich stehen blieb, sich umdrehte und direkt zu mir sah. Ich duckte mich, kroch wieder unter das Bett und blieb regungslos liegen. Minuten vergingen, aber es blieb still. Aber konnte ich mir wirklich sicher sein, dass er nicht zurückgekommen war? Und mich nicht nur glauben ließ, dass ich allein und außer Gefahr war?

Ich wartete, bis mein Atem sich beruhigte, und noch eine Weile länger. Lag zusammengekauert unter dem Bett, bis ein schwacher Mondschein den Raum in fahlweißes Licht tauchte. Als ich mich unter dem Bett hervorschob, fiel mein Blick auf eine seltsame Form an der Unterseite des Nachttisches. Ich zog die Einweghandschuhe an, die ich mitgenommen hatte. Schob die Hand unter das Tischchen und löste eine flache Plastiktüte, die an der Unterseite klebte. Dann kroch ich ins Freie, öffnete den Beutel und sah hinein. Meine Hände zitterten, als ich die tarnfarbene Strickmütze mit dem gelben Hirschkopflogo erkannte.

»Du kannst das nicht länger ignorieren«, sagte ich. »Nimm mich wieder ins Team.«

Abs untersuchte die Mütze und hielt sie ins Licht der Deckenlampe von Heges Schlafzimmer, während ein nachdenklicher Zug seinen Mund umspielte. Obwohl ich seine Nüchternheit kannte, war ich ungeduldig.

»Der Mann, der hier war, beweist, dass Hege allen Grund hat, Angst zu haben. An dem Abend, als sie verschwand, saß sie auf dem Klo. Irgendetwas hat ihr einen Riesenschrecken eingejagt, und sie ist ins Schlafzimmer gelaufen, um sich zu verstecken. Vielleicht wurde sie entdeckt. Danach wurde sie entweder bedroht und gezwungen, das Haus zu verlassen, oder sie ist geflohen.«

Abs sagte nichts. Manchmal war er so. Hielt den Mund, während sein Gesprächspartner ein Argument vorbrachte, um es dann mit seiner Logik vom Tisch zu fegen.

»Wir müssen vollkommen anders denken«, sagte ich. »Uns fehlt die DNA des Doppelmörders. Die Proben waren kontaminiert, nicht wahr? Ich bin mir sicher, dass Jenny sein erstes Opfer war.«

Abs hörte zu, während sein Blick durchs Zimmer streifte und jedes Detail aufnahm.

»Du glaubst, dass ein Serienmörder sich aufs Wasser begibt und Jenny kidnappt, ohne dass die anderen etwas mitbekommen?«, sagte er schließlich. »Es gibt einfachere Methoden, jemanden umzubringen.«

Er hatte recht, und das ärgerte mich. Bei dem Doppelmord gab es Indizien, dass der Täter Lyra und Henriette vor dem Mord sechs Tage festgehalten hatte. Wir wussten aber nicht, ob er von Anfang an so vorgegangen war. Sein Modus Operandi konnte sich geändert haben. Jenny konnte sein erstes Opfer gewesen sein, und vielleicht hatte Hege das verstanden. Andererseits hatte sie versucht, Jennys drei Freunden den Mord anzulasten.

War einer der drei der Täter, den wir suchten?

»Können wir mit den dreien reden, die auf dem Boot waren?«, fragte ich.

Ein Anflug von Verärgerung huschte über Abs' Gesicht. »Vergiss es, die haben genug durchgemacht.« Er drehte mir den Rücken zu und sah nach draußen in die helle Nacht. »Die Mütze muss ins Labor der Kriminaltechnik. Und wir sollten etwas schlafen.«

»Wir müssen uns das alles noch einmal ansehen«, beharrte ich. »Wir sind davon ausgegangen, dass der Täter berechnend und gründlich vorgegangen ist, aber ...«

Abs beugte sich zu mir vor und nickte. »Ja, ich weiß. Am Anfang hat er mit Sicherheit Fehler gemacht.«

25

Jenny, 2006

»Du weißt, dass du immer zu mir kommen kannst«, sagt Anders.

Ich setze mich zu ihm ins Auto, das er garantiert heimlich von seinem Vater geliehen hat, und schnalle mich an.

Anders fasst mir unters Kinn und dreht mein Gesicht zu sich. »Ich meine es so, du kannst immer zu mir kommen.«

Ich bin nicht gern mit Anders allein, aber ich muss rausfinden, ob er und nicht Noah mir die Nachrichten schickt.

»Sorry. Danke. Fahr los, bevor Mama wach wird.«

Mit einer schwungvollen Bewegung schließt er die Tür und startet den Motor. Eine Weile später parkt er auf einem menschenleeren Parkplatz am Waldrand.

Er lehnt sich zu mir rüber. Will er mich jetzt küssen? Mich anfassen? Als er seine Hand ausstreckt, bringe ich kein Wort über die Lippen, aber er streicht mir nur den Pony aus der Stirn.

»Wie ich mir wünschen würde, dass du endlich deine Maske ablegst, Jenny.«

Ich tue so, als würde ich nicht verstehen, was er damit meint. »Was für eine Maske?«

»Du weißt, wer ich bin. Wäre es nicht langsam an der Zeit, dass du dich mir ... ganz zeigst?«

Ich schnalle mich ab, fummele am Türgriff herum und

stoße die Tür auf. Während ich mich aus dem Auto zwänge, höre ich sein Lachen hinter mir.

»Meine Güte, Mimöschen.«

Ich laufe zum Waldrand, bleibe stehen. Weiß nicht, wohin mit mir.

Anders kommt mit der Kameratasche über der Schulter hinterhergeschlendert.

»Worüber wolltest du mit mir reden?«

»Nichts.«

Es ist kurz vor Mitternacht. Die Sterne glitzern wie Glühwürmchen am Himmel. Bald soll es richtig viele davon geben, hat Anders gesagt, die reinste Invasion.

»Weißt du, dass der Wald weint?« Anders legt den Kopf in den Nacken und atmet tief durch.

Ich tue so, als würde ich ihm nicht zuhören. Will nach Hause, weiß nicht, was ich unangenehmer finde. Mit Anders allein im Auto zu sitzen oder hier draußen zu sein.

»Fühlst du das nicht? Er weint wegen all der Dinge, die der Mensch ihm antut.«

Signe nennt Anders einen Philosophen. Sie hasst es, wenn er so krudes Zeugs von sich gibt. Aber irgendwas ist dran an dem, was er sagt, ich habe sie auch gespürt, die Augen des Waldes.

»Im Wald erkennt man am besten, dass die Welt aus Zyklen besteht«, sagt Anders. »Schöpfung, Wachstum und Tod. Der Wald verwandelt uns in die natürlichen Individuen, die wir sind.«

Ich sage nichts, er scheint aber auch keine Antwort zu erwarten. Er verschwindet zwischen den Bäumen, und ich folge ihm mit ein paar Schritten Abstand. Als sein Pullover ein Stück nach oben rutscht, sehe ich das Messer in seiner Gesäßtasche.

Er bleibt unvermittelt stehen. Starrt auf etwas am Boden.

Es ist ein toter Fuchs, das Fell glänzt noch. Der buschige Schwanz liegt platt gedrückt auf der Erde, und der Bauch ist aufgerissen, Ameisen, Fliegen und Käfer krabbeln über die Eingeweide und fressen sich ins Fleisch. Die Augenhöhlen sind leer. Mir wird schlecht.

Anders stellt sich dicht neben mich. »Was siehst du?«

Ich trete ein paar Schritte zurück. Er nimmt meine Hand und hält mich fest. Irgendwie habe ich das Gefühl, dass er von dem Fuchs gewusst hat.

»Das ist die Natur«, sagt er und starrt fasziniert auf den Kadaver. »Im Tod ist alles schön.«

Er hält mir die Kamera hin. Ich nehme sie nicht. Mein Körper fleht mich an, wegzulaufen, aber meine Füße sind wie festgewachsen.

»Ich habe Hausarrest«, sage ich beim nächsten Schritt zurück. »Ich sollte bald mal zurück.«

Anders drückt mir die Kamera in die Hände. »Film das.«

Ich tu so, als würde ich nicht verstehen, was er will. Stoße seine Hand weg. »Zeig es mir.«

Er zeigt auf die leeren Augenhöhlen des Tieres. »In den Augen liegt Wahrheit und Erkenntnis.«

Signe hat recht. Anders redet nicht wie ein normaler Mensch.

»Leg dich hin«, befiehlt er.

Mein Körper weigert sich.

»Stell dich nicht so an.«

Mein Kopf verweigert weiter den Dienst, aber meine Beine gehorchen. Ich lege mich der Länge nach auf die

Erde. Zweige und Tannennadeln pieken an meinen nackten Beinen.

Anders befestigt eine kleine Lampe in dem Baum neben uns, die sowohl mich als auch den Fuchs beleuchtet.

»Näher ran.«

Ich befolge seinen Befehl, abgestoßen vom Verwesungsgestank des Kadavers. Als ich durch den Mund atme, sind sofort die Fliegen da und wollen über meine Lippen in meinen Mund und in die Nasenlöcher.

»Und jetzt film.«

Ich lege ein Auge an die Kamera und drücke den Aufnahmeknopf.

»Zoom ran«, leitet mich Anders an. »Such nach Details, die aus der Entfernung nicht zu erkennen sind.«

Braune Blutklumpen, Darmfetzen, auslaufende Körperflüssigkeiten. Das Summen Hunderter Fliegen. Ich konzentriere mich auf den Magensack des Fuchses, der mir entgegenquillt.

»Fühl deinen Puls.«

Mein Puls hämmert. Hinter mir höre ich wiederholtes Klicken. Anders fotografiert mich, während ich den Fuchs filme.

»Denk an den Puls des Kadavers. Mach dir bewusst, dass sein Herz nicht mehr schlägt, deines aber sehr wohl. Tod und Leben, ein ewiger Zyklus. Wie fühlt es sich an, derjenige zu sein, der lebt, wenn andere sterben?« Aggressives Klicken. »Ist das nicht schön?«

Als der Magensack reißt und ein halb verdauter Mausekopf zum Vorschein kommt, wird mir so übel, dass ich fast kotzen muss. Ich setze mich hin, schnipse mit den Fingern. »Fertig.«

Anders nimmt seine Kamera herunter. »Cool! Ich kenne nicht viele, die das gemacht hätten. Allmählich scheinst du zu begreifen.«

Ich habe Tränen in den Augen. Muss mehrmals blinzeln, damit er es nicht sieht. Fühle mich wie ein echter Trottel.

»War es unangenehm?«, fragt Anders.

Ich zucke mit den Schultern. Hab das Gefühl, dass er ein Spiel mit mir spielt.

»Das liegt dran, dass du dich für die Opferrolle entschieden hast.«

Bevor ich protestieren kann, hält er den Zeigefinger vor mir hoch.

»Hab keine Angst vor dem Unangenehmen, dem Schmerz. Je stärker die Schmerzen, desto lebendiger der Körper.«

So ein Schwachsinn.

»Odin hat ein Auge für die Weisheit geopfert«, sagt er, als wir wieder im Auto sitzen. Er dreht den Zündschlüssel um und rückt ein Stück mit dem Sitz nach hinten. »Was bist du bereit zu opfern?«

Es ist zehn vor zwei, als Anders vor unserem Haus hält. Ich mache die Beifahrertür auf und halte sie eine Weile fest.

»Ich hab mich was gefragt«, sage ich.

Anders schaut ins Dunkle. »Ja?«

»Bist du der Fuchs oder bin ich das?«

26

Lyra und Henriette schlichen sich in meinen Traum, wie sie es vor drei Jahren, als ich alle Details ihres Lebens studiert hatte, fast jede Nacht getan hatten. Damals konnte ich nicht durch die Orte fahren, in denen sie gelebt hatten, ohne mich schuldig zu fühlen.

Ihre aufgedunsenen, bleichen Körper waren von einem Glorienschein umgeben, ihre verletzten Blicke klagten mich an: Warum hast du ihn nicht gefunden?

Mein Gehirn rang um eine einigermaßen befriedigende Antwort, während sich auf meiner Zunge die Entschuldigungen ballten. Ich versuchte, mich auf die beiden zu konzentrieren, ihnen die Identität des Täters abzuringen, aber alles löste sich auf und die Mädchen entglitten mir.

Zwei Mädchen, auf ewig miteinander verbunden durch die Grausamkeiten, die ihnen angetan worden waren.

Das Joch, das ich zu tragen hatte.

Ich tastete nach dem Telefon, bevor ich die Augen aufschlug. Öffnete Instagram. Klickte Lyra und Henriette an. Die beiden einzigen Profile, denen ich folgte. Die Konten waren nicht mehr öffentlich. Nach dem Fund ihrer Leichen wurden alle Follower entfernt, jetzt hatte nur noch eine Handvoll Personen Zugang. Die engste Familie und die Polizei.

Ich klickte mich durch die Bilder, spielte Videos ab und

las die Kommentare. Konnte sie auswendig. Zu Beginn hatten wir die Mädchen einem geringen Risikoprofil zugeordnet, die sich nicht in den Vordergrund spielten und wenig Freunde hatten. Bis zu einem gewissen Grad waren sie zwar schwierige Jugendliche, aber nicht so schwierig, dass sie als Gefahr für sich selbst oder andere eingestuft wurden. Die Instagram-Posts vermittelten ein etwas anderes Bild. Die unabhängig voneinander geschossenen Fotos waren nahezu identisch. Falsche Wimpern, geschminkte Augenbrauen, überstylte Frisuren. Den Bauch so krampfhaft eingezogen, dass ihr Lächeln steif wirkte. Die Mädchen gierten nach Aufmerksamkeit. Ahmten andere Posts nach. Kopierten bekannte Promis und Influencer. Führten neue Klamotten ihrer Shoppingtouren vor. Regenbogenfarbenes Eis oder frisch gepresste Säfte in den trendigsten Bars. Sie stellten sich als perfekt, glücklich, reich dar, dabei war leicht zu erkennen, dass das nicht der Realität entsprach. Die Klamotten waren billig, und weder Lyra noch Henriette waren besonders hübsch. Die beiden waren ganz normale Mädchen, die in den sozialen Medien vermutlich als dick bezeichnet wurden. Beide bekamen sie eine Reihe sexuell animierter Zuschriften von gleichaltrigen Jungs, aber nichts wirklich Besorgniserregendes.

Durch das Teilen jeder Stunde ihres Lebens mit anderen hatten sie sich selbst in die Hochrisiko-Kategorie befördert. Das verzweifelte Betteln um Aufmerksamkeit machte es einem potenziellen Angreifer leicht, herauszukriegen, wie er an die Mädchen herankommen konnte. Einem unbeschwerten Teenager mochten solche Aktivitäten harmlos erscheinen, aber ein Fehltritt und *schon* untersuchte der Mordermittler deine Leiche.

Auf den ersten Bildern waren die Mädchen immer allein zu sehen. In den Monaten vor den Morden hatten sie mehr oder weniger täglich gepostet. Vom Handball, aus dem Kino, von Waldausflügen, aus der Schule. Ich studierte jedes einzelne Foto und sortierte sie chronologisch. Wir hatten mit Freunden, Mitschülern und Eltern über ihren Alltag gesprochen, ohne näher an einen Täter heranzukommen. Jetzt wünschte ich mir, wir wären offener mit den Ohrmarken umgegangen.

Und dann war da noch die Wohnung, die sie beide besucht hatten. In der sie Drinks serviert bekommen hatten und vor einer Retrolampe mit orangem Schirm fotografiert worden waren. Hätten wir die Lampe gefunden, wäre der Fall gelöst gewesen.

Ich sprang zwischen den Bildern hin und her. Beide Mädchen saßen da wie Schaufensterpuppen. Mit schiefem Lächeln, das vermuten ließ, dass sie sich nicht ganz wohl gefühlt hatten.

Wer hatte die Fotos gemacht?

Ich hatte das Handy gerade weggelegt, da kam eine Nachricht von Abs.

27

Nach der Nachricht von Abs war an Schlaf nicht mehr zu denken. Ich loggte mich bei tv2.no ein und las von einer riesigen Suchaktion. Ein großes Bild und Heges Lebensgeschichte zeugten davon, dass die Polizei Heges Verschwinden sehr ernst nahm. In einer Liveschalte der Nachrichten teilte ein Sprecher der Einheit Ost in Lillestrøm mit, dass die Kripo hinzugezogen worden sei. Mit frisch gebügelter Uniform und fester Stimme verkündete er vor blinkenden Blaulichtern die Nummer für das Hinweistelefon. Die Polizei könne nicht mehr ausschließen, dass Hege etwas Ernstes zugestoßen sei, sagte er. Es wurde weiter in Feuchtgebieten und auf den umgebenden Waldwegen gesucht, in leer stehenden Fabrikhallen, hinter Schulen und Kindergärten. Auch Gebüsche, Container und Flüsse würden gründlich abgesucht.

Die Sonne schien direkt auf das Fenster, draußen setzte langsam der Verkehr ein. Der Kater, der die ganze Nacht über einen Heidenlärm veranstaltet hatte, war noch nicht fertig. Das Gejaule verfolgte mich bis in meine Träume und wurde zum Weinen eines Babys, das ich zu finden versuchte. Als ich es schließlich fand, drückte ich das Bündel so fest an mich, dass es noch lauter weinte. Offenbar hatte ich im Schlaf die Hand zur Faust geballt, jedenfalls waren meine Finger eingeschlafen, als ich wach wurde.

Wenn eine Ermittlung erfolgreich läuft, spürt man das im ganzen Körper. Wie ein gut geschmierter Motor, bei dem alles ineinandergreift. Oder wie frisch verliebt sein. Die Nachrichten vermittelten genau diesen Eindruck. Mein Verhältnis zu den Medien war allerdings aus verständlichen Gründen getrübt. Ich hatte den Schmerz des modernen Schandpfahls und die Angst zu spüren bekommen, als die Journalisten mir vor meinem Haus aufgelauert hatten. Die brennende Scham für das, was sie in den Zeitungen schrieben. Wie wenn dein Partner etwas durch und durch Idiotisches über dich in der Öffentlichkeit sagt.

Dieses Mal war es die *Nettavisen*, die Tratsch und Fehlinformationen verbreitete. Dass mehrere Leute unabhängig voneinander Hege an dem betreffenden Abend gesehen hätten. Ein junger Mann gab an, sie per Anhalter ein Stück nach Norden mitgenommen zu haben, ein anderer behauptete, er hätte sie auf der Fähre nach Hirtshals gesehen. Mehrere Personen hatten einen weißen Lieferwagen beobachtet, und ein älterer Mann sagte aus, er und Hege hätten schon eine ganze Weile eine heimliche Affäre. Es wurde über Kidnapping spekuliert, über Lösegeldforderungen und Auszahlungen in Kryptowährung an den Ehemann in Spanien.

All das entsprang sicherlich einer tiefen Angst, dass eine völlig normale Frau, die keiner Fliege je etwas zuleide getan hatte, einfach spurlos verschwinden konnte.

Hatte auch sie Angst gehabt? Ich musste es wissen.

»Wer waren eigentlich diese drei Freunde von Jenny?«

Rita sah mich stumm an und zögerte, als müsste sie

innerlich Anlauf nehmen. »Signe war hübsch und sportlich. Sie hat Handball gespielt und war in Topform. Sie wurde von den Jungs angehimmelt und von den Mädchen dafür gehasst. Inzwischen ist sie, na ja, wie soll ich das sagen, ein bisschen verbraucht.«

»Sie haben gesagt, die drei wären älter als Jenny?«

»Zwei Jahre. Jenny hing mit ihr und ihren zwei Kumpels ab, Anders und Noah.«

»Zwei Jahre sind in dem Alter ganz schön viel, oder?«

Ich war in dem Alter selbst mit älteren Jugendlichen unterwegs gewesen, hatte aber nie verstanden, wieso sie mich mitschleppten.

»Signe galt allgemein als nette und soziale Jugendliche«, sagte Rita. »Ich bin mir da nicht so sicher. Hege erzählt ganz andere Geschichten über sie. Sie sagt, dass Jenny von ihr fasziniert war und Signe abgöttisch verehrt hat.«

»Und die zwei Jungs? Was waren das für Typen?«

»Anders Larsen. Ich will ja nichts Schlechtes über ihn sagen, aber der Junge ist so ein knickeriger Künstlertyp. Er wohnt bei seinen Eltern und wird es wohl nie zu was bringen. Er ahmt andere Künstler nach, ohne was wirklich Eigenes auf die Reihe zu kriegen.«

Mir fiel auf, dass sie »Junge« sagte, obwohl die Jugendlichen von damals inzwischen Mitte dreißig sein mussten.

»Noah Vagaij ist da ein ganz anderes Kaliber. Ein echtes Whiz-Kid, hat mit sechzehn seine erste Firma gegründet. Seine Eltern waren hart schuftende Migranten. Es gingen Gerüchte um über ein paar heftige Orgien auf seinem Boot, aber darüber weiß ich nichts Genaueres.«

Abs wollte nicht, dass wir mit ihnen redeten, aber so wie ich das sah, war es genau das, was wir tun mussten.

»Wissen Sie, wo die drei heute leben?«

»Signe und Anders wohnen in der Nähe von Hege«, sagte Rita. »Noah ist, soweit ich weiß, zurück ins Elternhaus seiner Eltern am Øyeren gezogen.«

Der Øyeren. Der See, an dem Jenny verschwunden war und Lyra und Henriette gefunden worden waren.

28

Die heiseren Trompetenschreie waren noch lange zu hören, nachdem ich die Gänse aus dem Blick verloren hatte. Ich war mit Kristians Tesla aus der Stadt in Richtung Øyeren gefahren. Hatte am Morgen die Keycard von der Kommode genommen, ohne dass er ein Wort gesagt hatte. Er wusste nicht, dass ich kaum ein Auge zugemacht hatte. Dass ich selbst mit Victoria neben mir die meiste Zeit über den Fund der Mütze und Jennys Selfie vor der brennenden Hütte nachgedacht hatte.

Kannte Jenny den Mann im Hintergrund des Fotos? Hatte er Hege entführt? Oder war sie aus Angst weggelaufen? Die Beobachtungen des Nachbarmädchens Olivia legten Letzteres nahe, ich konnte den Gedanken an Heges Trauer aber nicht abstreifen, schließlich hatte sie ihr Schlafzimmer mit Fotos ihrer Tochter tapeziert. Die Frage, was auf dem Øyeren passiert war, musste sie extrem belastet haben. Vielleicht so sehr, dass sie keinen anderen Ausweg gesehen hatte, als dem Ganzen ein Ende zu bereiten.

Trauer treibt Menschen in die Verzweiflung.

Ich fuhr von der Hauptverkehrsstraße ab zu einer kleinen Siedlung entlang der Bahngleise und von dort auf einen Schotterweg, der zum Wasser führte. Vor einem verfallenen Fabrikgebäude parkte ich den Wagen. Den Zeitungsartikeln zufolge sollte hier das Boot vertäut liegen, mit dem die Jugendlichen rausgefahren waren. Während ich mich mit Mückenlotion einrieb, überlegte ich, was ich eigentlich nach achtzehn Jahren zu finden erwartete.

Durch das hohe Gras führte ein schmaler Trampelpfad hinunter ans Ufer. Der Gestank der Algen war schon von Weitem zu riechen. Irgendwo hatte ich gelesen, dass das giftig sein könnte. In Südafrika war ein ganzes Dorf an solchen Gasen gestorben.

Ich schaute am Ufer entlang zu der nur wenige hundert Meter entfernt liegenden Stelle, an der Lyra und Henriette mit einem Monat Abstand gefunden worden waren. Wartete auf die basale Angst, die mit diesem Ort und dem Täter verbunden war. Dies war viel zu lange sein Revier gewesen. Ich würde nicht aufgeben, bis ich es ihm entrissen hatte.

Über mir keckerte eine Elster, folgte meinen Bewegungen. Ich nahm Kurs auf einen baufälligen Steg, neben dem ein rostiges Schild davor warnte, durchs Schilf zu gehen.

Weiter vorne lagen aber noch Boote, ganz morsch konnte die Konstruktion also nicht sein.

»Wollen Sie ein Boot leihen?«

Ich zuckte zusammen, stolperte und wäre um ein Haar auf den glitschigen Planken ausgerutscht. Ich sah mich nach der Herkunft der Stimme um. Nicht weit entfernt hockte ein älterer Mann mit sonnengegerbtem Gesicht und rostroter Schirmmütze, halb versteckt hinter dem Bug einer Snekke, um ein grobes Tau zu verknoten, an dem schleimiges Seegras und Schlamm hingen.

»Ich schau mich nur um«, sagte ich mit brüchiger Stimme. »Haben Sie Ihr Boot hier schon lange liegen?«

»Ein Mannesalter«, antwortete er und richtete sich breitbeinig auf. »Früher war hier viel mehr los. Vor allem im

Sommer. Aber die Leute haben heutzutage ja keine Zeit mehr für so was. Die wollen alle raus auf den Fjord.«

Er schaute sich um. Sah auf den grauweißen Schaum, der sich auf dem dunklen Wasser sammelte. Gasblasen, die leise zerplatzten.

»Und dann diese Algen. Nicht sehr einladend.«

»Warum wird davor gewarnt, nicht durchs Schilf zu gehen?«

Der Alte gluckste amüsiert. »Fürs Vogelvieh«, sagte er. »Die wollen die Vögel schützen, nicht die Menschen.«

Ich lachte ebenfalls, nicht ganz überzeugt.

»Hier gab es ein paar Unfälle«, sagte ich.

Der Alte schraubte den Deckel von einem Kanister, Dieselgeruch stieg mir in die Nase.

»O ja. Ertrunkene Kinder, Kriminelle, die ihre Leichen hier versenkt haben. Vor ein paar Jahren wurde ein Mann nach einer Schwimmtour mit nur einem Finger und abgerissenem Pimmel und Eiern gefunden.«

In meinem Kopf setzte sich das Bild eines blutigen Kraters anstelle der Geschlechtsorgane fest.

»Erinnern Sie sich an einen Vorfall vor achtzehn Jahren, als ein Mädchen von einem Boot verschwunden ist? Die vier Jugendlichen hatten den Abend zusammen gefeiert.«

Der Alte streckte den Rücken und zeigte zu ein paar Häusern auf einer Erhebung ein paar Meter über dem Wasserspiegel. »Sie soll ertrunken sein.«

Ich folgte seinem Blick, sah ein paar neue und ein altes, baufälliges Haus. »Wohnt er dort? Tolle Aussicht, jedenfalls.«

»Ja, schon, aber mancher Städter erlebt eine böse Überraschung, wenn er hier was kauft.«

»Ah ja«, murmelte ich.

»Wenn Sie nach einem Haus am Wasser suchen, vergessen Sie diesen Ort.«

»Wieso?«, sagte ich. »Sieht doch nach einer richtigen Idylle aus.«

»Wohl wahr, aber an den meisten Abenden sind so viele Mücken unterwegs, dass man bei lebendigem Leib aufgefressen wird, wenn man draußen sitzt.«

Ich merkte erst jetzt, dass ich trotz Lotion von Bremsen, Mücken und Kriebelmücken umschwärmt wurde. Diese kleinen Viecher, die es auf Nase, Mund und Augen abgesehen hatten, attackierten mich schon, seit ich aus dem Auto gestiegen war.

»Sehen Sie Noah öfter?«

»Er verpasst eigentlich keine Sonntagsangeltour. Da schlägt er nach seinem Vater.«

»Okay?«

»Flößerei. Es hat sich hier lange alles ums Holz gedreht. Die Glomma war die Transportader. Aber das wissen Sie sicher.«

»Hab davon gehört«, sagte ich und schaute zu den Häusern auf der Anhöhe. Und weiter zur Fundstelle von Lyra und Henriette. War Noah tatsächlich in ein Haus mit Aussicht auf einen Tatort gezogen?

»In den Neunzigern war es damit vorbei.« Der Mann redete so leidenschaftlich über die Flößerei, dass ich die Männer leibhaftig vor mir sah, wie sie ihr Leben auf den in Untiefen oder an Steinen verkeilten Baumstämmen riskierten.

»Sie war vierzehn«, sagte er plötzlich. »Im Sommer aus einem Boot zu fallen und zu verschwinden, das passiert vielleicht Kleinkindern. Aber doch nicht einer fast erwachsenen Frau.«

»Es soll eine Menge Alkohol im Spiel gewesen sein«, sagte ich.

»Trotzdem war das alles sehr seltsam.«

»Was war seltsam?«

»Alle kannten seine Familie. Alkohol war bei dem Burschen noch das kleinste Problem.«

»Wie meinen Sie das?«

»Es gab Gerüchte, der Junge hätte etwas Dunkles in sich. Von Kindesbeinen an stimmte was nicht mit dem.«

»Zum Beispiel?«

Der Alte seufzte. »Hat wohl viel Schlimmes erlebt in seiner Kindheit. Das hinterlässt Spuren. Der Vater war ja nicht von hier. Andere Sitten eben. Und man weiß ja … Aus einer zerrütteten Familie kommen nur selten normale Menschen.«

Er sprach von Menschen wie mir.

»Andere Sitten?«, fragte ich, um meinen Selbstvorwürfen zu entkommen.

Der Alte kaute auf der Unterlippe. »Aus Sibirien. Taffer Kerl.«

Ich wollte gerade fragen, was die Gerüchte über Jenny und die vier Jugendlichen sagten, aber der Alte unterdrückte ein Gähnen und ließ einen Sack auf den Steg fallen.

»So, ich muss dann auch mal nach Hause. Da wartet jemand mit dem Essen auf mich.«

Er ließ mich allein zurück. Ich schaute wieder zu dem Haus auf der Anhöhe.

Aus einer zerrütteten Familie kommen nur selten normale Menschen.

Vier der fünf etwas getrennt voneinander liegenden Häuser waren neueren Datums und in den traditionellen Bauernhoffarben gestrichen. Vor allen Fenstern waren Rollos, als wollten die Bewohner alle Blicke von außen ausschließen. Oder den Blick nach draußen auf den Fluss und das, was dort vor sich ging.

Ein breiter Kiesweg führte hoch zu einem älteren Holzhaus mit deutlichen Hochwasserspuren. In der schlimmsten Zeit stieg der Pegel des Øyeren schon mal ein paar Meter, wie an den schwarzen Rändern am Steinfundament zu sehen war. Die Kellerfenster waren völlig verdreckt. Alles verströmte einen Duft von Vergänglichkeit. Der zum Wasser hin abfallende Garten und das Gewächshaus waren von Unkraut überwuchert.

Der Junge hatte etwas Dunkles in sich. Das hat man früher so gesagt. Als man noch nicht so viel über mentale Gesundheit, offensive Aggression und andere Symptome bei Kindern wusste. Ich stellte mir Noah am Küchentisch vor, den Blick auf das Wasser gerichtet, wo sich vor achtzehn Jahren eine Tragödie zugetragen hatte. War er deshalb zurückgekommen? Wollte er sich jeden Tag an den Vorfall erinnern?

Der Bereich hinter dem Haus sah aus wie ein Schrottplatz, doch dann entdeckte ich zwei Campingstühle und einen relativ neu aussehenden Grill. Auf dem Tisch zwischen den Stühlen lag die Broschüre eines Immobilienmaklers. Sicher ein Unternehmer, der sich einen Coup versprach, die Bruchbude durch etwas Neues und Modernes zu ersetzen.

Ich blieb vor der Treppe zum Eingang stehen. Vor der Tür stand ein Paar Joggingschuhe. Ausgelatscht, neonorange. Und unter der schwarzen Silhouette eines Pumas war ein dreckiger Riss.

29

Jenny, 2006

»Es wird nichts passieren«, sagt Noah und gibt mir den Zettel mit der Adresse. »Du hast doch gesagt, dass du Geld brauchst.«

»Aber was ... wenn die Polizei ...?«

»Jetzt sei nicht so schissig. Die Polizei interessiert sich nicht für solche wie dich. Außerdem kannst du ja gar nicht bestraft werden. Du bist noch zu jung.«

Er stieß mich an der Schulter an. »Und?«

Es gibt nur eine mögliche Antwort, außerdem ist das jetzt nicht der passende Moment, ihn zu fragen, ob er mir diese Nachrichten schickt.

»Wenn du die Adresse auswendig gelernt hast, verbrennst du den Zettel, okay?«, sagt er.

»Ja, ich bin doch nicht blöd.«

»Also, worauf wartest du dann noch?«

Vor dem Block steht eine Gruppe Jugendliche. Verschiedene Hautfarben, aber der gleiche müde Blick. Ein kahl geschorener Typ, dessen Hose so weit ist, dass er sie mit den Händen in den Hosentaschen festhalten muss, damit sie ihm nicht runterrutscht, ist am lautesten. Diese Gangs sind überall. Jungs, die sich für Männer halten.

»Was glotzt'n so?«, fragt der Typ mit der weiten Hose.

Ich sehe ihn an. »Frage mich ziemlich genau dasselbe.«

Er will auf mich losgehen, aber als er die Hände aus den Taschen zieht, beginnt die Hose zu rutschen, und er zieht sie hektisch wieder hoch.

Ich verdrehe die Augen und drücke die Klingel. Als der Türöffner summt, gehe ich hinein. Der widerwärtige Gestank, der mir entgegenschlägt, ist garantiert Rattenkacke. Über den Boden wabert süßlicher Rauch wie an dem Abend bei der Festung. Die Wohnung ist im dritten Stock. Ich überlege, ob ich den Aufzug nehmen soll, entscheide mich aber für die Treppe. Ich bleibe eine Weile vor der Tür stehen. Lege mir zurecht, was ich sagen soll.

Ein Mann öffnet die Tür und ich trete erschrocken einen Schritt zurück. Das sind die kräftigsten Oberarme, die ich je gesehen habe. Und sein Gesicht sieht blutig zerkratzt aus.

»Ja?« Seine Augen sind leer.

»Äh …« Ich schlucke. Eisengeschmack auf der Zunge. »Ich soll hier ein P-Päckchen abholen. Für Noah.«

»Verdammt, schickt der jetzt schon Kinder?«, sagt der Mann mehr zu sich selbst als zu mir. Er verschwindet in der Wohnung und knallt die Tür zu.

Ich lehne mich ans Geländer, um nicht einzuknicken. Bereue es, keine von Mamas Beruhigungspillen geklaut zu haben. Aus der Wohnung schallt lautes Schimpfen. Schwere Schritte, dann geht die Tür wieder auf. Eine Hand mit einem Päckchen in Größe eines Ziegelsteins schiebt sich durch den Spalt.

»Sag dem Jungen, dass er beim nächsten Mal gefälligst selbst kommen soll.«

Ich nehme das Paket entgegen. Stecke es in die Schultertasche, die ich von Signe bekommen habe. Renne die

Treppe runter. Gehe ruhig an den Jungs vorbei und fahre mit dem Bus auf die andere Seite der Stadt, wo ich mit schnellen Schritten zu dem Haus laufe, in dem ich die Lieferung abgeben soll.

30

In den Tagen nach meinem Rauswurf beim Kriminalamt hatte ich alles über den Doppelmord aufgeschrieben. Alle unbeantworteten Fragen, alle Gedanken, die wir uns über das Profil von Täter und Opfern gemacht hatten. Auf die Protokolle der Befragungen und Verhöre hatte ich ja bereits Zugriff, und in den letzten Tagen im Amt raffte ich alles an Kopien zusammen, was ich bekommen konnte. Streng genommen nicht ganz regelkonform, aber zwingend notwendig. Ich wollte alles noch einmal durcharbeiten, wenn der Schock sich gelegt hatte, aber irgendwie kam es nie dazu, ich schaffte es nicht. Weil es mich zu sehr umtrieb, Ellingsen mit meinen Worten in den Tod geschickt zu haben.

Jetzt schleppte ich die Kartons runter ins Wohnzimmer. Breitete die Mappen auf dem Tisch und dem Fußboden aus. Begann ganz oben und überflog den ersten Stapel. Was ich für irrelevant hielt, legte ich auf einen separaten Stapel und nahm die nächste Mappe.

Ich hatte die Fenster weit geöffnet und ging in die Küche, um mir zur Abkühlung ein Wasser zu holen. Ich trank gierig und verschluckte mich, aber mein Hirn wurde etwas frischer.

Als ich die grüne Mappe aus dem Karton nahm, schnürte es mir den Hals zu. Es dauerte eine Weile, bis ich mich wieder unter Kontrolle hatte und sie öffnen konnte. Ellingsens

Gesicht sah mir entgegen. Ich biss mir auf die Knöchel. Legte alles, was ich über ihn fand, auf einen separaten Stapel neben dem Sofa, um es mir später anzusehen. Erst musste ich mir Klarheit über andere mögliche Täter verschaffen. Auf wen hätten wir uns konzentriert, wenn wir Ellingsen nicht festgenommen hätten?

Ich starrte auf die kahle Wand gegenüber dem Sofa. Hängte ein Bild von Hege Brodersen auf und daneben das Foto von Jenny vor der brennenden Hütte. Und dann, wie in einem Lebensrad, landeten auch Lyra und Henriette an meiner Wand.

Was hatten wir, speziell bei diesen Morden, übersehen? Ich raufte mir die Haare. Hängte Notizen auf, Post-it-Zettel, Zeitungsausschnitte, die mir wichtig vorkamen, Fotos und Anmerkungen zu Videos. Wo ich konkrete Verbindungen sah, spannte ich rote Fäden. Die Ohrmarken. Die Lampe. Dieselbe Schule. Das Material nahm schon bald wie eine riesige Spinnwebe die halbe Wand ein. Ich trat einen Schritt zurück. Die Fotos aus der Wohnung mit der Retrolampe waren nie offiziell veröffentlicht worden, aber für alle zugänglich. Trotzdem hatten weder die Medien noch die True-Crime-Enthusiasten einen Zusammenhang mit der Tat gesehen. Die Polizei hingegen hatte sie genau unter die Lupe genommen.

Ich öffnete die Akte von Lyra. Setzte mich aufs Sofa, lehnte mich zurück und schloss die Augen. Versuchte mich in meditative Trance zu versetzen, in der ich eine Verbindung zu ihr aufbauen und spüren konnte, was sie gefühlt und gedacht hatte. Was sie bereute. Wo sie den fatalen Fehler begangen hatte. Ich musste ihren Schmerz fühlen, ihre Angst. Verstehen, wie der Täter vorgegangen war.

Eine Stunde später stand ich am Herd und starrte in den blubbernden Haferbrei. In Gedanken stellte ich mir mein Leben vor, sollte ich jemals die Frau werden, von der Kristian träumte. Eine normale Person mit einem normalen Job und einem normalen Leben, was auch immer das bedeutete. Vermutlich ein Leben, bei dem man nicht vom Tod besessen war.

Eine verlockende Vorstellung. Seine Eltern wären überglücklich, wenn sich alles zwischen uns ordnen würde. Vermutlich würde es auch für eine Weile gut gehen, wenn wir wieder zusammenzögen. Vielleicht würden wir sogar wie das Paar werden, das ich vor Ritas Studio gesehen hatte, und eng umschlungen lange Spaziergänge machen. Früher oder später würden wir aber wieder auseinanderdriften, und statt an der Beziehung zu arbeiten, würde ich mich zu Tode langweilen und mit jedem Tag verbitterter werden. Zwanzig Jahre später würde ich dann Kristian die Schuld dafür geben, dass ich nicht das Leben lebte, das ich mir wünschte. Ich würde als grimmige alte Schachtel enden, und Victoria würde sich fragen, was zum Henker mit ihrer Mama passiert war.

In unserer ersten gemeinsamen Zeit war alles anders gewesen. Kristian war verspielt und spontan wie ein Jugendlicher. Er überraschte mich häufig, lud mich in unbekannte Restaurants ein, nahm mich zu einer Paddeltour über den glitzernden Oslofjord oder zu einem Improtheater in irgendeinem obskuren Lokal mit. An einem dieser Abende erzählte er mir, dass er vor seinem Jurastudium ein Jahr Schauspiel studiert hatte. Dass er es aber nie bereut hatte, seinen Traum, Schauspieler zu werden, aufgegeben zu haben.

Manchmal glaubte ich ihm.

Einmal nachts, auf dem Rückweg von einem Fest, wurden wir von einem heftigen Regenschauer überrascht. Ich wollte über die Straße laufen, um mich irgendwo unterzustellen, aber er zog mich in den Park. Mit den Schuhen in der Hand tanzten wir barfuß, bis unsere Kleider klitschnass und die Beine schlammverschmiert waren. Seine Küsse waren kalt. Unsere Zähne klapperten, aber wir lachten so laut, dass eine vorbeihastende Frau uns mürrisch ansah. Als er sah, wie durchgefroren ich war, nahm er mich auf seine Arme und trug mich bis nach Hause. Ließ ein heißes Bad ein und kochte mir eine heiße Schokolade. Er war der Erste, der mich so liebte, wie ich war. Der trotz meiner Probleme mit mir zusammen sein wollte. Das Leben mit Kristian war nie langweilig und normal, dafür war er viel zu komplex.

Der Kloß in meinem Hals schwoll an. Jetzt nur kein Selbstmitleid. Nicht wieder in den Zustand geraten, in dem ich mich nach dem Fiasko der Doppelmordermittlung befunden und über ein Jahr kaum das Haus verlassen hatte. Dann würde Kristian aus meinem Leben verschwinden, und mit ihm Victoria. Denn eines war sicher: Ich konnte mich niemals mit Kristians perfekter Jugend messen, mit seinem sicheren Job und seinem stabilen Alltag.

Ich schüttete den Haferbrei in eine Schale und setzte mich an den Tisch im Wohnzimmer. Dachte an die Chance, die Abs mir vor drei Jahren im Kriminalamt gegeben hatte, eben weil ich anders dachte, die Welt aus einer anderen Perspektive sah. Der Fall Hege war eine neue Chance. Nach dem Fund der Mütze und des Videos mit der gelben Ohrmarke hatten die Ermittlungen einen neuen Ansatzpunkt bekommen. Mit Jenny als erstem Opfer.

31

Etwas an Heges Verschwinden stimmte nicht. Ritas Worte gingen mir nicht aus dem Kopf. Laut der Nachbarstochter Olivia hatte Hege mitten in der Nacht in weißer Hose und roter Tunika das Haus verlassen. Rita behauptete, dass Hege nie Farben trug und das Haus niemals ohne ihr Handy verlassen würde. Sah das nicht eher nach einem Abschied aus?

Viele, die sich das Leben nehmen wollten, wählten dafür einen besonderen Ort. War Hege mit einem Boot auf den Øyeren rausgefahren?

»Wissen Sie, wo die Hütte liegt, die Jenny angezündet hat?«, fragte ich Rita.

»Warum fragen Sie?«

Ich wollte sie nicht in die Theorien einweihen, die mir durch den Kopf gingen. Dass Hege entweder von dem Besitzer der Wollmütze ermordet worden war oder sich aus Trauer das Leben genommen hatte. Anders Larsen konnte mir sicher den Ort nennen, aber wenn die Hütte für Feiern und für Drogeneskapaden genutzt worden war, wollte er mir vielleicht nicht helfen, auch wenn das alles lange her war.

Ich fand im Internet keinerlei persönliche Informationen über ihn, nur auf YouTube ein paar Videos, vor allem Naturaufnahmen. Einen der Filme klickte ich an.

Der Film war schwarz-weiß, aufgenommen in einem dunklen Wald. Dichter Nebel, schwarze Stämme und dunkle Schatten, bei denen ich an düstere Gruselgeschichten mit mystischen Geschehnissen denken musste. Geschichten über Wiedergänger. Ein norwegisches *Blair Witch Project* mit Nahaufnahmen von vermodernden Blättern und toten Insekten. Ein Ameisenhaufen, in dem ein Stock steckte. Begleitet von Leonard Cohens traurigem Bariton wurde der Wald zu einer düsteren Szenerie, in dem Menschen sich verliefen und in einer Art Lebensrad endeten, aus dem sie nie wieder herauskamen. Ich roch förmlich das Moos, den Regen und die verrottenden Körper.

Die letzte Szene zeigte eine junge Frau von hinten, eine Wange und den blassen Oberkörper auf den Boden gedrückt. Die weißen Schenkel streiften ein totes Tier. Einen Fuchskadaver.

Fragmente, keinem System folgende Bilder poppten auf und trafen mich mit voller Härte. Flimmerten vor meinen Augen vorbei. Der Schnee, ein Knall, der Hirsch. Der schwarze Fleck auf der Brust, der Körper, der im Moor versank.

Mein alter Albtraum, er würde nie ganz verschwinden.

Als Nächstes suchte ich auf Facebook nach Anders und fand mehr als zwanzig Personen mit demselben Namen. Scrollte mich durch Klempner, Hundezüchter und einen Schlachter. Fand schließlich einen Typen, der sich überdurchschnittlich für Filme interessierte. Seine Posts – durchweg Filme, wie ich sie gerade gesehen hatte – waren für alle zugänglich.

Das Profilfoto zeigte Anders' Oberkörper. Breiter Hals, halblange, ungepflegte Haare und traurige Augen. *Cross-*

roads stand auf dem ausgewaschenen T-Shirt. Darunter das stilisierte Bild eines Mannes mit Gitarre und Teufelshörnern. War das nicht ein Film? Die Geschichte über einen Musiker, der seine Seele an den Teufel verkauft, um der beste Gitarrist der Welt zu werden.

Ohne nachzudenken, schickte ich Anders spontan eine Freundschaftsanfrage. Facebook schlug mir daraufhin vor, mich auch mit seinen Freunden zu vernetzen. Darunter die Frau, die ich in Lillestrøm gesehen hatte, allerdings in einer jüngeren Ausgabe.

Signe Davidsen trug das Trikot der Nationalmannschaft und lächelte freundlich mit einem Ball in den gespreizten Fingern. Bilder von ihr und dem Team füllten das Profil. Auf einigen dieser Bilder stand der Trainer inmitten der Mädchen. Er lächelte stolz und hielt zwei der Spielerinnen in den Armen. Signes wenige öffentliche Posts drehten sich um Handball, Ski und Jahrgangstreffen. Dazwischen gab es das eine oder andere Musikvideo von Shakira.

Ich schickte auch ihr eine Freundschaftsanfrage. Dann googelte ich sie. Sie wurde in einigen Artikeln über Handball erwähnt, aber alle Einträge waren mehr als achtzehn Jahre alt. Offenbar hatte sie als der neue Stern am Handballhimmel gegolten, die große Hoffnung Norwegens, war dann aber ein paar Jahre später von immer neuen Verletzungen zurückgeworfen worden, bis sie den Sport irgendwann hatte aufgeben müssen. Sie wohnte in einem der niedrigen Blocks unweit von Hege.

Noah Vagaij war nirgends zu finden. Genau wie ich schien er einen Bogen um die sozialen Medien zu machen. Auch er hatte sicher seine Gründe dafür. In einem Interview in der *Finansavisen* wurde er als vielversprechender

Geschäftsmann vorgestellt. Auch dieser Beitrag war schon ein paar Jahre alt. Das Zeitungsfoto zeigte einen attraktiven Mann mit selbstsicherem Lächeln. Ein Gesicht, wie man es auf den Werbebildern von Trainingsstudios und Outdoorfirmen fand. Er war inzwischen Leiter einer Trading-Firma mit Büroräumen in Aker Brygge.

Warum wohnte er so weit außerhalb der Stadt?

»Gab es einen triftigen Grund dafür, dass Hege die drei Freunde von Jenny verdächtigt hat?«, fragte ich Rita kurz darauf am Telefon.

»Hege meinte, sie hätten Jenny ausgenutzt.«

»Inwiefern?«

»Sie haben ihr die Freundschaft nur vorgetäuscht. Haben ihr teure Geschenke gemacht, in Wirklichkeit aber nur mit ihr gespielt.«

Ich seufzte. »Das mag ja sein, aber Mord ist schon noch eine ganz andere Nummer.«

32

Abs fuhr eine Ducati Monster. Seiner Meinung nach gab es kein Motorrad mit mehr Sexappeal. Einmal hatte er erzählt, es würde in Bologna ausschließlich von Frauen zusammengebaut.

Jetzt stand er vor dem Lebensmittelladen, in dem ich immer einkaufte. Die Tatsache, dass er um ein Treffen gebeten hatte, war ein gutes Zeichen. Als hätte er meine Gedanken gelesen.

»Hege war in Kontakt mit Jennys alten Freunden«, sagte er, bevor ich wirklich bei ihm war. »Aus den Nachrichten auf ihrem Telefon können wir entnehmen, dass sie ihnen angedroht hat, sie noch einmal anzuzeigen.«

Um uns herum schlurften die Leute in Sandalen und Sommerklamotten in den Laden.

»Was ist dieses Mal anders?«

Abs öffnete die rot-schwarze, zum Motorrad passende Jacke.

»Ihrer eigenen Aussage nach hatte sie handfeste Beweise für das, was die drei ihrer Tochter angetan hatten.«

»Mein Gott«, sagte ich. »Kein Wunder, dass Signe den Kommissar aufgesucht hat, der damals in dem Fall ermittelt hat.«

Abs Oberkörper bewegte sich langsam hin und her. Die Bitte um ein Treffen sagte mir, dass er noch etwas auf dem

Herzen hatte, ihm die Worte aber nicht so leicht über die Lippen kamen.

»Könnten sie Hege umgebracht haben?«, fragte ich. »Aus Angst, dass die sie nach so langer Zeit noch ins Gefängnis bringen könnte? Das wäre durchaus ein Motiv.«

Abs zuckte mit den Schultern, stimmte mir aber zu.

»Ja«, sagte ich.

»Was?«

»Ich will wieder ins Team. Deshalb bist du doch hier?«

Eine Schrecksekunde lang befürchtete ich, dass das Gegenteil der Fall war und er gekommen war, um mich aus den Ermittlungen auszuschließen.

»Das ist nicht so einfach.«

»Du willst mich nicht wieder in eine derart beschissene Situation bringen, das verstehe ich, du musst dir aber keine Sorgen machen. Was die Medien gemacht haben, war viel schlimmer.«

Er seufzte. »Okay. Unter der Voraussetzung, dass du nur mit denen redest, die ich dir sage.«

Ich spürte das Kribbeln in meinem Körper. »Verstanden.«

»Finde ich heraus, dass du mit anderen gesprochen hast, bist du draußen.«

»In Ordnung.«

»Heges Verschwinden ist Sache der Polizei. Da hältst du dich raus.«

Ich war froh, dass er nicht in meine enge Wohnung gekommen war, in der ich mein Wohnzimmer wie eine Besessene in eine Art Ermittlungszentrale verwandelt hatte.

»Dann sprechen wir über Jenny?«, fragte ich und spiegelte mich im Chrom der Maschine. Sah für einen kurzen Moment die engagierte Studentin aufblitzen, die im Kriminalamt die Chance ihres Lebens bekommen hatte. »Also über alles. Den Hüttenbrand und das Verschwinden auf dem See.«

Abs stützte sich auf den Helm, der auf dem Motorrad lag. »Ja.«

»Dann brauche ich aber Zugang zum gesamten Material über den Doppelmord, sonst kann ich nicht nach Überschneidungen suchen.«

»Du stellst hier nicht die Regeln auf.«

»Ich bitte nur um die Akten eines Falls, an dem ich beteiligt war.«

»Im Moment kannst du die Daten noch nicht einsehen, auch wenn du beteiligt warst.«

»Aber?«

»Einen Teil kann ich dir zugänglich machen. Aber du darfst dich nicht als jemand ausgeben, der du nicht bist, also so tun, als handeltest du im Auftrag des Kriminalamts oder der Polizei.«

Ich verdrehte die Augen. »Natürlich nicht.«

»Du bekommst Zugang unter einer Bedingung.«

»In Ordnung.«

»Du weißt doch noch gar nicht, was für eine Bedingung das ist.«

Ich zuckte mit den Schultern. Das war meine Chance, zurück ins Kriminalamt zu kommen.

»Sag schon.«

Er wischte sich die Hände an den Schenkeln ab. »Im Haus darf niemand davon erfahren.«

»Natürlich nicht.«

»Und kein Wort an die Presse. Wenn du mit Rita sprichst, muss sie versprechen, den Mund zu halten.«

»Verstanden.«

»Und da wäre noch ein Punkt.«

»Hast du nicht von einer Bedingung gesprochen?«

»Willst du oder willst du nicht?«

»Absolut.«

»Also«, er nahm Anlauf. »Wie du weißt, kommt Leif Moen bald wieder raus.«

»Leif? Der Typ aus meiner Gruppe?« Was um alles in der Welt hatte er damit zu tun?

»Dein Leif, ja. Er wird bald entlassen.«

»Anstehende Entlassungen sind ein Grund für die Teilnahme an diesem Kurs.«

»Was du nicht weißt, ist, dass in Kürze weitere Anklagen gegen ihn erhoben werden.«

Ich legte die Handfläche auf das Metall der Maschine. Der Motor war so heiß, dass ich mir die Finger verbrannte. »Für was?«

»Ich will nicht, dass ein Typ wie er auf freiem Fuß ist. Das verstehst du sicher?«

»Nur, wenn er noch andere Straftaten begangen hat.«

»Wir glauben, dass er Informationen zurückgehalten hat.«

Die Luft um uns herum war drückend und warm, und mir schwante nichts Gutes. »Tun das nicht alle Kriminellen?«

»Über den Doppelmord.«

Ich schaffte es nicht, meine Verblüffung zu verbergen. Saß ich wirklich seit einem Jahr Woche für Woche mit einem Mann zusammen, der etwas über den Doppelmord wusste?

Abs biss sich auf die Lippe. Er musste lange mit sich gerungen haben, bevor er zu mir gekommen war.

»Sollte er Informationen über den Mord zurückhalten, wäre das strafbar«, sagte er.

»Ich habe Schweigepflicht, was meine Klienten angeht. Und das weißt du.«

Er legte den Kopf auf die Seite. »Willst du ins Team?«

»Willst du, dass ich meine Schweigepflicht breche?«

»Du kannst davon befreit werden, wenn es um wirklich relevante Informationen geht.«

»Ich fordere immer alle Teilnehmer der Gruppe auf, nichts zu erzählen, was ihre Strafe verlängern oder sie in Gefahr bringen könnte.«

»Willst du dabei sein?«

»Er wird mir nichts sagen.«

»Er vertraut dir, Bjørk. Wenn du willst, schaffst du es sicher, ihm etwas zu entlocken.«

Ich stand mit offenem Mund da.

»Dann ist das abgemacht«, sagte Abs, machte seine Jacke zu und setzte den Helm auf. »Wenn du wieder ins Team willst.«

33

Jacob Thoresen und ich hatten uns in einer gemütlichen, etwas heruntergekommenen Bar verabredet. Als ich ankam, bestellte ich eine Flasche Mineralwasser und sah mich nach einem passenden Tisch um. Unter der Decke hingen Lichterketten mit winzigen Birnen und bildeten einen hübschen Sternenhimmel.

Aus den Lautsprechern drang eine zarte Frauenstimme, die von der Liebe als einer offenen Wunde sang. Ich setzte mich auf einen der Hocker am Fenster und wartete. Beobachtete ein junges Paar, das Hand in Hand auf der anderen Straßenseite vorbeispazierte. Sie hob sich erfrischend von der Masse ab, selbstsichere Körpersprache, platinblondes Haar mit modernem Pixie-Cut und große Ohrringe. Der Mann groß und sportlich. Offenes Hawaiihemd über weißem T-Shirt und neue, enge Jeans. Es wirkte ein bisschen so, als würde er nicht ganz erfolgreich versuchen, so cool wie sie zu wirken.

Sie blieben direkt vor mir stehen und verschmolzen in einer Umarmung. Das Nachmittagslicht glühte auf dem sonnengebräunten, kahlen Kopf des Mannes. Ich wendete den Blick ab. Dachte an Kristian. Daran, dass ich nie verstanden hatte, was er in mir sah, und ich mich häufig furchtbar einsam fühlte, obwohl er da war. Wann hatte das eigentlich angefangen?

Ich bemerkte Jacob erst, als er neben mir stand und sich räusperte. Ich richtete mich auf und streckte die Hand aus, übertrieben höflich. Wurde rot, als mir aufging, dass er der Mann war, den ich eben gerade in der leidenschaftlichen Umarmung beobachtet hatte. Er war nicht der Grünschnabel, den ich erwartet hatte. Ich schätzte ihn auf um die dreißig und offensichtlich verliebt, der heißen Umarmung nach zu urteilen.

»Danke, dass Sie kommen konnten«, sagte er mit einem verlegenen Blick an die Decke.

Ich ertappte mich dabei, dass ich ihn intensiv betrachtete.

»Tut mir leid, dass ich am Telefon so kurz angebunden war. Es war ziemlich hektisch in letzter Zeit.«

»Kein Problem«, sagte er. »Ich bin grad erst nach drei Wochen mit meiner Lady aus den USA zurück. Hab viel an Sie gedacht und mich echt über den Anruf gefreut.« Als ihm aufging, was er da gesagt hatte, sah er mich peinlich berührt an. »Also, ich hab natürlich nicht an Sie gedacht, als ich … ach shit, schlechter Start.«

Ich lächelte. »Kein Problem.«

Eine Hand auf dem Barhocker versuchte er vergeblich, stillzustehen. »Sorry, aber das, was Sie machen, ist tierisch interessant.«

Er war übertrieben enthusiastisch. Wollte er mich irgendwie beeindrucken?

»Mögen Sie was trinken?«, fragte ich.

Er ließ sich nicht von mir einladen. Ging mit staksigen Schritten zum Tresen, von wo ich lautes Lachen hörte. Kurz darauf kam er mit einem alkoholfreien Bier zurück. Er lächelte breit.

»Spielen Sie?«, fragte er mit dem Blick auf eine Dartscheibe an der Wand.

Ich schüttelte den Kopf.

»Da haben wir was gemeinsam.« Er nickte. »Sollen wir?«

Ehe ich protestieren konnte, fasste er mich am Ellenbogen.

»Kommen Sie.«

Sein Lachen war ansteckend. Ich nahm mein Wasserglas und stand zögernd auf. Wegen seiner unsicheren Stimme und dem linkischen Benehmen am Telefon hatte ich Jacob in die Nerd-Schublade gesteckt. Einer, der nur über sein Fach reden würde.

»Ich kenne die Regeln nicht«, sagte ich, als ich mit drei Pfeilen in der Hand dastand.

»Ich würde mal sagen, es geht darum, den roten Punkt in der Mitte zu treffen.«

Ich lachte. Mit einem leichten Anflug von schlechtem Gewissen, weil Kristian sich mal wieder allein um unsere Tochter kümmerte.

»Dann erzählen Sie mal«, sagte ich, als ich einen Pfeil in Augenhöhe hob und ihn zwischen Daumen und Zeigefinger hängen ließ, wie ich es bei Dartspielern gesehen hatte. »Wovon handelt Ihr Forschungsprojekt?«

Mein Pfeil bog seitwärts ab und traf die Wand hinter der Scheibe.

»Schon mal was von Neurokriminologie gehört?«

»Die Lehre von der neuronalen Basis des Verbrechens?«

»Genau. Nicht ganz stubenrein, ich weiß.«

»Sie sind also der Meinung, dass Gewalt bis zu einem gewissen Grad verhindert werden könnte, wenn bestimmte biologische Marker identifiziert würden?«

»Wie ich schon sagte, nicht ganz stubenrein.«

Ich warf die anderen beiden Pfeile, keiner traf die Scheibe.

Als ich die Pfeile einsammelte, brachte uns ein Kellner eine Schale Oliven. Jacob trank einen Schluck Bier und wischte sich die Hände an einer Serviette ab. Fummelte mit den Zahnstochern und den Oliven herum. Bot mir eine an. Wischte sich über den Mund und trank noch einen Schluck.

»Ich untersuche auch, wieso manche Männer völlig durchknallen, während andere sich im Griff haben.« Er nahm einen Pfeil, konzentrierte sich und warf. Er traf viel besser als ich, aber auch sein Pfeil bohrte sich meilenweit vom Bull's Eye in die Scheibe. »Wieso handeln Menschen mit annähernd gleichen Ausgangsbedingungen so unterschiedlich?«

»Wenn Sie die Antwort darauf finden, müssen Sie sich keine finanziellen Sorgen mehr machen«, sagte ich und lachte.

»Reichtum war nie mein Ziel«, sagte er mit einer Kopfdrehung. »Mich interessiert die Liebe.«

»Liebe? Was hat das mit der Sache zu tun?«

»Viele der Männer haben Partnerinnen, oder?«

»Und Kinder.«

»Geliebte Menschen reichen offenbar nicht aus, um keine Gewalt anzuwenden. Darum meine Frage: Hat, wie Sie sagen, die Liebe was damit zu tun oder ist sie womöglich der eigentliche Trigger?«

»Sie meinen die biologischen Elemente von Liebe, versteh ich das richtig?«

»Stellen Sie sich mal vor, wir könnten Methoden und Techniken entwickeln, die Gewalt und Kriminalität vorhersagen, behandeln und sogar verhindern.«

Doch, der Gedanke war interessant.

Er zeigte zu den Lichterketten unter der Decke. »Finden Sie nicht, dass die aussehen wie Glühwürmchen?«

Er hatte einen Blick für Details. Sah Dinge, die andere nicht wahrnahmen.

»Interessieren Sie sich für so was?«, fragte ich mit einem vielsagenden Lächeln.

Jacob warf den Pfeil und traf den roten Punkt. Jubelnd riss er die Faust hoch. »Ich hab als Kind mal eine Invasion erlebt, hab mehrere Nächte im Freien geschlafen. Das hat mich schwer beeindruckt.«

Plötzlich sah er verlegen aus. Was ihn mir noch sympathischer machte. Empathie. Dass es ihm nicht peinlich war, über Liebe, Kindheitserinnerungen und seine Faszination für die Natur zu reden. Dabei so durchschnittlich, dass ihn die Männer in der Gruppe vermutlich akzeptieren würden. Ich sah ihn absichtlich lange an, bis es ihm offensichtlich unangenehm wurde.

»Könnten Sie sich vorstellen, mitzumachen?« fragte ich.

Er sah mich überrumpelt an. »Wobei?«

Ich lächelte. »Als Beobachter in der Aggressionsbewältigungsgruppe. Ich muss das natürlich vorab mit der Gefängnisleitung und den Teilnehmern abklären, aber ich kann mir vorstellen, dass das interessant für Sie wäre. Und für mich.«

Er machte große Augen. »Ist das Ihr Ernst? Das wäre ja megacool.«

Er wirkte so überwältigt, dass ich wieder lachen musste.

Wir standen beide auf, als Jacob sich verabschiedete. Ich blieb kurz stehen und dachte über das Treffen nach. Wann hatte ich mich das letzte Mal in Gesellschaft eines anderen Menschen so entspannt gefühlt?

Als ich an dem Platz vorbeikam, an dem ich vorher gesessen hatte, sah ich einen umgedrehten Bierdeckel mit einer Zeichnung auf der Unterseite. Ein stilisierter Hirschkopf mit nur einem intakten Geweih.

Auf der Fahrt zu Kristian und während ich Victoria badete, ging mir der Bierdeckel nicht aus dem Kopf. Hatte ich ihn bei meinem Kommen etwa übersehen? Oder hatte ihn jemand dorthin gelegt, während Jacob und ich Dart gespielt hatten?

Ich schickte Jacob das Formular für die Sicherheitsüberprüfung. Wenn das ausgefüllt war, musste es vom Gefängnis bestätigt werden.

»Guter Tag?«, fragte Kristian.

Ich ertappte mich dabei, dass ich ihn mit Jacob verglich, und erinnerte mich an einen Streit vor ein paar Jahren. Ellingsen hatte sich gerade in seiner Zelle das Leben genommen. Die Ermittlungen wurden zurück an den Start katapultiert. Als ich nach Hause kam, sah ich als Erstes auf der Kommode im Flur zwei Flugtickets nach Paris. Kristian wollte mich mit einem romantischen Ausflug überraschen.

Hungrig, todmüde und frustriert fegte ich mit einer Handbewegung eine Glasschale von der Kommode, die seine Eltern uns zu Weihnachten geschenkt hatten. War das eine Reaktion auf die Niederlage? Meine Angst, nicht gut genug zu sein? Oder war ich ganz einfach wütend, weil er mich nicht vorher gefragt hatte und nicht kapierte, dass ich jetzt keine Städtetour brauchte, sondern Ruhe?

Er kommentierte meinen Ausbruch nicht, aber als ich die Glasscherben vom Boden aufsammelte, sah ich meine eigene Verzweiflung in Kristians schockiertem Gesicht.

»Ja«, antwortete ich. »Guter Tag.«

Ich ging in das Zimmer, das Kristian vor ihrer Geburt für Victoria eingerichtet hatte, und betrachtete das hübsche Wesen in dem Kinderbett, das unvorstellbarerweise aus meinem Körper herausgekommen war. Sie schlief friedlich, und ich war zutiefst dankbar, dass sie wenigstens einen normalen Elternteil hatte.

Kristian kam herein, stellte sich neben mich und legte mir einen Arm um die Schulter. Seine Wärme und die magischen Hände, die mich hielten, ließen meinen Körper noch immer erbeben. Was die Frage in mir wachrief, ob das vielleicht doch die große Liebe meines Lebens war. Eine Zeit lang hatte ich das geglaubt, überzeugt davon, dass er der Einzige war, der mich glücklich machen konnte. Er war nicht nur der liebenswerteste Mensch, dem ich je begegnet war, er schaffte es auch, dass ich mich selbst anders wahrnahm. Zum Beispiel Ewigkeiten vor dem Badezimmerspiegel stand und mich anstarrte. Und sah, dass mein Körper, den ich immer gehasst hatte, stark und ziemlich schön war. Vielleicht war das eine andere Form von Liebe, dieser neue Blick auf sich selbst.

Das Bedürfnis, mein Gesicht an seine Brust zu drücken, überraschte mich. Aber ich blieb mit dem Blick auf dieses kleine Wesen stehen, das wir zusammen gezeugt hatten, und strich Victoria mit dem Zeigefinger über die Brust. Ich konnte Kristians Sorge nachvollziehen, aber ich hatte die Situation im Griff. Abs hatte mir eine Chance gegeben, die alles ändern konnte.

Im Grunde genommen wussten wir alle, dass diese Sorte Mörder niemals aufhören würde. Etwas oder jemand musste ihn in den vergangenen drei Jahren daran gehindert haben. Psychische Probleme, Einweisung, Gefängnis. Vielleicht war er im Ausland gewesen und hat weitere Mädchen umgebracht, von denen wir nichts wussten.

Sicher war nur, dass er noch nicht fertig war.

Ich setzte mich auf einen Stuhl neben Victorias Bett. Checkte mein Handy und sah eine Nachricht von Rita.

Anders soll mehr als nur Naturaufnahmen gemacht haben. Könnte Jenny davon gewusst haben?

Ich dachte an das Video. Den Schluss, das nackte Mädchen neben dem toten Fuchs. War das Jenny?

Victoria bewegte sich, und ich zuckte zusammen, von der plötzlichen Angst ergriffen, niemals der Mensch sein zu können, den sie wirklich brauchte. Ich fürchtete, eines Tages nicht mehr ihre kleine Hand in meiner zu spüren, dass sie kalt und steif in ihrem Bettchen lag. Durch meine Schuld.

34

Jenny, 2006

»Hast du zu Papa gesagt, dass ich nicht nach Spanien ziehen darf?«

Mamas Haare sind zerwühlt. Sie riecht nach Kaffee und Kefir. Auf ihren Lippen ist ein schmaler lila Streifen, den sie nicht abgewaschen hat. War wohl bei Rita gestern Abend. Rotwein süppeln und lästern. Darum hat sie auch nicht gemerkt, wie spät ich nach Hause gekommen bin. Und dass ich nach Wald und totem Fuchs stank.

»Manche Männer sind einfach unfähig, Stress und Herausforderungen auf gesunde Weise zu hantieren«, sagt sie mit einem Unterton, der keinen Zweifel daran lässt, für was für einen Vollpfosten sie Papa hält.

Er hat sie einmal geschlagen, woraufhin sie ihm gesagt hat, dass er zur Hölle fahren soll. Da ist er gegangen.

Ich hebe die Schere hoch und mache einen Schritt auf sie zu. »Ich hasse dich!«

Sie weicht zurück. Hebt beide Handflächen vor sich. »Jenny, beruhig dich!«

Zwischendurch glaube ich, dass sie Angst vor mir hat. Irgendwie finde ich das cool. Es enttäuscht mich aber auch, dass sie so schwach ist.

»Hast. Du. Mit. Papa. Gesprochen?«

Als ich noch kleiner war, hab ich ihr alles erzählt. Hatte

das Gefühl, dass sie interessiert war, wissen wollte, wie es in der Schule war, was ich mit meinen Freunden unternahm. Wenn andere Kinder gemein zu mir waren, hat sie mich auf den Schoß genommen und lustige Geschichten erzählt, die mich zum Lachen brachten. Jetzt will sie, dass ich Verantwortung übernehme, erwachsen werde. Aufhöre, sie zu enttäuschen.

Ihr Handy klingelt. Sie dreht mir den Rücken zu und geht ins Wohnzimmer. Zuerst ist ihre Stimme aufgesetzt freundlich, dann wird sie ungeduldiger und spuckt die Worte förmlich aus.

»Nein, ich verstehe nicht, was Sie meinen. Ich dachte, die Sache wäre ein für alle Mal abgehakt.«

Ich gehe hinter ihr her. Lausche ihrer scharfen, unnachgiebigen Stimme. Es dauert ein paar Sekunden, bis ich raffe, mit wem sie spricht. Mein Lehrer.

»Natürlich weiß ich, was passiert ist«, sagt Mama. »Ihre Eltern wissen, dass es ein Missverständnis war.«

Stille, gefolgt von leisem Sprechen. Und mir wird klar, dass ich diesmal nicht davonkomme.

»Beweise?«, sagt Mama plötzlich. »Ich habe nichts gesehen, das wie …«

Ich gehe zu ihr, lege ihr einen Arm um die Taille. Sie drückt mich an sich. Streicht mein Haar mit den Fingern nach hinten. Es fühlt sich gut an, auch wenn ich weiß, dass sie dem Lehrer mehr glaubt als mir.

»Sie ist sensibel«, sagt Mama jetzt mit sanfterer Stimme. »Ich hatte die Zusage, dass die Sache abgehakt ist.«

Am anderen Ende wird wieder etwas gesagt. Mama hört zu und wird immer angespannter.

»Was heißt hier, anders überlegt?«, schreit sie in den

Hörer. »Zum hundertsten Mal, das war ein Missverständnis!«

»Wenn du doch endlich mal lernen würdest, dich zu benehmen«, sagt sie, als sie aufgelegt hat.

Ich löse mich aus ihrer Umarmung und laufe nach oben in mein Zimmer. Knalle die Tür laut zu. Schleudere die Schere gegen die Wand, werfe mich aufs Bett und begrabe das Gesicht im Kissen. Und merke, dass in mir etwas erwacht. Am liebsten würde ich laut herausschreien, dass es nicht meine Schuld ist, dass die bekloppte Kuh über Nacht in der Besenkammer festgesessen hat. Sie hat darum gebeten.

Ich schiebe das Handy unter die Decke. Würde so gerne eine Nachricht an Papa schicken. Er ist der Einzige, der kapiert, wie ich ticke. Wir sind uns so ähnlich wie zwei Tropfen Johannisbeersaft, sagt er immer. Zu gleichen Teilen sauer und süß.

Ein leises Pling. Meine Hand schiebt sich automatisch unter die Decke, aber als die Finger das Handy berühren, erstarre ich. Ist das eine dieser Warnungen vor irgendwelchen schrecklichen Ereignissen, von denen Mama immer redet?

Als ich das Handy vorsichtig unter der Decke vorziehe, traue ich mich erst gar nicht, die Nachricht zu öffnen. Unten höre ich Mama telefonieren. Bestimmt erzählt sie Rita, was für ein hoffnungsloser Fall ich bin.

Ich lausche eine Weile, ohne den Wortlaut mitzukriegen. Dann wird mir plötzlich klar, dass nicht nur Papa mich mag. Es gibt noch jemanden, der immer daran interessiert ist, wie es mir geht. Die Erkenntnis erfüllt mich mit Wärme. Ich wische die Handfläche am Hosenbein ab und öffne die

Nachricht. Begreife, dass die Warnung richtig war, und jetzt hämmert mein Herz.

Ich werde dich zerstören.

35

Abs hatte mir nicht direkt grünes Licht gegeben, um mit Signe zu reden, aber vielleicht wenigstens gelbes?

Ich fuhr mit Kristians Auto zu den staubfarbenen, niedrigen Wohnblocks oben am Wald. Suchte die Klingelschilder nach dem Namen Davidsen ab.

»Dritter«, sagte eine aufgeregte Jungenstimme gleichzeitig mit dem Türsummer.

Als ich aus dem Fahrstuhl kam, sah ich den Kopf eines kräftigen blonden Jungen um die fünf Jahre im Türspalt der Wohnung am Ende des Flurs. Er drückte einen dreckigen Lappen an die Brust, das Gesicht mit Schokolade verschmiert.

Er sah mich mit offenem Mund an. »Wo ist die Pizza?«

»Hier nicht, tut mir leid«, sagte ich und lächelte ihn freundlich an. »Ist deine Mama zu Hause?«

»Mama!«, kreischte er in die Wohnung hinein. »Das is nich die Pizza!«

Die Antwort kam nicht weniger schrill zurück. »Was hab ich zu deinem Gekreische gesagt?!«

Meine Grübeleien, wie ich das Gespräch einleiten sollte, hätte ich mir sparen können, da sie mich gleich wiedererkannte und genervt abwimmelte.

»Jeezus«, rief sie mit aufgerissenen Augen, ohne zu blinzeln. »Halten Sie mich da raus!«

Ihre Haare waren fettig, ein ausgewaschenes Handballtrikot spannte über hängenden Brüsten. Hätte ich sie nicht in Lillestrøm gesehen, hätte ich in der ungepflegten Frau niemals die große Handballhoffnung erkannt, die ich auf Facebook gesehen hatte.

Signe zog an dem Shirt. »Ich hab Sie vor Hege Brodersens Haus gesehen. Wohl kaum zufällig.«

»Äh?«

»Glauben Sie wirklich, ich hab was damit zu tun?«

Ich schüttelte den Kopf. »Absolut nicht. Ich wollte mich nur mal mit Ihnen unterhalten.«

»Klar doch«, sagte Signe, ging zurück in die Wohnung, machte die Tür zu und schloss ab.

Die Sicherheitskette klirrte. Drinnen war Kindergeschrei zu hören. Signe keifte so lange, bis eins der Kinder zu heulen begann. Nach sehr kurzer Bedenkzeit drückte ich noch einmal die Klingel. Nichts tat sich. Ich wartete kurz, versuchte es noch einmal, und lehnte mich schließlich an die der Tür gegenüberliegende Wand. Was sollte ich jetzt machen? Auf den Pizzaboten warten?

Ich lief im Flur auf und ab, bevor ich noch ein letztes Mal klingelte. Es waren nur die kreischenden Kinder zu hören. Irgendwann legte ich die Hände wie einen Trichter um den Mund und rief: »Es geht um Jenny. Ich glaube nicht, dass es Ihre Schuld war.«

Es vergingen acht Sekunden, bis die Sicherheitskette erneut klirrte. Signe öffnete die Tür einen Spaltbreit. Sie sah blass aus.

»Was wollen Sie damit sagen?«

»Ich will nur mit Ihnen reden«, sagte ich. »Über das, was damals passiert ist.«

»Haben Sie nicht eben noch gesagt, Sie glauben mir?«,

sagte sie eilig. Etwas zu eilig. Ihr Blick wanderte durch den Gang. »Ich bin fertig mit der Sache. Hege ist mir egal.«

Ich hätte sie damit konfrontieren können, dass sie mir gerade gesagt hatte, sie hätte mich vor Heges Haus gesehen, hielt mich aber zurück, weil ich das unkontrollierte Zucken ihrer Kiefermuskeln bemerkte. Signe hatte Angst. Wegen der neuen Beweise, von denen Hege gesprochen hatte?

Sie schob die Hände in die Achselhöhlen. »Hege konnte mich nie leiden. Ich will ja nichts Gemeines über sie sagen …« Sie hielt inne. In ihrer Stimme klang Verletzlichkeit mit. »Mein Gott, ich versteh das ja. Wenn eins meiner Kinder … Da mag ich gar nicht dran denken.«

Ich hatte mir von dem wenigen, was ich auf Facebook gesehen hatte, ein Bild von Signe gemacht. Ich mochte mich ja irren, aber sie wirkte auf mich wie ein Mensch, der in der Vergangenheit feststeckte, in den Handballträumen. Bei dem hübschen Mädchen, das alle Jungs mochten. Könnte ich das nutzen, um sie zum Reden zu bringen?

»Ich würde wirklich gerne Ihre Sichtweise verstehen, Signe«, sagte ich. »Was ist damals passiert? Was hat der Vorfall mit Ihnen und den beiden Jungs gemacht?«

Ihr Blick wanderte zum Aufzug. »Ich hab schon alles gesagt.«

Plötzlich schien die Psychologin in mir nicht mehr weiter zu wissen. Ich wollte, dass die Polizei Hege lebend zurückbrachte. Wollte verstehen, was damals mit Jenny passiert war. Aber vor allen Dingen wollte ich den Mann mit der tarnfarbenen Wollmütze finden. Und jetzt gelang es mir nicht einmal, Signe zum Reden zu bringen.

Der Aufzug öffnete sich, es kam aber niemand heraus. Signe schnappte nach Luft und schaute durch den Flur.

»Ist er es? Ist er zurück?«

»Entschuldigung?«

Sie begann zu zittern. »Hat er es jetzt auf mich abgesehen?«

»Wer?«

Sie wollte die Tür zuknallen, aber ich schob den Fuß dazwischen.

»Von wem reden Sie?«

Ihr Gesicht war versteinert. »Bitte, gehen Sie!«

»Nein«, protestierte ich. »Das ist wichtig. Von wem reden Sie? Was ist mit Jenny passiert?«

»Gehen Sie«, sagte Signe. »Und kommen Sie nie mehr wieder.«

Sie trat gegen meinen Fuß und knallte die Tür ins Schloss.

Ich ging zurück zum Wagen. Lehnte mich an die Motorhaube und sah mich um. Die Gegend wirkte so verlassen wie beim letzten Mal. Hege konnte das Haus ohne jeden Zweifel unbemerkt verlassen haben, besonders nachts. Oder gab es Überwachungskameras, die sie aufgenommen hatten?

Ich öffnete den Wagen und setzte mich hinters Steuer. Sah mich noch einmal um und registrierte erneut die Silhouetten hinter den Gardinen. Fühlte mich beobachtet.

Neben dem Wagen stand ein Laternenpfahl. Ein Zettel zog meine Aufmerksamkeit auf sich. Das Foto einer zerzausten goldroten Katze mit schläfrigen Augen und einer dicken Narbe über der Schnauze. Darunter der Text VERMISST und eine Telefonnummer.

Die Katze sah genau wie die aus, die ich in Heges Garten gesehen hatte.

36

Jenny, 2006

Als ich wach werde, liege ich voll angezogen auf der Decke. Draußen ist es dunkel und still, aber irgendein Geräusch muss mich geweckt haben. Ein umgestoßener Blumentopf? Ein Gartenzwerg? Ich richte mich auf. Lausche. Habe plötzlich das Gefühl, dass etwas fehlt. Taste nach dem Handy, das neben mir im Bett liegt. Lese die Nachricht noch einmal.

Ich werde dich zerstören.

In was für einer Welt schickt man solche Nachrichten?

Ich schleiche auf den Flur. Trippele über den kalten Boden. Fahre auf dem Weg zur Treppe mit den Fingern an der Wand entlang, als mir auffällt, dass Mamas Schlafzimmertür nur angelehnt ist. Ihr Zimmer ist leer. Der Radiowecker zeigt, dass es weit nach Mitternacht ist.

Unten im Wohnzimmer sehe ich es. Die Lampe, die normalerweise auf der Terrasse brennt, um die Katzen abzuhalten, ist aus. Deshalb die Dunkelheit und die farblosen Konturen der Gartenmöbel. Ich schleiche zur Terrassentür und versichere mich, dass sie verschlossen ist. Starre in die Nacht und begegne dem Blick eines Gartenzwergs, der mich gefühllos anstarrt. Auf der Außenseite der Scheibe ist ein kleiner Kondensfleck, als hätte gerade jemand den Kopf dicht ans Fenster gehalten, um ins Haus zu blicken. Ich drehe mich um. Zittere, meine Füße werden schwer. Ich mag es nicht, abends allein zu sein. Mama weiß das. Trotzdem vergisst sie manchmal abzuschließen.

Als ahnten sie, dass da draußen etwas ist, verweigern meine Beine den Dienst. Ich starre auf die Haustür. Schaffe es nur mit äußerster Kraft bis in den Windfang. Lege die Hand auf die Klinke. Langsam, ganz langsam, wobei ich mir vorstelle, wie sie mir jemand aus der Hand reißt. Hinter mir huscht ein Schatten am Fenster vorbei. Ich beuge mich vor, drücke die Klinke nach unten. Die Tür ist verschlossen.

Ich lausche. Draußen ist es vollkommen still. Ich schleiche zurück zur Terrassentür. Es ist niemand da, und ich fühle mich wie eine Idiotin, die Angst vorm Dunkeln hat. Wenn hier jemand kommt, dann Mama, die mal wieder zum Rotweintrinken bei Rita war.

Beschämt gehe ich in die Küche. Nehme den Deckel von dem Topf, der auf dem Herd steht. Der Geruch der Rindfleischsuppe weckt meinen Hunger, und ich öffne den Schrank und strecke mich nach einer Schale aus. In diesem Moment höre ich Schritte. Meine Hand erstarrt. Das habe ich mir nicht eingebildet. Da draußen *ist* jemand, und das ist nicht Mama.

So vorsichtig wie nur möglich setze ich den Deckel zurück auf den Topf. Das Metall klappert leise. Ich gehe vor der Arbeitsplatte in die Hocke. Lausche auf weitere Schritte oder irgendwelche Zeichen, dass sich jemand an der Tür zu schaffen macht.

Ich werde dich zerstören.

Steht er draußen unter dem Baum? Will er sicherstellen, dass ich allein bin? Es fühlt sich an, als würde jemand meine Rippen zusammendrücken. Ich *bin* allein.

Der Kühlschrank vibriert, und ich stoße einen Schrei aus. Stürme die Treppe nach oben. Renne in Mamas Zimmer, schnappe mir das Telefon und wähle den Notruf.

»Jemand schleicht ums Haus herum«, sage ich dem Polizisten keuchend.

Ein paar Minuten später schlendert Mama durch die Tür. Sichtlich angetrunken und mit einem Karton in den Händen. Bei der Art, wie sie den Polizisten anlächelt, wird mir schlecht.

»Ehrlich, ihr müsst mir glauben«, sage ich schluchzend. »Da war jemand.«

Aber war das auch ein Mensch? Oder hat eine Katze in die Beete gepinkelt? Bilde ich mir das alles nur wegen dieser Scheiß-Nachricht ein?

Mama und der Polizist sehen sich an. Ihre Augen verraten, dass sie mir nicht glauben und Mama es peinlich findet, dass ich die Polizei so grundlos gerufen habe.

»Das wird nicht wieder passieren«, sagt sie zu dem Polizisten. »Ihr Vater ist vor einem Monat ins Ausland gezogen, und seither will sie immer die Aufmerksamkeit haben.«

Ich denke an das, was Noah gesagt hat. Dass die Leute nachts einen Mann gesehen haben. Eklige Dinge erlebt haben.

Als der Polizist gegangen ist, öffnet Mama den Karton. Darin sitzt ein grau gesprenkeltes Kaninchen mit einem schwarzen Fleck an einem Ohr. Es ist schrecklich pathetisch, aber ich fange trotzdem an zu weinen.

»Das ist für dich«, sagt Mama. »Nur für dich.«

37

Je weiter ich mich von Signes Wohnblock entfernte, desto mehr fragte ich mich, ob ich mir ihre Angst nur einbildete. Aber nein, Hege hatte einen Grund für ihre Angst, und Signe war geradezu panisch. Es war mittlerweile Jahre her, aber Jenny hatte behauptet, jemand hätte sie durch den Wald gejagt.

Ich sah in den Rückspiegel. Studierte die Autos hinter mir. *Ist er es? Ist er zurück?*

Ja, dachte ich, er ist zurück und verfolgt alles, bereitet sich vor.

Die Nachricht, auf die ich wartete, war gekommen und mit ihr die Sicherheitsfreigabe vom Gefängnis. Wobei ich mir darüber im Klaren war, dass es mit Jacob an meiner Seite schwerer für mich würde, Leif die Informationen zu entlocken, die Abs haben wollte.

Am nächsten Morgen gingen Jacob und ich gemeinsam in den Gesprächsraum des Gefängnisses. Seine aufrechte Haltung gab mir Sicherheit. Seine Haare rochen leicht nach Harz. Die Frage war nur, ob die Männer ihn akzeptieren würden.

Jacob schloss die Tür hinter uns, und schon war es passiert. Leif Moen wurde mürrisch. Er brummelte vor sich hin, kippte einen Kaffee und drehte noch eine Runde durch den Raum, bevor er sich setzte. Rieb die Wange an seiner Schulter und starrte Jacob misstrauisch an. Er versuchte nicht einmal, seine negative Attitüde zu verbergen.

Die anderen Männer kopierten Leifs Bewegungen. Bildeten eine Opposition gegen Jacob. Verlor ich an Boden, weil ich ihn mitgebracht hatte?

Ich sah zu Leif. »Was ist los? Stört dich was?«

»Tja, wo soll ich anfangen?«

»Sag uns, worüber du nachdenkst.«

»Nachdenken? Gute Frage, Baby. Ich frage mich, warum der, der das Gesetz hütet, dich in den Arsch fickt.«

Da waren wir also wieder. »Kannst du das vertiefen?«

»Wie tief?«

Manchmal war er wie ein trotziger Fünfjähriger, bei dem sich alles nur um ihn drehte. Ich musste mich zusammenreißen, Jacob keinen resignierten Blick zuzuwerfen.

»Hast du Notizen gemacht? Deine Gefühle beschrieben?«

»Scheiß auf das bekloppte Tagebuch! Das ist doch ein Komplott gegen mich.«

»Ich muss dich bitten, dich zu beruhigen, Leif. Die Gefühle dürfen hier drinnen nicht die Oberhand gewinnen. Wir betrachten sie lediglich, trennen sie von den Handlungen.«

»Diese scheiß Anklagebehörde, diese bekloppten Richter in ihren fucking Roben, die Bullen, trennst du die auch von mir?«

Die Bullen? War das die Information, die Abs meinte?

Leif setzte wieder an, aber ich hob die Hand. »Vergiss nicht, dass du dich hier drinnen nicht selbst beschuldigen darfst.«

Ich sah zu Jacob, aber sein Blick sagte mir, dass er verstand.

»Das spielt keine Rolle«, sagte Leif. »Ich bin unschuldig. Was sie mir vorwerfen, habe ich nicht getan.« Sein Blick ruhte fest auf mir. »Du weißt ja selbst nur zu gut, dass die Polizei Fehler macht.«

Leif fuhr sich mit der anderen Hand über die Haare. Bewegte den Oberkörper im Sitzen vor und zurück und schüttelte langsam den Kopf. Plötzlich stieß er den Stuhl unter sich weg, sodass er quer durch den Raum flog. »Das ist so abgefuckt, du machst dir keine Vorstellung!«

»Leif!«, brüllte ich, und sofort stand der Wachmann in der Tür. Ich hob die Hand, um ihm zu signalisieren, dass ich alles unter Kontrolle hatte.

Leif ging zu dem Tisch mit dem Kaffee und den Marie-Keksen. Seine Brust hob und senkte sich hektisch. Nach ein paar Minuten kam er zurück, hob den Stuhl auf und setzte sich wieder. Seine Augen waren schwarz. »Sorry, bin eine Liga abgestiegen.«

»Genau daran arbeiten wir hier«, sagte ich. »Sieh zu, dass du schnell wieder den Aufstieg schaffst! Kannst du darüber reden, wie sich das anfühlt?«

»Nein.«

Ich setzte ihn nicht unter Druck. »Möchte jemand anderes etwas darüber sagen, wie Leif seine Wut hätte meistern können?«

Die anderen saßen nach Leifs Wutausbruch schweigend da, bis einer von ihnen die Hand hob.

»Ich weiß nicht, ob ich es mir wünsche, vollkommen frei von Wut zu sein«, sagte er. »Da ist man dann doch wie Vieh im Stall.«

»Das ist verständlich«, erwiderte ich. »Es geht aber nicht darum, zur Schlachtbank geführt zu werden, sondern selbst die Kontrolle zu behalten. Und die Kontrolle über dich selbst willst du doch wohl haben?«

Er nickte. Ich ließ meinen Blick zu den anderen schweifen. Alle bis auf Leif nickten anerkennend.

Nach der Stunde nahm ich Leif zur Seite. Er nickte in Richtung Jacob.

»Was für ein Clown. Ich mag ihn nicht.«

»Hör auf«, sagte ich.

»Hockt einfach nur da, aber trotzdem stinkt jetzt alles nach ihm. Irgendwie sauer.«

Ich stöhnte. »Was ist denn heute mit dir los?«

»Meine gesamte Situation ist so total verkackt, ich brauche alle Hilfe, die ich kriegen kann.«

Das war meine Chance, jetzt könnte ich den Doppelmord ansprechen. Er vertraute mir. Aber war ich bereit, Leif für meinen eigenen Vorteil zu opfern?

38

»Danke, dass du fährst«, sagte Jacob, als wir auf dem Parkplatz vor dem Gefängnis standen. »Mein Auto ist vor ein paar Monaten von irgendwelchen blöden Vandalen zerstört worden, es ist noch nicht wieder fertig.«

»Hört sich ja gar nicht gut an.«

»Die Scheibe wurde eingeschlagen und die Sitze aufgeschlitzt. Aber die Idioten sind zum Glück von einer Kamera eingefangen worden.«

Bevor wir einstiegen, warf ich noch einen Blick auf mein Handy.

Drei verpasste Anrufe von Kristian. Ich musste irgendetwas vergessen haben.

»Mist«, rutschte es mir heraus.

»Schlechte Nachrichten?«

»Nein, nur der Vater meines Kindes.«

»Oh, Familienglück.«

Ich wandte mich ihm zu. Versuchte mich an einem Lachen, das nicht über meine Lippen wollte. Ich sehnte mich nach jemandem, dem ich mich anvertrauen konnte. Jemand, mit dem ich Witze machen konnte, der aber trotzdem verstand, wie es sich anfühlte, wenn man sein Leben nicht wirklich in den Griff bekam.

»Um ehrlich zu sein, bin ich in so was nicht sonderlich gut.«

Ich hatte wohl irgendeinen blöden Kommentar erwartet, es kam aber keiner. Stattdessen sah Jacob mich ganz offen und vielleicht ein bisschen verwundert an.

»Das Gefühl kenne ich nur zu gut«, sagte er.

Ich nahm die Schlüsselkarte heraus und hielt sie an den Sensor. Beim Einsteigen dachte ich an Leif. Was wusste er, und wie schnell brauchte Abs eine Antwort?

Der Himmel war wolkenlos, und über dem Asphalt flimmerte die Luft. Ich drehte die Klimaanlage voll auf und fuhr vom Parkplatz. Jacob schien zum Glück einer der Männer zu sein, mit denen man gemeinsam schweigen konnte, ohne dass es peinlich wurde. Er nahm sein Notizbuch heraus, und keiner von uns sagte ein Wort, bis wir auf die Autobahn fuhren.

»Was ist mit deinen Eltern«, fragte er plötzlich, »kommt Kristian gut mit ihnen zurecht?«

Ich fuhr, war nicht bereit, mit einem Fremden über meine Eltern zu reden. »Sie sind tot«, sagte ich. »Autounfall.«

Jacob legte mir eine Hand auf den Arm. »Oh, das tut mir leid.«

Mehr sagte er nicht. Er fragte nicht weiter nach Kristian oder meinen Eltern, und der Respekt, den er mir erwies, gefiel mir. Es machte die Stimmung zwischen uns noch vertrauter.

»Und du? Hast du Kinder?«

Er klappte das Notizbuch zu und legte es auf seinen Schoß. »Nein.«

»Habt ihr es versucht?«, fragte ich und hätte die Worte am liebsten gleich wieder zurückgenommen. »Entschuldigung, ich wollte nicht ...«

»Wir?«

Ein peinlicher Moment. Mein Gott, wie unprofessionell, schließlich war das eine direkte Frage nach seinem Sexualleben. Außerdem konnte ich ja wohl kaum eingestehen, dass ich ihn und dieses Mädchen beobachtet hatte.

»Als wir uns das erste Mal gesprochen haben, hast du was von einer Reise in die USA erzählt. Mit deiner Freundin«, sagte ich, um wieder in sicheres Fahrwasser zu kommen.

Ein noch teurerer Tesla als der von Kristian scherte dicht vor mir ein. Ich ging vom Gas und ließ ihn fahren.

»Die, ja.« Jacob tippte mit dem Stift auf das Notizbuch. »Es geht uns gut zusammen, aber ich … ich habe mich eigentlich noch nie für Kinder interessiert, wenn ich ehrlich sein soll. Ich finde dieses ganze Familienzeugs ziemlich beengend.« Er lachte etwas zu laut und zu lang. »Außerdem musste ich, als ich klein war, immer auf meine kleine Schwester aufpassen, wahrscheinlich habe ich meine Dosis Säugling schon abgearbeitet.«

Ich verstand ihn gut. Vor meiner Schwangerschaft waren diese kleinen Schreihälse das Letzte gewesen, was ich mir wünschte. Die Mutterrolle lag mir nicht gerade im Blut.

»Also … schlechte Erfahrungen?« Die Frage war scherzhaft gemeint, fühlte sich aber nicht gut an. Was war heute nur mit mir los?

»Tja«, sagte Jacob. »Vielleicht bin ich einfach nur egoistisch. Ich will Karriere machen, etwas bewirken.«

Ich sah kurz zu ihm hinüber. Bildete mir ein, etwas Dunkles in seinem Blick zu bemerken, das irgendwo aus seinem Inneren kam.

»Außerdem hat meine große Liebe mich ja verlassen«, sagte er. Jetzt war das Dunkle wieder weg. »Ich habe ziemlich lange gebraucht, um das zu verarbeiten. Habe mich ins Training gestürzt.«

Ich nickte in seine Richtung, blinzelte ihm zu. »Scheint gewirkt zu haben.«

Er warf mir ein verschmitztes Lächeln zu. »Ich war ein ziemlich braver Jugendlicher. Habe weder geklaut, noch die Schule geschwänzt. Nicht einmal geprügelt habe ich mich.«

»Ach?«, sagte ich.

Er lachte, die Hand auf dem Herz. »Ich habe mich selbst viel zu ernst genommen. Wollte Astronaut werden, und als die Auserkorene Schluss gemacht hat, dachte ich, dass ich mich jetzt verdammt noch mal zusammenreißen muss.«

»Deine Jugendfreundin war deine große Liebe?«

Jacob verdrehte betroffen die Augen. »Ich war zwölf.«

Wir lachten erneut. Jacob warf mir ein wärmendes Lächeln zu, klappte sein Notizbuch auf und notierte sich etwas, während ich hinter einem Touristenbus festhing. Dieser Mann interessierte sich für mein Fachgebiet. Mit ihm konnte ich diskutieren. Und sogar der alltägliche Small Talk kam mir leicht über die Lippen. So jemanden wie Jacob hatte ich nicht mehr an meiner Seite gehabt, seit Abs und ich zusammengearbeitet hatten.

»Was hältst du von der Gruppe?«, fragte ich, als er das Buch wegsteckte, und mir graute ein wenig vor der Antwort. Warum Leif ausgerechnet heute wieder Ärger machen musste, als hätte er einen sechsten Sinn dafür, dass ich ihn ausfragen wollte.

»Sehr interessant, wirklich.« Im Seitenspiegel sah ich ihn gestikulieren. »Du meisterst das echt unglaublich gut ...«

»Ach was«, sagte ich und winkte ab. »Glaubst du, dass

die Stunden für dich interessant sind? Ich meine, das ist ja nicht gerade Neurokriminologie, aber ...«

»Das ist total nützlich.«

Kurz sah ich zu ihm hinüber. »Willst du beim nächsten Mal wieder dabei sein? Es schadet sicher nicht, die Episoden aus einem anderen Winkel zu sehen. Sozusagen mit frischem Blick.«

»Ehrlich?«

»Ja«. Der Enthusiasmus war ansteckend. »Erzähl mir von der Forschung.«

Er richtete sich auf seinem Sitz auf. »Im Moment konzentrieren wir uns darauf, wie die Hirnaktivität die Kriminalität beeinflusst.«

»Wow, interessant.«

»Natürlich spielen die Kindheit, das Umfeld, Drogen und so weiter auch eine wesentliche Rolle, was die Neigung zu kriminellen Handlungen angeht. An der Universität von Valencia wurde allerdings eine Studie durchgeführt, nach der ein komplexes Nervensystem, kombiniert mit chemischen Stoffen, kriminelles Verhalten triggern kann. Die Forschung zeigt überdies, dass auch Meditation, Körperhaltung und Beckers Identitätstheorien eine gewisse Rolle spielen ...«

Ich liebte es, wie präsent er war, wenn er über dieses Thema redete, und es gefiel mir, dass er seine Gedanken mit mir teilte. Mit seiner kräftigen, warmen Stimme wäre er sicher ein guter Referent. Dass Abs mir vorgeschlagen hatte, mit Leif zu reden, war ein Glückstreffer.

»Hast du zurzeit irgendeine Verbindung zum Kriminalamt?«, fragte Jacob, als wir uns der Stadt näherten.

Ich schüttelte den Kopf. Sah, dass ich viel zu schnell fuhr, und ging vom Gas. »Eigentlich nicht«, sagte ich.

»Eigentlich?« Er lächelte interessiert. »Hört sich irgendwie nach einem Aber an.«

Die Straßenlaternen brannten, obwohl es noch hell war. Aus dem Augenwinkel sah ich sein erwartungsvolles Gesicht.

»Ein Cold Case«, sagte ich. »Vor achtzehn Jahren ist ein Mädchen bei einer Bootstour auf dem Øyeren verschwunden.«

»Jenny?«

Ich warf ihm einen überraschten Seitenblick zu. »Du kennst den Fall?«

»Ja, ich kannte sie. Also persönlich.«

39

Jenny, 2006

Die Nachricht kommt um vier.

Mädelsabend bei mir, heute Abend um sieben. Aber nur
mit schicken Klamotten! Freu mich, Signe!

Schicke Klamotten, was meint sie damit? Hose und Bluse?
Kleid? Das Schickste, was ich habe, ist die Bluse, die ich
von Signe bekommen habe, aber die anzuziehen, wäre
irgendwie blöd.

Ich gehe in mein Zimmer und ziehe all meine Sachen aus
dem Kleiderschrank. Stapele die Pullover am Boden, die
Hosen auf dem Bett. Da fällt mein Blick auf das hellblaue
Top, das ich letztes Jahr in einer Boutique in Lillestrøm
geklaut habe. Superschick, aber verdammt eng. Wenn ich
den Bauch einziehe und mich strecke, sieht es einigermaßen
okay aus. Aber ich brauche nur zu atmen und fühle mich
wie eine Wurst in der Pelle.

Ich nehme eine Hose, die mir aber zu durchsichtig ist.
Die graue Tights hat Löcher und bei dem kurzen Rock fällt
mir gleich wieder der Typ in der Schule ein, der mir an den
Po gefasst hat.

Da finde ich endlich das schwarz-orange Kleid, das Papa
mir in Spanien gekauft hat, es sitzt perfekt. Ich ziehe es

an und lächle mein Spiegelbild an. Das Kleid hat Puff-
ärmel, einen geflochtenen Ledergürtel um die Taille und
einen weiten, knielangen Rock. Die schwarzen hochhackigen Schuhe, die ich auch irgendwann geklaut habe, passen
perfekt dazu.

Mama mustert mich. Der Lidschatten gefällt ihr nicht,
zum Glück hält sie aber den Mund.

»Wie schön, dass sie dich zum Mädelsabend eingeladen
haben«, sagt sie. »Willst du Obst mitnehmen?«

»Lieber eine Flasche Wein.«

Sie sieht mich an, als wäre ich komplett übergeschnappt.
»Ich habe heute eine Warnung bekommen.«

»Hä?«

»Sei vorsichtig, irgendetwas wird passieren.«

Mehr sagt sie nicht. Ich bin es gewohnt, dass sie solchen
Mist von sich gibt, und während sie ins Bad geht, schleiche
ich mich im Wohnzimmer zu dem Schrank, in dem sie den
Alkohol versteckt. Ganz hinten steht die grüne eckige Flasche, die sie auf der Fahrt mit Rita gekauft hat. Der Inhalt
riecht nach überreifen Bananen, ich verstecke die Flasche
trotzdem in meiner Tasche und haste nach draußen.

Hätte ich Chips mitnehmen sollen? Oder noch ein paar
Bier kaufen? Ist dieses Bananenzeug peinlich? Es ist sicher
allen klar, dass Mama das aus dem Süden mitgebracht hat.

Es ist halb sieben. Zu früh aufzutauchen, ist uncool, weshalb ich zur Schule laufe und mich auf eine breite Schaukel setze. So eine mit Netz, in das man sich reinlegen kann.
Ich nehme die Flasche aus der Tasche. Das Zeug schmeckt
scheußlich. Ich halte mir die Nase zu und würge es runter.
Stelle mir die anderen Mädchen vor, die bei Signe sein
werden. Mannschaftskameradinnen vom Handball. Sport-

lich, hübsch und dünn. Älter als ich. Es hat sicher etwas zu bedeuten, dass Signe, die Coolste von allen, mich eingeladen hat. Ich tippe, dass sie mich wieder als die kleine Schwester vorstellen wird, die sie nie hatte.

Um fünf nach sieben gehe ich schließlich zu ihrem Haus. Ihre Mutter öffnet. Ich dachte, das sollte so ein Alleine-zu-Hause-Fest werden.

»Hallo, ist Signe da?«

»Ja«, sagt sie. »Aber die Handballmädchen sind da … Ich glaube nicht, dass Signe gestört werden will.«

Ich zögere. Meine Lippen kleben. »Sie … hat mich eingeladen.«

»Warte einen Moment.« Die Mutter schließt die Tür. Drinnen höre ich sie an der Kellertür Signes Namen rufen. Von unten kommt laute Musik.

Einen Moment später geht die Tür wieder auf. »Tut mir leid«, sagt die Mutter. »Das ist heute wohl nur für die Mädchen vom Handball. Signe meinte, du könntest morgen wiederkommen.«

Der Bananengeschmack kriecht in meinem Hals hoch. Als die Tür vor mir ins Schloss fällt, weiß ich erst nicht, was ich tun soll. Bleibe wie ein Depp auf der Treppe stehen, als würde ich auf ein Loch warten, in dem ich versinken kann oder eine Maschine, die mich irgendwohin wegbeamt.

Ich löse die Riemchen der hochhackigen Schuhe. Bin komplett leer, verwirrt. Meine Unterlippe zittert, und ich beiße so hart darauf, dass ich Blut schmecke. Dann laufe ich barfuß über den Kies zum Bürgersteig und denke an den Jungen, den ich vor ein paar Tagen gesehen habe. Ihn hat es nicht interessiert, was die älteren Jugendlichen sagten.

Er steht am Schulhof und trägt denselben grünen Pullover wie beim letzten Mal.

»Willst du?«, frage ich und halte ihm die grüne Flasche hin.

Er schüttelt den Kopf, aber ich drücke ihm die Flasche gegen die Brust, sodass er sie irgendwann nehmen muss. »Es schmeckt scheiße, hilft aber gegen das meiste.«

Er riecht an der Flasche und rümpft die Nase. Dann probiert er einen Schluck und spuckt gleich wieder aus.

»Wie heißt du?«, frage ich.

Er sieht mich mit großen blauen Augen an. Seine Haare sind fettig. Dann fährt er mit dem Zeigefinger über seine Armbeuge, als würde er sich selbst streicheln.

»Jacob.«

»Ich habe neulich jemanden gesehen, der dich gemobbt hat«, sage ich. »Er hat was von deiner Mutter gesagt.«

Jacob senkt den Blick und starrt auf meine nackten Füße. Zuckt mit den Schultern. »Mit Menschen, die nicht wissen, wie sie sich zu benehmen haben, kann ich kein intelligentes Gespräch führen.«

Die altklugen Worte klingen nach seiner Mutter. Außerdem war der Satz viel zu lang, irgendwie künstlich. Aber der Typ strahlt eine bemerkenswerte Ruhe aus. Ich wünschte mir, ich könnte so etwas sagen. Oder auch nur denken.

40

»Ich war zwölf, als ich Jenny Brodersen kennenlernte«, sagte Jacob. »Viel zu jung, um einschätzen zu können, wie sie war oder was mit ihr passiert ist. Aber sie war die Einzige der älteren Kinder, die mit mir gesprochen hat.«

Ich fuhr ihn zu einem klassischen Mehrfamilienhaus auf dem St. Hanshaugen. Parkte mit zwei Reifen auf dem Bürgersteig.

»Erst als der Fall dann im Kriminologiestudium auf meinem Tisch landete, habe ich verstanden, dass sie wohl unter Drogeneinfluss ertrunken ist. Ehrlich gesagt habe ich in den vergangenen Jahren nie mehr an sie gedacht, als Kind haben mir die Geschichten von dem Unglück aber echte Todesangst gemacht. Wahrscheinlich dachte ich, das wäre ansteckend.«

»Was ist mit den älteren Jugendlichen, mit denen sie abhing, kanntest du die?«

Jacob wischte sich übers Gesicht. »Nur dem Namen nach. Wir sind kurz danach aus der Gegend weggezogen. Papa wollte näher an der Stadt wohnen.«

Eine kräftig gebaute Frau spazierte mit einem kleinen Mops vorbei und starrte uns finster an, als sie sich demonstrativ und mit ihrem Hund sprechend am Auto vorbeischob. »Komm Marve. Beachte sie gar nicht.«

»Erinnerst du dich an irgendwelches Gerede von Stalkern, Einbrüchen oder unheimlichen Personen in der Gegend?«, fragte ich.

»Inwiefern?«

Ich erzählte ihm von meiner Unterhaltung mit Signe. Dass ihr irgendetwas Angst machte. Was sie gesagt hatte.

Ist er es? Ist er zurück?

»Hast du in letzter Zeit Nachrichten geschaut?«, fragte ich. »Die vermisste Frau ist Hege, Jennys Mutter.«

»Shit. Glaubst du, dass sie umgebracht wurde?«

Wenn sie etwas über den Mann mit der tarnfarbenen Mütze wusste, war die Frage berechtigt.

»Das Wahrscheinlichste ist, dass sie freiwillig unterge-taucht ist«, sagte ich. »Aber fällt dir irgendetwas ein, das ihr Angst gemacht haben könnte?«

»Wie gesagt war ich noch ziemlich jung, als ich dort gewohnt habe.« Sein Mundwinkel zuckte. »Aber, warte mal …«

Ich hielt die Luft an.

»Wo du es sagst, es gab da eine Phase, in der Mama wollte, dass ich direkt aus der Schule nach Hause komme, am liebsten nicht allein.«

»Warum?«

Jacob öffnete in Zeitlupe die oberen zwei Knöpfe seines Hemdes. Seinem Gesichtsausdruck nach musste es etwas gewesen sein, das ihn und seine Mutter gleichermaßen beunruhigt hat.

»Sie hat eines Morgens Zigarettenkippen im Garten gefunden«, sagte er. »Hat meinem Vater wegen heimlicher Qualmerei die Hölle heiß gemacht, was er vehement abge-stritten hat. Ein paar Tage später erzählte dann einer von Papas Kollegen von seiner Tochter, die bei einer Joggingrunde im Morgengrauen verfolgt worden war. Zwei Tage später hat er dann auch Kippen in seinem Garten gefunden.«

»Wurde das der Polizei gemeldet?«

»Keine Ahnung. Wir haben danach nicht mehr oft darüber gesprochen, aber Mama hatte echt Angst, daran erinnere ich mich. Vielleicht war das ja auch der Grund für unseren Umzug.«

Konnte das eine Spur sein? Wahrscheinlich nicht. Solche Geschichten gab es überall.

41

Ich schickte eine Nachricht an Abs und fragte, ob es in Ordnung wäre, wenn ich mit dem Lehrer an der Mittelschule redete. Er schickte mir einen hochgestreckten Daumen, als hätte er nur auf eine Meldung von mir gewartet.

Die Tür war angelehnt. Ich klopfte an, wartete aber nicht auf eine Antwort. Der Lehrer schreckte hoch, als ich den Kopf zur Tür hereinschob. *Kraftlos* war das erste Wort, das mir einfiel, als ich ihn sah. Magerer, als ich ihn in Erinnerung hatte. Die Haut im Gesicht war gerötet und trocken. Als er mich sah, zupfte er hektisch an seinem Rollkragenpullover.

Auf dem Schreibtisch lag eine Zigarettenschachtel, die er mit einer zackigen Bewegung zur Seite schob. In dem Zimmer roch es eigenartig nach Radiergummi. Ich überlegte, wie ich das Gespräch einleiten sollte. Schwankte zwischen Small Talk und direkt mit der Tür ins Haus fallen. Das letzte Mal war er äußerst zurückhaltend gewesen, misstrauisch und aufbrausend. Ich konnte ihn ja verstehen. In Zusammenhang mit einem Doppelmord aufgesucht zu werden, kann einen schon nervös machen.

»Jenny Brodersen«, sagte ich mit meiner sanftesten Stimme. »Erinnern Sie sich an sie?«

Die Frage schien ihn zu überraschen. Er zeigte auf einen

grau ausgeblichenen Eichenstuhl. Ich setzte mich und schaute aus dem Fenster, vor dem eine ältere Frau mit pechschwarzen Locken vorbeilief. Sie wurde langsamer, als sie uns sah. Blieb stehen und blickte uns hypnotisierend durch das große, rote Brillengestell an. Hatte ich sie schon mal irgendwo gesehen?

»Furchtbar, das mit Hege«, sagte der Lehrer und schenkte uns aus einer Karaffe Wasser ein. »Hat die Polizei schon eine Spur?«

Das Wasser schmeckte schal, als stünde es mindestens schon einen Tag in der Karaffe. »Dazu kann ich leider nichts sagen.«

Die Frau vor dem Fenster starrte uns noch immer an. Der Lehrer seufzte, stand auf und zog die Jalousien herunter. Plötzlich war es dunkel und grau im Zimmer. Aus dem Bücherregal beobachteten mich drei ausgestopfte Eichhörnchen.

»Ich habe Hege schon Jahre nicht mehr gesehen«, sagte er. »Wahrscheinlich hätte ich sie auf der Straße gar nicht wiedererkannt. Erst mit dem Bild in der Zeitung habe ich mich wieder an sie erinnert.«

»Und die Tochter?«

Er faltete die knochigen Hände auf dem Schoß. »Ich hatte Jenny in Norwegisch, Englisch und … Mathe, wenn ich mich nicht irre. Ich habe beim Verhör, also bei der Befragung, an sie gedacht.«

Seine Zunge fuhr schnell über die Unterlippe, als wollte er den letzten Satz zurückholen.

»Was meinen Sie damit?«

Es schien ihm peinlich zu sein, er hüstelte verlegen. »Ich wollte neulich nicht unhöflich sein. Es war nur, dass ich …

Ja, das hat mich damals alles viel mehr mitgenommen, als ich mir es je hätte vorstellen können. Lehrer an der weiterführenden Schule wird man nicht, wenn man einen gewöhnlichen Job machen will. Wir mögen die Jugendlichen aufrichtig und wünschen ihnen den bestmöglichen Start ins Erwachsenenleben.«

»Sie waren auch der Englischlehrer von Lyra und Henriette, nicht wahr?«

»Ja, das stimmt.«

»Warum haben Sie an Jenny gedacht, als wir über die beiden gesprochen haben?«

Er zog am Halsausschnitt seines Pullovers. »Also ...«

Auf dem Flur waren Stimmen zu hören. Zuerst schien es dem Lehrer egal zu sein. Dann sprang er plötzlich von seinem Stuhl auf und verließ den Raum. Knallte die Tür hinter sich zu.

Was war das jetzt? Ich stand ebenfalls auf und ging hinter ihm her. Blieb aber stehen, als die Stimmen lauter wurden. Vergeblich versuchte ich zu verstehen, worum es bei dem Streit ging.

Der Lehrer kommentierte den Zwischenfall mit keiner Silbe, als er zurück ins Zimmer kam. Er blieb vor mir stehen und rieb sich die Oberarme.

»Tut mir leid, es ist was dazwischengekommen. Ich muss Sie bitten, zu gehen.«

»Warum haben Sie an Jenny gedacht, als wir uns über Lyra und Henriette unterhalten haben?«

Er zog die Schultern hoch. »Na ja, es war so ... Die Mädchen haben mich an sie erinnert. Vom Aussehen, meine ich.«

Ich hatte das Gefühl, dass er etwas anderes als das Aussehen meinte. »Sonst noch was? Besondere Ähnlichkeiten, Unterschiede?«

»Unterschiede?« Er dachte über die Frage nach.

Ich folgte seinem Blick. »Irgendwelche besonderen Merkmale?«

Er blinzelte hektisch. »Vielleicht täuscht mich meine Erinnerung nach so vielen Jahren, aber ich meine, dass Jenny ein außergewöhnlich cleveres Mädchen war.«

»Begabt?«

»Ja, in der Tat.«

»Und wie äußerte sich ihre Begabung?«

»Jenny wollte eine Stufe überspringen«, sagte er und nickte vor sich hin, als wollte er den Erinnerungen auf die Sprünge helfen. »Lieber gleich zwei. Jetzt fällt es mir wieder ein. Nach mehreren ausgezeichneten Prüfungen hat sie mir den Vorschlag unterbreitet.«

»Warum wollte sie in eine höhere Klasse?«

»Diese Informationen sind vertraulich. Sie können nicht einfach kommen und mich ausquetschen wie beim letzten Mal.«

Sein plötzlicher Widerstand überraschte mich. »Beim letzten Mal ging es um eine Mordermittlung.«

»Schon, ja, aber die Polizei war so verzweifelt auf der Suche nach einer Lösung. Ihr habt doch alle und jeden verdächtigt.«

Er fühlte sich von mir provoziert, ich musste es anders angehen.

»Sie sind derjenige außerhalb der Familie, der die Mädchen am besten kannte«, sagte ich. »Ihre Einschätzung ist sehr wertvoll.«

Er ließ sich wieder auf den Stuhl fallen. Schaute sehnsüchtig zu der Zigarettenschachtel. »Jenny war überzeugt, klüger als ihre Klassenkameraden zu sein.«

»Glauben das nicht alle Jugendlichen von sich?«, fragte ich und bekam warme Wangen.

»Längst nicht alle. Die wirklich intelligenten Jugendlichen bitten nur selten selber darum, hochgestuft zu werden. Im Normalfall führen die Eltern diese Diskussionen mit der Schule, nicht die Kinder.«

Hatte ich darum gebeten, eine Klasse zu überspringen? Ich konnte mich nicht erinnern.

»Was muss zusammenkommen, damit so etwas passiert?«, fragte ich.

»Es sollte möglichst frühzeitig stattfinden. In der ersten oder zweiten Klasse kann man Kinder noch am leichtesten versetzen. In der weiterführenden Schule wird das Lernpensum größer, und jede Klassenstufe ist wichtig für das ganzheitliche Verständnis.«

»Aber Jenny wollte weiter hoch?«

»Als das nicht möglich war, wollte sie zu ihrem Vater nach Spanien ziehen.«

»Hat sie ihn vermisst?«

»Ein ebenso wichtiger Grund war sicher das schwierige Verhältnis zu ihrer Mutter.«

»Wissen Sie, was das für Probleme waren?«

»Wir haben im Lehrerzimmer über sie gesprochen. Einige hielten es für reine Teenagerrebellion, aber ich hatte das Gefühl, das mehr dahintersteckte. Sie war zwischendurch extrem verzweifelt und schrieb einen Aufsatz, den ich äußerst beunruhigend fand.«

»Worum ging es darin?«

»Einen Badeausflug, soweit ich mich entsinne.« Er

sah mich beklommen an und nahm das Wasserglas hoch. Trank einen großen Schluck, ehe er fortfuhr. »Nachdem die Schule mit Hege und der Tochter gesprochen hatte, entspannte sich die Situation für eine Weile.«

Die Tür ging auf. Der Lehrer erhob sich. Die Frau, die ich draußen gesehen hatte, winkte ihn zu sich.

Die beiden wechselten ein paar Worte, wobei die Frau in den hinteren Teil des Flurs zeigte. Als er mit quietschenden Sohlen über den Linoleumboden ging, kam sie zu mir. Jetzt erkannte ich auch die Direktorin wieder.

»Sie haben sich nach Hege Brodersen und ihrer Tochter erkundigt?«

»Haben Sie mitbekommen, dass Hege vermisst wird?«

»Wenn ich richtig informiert bin, sind Sie nicht mehr bei der Polizei.«

Sie hatte mich also ebenfalls wiedererkannt und war genauso wenig kooperationswillig wie beim letzten Mal.

»Wie war das Verhältnis zwischen Hege und ihrer Tochter?«, fragte ich.

»Jenny war eine zwanghafte Lügnerin.«

»Was waren das für Lügen?«

Die Frau zuckte mit den Schultern. »Zum Beispiel, dass der Schulsanitäter sie zur Gewalt aufgefordert habe. Und dass jemand sie verfolgt hat.«

»Und Sie sind sicher, dass das gelogen war?«

»Von vorne bis hinten.«

»Was haben Sie mit der Information gemacht?«, fragte ich.

»Wir haben das sehr ernst genommen. Mit allen darüber gesprochen. Sekretärinnen, Lehrern, Putzhilfen, dem Hausmeister. Da ist nichts bei rausgekommen.«

»Wissen Sie, ob die Polizei damals informiert wurde?«

»Natürlich. Das lief alles nach Vorschrift.«

Der Lehrer kam zurück, die Direktorin ging. Ließ die Tür offen. Ich wiederholte, was sie gesagt hatte. Er schluckte schwer. Goss sich Wasser nach. Trank. Wischte sich den Mund ab.

»Es kam ein Polizist in die Schule«, sagte er. »Also damals.«

Ich musste ihm jedes Wort aus der Nase ziehen. »Und?«

Erneut Stille.

»Es gab wenig Anhaltspunkte. Es war ja nur ein Mädchen, das …«

»Das was?«

Der Lehrer atmete ruckartig und ließ die Schultern sinken.

»Eines Abends kam der Polizist zu mir nach Hause. Er meinte, er hätte mit Jennys Mutter gesprochen und ich solle mir keine Gedanken machen. Es gäbe niemanden, der ihr Böses wolle. Das Mädchen suche lediglich Aufmerksamkeit.«

»Haben Sie ihm geglaubt?«

»Damals ja.«

»Und im Nachhinein?«

Er schüttelte den Kopf.

42

Ein Polizist, der einem Lehrer einen Hausbesuch abstattete, um mitzuteilen, dass dessen Sorgen unbegründet waren. Ein Lehrer, der im Nachhinein Zweifel bekam. Ein Mädchen, das aussagte, sie wäre von einem Mann im Wald gejagt worden. Und Jacobs Mutter, die Angst vor einem Unbekannten hatte, der nachts durch die Gärten des Viertels schlich.

All das hätte weiß Gott mehr Menschen als Hege beunruhigen müssen.

Ich schickte eine Mail an Abs. Berichtete ihm von dem Gespräch mit dem Englischlehrer und hakte nach, ob noch andere Verhörprotokolle mit Jenny existierten oder weitere Dokumente, die ich einsehen konnte. Möglicherweise fand sich dort ein Name, eine Signatur. Von jemandem, dem sich das Mädchen anvertraut hatte.

Als Nächstes rief ich ein paar Feuerwehren an. Erzählte von dem Feuer 2006 und dass ich nach der abgebrannten Jagdhütte suchte. Die einzige Antwort, die ich bekam, war, dass diese Art Informationen aus Datenschutzgründen nicht gespeichert würden.

»Hatte Jenny vor irgendwem Angst?«, fragte ich später am Nachmittag Rita.

Sie nahm mich auf einen kurzen Waldspaziergang in der Nachbarschaft mit, und ich ließ mich darauf ein, obwohl ich alles hasste, was mit Natur zu tun hatte. Mich bedrückten inzwischen nicht mehr nur die Informationen des Lehrers. Ich bekam auch die Ungereimtheiten rund um Heges Verschwinden nicht mehr aus dem Kopf. Der schief liegende Läufer ließ darauf schließen, dass sie ausgerutscht war. Hieß das, dass sie gerannt war? Der Einbruch bestätigte, dass sie allen Grund zur Sorge gehabt hatte, aber war die Bedrohung tatsächlich real? Dass sie in der Nacht allein gesehen worden war, in einer roten Tunika, sagte mir, dass sie entweder freiwillig eine Reise angetreten hatte oder in hübschen Kleidern gefunden werden wollte.

Aber konnte ich Olivias Aussage trauen?

»Ob Jenny vor jemandem Angst hatte?«, wiederholte Rita meine Frage, als wir ein Stück gegangen waren. »Wer sollte das gewesen sein?«

Man musste nicht weit in den Wald gehen, bis die Stille sich über einen senkte. Es war keine Wolke am Himmel, der lichte Wald bot nicht viel Schatten. Ich erzählte Rita von dem Gespräch mit dem Lehrer und was Jenny in dem Video gesagt hatte.

»Herrgott«, sagte Rita. »Gejagt? Möglich, dass Hege so was in der Art erwähnt hat, aber ich habe es wohl als Fantasterei abgetan. Glauben Sie, dass das irgendwie zusammenhängt? Erst Jenny und jetzt Hege?«

»Wenn ich ehrlich sein soll, glaube ich, dass die Wahrheit, was damals mit Jenny passiert ist, dazu beitragen kann, Hege zu finden, ja.«

Rita scharrte mit den Füßen über den Boden. »Und warum glauben Sie das?«

Wegen des Hauses, des Fotos, der Mütze und den Bildern, wollte ich sagen. Und dass die Spuren der Gegenwart die Vergangenheit spiegeln. Aber Rita war Journalistin, also hielt ich den Mund.

»Heges und Jennys Geschichte. Dass sie ihr Schlafzimmer in ein Mausoleum für ihre Tochter umgestaltet hat. Dass sie so hart um die Antworten gekämpft hat, was damals mit ihrer Tochter passiert ist.«

Rita schien die Antwort zu akzeptieren.

»Der Brand war entscheidend«, sagte sie. »Das war der Moment, in dem Hege begriffen hat, dass Jenny Hilfe braucht.«

»Was für eine Art von Hilfe?«

»Eine Therapie, Medikamente. Ich wollte mich da nicht einmischen, aber laut Hege war mit ihrer Tochter nicht alles so, wie es sein sollte.«

»Geht das konkreter?«

Ritas Oberkörper versteifte sich. »Hege hat im hintersten Winkel von Jennys Schrank eine schweineteure Uhr gefunden. Und Kleider. Sie war überzeugt davon, dass die drei Jugendlichen was damit zu tun hatten.«

»Signe, Anders und Noah?«

»Ja.«

»Warum die?«

»Weil Jenny kein Geld für solche Sachen hatte. Wie andere Jugendliche in dem Alter. Mehr wollte Hege nicht sagen. Ich glaube, sie hat sich furchtbar geschämt und wollte nicht zugeben, dass Jenny die Sachen möglicherweise geklaut hatte.«

»Wissen Sie, wo die Hütte stand?«

»Glauben Sie etwa, dass Hege nach dem Feuer in Sonntagskleidern die Ruinen durchsucht hat?«

Als ich nicht gleich antwortete, richtete sie den Blick

nach oben. Füllte die Lungen mit Luft, die sie mit einem Zischen entließ, das gar nicht enden wollte.

»Mein Gott, Sie könnten recht haben, aber wieso sollte sie ...?«

Sie kniff die Augen zusammen, als ihr aufging, was ich angedeutet hatte.

Schweigend gingen wir weiter. Eine Weile später machten wir unter einer riesigen Kiefer halt. Rita zeigte zu einer Stelle neben dem Pfad. Der platte, runde Stein erinnerte an einen Opferstein.

»Weiter als bis hierher gehen wir nie«, sagte sie. »Wenn Hege und ich im Wald spazieren gehen, machen wir hier immer eine Kaffeepause, reden ein bisschen und gehen wieder heim.« Sie sah mich scharf an. »Hege würde niemals allein in den Wald gehen. Niemals. In der Beziehung ist sie abergläubisch.«

»Inwiefern abergläubisch?«

»Sie schaut nur so übernatürlichen Kram wie *Macht der Geister*, bestimmt wegen Jenny. Wahrscheinlich hofft sie, dass sie sich irgendwo wiedersehen.«

Wir setzten uns auf den Stein. In der Nähe klopfte ein Specht.

»Wie war sie in letzter Zeit drauf?«, fragte ich.

Ritas Lippen zuckten. »Die Frage habe ich mir die letzten Tage auch öfter gestellt, aber ich finde keine andere Antwort, als dass sie wie immer war.«

»Was heißt wie immer?«

»Hege ist herzlich, witzig, zugewandt. Wir haben in letzter Zeit unglaublich lustige Abende zusammen verbracht. Und sie hat ... ja, richtig glücklich schien sie mir.«

»Und auf die letzten vier bis sechs Monate bezogen?«

Rita stützte beide Hände hinter sich auf dem Stein ab und lehnte sich zurück. Dann schloss sie die Augen.

»Vor drei, vier Jahren muss irgendwas vorgefallen sein. Da hat sie zu mir gesagt: ›Rita, ich bin mit der Trauer durch und bereit, einen Schritt weiterzugehen‹.«

»Und das haben Sie ihr geglaubt?«

»Sie hat das Haus entrümpelt. Hat sich auf den Marktplatz gestellt und Einrichtung und Krimskrams verkauft. Sie hat aufgeräumt.«

»Die dunklen Kleider im Schrank zeugen nicht gerade von neu gewonnener Lebensfreude«, sagte ich.

»Hege gibt kaum Geld für sich aus. Und die Kleidung hat wohl auch was mit ihrem Ruf zu tun.«

»Inwiefern?«

»Viele Menschen können es nicht ertragen, wenn andere zeigen, dass es ihnen gut geht. Und hat eine Frau, die ihr Kind verloren hat, das Recht auf Lebensfreude?«

Ich bohrte meine Schuhspitze in die Nadelschicht auf dem Boden. »Das ist achtzehn Jahre her.«

Rita zog die Schultern hoch. »Die Leute sind sonderbar.«

»Und was hatte es mit den Beerdigungsbesuchen auf sich?«

»Sie meinte, zum einen ginge sie hin, weil sie selbst ihr Kind nie habe begraben können, zum anderen um andere Menschen zu treffen, die mit ihrer Trauer alleine sind. Sie und ein paar andere gehen auf Beerdigungen von Verstorbenen, die keine große Familie oder nur wenige Bekannte haben. Ich finde das schön.«

Beerdigungen als Selbsthilfegruppe. Es gibt seltsamere Dinge.

»Hätte ich es erkennen müssen?«, sagte Rita nach einer

Weile. »Dass sie das Haus entrümpelt und sich von allen möglichen Sachen getrennt hat, damit alles aufgeräumt und geregelt ist, wenn sie ...«

»Sie haben sich nichts vorzuwerfen«, sagte ich. »Aber vielleicht sollten Sie sich auf den Gedanken vorbereiten, dass sie nicht mehr zurückkommen wird.«

Rita schloss die Augen und drehte das Gesicht in die Nachmittagssonne. Über unseren Köpfen war melancholisches Vogelgezwitscher zu hören. Trotzdem hörte ich das kurze Pling meines Handys in der Tasche. Ich schaltete es ein und fand eine Nachricht von dem Lehrer.

Ich habe Jennys Aufsatz gefunden. Soll ich Ihnen einen Scan schicken?

Ein Aufsatz, den er über achtzehn Jahre aufbewahrt hatte. Und ob ich den sehen wollte.

Auf dem Rückweg ging ich bei Heges Nachbarin vorbei, um noch einmal mit ihrer mitteilungsbedürftigen Tochter Olivia zu reden. Nachzuhören, ob ihr in der Nacht, in der sie Hege gesehen hatte, vielleicht noch was anderes aufgefallen war.

Britt stellte die Gießkanne weg. Rieb die Finger aneinander und verlagerte das Gewicht auf den Füßen.

»Ich weiß nicht, was ich glauben soll«, sagte sie. »Olivia ist seit gestern Abend weg. Sie war heute Nacht nicht zu Hause.«

»Kommt das häufiger vor?«, fragte ich.

Sie schüttelte den Kopf. »Das Mädchen ist sechzehn, was denken Sie denn?«

Ich hatte in dem Alter ein großes Bedürfnis nach Privatleben.

»Kann ich irgendetwas für Sie tun?«, fragte ich.

»Ganz ehrlich, ich bin total neben der Spur«, sagte Britt. »Mögen Sie vielleicht kurz mit reinkommen?«

Ich wollte eigentlich in die Stadt in den Laden, in dem Anders, einer von Jennys früheren Freunden, arbeitete, aber Britt wirkte wirklich angespannt.

»Erzählt Olivia normalerweise, wohin sie geht?«

Britt öffnete den Mund, ohne etwas zu sagen. »Wir haben gestritten.«

»Worüber?«

»Sie ist ein paar Mal total betrunken nach Hause gekommen. Meinte, sie wäre so traurig, weil die Katze weg ist. Das ist sonst gar nicht ihre Art. Normalerweise geht sie früh ins Bett, trainiert viel, sie nimmt das mit dem Handball sehr ernst ...«

Ich erinnerte mich an den Aushang von dem zotteligen Katzentier, das ich in Heges Garten gesehen hatte.

»Gab es außer dem Alkoholkonsum noch andere abweichende Dinge?«

»In den letzten Wochen war alles abweichend. Ich hätte sehen müssen, dass da was nicht stimmt.«

»Wie meinen Sie das?«

»Olivia hat schlecht geschlafen, das war das eine. Sie war stundenlang wach. Weil sie Geräusche auf dem Dach hört, sagt sie. Scharren in den Wänden.« Sie sah mich an. »Das erklärt vielleicht den Alkohol.«

Da war ich nicht so sicher. Jugendliche beginnen normalerweise aus anderen Gründen zu trinken.

»Am Morgen war sie dann aufgedreht und fit«, erzählte

Britt weiter. »Wenn ich fragte, wie sie geschlafen hätte, lachte sie nur und meinte, ich solle mir keinen Kopf machen. Aber das hätte ich tun sollen. Ich hätte sehen müssen, dass sich da was zusammenbraut.«

»Es muss ja nicht gleich was passiert sein«, sagte ich. »Könnte sie bei einer Freundin sein?«

»Ich habe versucht, ihren Freund zu erreichen, Tao. Aber der antwortet nicht.«

»Sind die beiden vielleicht irgendwo hingefahren und haben dort übernachtet?«

Britt schüttelte den Kopf. »Tao hat keinen Führerschein. Olivia und er sind gleichaltrig.«

Ich stutzte. Olivia hatte doch gesagt, ihr Freund hätte sie in der Nacht nach Hause gefahren, als sie Hege gesehen hatte.

»Soll ich mal einen Blick in ihr Zimmer werfen?«, fragte ich. »Mit ein bisschen Glück entdecken wir etwas, das uns verrät, wo sie ist.«

Britt ging mit mir hoch in das Mädchenzimmer.

»Sorry, hier sieht's aus, als wäre der Blitz eingeschlagen.«

Kosmetik und Make-up lagen auf dem Boden und dem Nachtschrank verstreut. Neben einem Stapel Schulbücher stand eine offene Schmuckschatulle. In der Luft hing noch der süße Duft von Deo. Leere Softdrinkflaschen, ein Buch mit gepressten Blumen, ein Teller mit den vertrockneten Resten von Kartoffelpüree und brauner Soße vor dem ungemachten Bett. Nichts davon verriet, wo Olivia sein könnte.

Über dem Bett hing ein Foto von ihr neben einem weißen Pferd. Dunkles, halblanges Haar, braune Augen. Eng über den gut entwickelten Brüsten anliegendes schwarzes Top.

Die Ähnlichkeit mit Lyra und Henriette sprang mich förmlich an.

Und ihr Haustier war weg. Genau wie bei Lyra und Henriette.

»Haben Sie mit der Polizei gesprochen?«, fragte ich und versuchte, mir meine Unsicherheit nicht anmerken zu lassen.

»Sie ist noch keine vierundzwanzig Stunden verschwunden.«

»Rufen Sie trotzdem an«, sagte ich. »Bei Jugendlichen reagieren sie schneller.«

Ein ungutes Gefühl machte sich in meinem Magen breit. Und wurde bekräftigt, als ich unter einem der Bücher auf dem Schreibtisch einen Zettel vorragen sah. Mit einer gekrakelten Zeichnung. Der Kopf eines Hirsches mit nur einem intakten Geweih.

43

Jenny, 2006

Mama steht in der Küche, in einer Hand einen Brief, in der anderen ein Glas mit Tabletten. Auf dem Boden hüpft das Kaninchen herum, für das sie noch keinen Käfig gekauft hat.

Sie streckt mir den Umschlag hin. »Ich wusste es, ich hab's dir doch gesagt.«

»Hä?«

»Weißt du, was das hier ist?«

Ich schüttele den Kopf.

»Ein Brief vom Anwalt. Die Eltern des armen Mädchens haben sich einen der besten Anwälte des Landes genommen und fordern jetzt Schadenersatz.«

»Ich hab sie ja noch nicht mal angefasst! Sie ist freiwillig in diese Besenkammer gegangen!«

»Aber musstest du unbedingt abschließen?«

Ich antworte, dass sie die Stunde schwänzen wollte, aber Mama hört mir nicht zu, redet weiter mit zitternder Stimme auf mich ein. »Du bringst mich noch ins Grab, Jenny. Ehrlich.«

Sie redet ohne Punkt und Komma. Schüttelt das Pillenglas. An unseren Füßen hüpft das Kaninchen herum. Kackt in eine Ecke.

»Papa kann bestimmt …«, beginne ich, aber sie fällt mir ins Wort.

»Weißt du was? Ich werde das deinem Vater zeigen. Ihn bitten, zur Verhandlung nach Hause zu kommen, damit er mit eigenen Augen sieht, was aus dir geworden ist. Und was du aus mir gemacht hast. Vielleicht sollte ich den Brief auch an deine neuen Freunde schicken, damit sie sehen, was für ein Drecksbalg du bist.«

Das Wort Freunde kommt wie immer von ihr in Anführungsstrichen. Ich gehe auf sie zu. Will sie umarmen, aber sie schiebt mich weg.

»Du rufst die Polizei an, um Aufmerksamkeit zu bekommen, und du umgibst dich mit älteren Jugendlichen, die bestimmt nicht gut für dich sind. Es ist wirklich an der Zeit, dass du dich zusammenreißt und erwachsen wirst!«

Die alte Leier. Erwachsen werden. Ich sollte ihr die Nachrichten zeigen, damit sie endlich kapiert, dass ich die Polizei nicht angelogen habe. Aber dann würde es sicher noch schlimmer und sie würde mich vermutlich gar nicht mehr aus dem Haus lassen.

»Ich muss mich hinlegen«, sagt sie. »Sieh zu, dass du das mit dem Mädchen regelst.«

Sie legt den Brief um das Pillenglas. »Und kümmere dich endlich um dein Tier, das scheißt hier alles voll!«, fügt sie hinzu und zeigt auf das Kaninchen. »Vielleicht kriegst du ja auf eBay einen Käfig gratis, damit wir das Vieh in den Garten tun können.«

Warum schluckt sie nicht einfach all ihre Pillen und schläft für immer ein? Wenn sie stirbt, bin ich nicht allein, dann kommt Papa zurück.

Mama knallt die Tür ihres Zimmers zu und ich die Haustür, als ich rausgehe. Am Ende der Straße steht der Junge, den ich vor ein paar Tagen getroffen habe. Jacob.

In blauen Shorts und glänzenden rot-schwarzen Fußball-schuhen. Den Schuhkarton drückt er mit einer Hand wie einen Schatz an sich.

»Schöne Schuhe«, sage ich.

Er sieht mich misstrauisch an, der Stolz ist ihm trotzdem anzusehen. Er fährt mit dem Zeigefinger über die Arm-beuge.

Er sieht mich nicht wie die anderen Jungs an. Sein Blick ist freundlich, wenn auch etwas gleichgültig.

»Wie alt bist du?«, frage ich.

Seine Stimme ist so leise, dass ich kaum etwas höre. »Zwölf.«

»Was ist in dem Karton?«

Er legt auch den anderen Arm um den Karton und dreht sich von mir weg.

»Ich will dir nichts wegnehmen«, sage ich. »Bin grad von meiner Mutter zusammengeschissen worden.«

Er sieht mich noch immer skeptisch an.

»Wirst du auch manchmal ausgeschimpft?«, frage ich.

Wieder dieser gleichgültige Blick. »Sie schimpft, weil sie dich lieb hat.«

»Ach?«

Ich drehe mich um und gehe. Beneide ihn um seine Beherrschtheit. Auf dem Schulhof setze ich mich auf die Schaukel. Nach ein paar Minuten kommt er zu mir.

»Verfolgst du mich?«, frage ich.

Er nickt.

Ich lächle. Er lehnt sich an eine der Stangen.

»Willst du sehen, was in dem Karton ist?«, fragt er.

»Sehr gerne.«

Er klappt den Deckel auf. Auf einem Bett aus Moos liegt

ein toter Vogel. Die Federn sind grau gesprenkelt und matt. Die Augen trocken.

»Igitt.« Ich weiche nach hinten zurück. »Was willst du denn damit?«

»Begraben«, sagt Jacob, als wäre ich total doof. »Manchmal fliegen sie gegen das Fenster.«

44

»Er ist zurück!«

Auf dem Weg in die Stadt habe ich Abs angerufen und ihm von der Zeichnung erzählt, die ich nicht angerührt habe. Ich habe ihm beschrieben, wie Olivia aussieht. Eigentlich hätte ich ihm auch von dem Gekritzel auf dem Bierdeckel erzählen sollen, aber ich wollte nicht, dass er sich Sorgen um mich macht.

»Hast du Leif zum Reden gebracht?«, fragte Abs.

»Kannst du bei Olivia was machen?«

»So einfach ist das nicht«, sagte er. »Aber ich werde mit Britt reden und mir die Zeichnung ansehen.«

»Wenn ihr etwas passiert ist, dann ...« Die Worte blieben mir im Hals stecken.

Die warme Abendsonne warf blasse Schatten auf den Asphalt der verwaisten Straße. Er stand hinten im Laden und redete mit einer jungen Frau, die an einer Kamera herumfingerte. Anders sah deutlich älter aus als auf dem Profilbild auf Facebook. Seine Haut war trocken, schlaff. Die Kleidung sauber, aber abgetragen. Die Augen schläfrig, aber zugleich wachsam. Wie Signe schien es auch ihm an Lebensgeistern zu fehlen, trotzdem war zu erkennen, dass er ein attraktiver Mann sein könnte.

Ich war neugierig auf Anders und seinen Hang zum

Düsteren. Er hatte halb nackte Mädchen neben toten Tieren gefilmt. In Gedanken setzte ich ihm eine Tarnmütze auf und rief mir das Phantombild ins Gedächtnis, das die Polizei vor drei Jahren hatte anfertigen lassen. Könnte er das sein? Die Größe stimmte, auch die Haare. Die Person vor der brennenden Hütte war allerdings deutlich kräftiger als Anders heute. Sein Körper könnte sich aber verändert haben.

Die Frau mit der Kamera hing an seinen Lippen. Es wunderte mich immer wieder, warum junge Frauen auf Männer wie ihn standen. Der Traum von dem abgewrackten, aber ach so poetischen Rockstar oder Künstler. Ich habe mich noch nie in einen Mann verliebt, der so aussah, als würde er sich nicht waschen.

Anders schien nicht zu bemerken, wie attraktiv die Frau war. Er sah sich beim Reden mehrmals um, wobei sein Blick mich und die Angestellten im Laden streifte. Dann konzentrierte er sich wieder auf die Frau, mit dem Blick eines Beutetiers.

»Sieht teuer aus«, sagte ich, als die Frau ging.

Sein Gesicht veränderte sich, schlagartig war da wieder das professionelle Verkäuferlächeln. »Kommt drauf an, was man unter teuer versteht. Haben Sie Erfahrung im Filmen?«

Ich schüttelte den Kopf. Lächelte. Nicht begeistert, wie die junge Frau, sondern ein laues Heben der Mundwinkel, das zeigen sollte, dass ich mich nicht so schnell um den Finger wickeln ließ.

»Wie viel muss man für eine Ausrüstung investieren? Als Amateurin mit Passion?«

»Passion wofür?«, fragte er mit professionellem Interesse. »Natur, Menschen, Hunde?« Hinter dem Verkäuferlächeln und seiner Nervosität lag etwas Humorvolles.

Mein Lächeln wurde wärmer. »Was würden Sie für den Anfang empfehlen? Wenn man sich nicht so für Menschen interessiert und auch keinen Hund hat?«

»Man kann mit dem anfangen, was einen umgibt«, sagte er, und seine Augen begannen zu leuchten. »Etwas, das man nicht gleich fassen kann, das einen aber trotzdem fasziniert.«

»Es gibt da so gewisse Orte, an die ich immer wieder gehe«, sagte ich und blinzelte.

Seine Augen zogen sich zusammen, als fragte er sich, was ich meinte. Als ich nicht weiter darauf einging, wurde er formell. Gab mir eine rasche Übersicht über verschiedene Kameramodelle und die zusätzliche Ausrüstung. Ich erkundigte mich nach der Technik, passenden Objektiven und möglichen Motiven, ließ aber durchscheinen, dass ich keine Ahnung hatte. Anders antwortete pflichtbewusst. Ich lachte kokett, fast schon flirtend, beugte mich zu ihm vor, berührte seinen Oberarm leicht und hoffte, nicht zu übertreiben. Ich wollte keinen Verdacht wecken. Als ein anderer Angestellter missbilligend zu uns herüberblickte, sah ich ihn schuldbewusst an.

»Tut mir leid. Ich wollte Sie nicht so mit Beschlag belegen. Heute sehe ich mich ohnehin nur um.«

»Machen Sie sich keinen Stress. Gottverdammt viel gutes Zeug hier.«

Meine Augen richteten sich auf ihn und dann auf seine Schuhe. *Gottverdammt* war ein Wort, das ich nicht oft hörte, das letzte Mal unter Heges Bett.

Ein älterer Mann, offensichtlich ein Stammkunde, betrat

in Begleitung einer Jugendlichen, die wie seine Enkelin aussah, den Laden. Anders war aufmerksam und höflich, wobei er das Mädchen aus den Augenwinkeln musterte. Eine Spur zu interessiert. Sie war viel zu jung für ihn. Als sie gingen, folgte er ihr mit dem Blick, bis sie aus dem Laden waren.

Anschließend kam er wieder zu mir. »Haben Sie etwas gefunden?«

Ich wich ein paar Schritte zurück. Wenn er der Einbrecher war, könnte er mich durch das Fenster gesehen haben.

»Ich bin echte Amateurin, wie schon gesagt. Und wollte mich heute bloß ein bisschen schlaumachen.«

Er zog die Stirn in Falten. Ich bereitete meinen Abgang vor und bemerkte zu spät, dass ich mich in eine Ecke des Ladens manövriert hatte. Anders versperrte mir den Weg.

»Wenn Sie wollen, zeige ich Ihnen gerne ein paar Techniken«, sagte er und verzog den Mund zu einem schiefen Grinsen. »Wir schließen in einer halben Stunde.«

Anders war viel offensiver, als ich es erwartet hatte. Am liebsten hätte ich seinen Vorstoß mit einer Frage nach Jenny pariert. Ob er wusste, wer Jagd auf sie gemacht hatte. Und was er darüber dachte, dass Hege ihn und die anderen vor Gericht zu bringen versucht hatte. Ich hätte vermutlich eine ehrliche Reaktion bekommen, mich aber zu früh zu erkennen gegeben.

»Tut mir leid«, sagte ich, schob mich an ihm vorbei und ging zum Ausgang. »Heute nicht, aber geben Sie mir Ihre Nummer, dann klappt das ja vielleicht ein anderes Mal.«

Mir fiel wieder ein, dass ich ihm auf Facebook eine Freundschaftsanfrage geschickt hatte. Draußen versuchte ich, sie zurückzunehmen, aber er hatte sie bereits angenommen. Zum Glück gab es in meinem Profil kein einziges Foto von mir, nur eine gekritzelte Kinderzeichnung. Anders hatte sie mit einem Herz kommentiert.

Ich scrollte mich schnell durch sein Profil. Professionelle Fotografien von Waldlandschaften. Nahaufnahmen von Heide und Insekten. Ein paar Filmsequenzen, ähnlich denen, die ich kannte.

Ein warnendes Schaudern durchfuhr mich, als ich die letzte Sequenz anklickte. Eine körnige Aufnahme zeigte eine Art Prozession im dichten Wald. Figuren in weiten Umhängen gingen um ein Feuer herum.

War das ein Rollenspiel oder irgendein merkwürdiges Ritual?

Im selben Moment kam die E-Mail mit Jennys Aufsatz.

Ein klarer Morgen am Meer. Das erste Wochenende in Großvaters Hütte. Er ist in die Stadt gefahren, um Grillkohle und Wein zu kaufen, und Mama döst wie gewöhnlich in der Hängematte. Ich bin zum Strand gegangen, um zu baden, habe das Handtuch über die Reling des Bootes gelegt, das halb an Land gezogen war, und watete ins Wasser. Als es mir bis unter die Knie reichte, blieb ich stehen. Das Meer war viel kälter, als ich gedacht hatte. Richtig eiskalt.

Der Tang strich über meine Beine. Glatte, braungelbe Blasen, die an der Oberfläche manchmal knackten. Den ganzen Winter hatte ich davon geträumt, bis zur hintersten Boje zu schwimmen, aber als ich jetzt sah, wie weit das war, wurde ich unsicher.

»Glaubst du, ich schaffe es, bis zur Boje zu schwimmen?«, rief ich zu Mama hoch.

Sie hörte mich, antwortete aber nicht. Sah wie gewöhnlich nur kurz von ihrem Buch auf, ehe sie die Hand hob und umblätterte.

Ich starrte auf die orange Kugel, die langsam auf und ab wippte, die Wellen waren lang und flach. Papa schwamm noch viel weiter. Jeden Sommer. Ich hatte den ganzen Winter trainiert und sollte es eigentlich schaffen. Das Einzige, was mich zurückhielt, waren die Wassertemperaturen.

Ich zitterte, spürte meine Füße kaum noch. Mein Atem stockte, als ich die Knie beugte und den Oberkörper ins Wasser gleiten ließ. Eine Weile blieb ich so liegen, dann begann ich zu schwimmen. Kurz darauf hatte ich mich an die Kälte gewöhnt. Ich würde es schaffen, ohne Probleme.

Ich schwamm mit langen Zügen. Fühlte mich wie eine Meerjungfrau. Aber dann hatte ich plötzlich das Gefühl, dass die Boje sich mit jedem Zug weiter entfernte. Meine Arme wurden immer schwerer und meine Finger taten weh. Nadeln tanzten prickelnd und stechend über meine Haut.

Unter mir war alles schwarz. Ich drehte mich zum Land. Zu Mama in der Hängematte. Das Buch lag jetzt aufgeschlagen auf ihrem Bauch. Schlief sie?

Zug für Zug trieb ich weiter. Verfluchte mich dafür, dass ich unbedingt zur Boje wollte, damit ich Papa von meiner Heldentat erzählen konnte. Ich hatte nicht mit dem kalten Wind hier draußen gerechnet.

Endlich erreichte ich mein Ziel. Klammerte mich an die Boje und schnappte nach Luft. Meine Arme brannten, der Puls hämmerte. Mir war noch nie so kalt gewesen.

»Mama! Mama!«

Sie richtete sich in der Hängematte auf und winkte mir zu.

»Komm an Land!«, hörte ich sie rufen.

Aber genau das ist doch das Problem, dachte ich. Was, wenn ich es nicht schaffe? Wenn die Kälte mich lähmt? Ich bekam Angst, denn mit einem Mal wusste ich, dass ich es niemals schaffen würde, ans Ufer zurückzuschwimmen.

»Hilfe!« schrie ich. »Du musst mich holen!«

Endlich stand sie auf, legte das Buch weg und schlenderte zum Wasser. Blieb stehen und sah zu, wie ich mich mit beiden Armen an die Boje klammerte.

Es dauerte eine gefühlte Ewigkeit, bis sie die Vertäuung löste und das Boot ins Wasser schob. Ein paar Meter weiter ließ sie den Motor an und fuhr auf mich zu.

Der Wind nahm zu, die Wellen schlugen gegen meinen Kopf. Als das Boot noch ein Stück von mir entfernt war, ließ ich die Boje los und schwamm darauf zu. Aber Mama wurde nicht langsamer. Sie fuhr einfach an mir vorbei und hielt erst ein ganzes Stück weiter draußen.

Ich starrte auf das Dokument. Sie war intelligent, hatte der Lehrer gesagt. Begabt. Die Rektorin hatte sie hingegen als zwanghafte Lügnerin bezeichnet. War die Geschichte wahr oder hatte das Mädchen sie erfunden?

Beim Versuch zu schreien schluckte ich Wasser. Eiskalte Wellen drückten mich nach unten.

»Sieh zu, dass du an Land kommst«, sagte Mama. Sie war nicht gekommen, um mich zu retten. Panik ergriff mich. Die Wellen wurden immer härter. Ich schluckte Salzwasser. Meinen Körper spürte ich kaum noch. Nur die Wut half mir, einen klaren Kopf zu behalten und gegen die Strömung anzukämpfen. Mit Mama ein Stück entfernt im Boot kletterte ich an Land.

Ich kollabierte auf den Ufersteinen, total erschöpft und unter Schock. Was, wenn das schon früher passiert wäre, weit vom Ufer entfernt? Was hätte Mama dann gemacht? Wäre sie ins Wasser gesprungen, um mir zu helfen?

Ich glaube nicht.

Ich richtete mich auf. Hustete Wasser und wischte mir den Sand von den Fingern. Der Gedanke war nicht neu. Ich konnte Mama nicht vertrauen.

Sie vertäute das Boot und ging an mir vorbei. »Lass dir das eine Lehre sein!«

Ein Plan begann sich in meinem Kopf zu formen.

Einer von uns musste weg.

Unten stand die Note, die der Lehrer Jenny gegeben hatte, begleitet von einem Kommentar.

2 –

Du schreibst gut, aber der Text ist sehr düster, und ich frage mich, ob jemand anderes dir dabei geholfen hat. Ich würde mich gerne mal mit dir unterhalten. So bald wie möglich.

45

Etwas kroch über mein Gesicht. Ich blinzelte, drehte mich hin und her, fuhr mir mit der Hand über den Mund und spürte einen schwarzen Schatten auf der Wange. Richtete mich auf, bevor ich richtig wach war. Eine Fliege fiel auf das Laken und krabbelte träge zum Kissen.

Es war gerade erst fünf Uhr, und ich nahm Victorias Kuscheltier, das ich mit nach Hause genommen hatte. Es roch nach Baby. Ich steckte es in die Tasche und nahm Jennys Aufsatz heraus. Las ihn beim Frühstück noch einmal und rief auf dem Weg zum Gartencenter den Lehrer an.

»Das Thema des Aufsatzes hieß: Erzähl eine Geschichte über deine Familie«, sagte er. »Natürlich habe ich mir Sorgen gemacht.«

Ich versuchte mich zu erinnern, ob Rita irgendetwas gesagt hatte, das Hege als derart herzlose Mutter darstellte. Vordergründig deutete alles darauf hin, dass sie ihre Tochter über alles in der Welt liebte.

»Ist es normal, dass Jugendliche so über ihre Eltern sprechen?«, fragte ich.

»So direkt? Schriftlich? Nein, das ist nicht normal.«

Ich parkte vor dem Gartencenter und ging hinein.

»Kann ich Ihnen helfen?«, ertönte eine freundliche Stimme, als ich zwischen Petunien und Ziersträuchern hindurchging.

Ein junger Mann mit weit auseinanderstehenden Augen tauchte hinter mir auf. Er zog sich die Handschuhe aus, an denen Erde klebte, und ich brauchte tatsächlich einen Moment, um mich daran zu erinnern, warum ich gekommen war. Ich erklärte ihm, dass ich im Garten etwas graben müsse und Blumen und einen leichten Spaten bräuchte.

»Haben Sie Rosen, die dieser Hitze standhalten?«, fragte ich.

»Sie wissen, dass zurzeit ein Bewässerungsverbot besteht?«

Plötzlich hatte ich das Gefühl, als würde ich für etwas zur Rechenschaft gezogen. »Ich wollte sie erst einmal im Keller stehen lassen.«

Er sah mich skeptisch an und ging dann vor mir her durch den Laden. »Norwegen hat acht Klimazonen, und Rosen sind nicht die einfachsten Pflanzen. Mit der richtigen Erde kriegt man einiges hin, aber es braucht einen grünen Daumen und eine ordentliche Portion Enthusiasmus.«

Nach der Ansprache zeigte er mir einige robuste Rosenarten, die unterschiedlichste Böden vertrugen und für ein paar Wochen in einem kalten Keller überleben würden. Ich nahm zwei von jeder und stellte sie in den Wagen.

»Und dann noch einen leichten Spaten? Sonst nichts?«, fragte der Mann. »Wie tief müssen Sie denn graben?«

So tief wie nötig. »Warum?«

»Für felsigen Untergrund empfehle ich Hey'di.«

Ich kratzte mich am Arm. »Heidi?«

»Hey'di Trollkraft. Man bohrt ein Loch in den Fels, gießt Hey'di hinein, und der Stein wird gesprengt. Funktioniert auch bei Beton.«

»Hört sich abenteuerlich an«, sagte ich. »Gut zu wissen. Fürs Erste brauche ich das aber nicht.«

Abs rief an, als ich das Gartencenter verließ. »Ich war bei Britt und ihrer Tochter Olivia.«

»Ja?«

»Olivia saß zu Hause mit ihrer Mutter auf dem Sofa. Sie und ihr Lover haben wohl nur die Zeit vergessen.«

Ich seufzte erleichtert, aber die Unruhe blieb. »Und die Zeichnung?«

»Negativ«, sagte Abs. »Ich habe nichts Derartiges gefunden.«

Das Haus war verlassen und roch muffig. Ein böser Ort, von dem ich mich befreien wollte. Ich wendete in der Einfahrt und parkte mit dem Heck zur Haustür. Erde rieselte in den Kofferraum des Teslas, als ich die Rosen heraushob. Auf der Rückseite des Hauses hörte ich den Eichelhäher am Waldrand. Mama hatte ihn einen Boten des Todes genannt. Der vergangenen Todesfälle und der kommenden.

Physisch anstrengende Arbeit hatte schon immer meine Gedanken beflügelt. Während ich die Reste der toten Sonnenblumen ausriss, wanderten meine Gedanken zu der abgebrannten Hütte. Wahrscheinlich hatte Jenny mit dem Feuer eine Botschaft an die anderen drei schicken wollen. Ihre Mutter musste verstanden haben, dass da im Wald irgendetwas lief.

Ich musste die Hütte finden. Hege war garantiert dort.

Ich gönnte mir eine Pause und stellte die Rosen in den Keller. Anschließend setzte ich mich auf die Treppe, starrte auf verdorrtes Unkraut, Brennnesseln und trockene Zweige. Die sterblichen Überreste anderer Gartenpflanzen. Wenn das Haus verkauft wurde, würde der Käufer sicher erfahren, dass hier einmal zwei verwaiste, verwahrloste Mädchen gefunden worden waren, deren Jugend nie wieder normal wurde.

Ich erhob mich und ging zurück zu den Sonnenblumen. Stieß den Spaten an der Stelle in den Boden, an der es meiner Meinung nach lag.

46

Jenny, 2006

Er wartet in dem kalten Büro, wo es nach Chlor und Hustensaft riecht.

»Wie geht es deiner Brandwunde, Jenny?«

Die Schulschwester ist ein Mann. Graue Mähne und gewölbte Vogelbrust. Es ist mir unangenehm, dass er danach fragt. Mit seiner merkwürdig schwammigen Stimme. Als wäre es gar nicht die Verletzung, die ihn interessiert.

»Gut«, antworte ich.

»Sehr schön, dann werde ich mal einen Blick drauf werfen.«

Ich setze mich auf die Bank, strecke den Arm vor. Zucke zurück, als er meinen Pulloverärmel hochschiebt und vorsichtig den Verband löst. Seine Hände erinnern mich an Opas Hände, als er im Krankenhaus lag. Kalt, trocken und faltig.

»Hast du meine Telefonnummer?« Er wirft den Verband in den Abfalleimer. Legt ein warmes Tuch über die Wunde und tupft vorsichtig den gelben Grind ab, der sich am Rand gebildet hat.

»Ihre Nummer? Nein.«

Er verteilt eine stark riechende Salbe auf der Wunde und klebt ein riesiges Pflaster darüber. Dann hält er lange meine Hand und sieht mir in die Augen.

»Du kannst mich jederzeit anrufen, wenn du irgendwelche Probleme hast«, sagt er. »Ich habe Schweigepflicht, darf nichts sagen.«

»Niemandem?«

Er hält noch immer meine Hand. »Niemandem.«

Ganz bestimmt. Es weiß doch jeder, dass in der Schule niemandem zu trauen ist. Die Eltern erfahren immer, wenn was los ist, selbst wenn eigentlich sie das Problem sind. Trotzdem würde mich seine Meinung interessieren. Ich schlage die Beine übereinander und überlege, ob er wohl auch schon von dem Mann gehört hat, der nachts durch die Gärten im Viertel schleicht.

»Gut so weit«, antworte ich möglichst vage.

»Sicher?«

Er sieht mich erwartungsvoll an, also rücke ich mit dem eigentlichen Grund meines Kommens heraus.

»Also, Mama, die kann zwischendurch echt anstrengend sein.«

»In welcher Weise?«

Ich sehe ihn an. Ist er so blöd, oder tut er nur so?

»Ich weiß nicht, wahrscheinlich vermisst sie Papa.«

»Und du?«

Ich nicke. »Ich glaube, es wäre besser für alle, wenn ich bei ihm lebe. Könnten Sie das regeln? Please.«

»Das hast du mich das letzte Mal auch schon gefragt, aber das habe nicht ich zu entscheiden. Darüber müssen deine Eltern sich einigen.«

»Die konnten sich ja nicht mal aufs Fernsehprogramm einigen.«

Ich kann es kaum erwarten, endlich achtzehn zu werden und auszuziehen. Für mich selbst verantwortlich zu sein. Und bis dahin will ich so viel Geld ansparen wie möglich.

Der Schulsanitäter schreibt etwas auf einen Zettel und gibt mir den Rest der Salbe mit.

Nach zwei Schritten bleibe ich stehen.

»Erinnern Sie sich, was Sie das letzte Mal gesagt haben? Dass manchmal eine Rasierklinge die Lösung ist.«

Er richtet sich auf. Lacht nervös. Genau die Art, die schnell außer Kontrolle gerät.

»Nein, Jenny. Ich habe gesagt, dass manche junge Menschen *glauben*, eine Rasierklinge wäre die Lösung, aber das ...«

»Ich habe das der Rektorin erzählt.«

Seine Kiefer beginnen zu arbeiten, die Zähne knirschen. »Du hast was erzählt?«

»Dass Sie das gesagt haben, und noch was anderes.«

Er schüttelt den Kopf und sieht mich mit aufgerissenen Augen an. »Was?«

»Wenn man sich nicht rächt, wenn jemand gemein zu einem ist, wird es niemals enden.«

47

Als sich in der Handfläche eine Blase bildete, stellte ich den Spaten beiseite und nahm mir die Broschüre vom Orientierungslauf vor. Auf der einfachen Karte stand eine Kontaktnummer, unter der sich eine sympathisch klingende Frau meldete. Ich erklärte ihr, dass ich eine abgebrannte Hütte im Wald suchte, und ob die eventuell neben einer der Routen liegen könnte.

»Puh, das kann ich Ihnen nicht sagen«, sagte sie. »Geben Sie mir ein paar Tage, dann prüfe ich das.«

So viel Zeit hatten wir nicht. Und obgleich sie sagte, sie wolle sich so zügig wie möglich darum kümmern, suchte ich die Nummer von jemandem heraus, der garantiert wusste, wo die Hütte lag.

»Bjørk Isdahl«, sagte ich möglichst beiläufig. »Ich war vor ein paar Tagen bei Ihnen ...«

»Ja, ja, ich bin ja nicht dement«, fiel der pensionierte Ermittler aus Lillestrøm mir barsch ins Wort.

Wie war das mit dem verbitterten Stinkstiefel?

»Ich hätte da noch eine Frage ...« Ich nahm innerlich Anlauf, nicht ganz sicher, ob ich mit der Tür ins Haus fallen oder meine Vermutungen in kleinen Portionen präsentieren sollte. Ich kam weder zum einen noch zum anderen. Ein lautes Stöhnen sagte mir, dass er kein Interesse hatte, mir irgendetwas zu erzählen.

»Warten Sie!«, sagte ich eindringlich. »Wissen Sie, wo genau ich diese abgebrannte Hütte finden kann?«

Er hatte aufgelegt.

So leicht ließ ich mich nicht abwimmeln. Ich sprang ins Auto und fuhr viel zu schnell nach Lillestrøm. War der Kerl tatsächlich nur ein Stinkstiefel, wie Abs sagte, oder gab es einen Grund, dass er mir den Standort der Hütte nicht verraten wollte? Ich war gerade bei Lørenskog abgefahren, als das Telefon klingelte. Eine Nummer mit der Ländervorwahl +34 leuchtete auf dem Display auf. Ich ging vom Gas, setzte den Blinker und fuhr in eine Haltebucht. Ich war gespannt, ob Heges Ex-Mann mir etwas über den Mann mit der tarnfarbenen Mütze sagen konnte.

»Sie hat sich tatsächlich vor ein paar Wochen bei mir gemeldet«, sagte er. »Wir hatten ein langes und gutes Gespräch. Das beste seit Jahren.«

Die Polizei hatte ihn am Tag zuvor kontaktiert, aber er wusste leider auch nicht, wo Hege sein könnte.

»Sie war bedrückt«, sagte er. »Meinte, wir hätten Jenny damals beide im Stich gelassen.«

»Und haben Sie das?« Eine dreiste Frage, die mir eigentlich nicht zustand.

Er war lange still. Als er weitersprach, klang seine Stimme angespannt.

»Ich war sicher nicht der beste Vater für sie. Wir waren viel zu jung, als sie geboren wurde, und ich bin lieber vor meinen Problemen abgehauen, statt sie zu lösen.«

»Aber Sie hatten Kontakt?«

»Jenny war ein absolutes Papamädchen. Ich habe ihr ein Handy gekauft und die Prepaidkarte bezahlt. Wir haben uns Nachrichten geschickt und ziemlich oft telefoniert.«

»Hat sie Sie besucht?«

»Nicht mehr, nachdem ich endgültig weggezogen war. Aber sie hat alle Register gezogen, damit ich zustimme, sie auf die Schule hier unten zu nehmen.« Er lachte leise. »Aber davon wollte Hege nichts hören. Sie hatte niemanden außer Jenny. Das konnte ich ihr nicht wegnehmen, so sehr das Mädchen auch bettelte.«

Sie hätte tausend Fragen an ihn gehabt, aber jetzt ging es erst einmal darum, Hege zu finden.

»Es gab da eine Hütte im Wald«, sagte ich.

»Die, die Jenny abgefackelt hat?«

»Genau.«

»Keine Ahnung, wo die war, aber ich konnte sie gut verstehen, wenn ich ehrlich sein soll.«

»Ach ja?«

»Dass sie Feuer gelegt hat, war natürlich ein Fehler. Aber … Na ja, ich weiß aus eigener Erfahrung, was passieren kann, wenn die Wut zu groß wird.«

Das kommentierte ich nicht. Und hoffte, dass er die folgende Stille füllte.

»Südländisches Temperament«, sagte er, als würde das alles erklären. »Darum bin ich weggegangen.«

Er klang, als ob er es bereute. Es folgte eine weitere Pause.

»Hege hat gesagt, dass sie mir verziehen hat.«

»Wofür?«, fragte ich, mir wohl bewusst, dass das sehr privat war.

»Dass ich sie mit einem widerspenstigen Teenager alleingelassen habe.«

»Verstehe.«

»Ich musste weg«, sagte er. »Musste mich und meine Probleme so weit wie möglich von den Menschen wegbringen, die mir am wichtigsten waren. Ich hätte sonst für nichts garantieren können.«

Die Aussage verstand ich. Alle Männer aus meiner Aggressionsbewältigungsgruppe machten den Menschen, die sie liebten, das Leben zur Hölle.

»Ich habe ein Video von Jenny gesehen«, sagte ich. »Die Vernehmung nach dem Brand. Sie hat da an so einer gelben, dreieckigen Tiermarke herumgefingert. Wissen Sie, wo sie die herhatte?«

»Nein«, sagte er unsicher. »Ich erinnere mich an nichts in der Art.«

»Noch eine Frage«, sagte ich. »Wissen Sie, ob es einen neuen Mann in Heges Leben gab?«

Am anderen Ende war ein langes Ausatmen zu hören. »Nein. Die Fähigkeit, sich zu verlieben, habe ich ihr wohl auch genommen.«

Als ich bei dem alten Stinkstiefel klingelte, machte seine Frau die Tür auf. Eine zierliche Gestalt mit vogelartigem Aussehen, grauem Engelshaar und eingefallenen Wangen. Ihr Hals war so dünn, dass ich mich fragte, wie er den Kopf tragen konnte.

»Hallo, ich bin Bjørk Is …« Ein dunkler Schatten am linken Auge war vergeblich mit Schminke kaschiert worden. »Ist Ihr Mann zu Hause?«

Ihr Kopf und ihre Schultern zitterten. Sie wollte die Tür wieder schließen, aber ich legte die Hand ans Türblatt.

»Ist er zu Hause? Es ist wichtig.«

Wachsame Augen schauten zum Weg, in den Garten.

»Nein, er ist rausgegangen. Auf Wiedersehen.«

48

Jenny, 2006

»Kommst du mit in den Wald, schwimmen?«

Ich schaue in Jacobs rundes Gesicht. Er hat die Hände tief in die Taschen seiner Shorts geschoben und wirkt so locker, dass ich davon ausgehe, dass er den ganzen Vormittag darüber nachgedacht hat.

»Wenn du dich traust«, fügt er grinsend hinzu. »Der Teich ist eisig.«

Er ist ganz schön cool, ein älteres Mädchen zu fragen, ob sie mit ihm schwimmen geht, das traut sich nicht jeder. Das Problem ist nur, dass Signe und ein paar andere Mädchen heute auch schwimmen gehen wollen. Wenn wir denen begegnen, wird's peinlich.

Es dauert einen Moment, bis mir aufgeht, dass ich feiger als ein Zwölfjähriger bin.

»Okay«, sage ich. »Ich muss meine Badesachen holen. Wir treffen uns in zwanzig Minuten.«

Eine halbe Stunde später radeln wir durch den Wald. Ich habe Schweißtropfen auf der Stirn. Jacob hat einen Rucksack mit NASA-Logo auf dem Rücken und kaut Kaugummi, als würde er dafür bezahlt. Er ist so aufgedreht, dass ich lachen muss. Als wir ankommen, stelle ich fest, dass das ein anderer See ist als der, zu dem Signe immer fährt. Hier sind Jacob und ich ganz allein.

Jacob macht eine Vollbremsung vor einem Baum, dass Erde und Nadeln aufspritzen. Er lässt das Rad auf den Boden fallen und läuft zum Wasser. Schüttelt sich die Schuhe von den Füßen und wirft Rucksack und Shorts ab. Darunter trägt er eine kurze marineblaue Badehose, ebenfalls mit NASA-Logo. Er ist so dürr, dass ich ihn wie eine Salzstange zerbrechen könnte.

»Erster im Wasser gewinnt«, schreit Jacob, als ich mir grad das Kleid ausziehe.

Dann scheint er sich zusammenzureißen, faltet seine Kleider ordentlich zusammen und legt den Stapel auf einen Stein. Als er sich versichert hat, dass die Kleider nicht runterrutschen, stürmt er ins Wasser und taucht unter. Er schwimmt mindestens so gut wie ich. Macht Tricks und Saltos und taucht unter Wasser.

Ich stelle mich ans Ufer und stecke einen Fuß ins Wasser. Gehe bis zu den Oberschenkeln hinein. Dann lasse ich mich ins Wasser gleiten und schwimme auf ihn zu.

»Das ist kein bisschen kalt«, rufe ich und mache lange, kräftige Schwimmzüge. Tauche mit dem Kopf unter, bis meine Haare sich wie ein brauner Sonnenfächer um meinen Kopf ausbreiten.

Als ich wieder auftauche, ist Jacob nirgends zu sehen. Ich schaue in alle Richtungen, tauche noch mal unter, ob ich ihn unter Wasser irgendwo entdecke. Ich gucke zum Schilf, zum anderen Ufer. Halte nach seinem mageren Körper über der schwarzen, blanken Oberfläche Ausschau.

Er ist weg.

Auf der anderen Seite vom Teich lehnt ein Mann, eine dunkle Mütze tief in die Stirn gezogen, an einem Baumstamm. Er schaut direkt in meine Richtung. Ich bin kurz davor, ihm zuzurufen, dass er mir helfen soll, Jacob zu suchen, aber irgendwas an ihm ist mir unheimlich. So unheimlich, dass ich mich am liebsten auf mein Rad schwingen und nach Hause strampeln würde. Liegt es an seinen vor der Brust verschränkten Armen? Als würde er auf jemanden warten. Auf uns?

»Geschafft!«, schreit Jacob da von der anderen Seite des Sees.

Er ist unter Wasser bis ans andere Ufer getaucht. Ich hebe die Hände über den Kopf und applaudiere. Jacob kommt zurückgeschwommen. Als ich noch einmal nach dem Mann schaue, ist er weg.

»Was ist los?«, fragt Jacob und folgt meinem Blick.

»Nur irgendein Tier.«

Er schwimmt neben mich, tritt Wasser mit den Füßen und sieht mich aufgeregt an. »Ich hab Kekse dabei. Willst du?«

Ohne meine Antwort abzuwarten, schwimmt er ans Ufer und läuft zu dem großen Stein, wo seine Sachen liegen. Er öffnet seinen Rucksack. Macht ein paar Schritte ins Wasser auf mich zu und hält mir ein Paket der besten Kekse hin, die ich kenne. Oreo. Ich strecke die Hand aus, um mir einen zu nehmen, halte aber mitten in der Bewegung inne, als ich die Beule in seiner Badehose bemerke.

Darum wollte er also allein mit mir hierher.

»Was bildest du dir eigentlich ein?«, fauche ich, den Blick auf seine Badehose geheftet.

Jacob schaut an sich herunter und lässt die Kekse fallen. Schiebt eilig seine Hände vor den Schritt.

»Die kleine Schnecke brauchst du nicht zu verstecken«, sage ich. »Ist wahrscheinlich eh für nichts zu gebrauchen.«

Jacob sieht mich panisch an. Ich stapfe aus dem Wasser, ziehe mein Kleid über den nassen Bikini und setze mich auf mein Rad.

»Du tust mir echt leid«, sage ich. »Armes kleines Würstchen. Das hätte ich mir ja denken können.«

Er steht einfach nur da. Wie paralysiert. Wie ein Volldepp. Die Hände fest über dem Schritt verschränkt, als wollte er seinen kleinen Pimmel wieder nach drinnen drücken.

So muss man sie behandeln, denke ich, als ich durch den Wald strampele. Signe hat recht. Jungs sind alle gleich, durch die Reihe. Man muss ihnen direkt zeigen, wo ihr Platz ist.

49

Das Telefon blinkte lautlos. Die Polizei hatte ihre Suche nach Hege zurückgefahren. Sie warteten auf mehr Informationen. Bis jetzt waren alle Hinweise im Sand verlaufen.

Mir lagen ein paar böse Flüche auf der Zunge. Ich antwortete nicht. Sie konnten mich mal.

Am nächsten Abend in meiner engen, klammen Wohnung sickerte das Gegröle einer Gruppe Jugendlicher durch die Fenster. Ich stocherte mit der Gabel in den kleinen Fjordland-Frikadellen und sah mir Jennys Vernehmung noch einmal an. Was versuchte sie der Polizei mitzuteilen? Ich ging zum Bücherregal und zog ein schmales Bändchen des Philosophen Emmanuel Lévinas heraus, der darin über Humanismus und Ethik reflektierte. Ein zentraler Punkt seiner Theorien war, dass wir andere Menschen nicht durch einen Blick auf das eigene Ich verstehen können. Wir können nicht erwarten, dass andere Menschen handeln wie wir oder wie wir es für vernünftig erachten. Wir müssen die anderen als die Individuen ansehen, die sie sind. Unsere vorgefassten Meinungen beiseiteschieben und die Handlungsmotivation des anderen betrachten.

Ich klickte mich zu Ritas Podcast durch. Blätterte mich durch die Folgen. Die meisten hatten einen True-Crime-Hintergrund. Aber wo es in vergleichbaren Podcasts nur um die Taten und Verbrechen ging, oft grotesk detailliert, richtete Rita ihren Fokus auf die Opfer. Auf reale Menschen und ihre Geschichten. Sie kombinierte den Inhalt mit Beiträgen eher psychologischen Charakters, bei denen die Zuhörer noch etwas lernen konnten. Über sich selbst und wie man einen Alltag bewältigen kann, in dem Gewalt in stärkerem oder geringerem Maße eine Rolle spielt. Mir gefielen ihre Beiträge. Rita verfügte über ein enormes Wissen, und ihre Empathie war ansteckend.

Es gab vier kurze Folgen zu dem Doppelmord. Ich hörte sie mir im Schnelldurchlauf an. Rita diskutierte hauptsächlich die Funde der Polizei und den aktuellen Stand der Ermittlungen. Herzzerreißende Beschreibungen der Mädchen und Aussagen, dass sie allgemein beliebt gewesen waren, brachten keine neuen Erkenntnisse. Mehrere Mitschüler hatten erzählt, dass Lyra ihnen bei den Hausaufgaben geholfen hätte und Henriette ein Mensch war, dem man sich anvertrauen konnte. Niemand erwähnte auch nur mit einer Silbe, was der Polizei bekannt war, nämlich dass sie mehrfach beim Ladendiebstahl erwischt worden waren. Und dass sie beide aus Problemfamilien kamen.

In der letzten Folge ging es um die Tipps, die an den Podcast geschickt worden waren. Rita hatte sie vorsortiert und dann an die Polizei weitergeleitet. Soweit ich das beim Überfliegen beurteilen konnte, brachte nichts davon neue Informationen.

Ganz am Ende der ersten Folge erzählte Rita von dem Fall Jenny. Eingeleitet von einem Interview mit Hege.

»Ich weiß, dass das hier schwer für Sie ist«, sagte Rita, »aber könnten Sie uns erzählen, wie der Tag von Jennys Verschwinden war?«

Ein kurzes Zögern in Heges Stimme, als kämpfte in ihr das Bedürfnis, darüber zu sprechen, mit dem tiefen Schmerz, das Trauma noch einmal zu durchleben.

»Wir hatten Streit«, begann sie schließlich mit einer Bitterkeit in der Stimme, die sie nicht unterdrücken konnte. »Jenny wollte unbedingt mit auf den Ausflug mit diesen … Jugendlichen. Ich habe es ihr verboten, aber als ich aus dem Bad zurückkam, war sie weg.«

»Sie haben ihr verboten, mitzufahren?«, hakte Rita nach.

»Nein, ich habe ihr verboten, etwas mit den anderen zu unternehmen. Die haben sie ständig manipuliert und gegen mich aufgehetzt. Ein paar Wochen vorher hatte sie sich noch mit denen überworfen. Und plötzlich waren sie wieder dicke Freunde.«

»Wie war das mit dem Verschwinden? Wie haben Sie erfahren, was passiert ist?«

»Genau das ist das Problem«, antwortete Hege, die Worte bleischwer. »Die Polizei hat den Fall als Unfall abgeschlossen, obwohl alles darauf hindeutet, dass es das nicht war.«

Sie wiederholte nun den Ablauf der Geschehnisse, wie er mir bekannt war. Rita stellte wenige Fragen, keine davon zielführend, und ließ nicht durchschimmern, dass sie eine Freundin war. Das Interview war insgesamt nicht ganz rund, weil Rita für ein objektives Gespräch viel zu nah dran und befangen war.

»Erzählen Sie mir von Jenny«, bat Rita.

»Okay«, setzte Hege an, musste sich dann aber erst einmal sammeln, ehe sie weitersprechen konnte. »Sie war so um die sieben Jahre alt, als es uns das erste Mal aufgefallen ist.«

Es folgten ein paar Sekunden Stille, nach denen Rita flüsterte: »Einfach weitersprechen.«

»Ja ... gut, also ... Sie hatte schon bei ihrer Geburt bestimmt, einen Monat vor der Zeit rauszukommen.«

»Konnte es wohl nicht erwarten, loszulegen«, sagte Rita.

»Oder sie wusste da schon, dass ihr Leben kurz sein würde?«

Pause.

»Manche Menschen glauben das«, fuhr Hege fort. »Dass wir vor unserer Geburt schon entscheiden, wie unser Leben verlaufen wird. Wie auch immer, als sie älter wurde, fiel uns auf, dass sie introvertierter wurde. Ihr Vater und ich hatten beide das Gefühl, dass sie nun endlich ruhiger wurde. Eine Weile war alles gut. Bis er gegangen ist.«

Hege wollte die Geschichte erzählen, so schmerzhaft sie auch war. Ich stellte mir vor, wie sie Rita ansah, um ausreichend Kraft zu finden.

»Hatte Jenny ein enges Verhältnis zu ihrem Vater?«, fragte Rita.

»Als er weg war, ist es aus der Spur geraten.«

Der Vorwurf schwang in ihrer Stimme mit. Das Stottern wurde von kurzem Schniefen unterbrochen.

»Der Lichtblick war ihre Intelligenz«, fuhr Hege fort. »Die Schule ist ihr immer leichtgefallen. Ich war stolz auf sie, weil sie die Lieblingsschülerin der Lehrer war, und zwischendurch blitzte die wunderbare Frau durch, die sie einmal sein würde. Und dann ... war sie plötzlich nicht mehr da. Wir haben gerade noch ihren Geburtstag gefeiert, und kurz darauf steht ihr Zimmer leer. Ich habe nicht nur meine Tochter verloren, sondern meine engste Vertraute, meine kleine Kriegerin.«

»Möchten Sie etwas über die Hinweise sagen, die Sie bekommen haben?«, fragte Rita. »Ich weiß, wie schwer das ist, aber ...«

»Die Polizei sagt, dass sie jeder Spur nachgegangen ist«, sagte Hege. »Aber haben sie auch den Typ überprüft, der sich in der Zeit in der Gegend rumgetrieben hat? Oder das Auto, das gesehen wurde? Den Mann, der ausgesagt hat, er hätte einen Schrei am Øyeren gehört? Und was diese Jugendlichen angeht ...«

Hege schien sich in Rage zu reden, aber Rita unterbrach sie.

»Und die Hinweise sind an Sie persönlich gegangen?«

»Hat die Polizei die Diebstähle überprüft?«, fragte Hege. »Leute, die Jenny nicht mochten? Wer hat sie durch den Wald gejagt? Hat irgendwer den Förster befragt? Der weiß, was im Wald vor sich geht. Ich frag ja nur. Es gibt Hunderte von Hinweisen ...«

Ich spitzte die Ohren. Einer, der wusste, was im Wald vor sich ging?

»Die Polizei hat entschieden, dass mein Mädchen bei einem Unfall ertrunken ist«, sagte Hege. »Fall nicht abgeschlossen, keine Antwort. Nur die furchtbare Leere, die mich Tag und Nacht heimsucht.«

Die Verzweiflung in ihrer Stimme bedrückte mich genauso wie vor ein paar Tagen die Begegnung mit Lyras Mutter im Zug.

50

Jenny, 2006

Der Ostbahnhof quillt über vor Menschen. Ich habe ein schlechtes Gewissen wegen Jacob. Als ich Signe davon erzählt habe, hat sie nur gelacht und gesagt, Jungs hätten halt keine Kontrolle über ihren Körper. Und dass ich bei ihm vorbeigehen und mich entschuldigen soll.

Ein Mann sieht zur Anzeige hoch und flucht leise. Dann verkündet eine krächzende Frauenstimme über den Lautsprecher, dass der Zug nach Lillestrøm gleich einfährt. Die Menschenmenge setzt sich in Bewegung. Kleine Grüppchen bilden sich. Ich trete ans Gleis. Bleibe auf der gelben Linie knapp einen Meter vor der Kante stehen. Lehne mich vor und starre in Richtung des Tunnels, aus dem die Bahn kommen muss.

Neben mir quäkt eine alte Schachtel in ihr Handy. Es geht um irgendein Strickmuster oder was weiß ich. Ein Mann räuspert sich, hustet, stöhnt. Regt sich auf, dass es wieder zu voll wird. Dann leuchtet die grüne Lampe auf, und aus dem Tunnel ist der Signalton des Zuges zu hören.

Als er auftaucht, flattern die grauen Tauben auf. Federn rieseln herab. Einer der Vögel fliegt gegen die dünnen Spitzen, die verhindern sollen, dass sie dort landen, und fällt neben mir zu Boden. Er rappelt sich auf, auf seinem Gefieder ist ein Blutfleck zu sehen. Mama würde jetzt wieder von einem bösen Omen sprechen, aber ich glaube nicht an diesen Scheiß. Die Nachrichten, die ich heute früh bekommen habe, waren Warnung genug.

Die erste war okay.

Hast du von mir geträumt?

Ich habe dreist Nein geantwortet, und fast hätte ich geschrieben, dass ich ja noch nicht einmal weiß, wer er ist. Ich war froh, es nicht getan zu haben, als die nächste Nachricht kam.

Magst du es, gefesselt zu werden?

Wenn ich an diese Nachricht denke, schwant mir, was mit mir passieren wird. Ich kann die Erde, in der ich liegen werde, förmlich riechen.

Das gleichmäßige Dröhnen des aus dem Tunnel rasenden Zuges veranlasst mich, mich etwas weiter vorzulehnen. Metallisches Kreischen auf den Gleisen. Ich muss irgendjemandem von den Nachrichten erzählen, aber wem? Meinem Lehrer? Dem Schulsanitäter, der gesagt hat, dass er Schweigepflicht hat? Vermutlich sollte ich zur Polizei gehen, aber Mama hat denen ja gesagt, dass ich nur Aufmerksamkeit suche, und jetzt glauben sie sicher, dass das stimmt.

In der Sekunde vor dem Einfahren des Zuges fühlt es sich so an, als würde mir jemand die Hand auf den Rücken legen. Alles läuft in Zeitlupe ab. Meine Schritte, das Wedeln mit den Armen, als ich die Balance verliere und in Richtung Zug stolpere. Die Schreie. Ein Mann packt mich so fest am

Arm, dass meine Muskeln zu reißen drohen. Ich klammere mich an ihn. Keuchend. Will nicht loslassen.

»Alles in Ordnung mit dir?«, fragt er und drückt mich an sich. »Bist du gestolpert?«

Bin ich das?

Am liebsten würde ich weinen, aber dann würde er mich für schwach halten. »Ich glaube, mich hat jemand gestoßen.«

Seine freundlichen Augen werden schmal, als er nach rechts und links sieht und die Umstehenden misstrauisch mustert. »Bist du dir sicher?«

Bin ich das?

»Vielleicht hat es sich auch nur so angefühlt«, sage ich.

Er sieht mich besorgt an. »Man kann von dem Luftzug mitgerissen werden, wenn man zu nah am Zug steht. Magst du auf der Fahrt neben mir sitzen?«

Ich starre auf seine rauen Hände. Schüttele den Kopf. »Alles in Ordnung. Es geht schon.«

Die Türen öffnen sich, Fahrgäste quellen heraus, andere drücken sich hinein. Ich sehe mich in alle Richtungen um, aber es kommt mir niemand bekannt vor. Trotzdem bin ich mir jetzt sicher.

Da *war* eine Hand auf meinem Rücken.

»Das hier hast du wohl verloren.« Der Mann, der mir geholfen hat, hebt ein in Zeitungspapier verpacktes Päckchen vom Bahnsteig auf.

Drinnen ertaste ich etwas Hartes. Ich nehme es entgegen, obwohl es mir nicht gehört. Steige in den Zug und suche mir einen freien Platz dicht bei den Toiletten. Drücke mich ans Fenster. Lege das Päckchen auf meinen Schoß und öffne es.

Der Inhalt ist in Seidenpapier gewickelt. Ein gelbes, dreieckiges Stück Plastik. Ich habe so was schon mal gesehen. Als Mama im Frühsommer einen Hirsch angefahren hat, kam ein Mann und klemmte eine solche Marke an das Ohr des Tieres.

51

Vor drei Jahren hatten Abs und ich eine Reihe von Bauernhöfen besucht. Solche Ohrmarken für Vieh und Wild können nicht von jedem bestellt werden. Man braucht eine Produktionsnummer mit einem Landescode, einer Betriebs-ID und die Nummer des Tieres. Zwar fanden wir eine verdächtige Bestellung, aber die Nummer war fiktiv und die Lieferung war an den Briefkasten eines verlassenen Hauses adressiert.

»Dieser Förster oder Jäger war wirklich creepy«, sagte Rita, als ich sie fragte, ob der Mann von der Polizei überprüft worden war. »So einem möchte man nicht im Dunkeln begegnen.«

»Wissen Sie, wo er wohnt?«

»Ja, aber fahren Sie da nicht alleine hin. Das müssen Sie mir versprechen.«

»Ich verspreche es«, log ich.

Dem Haus an einem engen Hofplatz fehlte die Verschalung. An der Stirnseite standen vier rostige Autowracks, die Karosserie des einen nur noch ein verwittertes Skelett. Einem anderen fehlten Windschutzscheibe, Spiegel und Türen. Ein struppiger grauschwarzer Hund war mit einer kräftigen Leine an den Türpfosten gebunden. Er war mager, aber so groß, dass ich ihn zuerst für einen Wolf hielt.

Der Kopf mit der ausgeprägten Schnauze war breiter als bei normalen Hunden. Die Ohren waren gespitzt und die Augen des Tieres glänzten wie gebrochener Bernstein. Die Beine waren kräftig und muskulös. Das Tier war weder schön noch majestätisch wie ein Wolf, eher ein zottiges Urvieh, dessen groteske Narben mich an Hundekämpfe denken ließen.

Ich blieb lange im Auto sitzen und starrte den Hund an. Als ich die Tür öffnete und ausstieg, kam er auf mich zugestürmt. Ich wollte mich schon in den Wagen retten, als ich sah, dass die Leine nicht sehr lang war. Gleich darauf wurde der Hund zurückgerissen. Er stieg auf die Hinterbeine und bellte laut und rau.

Das Haus wirkte verlassen, aber der Hund musste ja jemandem gehören. Ich sah von den matten Fenstern des Hauses zu einer windschiefen Scheune, deren rote Tore geöffnet waren. Von drinnen waren gedämpfte Schläge zu hören, als hämmerte jemand gegen die Wand. Den Hund im Augenwinkel überquerte ich den Hofplatz. In der Scheune roch es nach frischem Blut, Putzmittel und einem seit Generationen genutzten Stall.

Der Hund hörte auf zu bellen, sobald ich außer Sichtweite war. Auch die Schläge verstummten. Ich wappnete mich innerlich und ging über die leise knarrenden Planken, die wie ein Steg durch die Scheune führten. Eine schmale Rampe führte in einen größeren Raum, in dem Riemen, Werkzeuge und Ölkanister an einer Wand hingen. An der anderen stapelten sich eingestaubte Tonnen und Säcke.

Aus der offenen Stahltür an der hinteren Wand fiel kaltes Licht. Vorsichtig ging ich dorthin, blieb auf der Schwelle stehen und sah hinein. Der Raum war komplett weiß gekachelt. An einer Wand hing ein stählernes Waschbecken, auf dem ein dicker Schlauch lag.

Der Jäger drehte mir den Rücken zu. Vor ihm hing, die Hinterläufe am Deckenbalken befestigt, ein gehäuteter Hirsch. Das Tier war von den Lenden bis zum Hals aufgebrochen und wurde durch eine Art Kleiderbügel aufgespannt. Der Mann griff nach einem weiteren Bügel und schob ihn zwischen die Rippen.

Alte Albträume meldeten sich, ein Geweih, das als letzter Teil des Tieres im Moor versank. Ich schüttelte den Kopf und verdrängte den Anflug von Schwindel.

Blut tropfte auf den Boden und rann in einen Abfluss. Der Mann trug eine grobe Wollhose, einen dünnen Baumwollpullover und grüne Gummistiefel. Er hatte eine weiße Plastikschürze vorgebunden. Die violetten Gummihandschuhe reichten ihm bis zu den Ellenbogen. Seine Hände fuhren gewandt und kontrolliert über das Fleisch, die Bewegungen waren leicht und routiniert.

»Wollen Sie was kaufen?«, fragte er, ohne sich umzudrehen, mit einer Stimme wie raschelndes Laub. »Roadkill-Würstchen sind der Hit. Und Fuchsfleisch.«

Die Schürze knirschte leise. Und mir fiel auf, dass in dem Raum nicht eine einzige Fliege war.

»Ich verkaufe an Pizzarestaurants im ganzen Osten des Landes.«

»Nein danke.«

Endlich drehte er sich um und griff nach dem Messer, das auf dem Rand des Waschbeckens lag.

»Und was kann ich dann für Sie tun?«

Ich zögerte, bevor ich mein Anliegen vorbrachte.

Erzählte von der Hütte, die Jenny angezündet hatte. Und dass die Feuerwehr mir nicht helfen konnte.

»Wissen Sie, wo die ist?«, fragte ich.

Er sah mich an. War da ein leichtes Zittern an seinen Schultern?

»Bei der Jagd geht es darum, mit der Umwelt zu verschmelzen«, sagte er. »Die Beute zu studieren, um sich unbemerkt anschleichen zu können.«

Ich schluckte.

»Die Spielregeln sind leicht. Unsichtbar bleiben. Die Erregung im Zaum halten.«

»Was wissen Sie über die Hütte?« Meine Stimme war nur noch ein Flüstern.

Er rieb den Schaft des Messers. »Alle Jäger sind abergläubisch.«

Ehe ich erwidern konnte, dass das nicht sonderlich seltsam sei, fuhr er fort: »Tiere nicht.«

Ich runzelte die Stirn. »Wie meinen Sie das?«

Sein Blick ging vom Messer zu dem blutigen Boden. »Wenn Tiere einen Ort meiden, gibt es dafür einen Grund.«

»Tiere meiden bestimmte Orte?«

»Unnatürliche Stille«, sagte er. »Wenn keine Vögel zwitschern.«

»Bei der Hütte?«

»Lebende Wesen spüren Bosheit.«

Er signalisierte mir, ihm nach draußen zu folgen, schaltete die Deckenlampe aus und schloss die Tür. Für einen kurzen Augenblick war ich blind.

»Der Platz bei der Hütte wird seit Urzeiten genutzt. Vielleicht sogar seit der Steinzeit. Manche Siedlungsplätze reichen hier bei uns wirklich so weit in die Geschichte zurück.

Es kursieren Geschichten über Wesen mit Menschenkörpern und Tierköpfen. Das ist ein alter Ritualplatz.«

Ich dachte an den Film auf Anders' Facebook-Seite. Menschen in weißen Umhängen.

»Was sind das für Rituale?«

Der Jäger zuckte mit den Schultern. »Vielleicht sollten Sie sich selbst ein Bild machen.«

»Zeigen Sie mir den Platz«, forderte ich ihn auf.

Er schüttelte den Kopf. »Vergessen Sie's.«

Am Scheunentor nahm er ein fleckiges Notizbuch und einen Bleistift aus seiner Tasche und kritzelte eine kurze Beschreibung hinein.

Als ich fuhr, dachte ich wieder an die Filme von Anders. Das halb nackte Mädchen neben dem toten Fuchs.

52

Die Blätter bewegten sich, dabei war kein Wind zu spüren. Der Boden dampfte, gab die Wärme ab, die er tagsüber gespeichert hatte.

Aus Schaden klug geworden, war ich dieses Mal gut vorbereitet. Leichte Schuhe und dünne Kleidung. Wasser, eine topografische Karte, Kompass, Mückenschutzmittel, vier Müsliriegel, die Broschüre vom Orientierungslauf und eine Powerbank. Falls ich mich verlief, wollte ich wenigstens keinen leeren Akku haben.

Wurzeln und trockenes Laub unter meinen Sohlen. Insekten schwirrten um meinen Kopf. Mein Startpunkt war südlich der Siedlung, in der Hege wohnte. Ich überprüfte alles noch einmal auf Google. Fand die Position, die mit den Angaben des Jägers übereinstimmte, und machte ein Kreuz auf der Karte.

Anfangs sah ich mich noch ständig um, doch nach einer Weile überkam mich eine seltsame Ruhe. Laut Rita hatte Hege sich vor drei oder vier Jahren verändert. Sie hatte das Haus ausgeräumt und Möbel und Einrichtungsgegenstände verkauft. Angeblich hatte sie mit ihrer Trauer abgeschlossen und war bereit gewesen, weiterzugehen. Das mochte stimmen, aber ein aufgeräumtes, manisch sauberes Haus deutete für mich eher auf eine Art Kontrollzwang hin, weniger auf Akzeptanz. Kombiniert mit ihrem wortlosen Verschwinden passte das nicht zu jemandem, der sein Leben zurückbekommen hatte.

Das Terrain wurde steiler, ein feuchter Film legte sich auf meine Haut. Eine Hummel tanzte vor meinen Augen. Ich hob den Kopf und schnupperte nach dem, was ich in der Natur am meisten hasste. Moor. Ich wollte nie wieder in diesem teuflischen Morast feststecken.

Als ich nach meiner Berechnung etwa die Hälfte der Strecke zurückgelegt hatte, setzte ich mich auf eine umgestürzte Kiefer. Legte Karte und Kompass auf meine Beine. Studierte sie lang und aß einen Müsliriegel. Trank reichlich Wasser. Plötzlich wurde mir bewusst, wie still es war. Ich erstarrte. Erinnerte mich an die Worte des Jägers über die Abwesenheit von Geräuschen.

Ich lauschte, wartete. Hielt die Luft an. Warum sang kein Vogel? Folgte mir jemand? Ich richtete mich auf, packte meine Sachen zusammen und ging weiter. Spitzte die Ohren und beschleunigte meine Schritte. Der Himmel hatte eine wärmere Farbe bekommen, als ich feststellte, dass es keinen Pfad mehr gab. Laut Karte sollte ich in südöstlicher Richtung weitergehen, aber war ich nicht von dort gekommen?

Das Gelände wurde noch steiler, und ich musste mich an Zweigen und Felsen hochziehen. Ich stolperte, rappelte mich wieder auf und lief weiter, bis meine Knie zitterten. Die Dämmerung hüllte mich ein, Insekten attackierten mich. Plötzlich wusste ich wieder, warum ich die Natur hasste. In der alle Elemente sich gegen einen verschworen, dich verdrängen oder fressen wollten.

Irgendwo hatte ich gelesen, dass man durch die Wälder im Osten Norwegens bis nach Sibirien laufen konnte, ohne einem einzigen Menschen zu begegnen. Ich sah auf die Uhr, ich war seit mehr als einer Stunde unterwegs. Wenn ich die Hütte nicht bald fand, musste ich die Suche nach Hege abbrechen und den Rückweg antreten.

Ein Trauermantel tanzte vor mir her durch die Luft, ehe er zwischen die Bäume flog. Ich sah ihm nach, bis er verschwunden war, und beugte mich vor. Durch die Zweige erkannte ich eine Lichtung.

In der Luft lag ein beunruhigender Geruch. Blut und Verwesung. Ich folgte dem Gestank. Stieg über eine vom Wind gefällte Fichte. Drückte Äste und Zweige zur Seite und kam zum Rand der Lichtung. Auf der anderen Seite ragten ein paar bemooste Planken aus dem Gras. Ich hatte die Hütte gefunden.

Inmitten der zusammengefallenen Ruine ragten die Reste eines Schornsteins in die Höhe. Morsche Balken und trockenes Laub. Eine halbe Grundmauer markierte den früheren Umriss. Moos, Unkraut und Pilze wucherten auf den Steinen.

Der Gestank wurde stärker, mein Magen rebellierte. Ich zog den Stoff des dünnen Pullis über Mund und Nase. Ging Schritt für Schritt weiter. Je näher ich kam, desto intensiver stank es.

Dann sah ich den Schatten am Boden, unter einem großen Baum. Ein Zweig knackte unter meinem Fuß und ich zuckte zusammen. Kauerte mich hin und schlich weiter, die Hand vor Nase und Mund.

Sie lag auf der Seite. Die rote Tunika mit den weiten Ärmeln klebte am Waldboden. Sie hatte die Arme vor sich ausgestreckt, als würde sie nach etwas greifen. Ihre Hosenbeine waren durchlöchert, wahrscheinlich von nagenden Tieren.

Zwei Krähen flogen auf. Eine von ihrem Kopf, die andere von dem toten Fuchs neben ihr. Ich ging in einem Bogen um die Leiche herum, um den Tatort nicht zu kontaminieren. Was hätte diese Frau uns erzählen können, was hätte sie uns ersparen können? Lyra und Henriette wären vermutlich noch am Leben, wenn die Schule Jenny die Geschichte von dem Mann, der Jagd auf sie gemacht hat, geglaubt hätte. Oder wenn die Polizei den Hüttenbrand und Jennys Verschwinden gründlich untersucht hätte.

Ich näherte mich dem Leichnam von der Seite. Die Haut wirkte dick und teigig mit so etwas wie Rußflecken an Wange und Kinn. Die Augenhöhlen waren leer, und auf Heges blasser Stirn war ein schwarzes Loch mit einem angetrockneten Tropfen Blut.

53

Jenny, 2006

Die Hütte riecht nach Schimmel und verbranntem Holz. In der Hand halte ich einen warmen Drink, in dem irgendetwas herumdümpelt, das Anders »the shit« nennt.

Sinnlose Worte kommen aus den Mündern der anderen und drängen sich in meinen Kopf, verschwinden aber ebenso rasch wieder. Ich blicke zu Boden. Versuche, mich auf die abgetretenen Dielen zu konzentrieren, die festgetrampelte Erde. Zähle Tannennadeln, um nicht zu kotzen.

»Ist dir schlecht?«, fragt Signe.

Ich muss mich anstrengen, um sie anzusehen. Als es mir endlich gelingt, den Kopf zu heben, sehe ich, dass mit ihrer Haut etwas nicht stimmt. Sie verzieht sich im Flackern des Feuers, als würde sich darunter ein unsichtbares Wesen bewegen. Es tanzt herum, über die Arme, dann über die nackten Beine. Springt zu Anders, dann zu Noah und schließlich zu mir. Ich hebe die Hand und starre sie an. Meine Finger lösen sich ab, verschwinden mit dem Wesen in der Luft.

»Jenny?«

»Alles okay«, antworte ich und versuche, aufzustehen. Meine Beine gehorchen mir nicht, mein Körper ist zu schwer, ich sacke auf der Bank zusammen.

Wie sind wir hierhergekommen? Ich weiß es nicht mehr,

aber ich war schon einmal hier, da bin ich mir sicher. Und ich spüre, dass hier etwas passiert ist. Etwas, das dem Wald nicht gefallen hat.

»Der Mensch ist eine Maschine.« Anders' Stimme hallt unnormal klar und stark durch den Raum. »Ein Mittel, um Leere zu erschaffen.«

»Reiß dich zusammen«, kommt es von Noah.

Anders gießt mehr Wasser in seine Tasse. Streut irgendein hellbraunes Zeug darüber. Pilze, sagt er, aber die Champignons, die Mama in die Pasta macht, haben nicht diese Wirkung auf mich.

»Mehr Informationen, weniger Sinn.«

Signe, Anders und Noah. Ihre Münder bewegen sich, ihre Körper verschmelzen miteinander und trennen sich wieder. Ich verstehe nicht einmal die Hälfte von dem, was sie sagen. Spüre aber, dass wir nicht hier sein sollten. Es liegt etwas in der Luft, in der Nacht. Die Fichten am Rand der Lichtung umgeben uns wie stumme Wächter. Wir sollten das, was hier im Wald wohnt, nicht stören.

»Ich bin dein philosophisches Gesülze so leid«, sagt Signe, dreht sich eine Zigarette und krümelt etwas dazu, das wie Rattenkacke aussieht.

»Weil du nicht begreifst, wie das Universum tickt. Du bist zu dumm dafür.«

»Nun, in deiner Zukunft wartet auch nicht gerade der Nobelpreis.«

Signe zündet den Joint an. Nimmt einen tiefen Zug und reicht ihn an Anders weiter. Auch er inhaliert tief und atmet mit einem langsamen Stöhnen aus. »Die Welt ist eine Illusion, und die Identität, die du projizierst, ist nicht dein wahres Ich.«

Signe schüttelt den Kopf, sieht zu mir und schneidet eine Grimasse. »Nichts ist so leicht, wie einem Mann einzureden, dass er intelligent ist. Man muss ihn nur gleich wieder auf die Erde zurückholen.«

Noah lacht. »Ach … Signe. Du wirst dein Leben doch eh im Knast verbringen.«

Signe nimmt ihm den Joint aus der Hand. »Klappe.«

Dann ist er da, der Schatten, den niemand sonst bemerkt. Ich spüre ihn. Den Geruch, der durch die gezimmerten Holzwände dringt. Durch den Boden. Eine lebende, atmende Einheit, die uns umschließt.

»Der Wald beherbergt sowohl Schönheit als auch Terror«, labert Anders weiter. Bei seinen Worten wird mir übel. Ich zittere immer stärker, ertrage das Gerede nicht mehr, dabei verstehe ich ihn. Ich kauere mich zusammen. Schaffe es endlich, aufzustehen. Stelle die Tasse auf den Tisch und stolpere zur Tür.

»Hör auf, Anders«, sagt Signe. »Du machst ihr mit deinem Gerede nur Angst.«

Ich habe keine Angst, denn ich weiß längst, dass man dem Tod nicht entrinnen kann.

Signe folgt mir. »Jenny? Wo willst du denn hin? Setz dich hin.«

Ich reiße die Tür auf und schaue raus in die Nacht. Halte mich am Türrahmen fest, während halb verdaute Würstchen und Chips in einem rhythmisch zähen Strom aus meinem Mund schießen.

Als alles raus ist, hebe ich den Kopf. Und höre das Klicken einer Kamera.

54

Das Licht der Handytaschenlampe wischte über den Boden, der Lichtstrahl zitterte in meiner Hand. Wie konnte ich mich nur so irren? Ich war die ganze Zeit davon überzeugt gewesen, dass ich Hege bei der Hütte finden würde, an einem Baum hängend, von eigener Hand gestorben.

Das Loch in ihrer Stirn erzählte eine andere Geschichte.

Ich atmete hektisch durch den Mund. Ein Windstoß raschelte in den Blättern, leises Plätschern von einem Bach, gedämpfte Geräusche in ansonsten unheimlicher Stille. Wer hatte das getan? Wer hasste Hege so sehr, dass Mord die einzige Lösung war?

Ich bewegte mich rückwärts von ihr weg. Stolperte und verlor auf den knorrigen Wurzeln für einen Augenblick den Halt unter den Füßen. Jeder Muskel in meinem Körper war angespannt. War ihr Mörder noch hier und beobachtete mich?

Ein Eichelhäher schrie. Todesbote. Jäger sind abergläubisch, hieß es. An diesem Ort waren angeblich keine Vögel zu hören. Mein Blick folgte dem Lichtkegel, als er über die Leiche strich. Der Verwesungsgestank war so brutal, dass ich mich an den Waldrand auf der anderen Seite der Lichtung zurückzog, ehe ich Abs meine Koordinaten schickte. Danach machte ich mich auf die systematische Suche nach einer Waffe.

Ich ging zurück zu der Hüttenruine. Jetzt, wo ich sie lokalisiert hatte, entdeckte ich überall Steine und Glassplitter im Unterholz. Von Moos überwucherte Glasflaschen, Plastikteile. Die verkohlten Überreste eines Tisches, ein Stuhl, eine Feuerstelle. Abs hatte in der Brandstiftung ermittelt. Er musste Jenny getroffen haben. Wieso machte er so ein Geheimnis darum?

Ich ließ den Lichtstrahl noch einmal über die Ruine streichen. Wollte mich gerade umdrehen, als ich einen zusammengesunkenen schwarzen Nylonhaufen sah. Olivia hatte Hege mit einer schwarzen Tasche über der Schulter aus dem Haus kommen sehen. Ich hatte mit dem Gedanken gespielt, dass sie darin einen Strick getragen hatte, aber diese Theorie war nun hinfällig.

Ich ließ alles stehen und liegen und ging zu einem Baum. Setzte mich auf den Boden und lehnte mich an.

Der Abend ging in die Nacht über. Die Bäume wurden zu schwarzen Silhouetten. Als ich durch die riesige Kathedrale schaute, die mich umarmte, verstand ich plötzlich Anders' Faszination. Eiche, Espe und Tanne kommunizieren miteinander, heißt es. Verströmen Hormone und senden Abwehrsignale. Verteilen Nahrung an die jüngeren Bäume und bilden ein kompliziertes Netz aus Freundschaften, Allianzen und Familiennetzwerken. In Ultra-Zeitlupe, Baumzeit, sozusagen.

Bis nach Sibirien.

Als die Stille durchbrochen wurde, hob ich den Kopf. Die Rotorblätter eines Helikopters.

55

Jenny, 2006

»Zieh deine Schuhe aus«, sagt Jacob. »Mama rastet sonst aus.«

Ich habe mich für mein arschiges Benehmen im Wald entschuldigt, und er hat das überraschend cool akzeptiert. Danach hat er dann so lange genervt, dass ich mit zu ihm nach Hause gehen soll, bis ich nachgegeben habe. Er will mir was zeigen.

Wir treten in den Flur. Bis auf gedämpfte Stimmen irgendwo im Haus ist es still. Ich bücke mich und ziehe die Schuhe aus, stelle sie ordentlich nebeneinander vor die Tür.

»Nein, nicht da«, sagt Jacob. »Ins Schuhregal.«

Bei Jacob zu Hause sieht es aus wie im Fernsehen. Aufgeräumt und blitzsauber, in Grau, Weiß und Schwarz. An den Wänden in dem langen Flur stehen Bücherregale, vollgestopft mit dicken Wälzern. Dazwischen hängen Bilder mit blassen Krakeleien.

Jacob führt mich ins Wohnzimmer. Seine Eltern sitzen auf modernen Stühlen, die unbequem aussehen. Sie sind schlank, gut aussehend und tragen Klamotten, als hätten sie den Tag in einem fancy Büro verbracht. Sie scheinen sich über ein ernstes Thema zu unterhalten. Da kann man schon neidisch werden. In so einem aufgeräumten Heim werden natürlich nur wichtige Dinge besprochen, kein Streit darüber, wer den Müll rausbringen muss oder warum die Rechnungen sich schon wieder stapeln.

Jacob schiebt mich vor sich in den Raum und stellt mich übertrieben höflich vor. Seine Mutter scannt mich vom Kopf bis zu den Zehen, und ich ziehe automatisch den Bauch ein.

»Willkommen«, sagt sie, ehe sie sich wieder ihrem Mann zuwendet.

Jacob greift nach meiner Hand und zieht mich hinter sich her eine Treppe hoch in sein Zimmer. Das ist das aufgeräumteste Zimmer eines Zwölfjährigen, das ich je gesehen habe. Auf dem gemachten Bett liegt ein Überwurf mit dem NASA-Logo. An den grau gestrichenen Wänden hängen Bilder von Astronauten und Raketen. Die Schulbücher stehen in einem eigenen Regal, nach Fächern sortiert. Daneben Ordner in Weiß und Marineblau. In einem anderen Regal stehen Kartons mit komplizierten Puzzlespielen und Bücher, die auch in das Büro eines Wissenschaftlers passen würden. Der Schreibtisch ist blitzeblank. Mit Behältern für Buntstifte, Lineale und einen Zirkel. Darüber hängen fünf Urkunden von der naturwissenschaftlichen Schulmeisterschaft. Und er hat sogar einen Computer. Ich kenne niemanden, der einen hat.

»Wow, deine Eltern müssen ja echt stolz auf dich sein«, sage ich und sehe mich nach einem Platz zum Hinsetzen um. Aufs Bett trau ich mich nicht. Und der Schreibtischstuhl sieht aus, als würde er unter meinem Gewicht zusammenbrechen.

Jacob lächelt bescheiden, seine Schultern sind angespannt. Er tut so, als würde er mich nicht ansehen, aber sobald ich zu ihm rüberschaue, weicht er mit dem Blick aus.

»Ja, klar«, sagt er, als er merkt, dass er noch gar nicht auf meinen Kommentar reagiert hat. »Solange ich kein Hacker werde.«

»Sieht nicht so aus, als wenn du das werden wolltest«, sage ich mit einem Blick zu den Astronautenbildern.

»Ich will auf den Mond«, sagt er.

»Warum?«

»Um von dort aus auf die Erde runterzugucken, wo die Menschen klein wie Ameisen sind.«

Ich verkneife mir die Bemerkung, dass er die Menschen vom Mond wahrscheinlich gar nicht sehen kann. »Was wolltest du mir zeigen?«, frage ich stattdessen.

Er fällt vor dem Bett auf die Knie, verschwindet mit dem Oberkörper darunter. Zieht einen flachen Karton heraus und klappt den Deckel auf. Darin liegt ordentlich zusammengefaltet zwischen schwarzem Seidenpapier ein Brautschleier. Er nimmt ihn heraus und hält ihn vor mir hoch. Der Schleier ist grau und löchrig. Der untere Rand ist mit verbogenen Pailletten gesäumt. Er will ihn mir geben, aber ich nehme ihn nicht an. Da drückt er ihn mir gegen den Bauch. Er sieht meine Haare an, will offensichtlich, dass ich den Schleier anprobiere.

Er reibt mit seinem Daumen über die Ellenbeuge. Ich lege mir den Schleier auf den Kopf. Er schiebt mich zu einem Spiegel und stellt sich dicht neben mich. So dicht, dass ich seinen Hüftknochen spüre.

»Das war Mamas Brautschleier«, sagt er. »Der von meiner eigentlichen Mutter.«

»Was heißt eigentliche Mutter?«, frage ich. »Wo ist sie?«

»Bei einem Brand gestorben.«

Es verschlägt mir die Sprache, ich weiß nicht, was ich darauf sagen soll.

»Papa«, sagt Jacob. »Mein echter Vater hat das Haus angezündet, während sie geschlafen hat.«

56

Weiß gekleidete Techniker schwärmten wie Ameisen durch den Wald. Mobile Scheinwerfer tauchten das Gelände in grelles, kaltes Licht. Ich hatte völlig vergessen, wie schnell diese ganze Maschinerie in Gang gesetzt werden konnte.

Ein Zelt über der Leiche. Absperrband um die ganze Lichtung. Irgendwo im Hintergrund ungeduldiges Hundegebell und abgehackte Kommandorufe.

Abs kam in einem weißen Schutzanzug auf mich zu, bei ihm ein kräftiger Beamter mit schiefen Zähnen. Er stellte sich nicht vor, nickte mir nur kurz zu. Ich hatte das Gefühl, ihn schon mal irgendwo gesehen zu haben, konnte ihn aber nicht einordnen. Abs reichte mir einen Overall und signalisierte mir, ihnen zum Zelt zu folgen.

Hege lag bereits in einem grauen, seitlich aufgeklappten Leichensack. Ich ging in die Hocke. Ihr Gesicht war kaum noch zu erkennen, zwischen den blauen und schwarzen Flecken war aber zu sehen, dass sie sich geschminkt hatte. Dazu trug sie eine Halskette mit einem Anhänger in Form zweier ineinander verschränkter Herzen. Sie hatte sich schick gemacht wie für einen festlichen Anlass. Wie von der Trauer befreit auf dem Weg zurück ins Leben.

Wer hatte sie hierher in den Wald gebracht?

Die Nägel waren in dem Rotton der Tunika lackiert.

Jetzt waren sie dreckig, teilweise abgebrochen. Ich zog einen Stift aus der Tasche und hob ihre Haare an. Ein Ohr fehlte. Der offene Mund war voller geronnenem Blut.

»Da waren natürlich Tiere am Werk«, sagte eine Frau, vermutlich die Leiterin der technischen Einheit. »Das geht im Wald schnell.«

Ich ließ die Haarsträhne wieder fallen. »Der Täter scheint sich mächtig gefühlt zu haben. Es hat einen Grund, dass die meisten Hinrichtungen mit einem Nackenschuss ausgeführt werden, oder mit einer Kapuze über dem Kopf des Opfers. Weil es zu grausam ist, dem Opfer in die Augen zu sehen.«

»Dieser Täter hat es geschafft«, murmelte der Beamte. »Ein eiskalter Teufel.«

Wie konnte man einem anderen so etwas antun, ohne hinterher selbst daran zu Grunde zu gehen? Ich erinnerte mich an ein Statement von jemandem aus der Aggressionsbewältigungsgruppe. Er hatte gesagt, der Mord, den er begangen hatte, wäre vorsätzlich und unumgänglich gewesen. Der Kerl, der hinter ihm her gewesen war, hätte seine ganze Familie ausgelöscht, wenn er ihm nicht zuvorgekommen wäre. Erst bei der dritten Gelegenheit, ihn zu töten, hatte er es schließlich geschafft, den Abzug zu drücken. Das Ganze war fünfzehn Jahre her, der Tote suchte ihn aber noch immer jede Nacht in seinen Träumen heim.

Zwei Kriminaltechniker kamen zu uns. Ich stand auf, um ihnen Platz zu machen. Sie schlossen den Reißverschluss des Leichensacks und transportierten Hege ab.

»Wie sah Heges Kalender am Tag vor ihrem Verschwinden aus?«, fragte ich. »Irgendwelche besonderen Pläne?«

»Sieht nicht danach aus«, sagte Abs.

»Sie war ungewohnt schick angezogen. Vielleicht hatte sie ja eine Verabredung. Der Ex-Mann glaubt nicht, dass es einen neuen Mann in ihrem Leben gab, aber vermutlich würde er das auch als Letzter erfahren.«

»Und du meinst, dass sie mitten in der Nacht losgegangen ist, um diesen Mann zu treffen?«

Ich schüttelte den Kopf. »Vielleicht hat Olivia ja den Zeitpunkt durcheinandergebracht. Der Betreffende könnte zu ihr nach Hause gekommen sein, von wo aus sie dann zusammen weggegangen sind.«

Vor dem Absperrband, ein Stück von der Hütte entfernt, standen drei Personen, vermutlich Journalisten. Zum Glück war Rita nicht dabei.

Ich dachte an den verrutschten Läufer, den Urin in der Toilette. Sah Hege vor mir, die hektisch ein Versteck suchte. Dazu passte einfach nicht, dass sie in aller Ruhe und allein aus dem Haus gegangen war. Olivia musste etwas übersehen haben. Hege hat um ihr Leben gekämpft.

Der Polizeibeamte zeigte um sich. »Da, da und dort drüben. Fußspuren in alle Richtungen. Neben ihr liegen durchgeschnittene Kabelbinder. Die Techniker meinen, es sähe danach aus, als wäre sie von mehreren Personen gejagt worden.«

»Gejagt?«

»Auf dem trockenen Waldboden ist es ziemlich unmöglich, brauchbare Spuren zu finden. Wir müssen natürlich noch die Obduktion und den endgültigen technischen Bericht abwarten, aber wie es aussieht, ist Hege gerannt und gestürzt, über die Erde gerollt und hat versucht, sich zu verstecken.«

Abs starrte vor sich hin. Verzog das Gesicht. »Gejagt? Wie ein Tier?«

»Ja«, sagte der Beamte. »Und am Ende regelrecht hingerichtet.«

57

»Was wissen wir über Heges letzte Tage?«, fragte ich.

Abs saß breitbeinig auf dem Zweisitzer in seinem Büro und drehte einen Stift zwischen seinen Fingern.

»Die Polizei hat alle Bekannten und Freunde noch einmal aufgesucht«, sagte er. »Sie haben mit ehemaligen Kollegen gesprochen. Rita nach veränderten Gewohnheiten befragt, nach Anrufen von unbekannten Nummern und so weiter. Für den Tag ihres Verschwindens suchen wir nach wie vor nach Spaziergängern, die ihr im Wald oder außerhalb begegnet sind.«

»Gibt es inzwischen konkrete Hinweise, dass sie bedroht wurde?«

»Negativ. Und es deutet auch nichts auf eine Verabredung hin.«

»Was ist mit E-Mails? Irgendwelche Reaktionen auf die Mitteilung, die sie an Jennys drei alte Freunde geschickt hat?«

»Ein ganzer Haufen.« Der Stift schnurrte im Kreis. »Ziemlich scharfe darunter.«

»Ein Motiv?«

»Also, das könnte durchaus ein Motiv sein. Aber dass drei Menschen eine Frau mittleren Alters durch den Wald jagen und mit einem Kopfschuss hinrichten, ohne dass irgendwer was mitbekommt? Unwahrscheinlich.«

»Brutal«, sagte ich. »Aber nun wäre es wohl an der Zeit, sich den Einbruch genauer anzusehen. Was da genau los war.«

»Da sitzt die Einheit Ost dran. Sie überprüfen Kreditkarten, Läden, in denen Hege eingekauft hat, Kirchen. Die Gruppe, die sich bei den Beerdigungen getroffen hat. Und dann warten wir noch auf die endgültige Analyse des Handys.«

Die Gruppe, die sich auf den Beerdigungen traf, hatte ich komplett vergessen.

»Ihr Haus ist jetzt versiegelt«, sagte Abs. »Du kannst da nicht mehr rein, verstanden?«

»Natürlich«, sagte ich kleinlaut. »Aber wenn Hege das Haus verlassen hat, weil sie Angst hatte, könnte sie vorher doch jemanden beobachtet haben, oder?«

Abs sah mich an. Legte den Stift weg.

»Anders Larsen ist in der Nachbarschaft gesehen worden. Er wohnt allerdings in der Nähe, das muss also nicht per se verdächtig sein. Wir sollten aber wohl trotzdem mit ihm reden.«

Ich verschränkte meine Finger.

»Was hältst du davon, dass ihr Handy zu Hause gefunden wurde?«

»Entweder hat sie es vergessen, oder sie wollte nicht geortet werden. Vielleicht wurde sie aber auch aufgefordert, es zurückzulassen.«

Ich dachte an Ritas Podcast-Folge mit Heges Interview, in dem sie von all den Untersuchungen erzählte, die sie vorgenommen hatte. Von Jennys Selfie vor der brennenden Hütte, auf dem im Hintergrund der Mann mit der tarnfarbenen Mütze zu sehen war. War das dieselbe Mütze, die sie unter dem Nachtschrank festgeklebt hatte?

Sie musste irgendeinen Zusammenhang zwischen dem Verschwinden ihrer Tochter und dem Doppelmord erkannt haben.

»Lässt sich rausfinden, ob das Handy möglicherweise mit einer anderen SIM-Karte benutzt wurde?«, fragte ich.

Abs fuhr sich mit einer Hand über den Bart.

»Das wird überprüft.«

»Und lässt sich ohne ihren Laptop klären, ob sie irgendwelche Aliase im Netz hatte?«

»Bestimmt.«

»Dass sie diese Mütze in die Finger bekommen hat, heißt doch wohl, dass sie etwas gewusst haben muss.«

»Hör zu«, sagte Abs. »Ich stimme dir zu, dass da was dran sein könnte. Aber Spekulationen helfen uns nicht weiter. Das war eine ähnliche Mütze wie bei dem Doppelmord, aber die Untersuchungen dazu sind noch nicht abgeschlossen.«

»Jenny hatte eine Ohrenmarke in der Hand, und ich bin mir sicher, dass ich eine Zeichnung in Olivias Zimmer gesehen habe.«

»Du weißt, was ein Jurist dazu sagen wird. Selbst wenn etwas passiert sein könnte, bedeutet das noch nicht, dass es auch nachweislich geschehen ist.«

Abs wollte noch weiter ausholen, wurde aber vom Klingeln des Bürotelefons unterbrochen. Er stemmte sich vom Sofa hoch und stapfte zum Schreibtisch. Seiner Antwort nach zu urteilen, ging es um eine Zeugenaussage.

»Sie ist hier«, sagte er mit einem Blick zu mir und legte auf. »Du wirst in ein paar Minuten abgeholt.«

Mir blieb die Luft weg. Als ich Abs gestern Abend informiert hatte, dass ich Hege gefunden hatte, war mir nicht bewusst gewesen, in was für eine Situation ich ihn damit brachte, schließlich hatte ich ihm versprochen, dass niemand im Präsidium davon erfahren würde.

»Was soll ich sagen?«, fragte ich.

»Sagen?«

»In meiner Aussage. Ich gehe ja mal davon aus, dass dein Chef noch nicht weiß, dass du mich um Hilfe gebeten hast.«

»Ich habe dich gebeten, mit Leif zu sprechen, nicht auf Mördersuche im Wald zu gehen. Was du sagen sollst, fragst du … Die Wahrheit, schlage ich vor.«

»Aber bringt dich das nicht in eine unangenehme Situation?«

»Unangenehm?« Er sah mich an. »Da hättest du vielleicht etwas früher dran denken sollen.«

Ich zitterte vor Scham. »Ich habe nur getan, was ich für richtig hielt.«

Das Klopfen an der Tür rettete uns beide.

»Ja!«, bellte Abs.

»Soll ich sie hinterher wieder hierher bringen?«, fragte der Beamte.

»Nein«, sagte Abs. »Wir sind hier fertig.«

Auf dem Weg auf den Flur drehte ich mich noch einmal zu Abs um.

»Ich weiß, dass ich recht habe, wir haben jetzt die Chance, ihn zu fassen.«

Zwei Beamte sollten meine Zeugenaussage aufnehmen. Ich schüttelte den Kopf, um zu überspielen, wie nervös ich war.

»Bjørk Isdahl.«

Die Frau übernahm das Reden. Sie hatte einen bronzefarbenen Teint und Haare, für die ich hätte töten können, dazu Augen wie eine spanische Señorita. Zwei Schritte hinter ihr stand ein Mann, der ein paar Jahre älter war als sie. Seine Körperhaltung deutete an, dass in seinem Leben so einiges schiefgelaufen war.

Nach meinem letzten Gespräch mit diesen beiden war ich in Untersuchungshaft gekommen.

»Wir würden gerne die Ereignisse der Nacht von gestern auf heute noch einmal mit Ihnen rekapitulieren«, sagte die Frau, als wir uns gesetzt hatten.

Alles, was ich mir zu sagen vorgenommen hatte, wurde von der Anwesenheit der beiden blockiert. In meinem Kopf ploppten Bilder auf, die Anklagen, die Angst. Die zwei bei mir zu Hause.

»Isdahl?«

»Ich bin in den Wald gegangen«, sagte ich. »Und dort habe ich Hege Brodersens Leiche gefunden.«

»Ein längerer Abendspaziergang, also.«

Was sollte dieser blöde Kommentar?

»Länger als geplant, ja.«

Ich fasste die Etappen meines Aufbruchs in den Wald bis zum Fund von Hege zusammen.

»Ist Ihnen unterwegs irgendetwas Ungewöhnliches aufgefallen, bevor Sie die Leiche gefunden haben? Etwas, das nicht dorthin passte, vielleicht?«

Ich dachte daran, dass ich im Wald die ganze Zeit das Gefühl gehabt hatte, von jemandem beobachtet zu werden.

Ich schüttelte den Kopf. »Nein, nichts Spezielles.«

Die Frau verdrehte die Augen. »Kommen Sie schon, irgendwas wird da schon gewesen sein. Sie als Profilerin sehen doch Dinge und Details, für die wir anderen blind sind.«

»Einen Tierkadaver. Neben Hege lag ein toter Fuchs. Das war gelinde gesagt merkwürdig.«

Die Frau löste das Haargummi, band die Haare wieder zusammen. Ich hob schon meine Hände, um es ihr nachzumachen, schob dann aber stattdessen meine Finger ineinander.

»Was hat der tote Fuchs Ihrer Meinung nach zu bedeuten?«, fragte die Frau.

Ich hatte keine Lust, ihnen noch mehr zu geben, und breitete die Arme aus. »Keine Ahnung.«

Der Mann klappte seinen Notizblock mit einem Knall zu und sah mich misstrauisch an. Vielleicht hatte er unseren letzten Konflikt noch nicht vergessen. »Dann müssen wir die Schrauben wohl etwas anziehen.«

Die Zeugenbefragung wurde von Abs unterbrochen, der den Kopf zur Tür hereinsteckte.

»Es geht um Olivia«, sagte er hektisch. »Britts Tochter ist schon wieder verschwunden.«

Mein erster Gedanke war simpel. »Und sie hat nicht wie beim letzten Mal bei ihrem Freund übernachtet?«

Abs zeigte mir ein Bild, einen Screenshot.

»Dieses Bild hat Britt vor über einer Woche auf Snapchat bekommen, sie hat es aber erst heute in der App entdeckt.«

Das Foto zeigte Olivia mit einem Drink in der Hand. Hübsch drapiert auf einem Sofa vor einer cappuccinofarbenen Wand. Hinter ihr stand eine Retrolampe mit orangenem Schirm.

58

Jenny, 2006

Ich stehe zwischen den Bäumen und sehe zu dem alten Schuppen. Graue Holzwände über einer niedrigen Grundmauer aus flachen Steinen. Zwei kleine Fenster mit geriffeltem Glas rechts und links der windschiefen Tür. Der Schornstein ist ein zum Himmel gerichteter Finger.

Ich streiche mir eine Locke aus den Augen. Warte. Lausche. Blicke von Baum zu Baum, um sicherzugehen, dass er nicht irgendwo steht. Dann wandert mein Blick zu dem Busch, unter dem ich vor ein paar Tagen meinen Rucksack versteckt habe. Wenn er den entdeckt hat, kann ich meinen Plan vergessen. Und dann ist es aus mit mir.

Von irgendwo hinter der Hütte kommt ein leises Klopfen. Ist er dort drinnen? Ich muss jetzt eine Entscheidung fällen. Tun oder abwarten? Ich beuge mich vor und sehe, dass die Tür nicht verriegelt ist.

Das ist meine Chance, ihn loszuwerden. Für immer.

Ohne länger darüber nachzudenken, tue ich es. Ich schleiche mich geduckt zu meinem Versteck, ziehe den Rucksack vorsichtig unter dem Busch hervor und nehme den Inhalt heraus. Dann laufe ich schnell zur Hütte und drehe mit zitternden Händen den Deckel vom Benzinkanister auf.

Ganz langsam öffne ich die Tür der Hütte. Im Dunkeln

sehe ich erst nur schemenhaft umgestürzte Hocker, dann erkenne ich den Tisch mit den leeren Flaschen, benutzte Einmalgrills und zerknüllte Chipstüten. Aschenbecher voller Kippen. Bestimmt wartet er, bis ich ganz in der Hütte bin. Aber den Gefallen tue ich ihm nicht. Ich gieße den Inhalt des Kanisters hinter der Türschwelle aus, sodass die Suppe sich auf dem Dielenboden verteilt. Vermutlich erkennt er den Geruch, aber ich bin blitzschnell, schließe die Tür und schiebe den Riegel vor. Sehe mich um.

Was habe ich getan? Habe ich ihn gefangen?

Mit dem Kanister in der einen und dem Feuerzeug in der anderen Hand schütte ich Benzin an die Wände. Rings um die ganze Hütte. Mir wird schwindelig von dem Geruch, gleichzeitig fühle ich mich unbesiegbar.

Ich habe es geschafft. Habe ihn eingesperrt. Jetzt ist alles vorbei.

Als ich den Daumen an das Feuerzeugrädchen drücke, denke ich, dass die anderen explodieren werden, wenn sie herausfinden, dass ich ihr Versteck zerstört habe. Das ist mir egal. Ich fahre mit dem Finger über das Rädchen und setze die Wand in Brand.

Fopp. Das Geräusch überrascht mich. Wie Popcorn in einem Topf. Bevor ich irgendwie reagieren kann, ist die ganze Wand von prasselnden, knisternden Flammen überzogen. Sie fressen das Holz auf, die ganze Hütte.

Ich atme Rauch ein. Ascheflocken segeln wie Federn durch die Luft. Die Flammen reichen viel höher, als ich gedacht habe. Die Hitze brennt an Armen und Beinen, trotzdem kann ich mich nicht rühren. Ich stehe wie angewurzelt da und sehe das Gras Feuer fangen. Wie Monsterzungen lecken die Flammen in rasender Fahrt über den

Waldboden, ich aber denke nur, dass ich es geschafft habe, dass ich ihn endlich los bin.

Ein Ruf reißt mich aus meinen Gedanken. Klopfen und Rufen. Ein Hilfeschrei?

Geschieht ihm recht.

Mit kleinen Rückwärtsschritten bewege ich mich weg von der Hitze. Nehme die Kamera aus dem Rucksack und drehe mich mit dem Rücken zur Hütte. Dann mache ich ein Foto von mir vor den Flammen im Hintergrund.

59

Britt war so tief in dem alten, braunen Sofa im Wohnzimmer versunken, dass ich sie kaum bemerkte. Die Markisen waren herabgelassen und die Gardinen zugezogen. Sie hatte den Sommer ausgesperrt, die schwüle Hitze bahnte sich trotzdem einen Weg ins Haus. Die beiden Wandlampen waren die einzigen Lichtquellen, und es dauerte eine Weile, bis meine Augen sich an die Dunkelheit gewöhnt hatten.

Rita hatte uns hereingelassen. »Ich bin auch gerade erst gekommen. Britt hat alle Freundinnen von Olivia angerufen. Niemand hat sie gesehen, und beim Training ist sie auch nicht gewesen.«

Sie setzte sich auf einen Sessel in der Ecke des Wohnzimmers. Ich hockte mich ans Ende des Sofas. Biss mir auf die Lippe, als ich Britt in ihrem weiten, kaffeefleckigen Kleid sah. Sie bewegte den Oberkörper vor und zurück. Das Gesicht war aufgedunsen. Sie blinzelte schnell. Eine Hand klammerte sich um ein Blatt Küchenrolle, die andere riss kleine Fetzen heraus, die zu Boden segelten.

Dann kamen ihre Finger plötzlich zur Ruhe und sie flüsterte mit dünner Stimme: »Olivia. Muss. Nach. Hause. Kommen.«

Vorsichtig legte ich eine Hand auf ihren Arm. »Hat sie gesagt, wohin sie heute Abend wollte?«

»Zum Handball«, presste Britt hervor.

»Wann ist sie aufgebrochen?«

»Kurz vor sechs. Sie trainieren jetzt jeden Tag. Der Cup.«

An der Wand hing eine Uhr. Wenn Olivia auf dem Weg zum Training verschwunden war, war das jetzt fast siebzehn Stunden her. Ich sah zu Abs hinüber, der gerade zwei uniformierte Beamte hereinließ.

»Kann sie bei ihrem Freund sein?«, fragte ich mit einem Blick zu Rita. »Haben Sie mit Tao gesprochen?«

Noch ehe Rita antworten konnte, stand Britt auf. »Sie hat alle Poster aus ihrem Zimmer entfernt. Die Handballerinnen. Die Pferde. Alles.«

Zitternd nahm sie einen Teller vom Tisch und ging mit kleinen Schritten in Richtung Küche. Ihre Schultern bebten und auf halber Strecke rutschte ihr der Teller aus den Händen und zerschellte am Boden. Ohne ein Wort hockte sie sich hin und sammelte die Scherben zusammen.

»Warum hat sie die Poster abgenommen?«

»Zu kindlich, meinte sie. Vor zwei Tagen kam sie ins Haus gestürmt, hat sie von den Wänden gerissen und weggeschmissen.«

Einer der Beamten ging neben Britt in die Hocke und half ihr, die Scherben aufzusammeln. Ich signalisierte Rita, mich in Olivias Zimmer zu begleiten.

»Die Polizei wird das Zimmer mit Sicherheit durchsuchen, deshalb können wir nicht hineingehen. Ich will nur einen Blick in den Raum werfen.«

Rita öffnete die Tür. Ich sah mich von der Schwelle aus um. Die Wände waren kahl. Auf dem Boden lagen Farbkarten. Kleine Dosen mit Farbproben auf einer Zeitung. Ich scannte den Raum und suchte nach der Zeichnung, die mir beim letzten Mal aufgefallen war, konnte sie aber nirgends sehen. Alle Möbel waren von den Wänden in die Mitte des Raums geschoben. Auf der Fensterbank standen Blumentöpfe mit welken Pflanzen. Ich dachte an meine eigene Jugendzeit. Wie ich zu einem Zeitpunkt alles Alte einfach weggeworfen hatte, um Platz für mein neues Ich zu schaffen.

»Gut, dass Sie jetzt bei Britt sein können«, sagte ich zu Rita. »Haben Sie in den letzten Tagen mit Olivia gesprochen?«

»Nein. Ich kenne sie eigentlich kaum.« Sie legte den Kopf in den Nacken. »Aber nachdem ich erfahren hatte, was mit Hege passiert ist, wollte ich … Ich dachte, dass ich sie besuchen sollte.«

Ich streckte die Hand aus, aber sie wich zurück.

»Ist Ihnen Hilfe angeboten worden?«

Ein Zögern in der Stimme. »Es soll wohl eine Psychologin kommen, von der habe ich aber noch nichts gesehen.«

Eine Weile standen wir einander wortlos gegenüber. Olivias Verschwinden, die Zeichnung, ihre Ähnlichkeit mit Lyra und Henriette waren Beweise genug, dass ich mich damals geirrt hatte. Ellingsen hatte nichts mit den Morden zu tun, diese Last konnte mir niemand nehmen.

Draußen auf der Straße, halb verdeckt von der Hecke, stand ein Mann und sah zu uns herüber. Er trug trotz der Hitze einen dicken Kapuzenpulli. Dann ging sein Blick zu den Polizeiwagen. Ich konnte sein Gesicht nicht erkennen, aber er war groß und schien ein paar Jahre älter zu sein als Olivia. Vorsichtig nahm ich das Handy aus der Tasche, schaltete die Kamera ein und machte durch das Fenster ein

Foto von ihm. In diesem Moment kam Leben in ihn, er trat einen Schritt zur Seite, drehte sich um und ging.

»Wer hat Hege … das angetan?«, murmelte Rita hinter mir.

Ich strich ihr über den Rücken, und dieses Mal wich sie nicht vor mir zurück, sondern taumelte auf mich zu, um sich an mich zu drücken und mit dem Kopf an meiner Schulter zu schluchzen.

Ohne Sie hätten wir Hege nicht gefunden, wollte ich sagen, aber ich fühlte mich so elend und verzweifelt. Weil ich befürchtete, dass wir auch Olivia nicht rechtzeitig finden würden.

60

»Sechs Tage«, sagte ich, als Abs und ich auf dem Weg zum Auto waren. »Wenn es derselbe Täter ist, ist der erste Tag bald vorbei.«

Pulsierendes Blaulicht flimmerte über die Hauswände. Eine Gruppe ziviler Beamter war auf dem Weg in den Wald. In der Ferne war das Kläffen von Hunden zu hören. In Abs' Gesicht, und sicher auch in meinem, stand geschrieben, was wir dachten.

Ich öffnete die Autotür und setzte mich auf den glutheißen Sitz. Die Gewissheit, dass wir uns womöglich an exakt demselben Punkt befanden wie damals, quälte mich. Wir waren dem Mörder so nah, dass wir ihn fast physisch spürten. Wie Gliederschmerzen bei Grippe.

»Erst mal reden wir mit Freunden und Sportkameraden und überprüfen parallel alle Überwachungskameras«, sagte Abs. »Aber ... ich tendiere dazu, dir recht zu geben.«

»Du tendierst dazu?«

»Hast du mit Leif gesprochen?«

Ich schüttelte den Kopf. Sah den Täter vor mir. Eine großgewachsene Gestalt, deren Konturen sich in den Sonnenstrahlen auflösten. Im Dunkel der Nacht. Der selbstsichere Gang, mit dem er auf Olivia zuging. Wie er mit ihr flirtete und sie umwarb. Wie er sie abends nach Hause fuhr, damit sie sich in seiner Gesellschaft sicher fühlte. Es war nicht wie beim letzten Mal, als Olivia verschwunden war. Da hatte er sie eine Nacht festgehalten, um uns zu zeigen, wer die Kontrolle hat.

Die Hitze flimmerte über dem Asphalt. Alles schien sich in der unversöhnlichen Wärme aufzulösen. Nur nicht er.

»Wenn sie nicht im Laufe des morgigen Tages zurückkommt, rede ich mit der Einheit Ost, damit sie Fahnder in den gesamten Seebereich schicken«, sagte Abs.

Ich dachte an markierte Tiere, markierte Mädchen. Gab es einen bestimmten Grund, dass er sie ins Schilf legte? Geschützt und umspült vom Wasser, das allen Schmutz abwusch? War das Ganze eine Abrechnung mit der Vergangenheit, oder hatte es irgendwas mit Jenny zu tun?

Tunnelblick, Bjørk. Anders konnte ich nicht erklären, was damals bei dem Doppelmord schiefgelaufen war. Nachdem wir uns auf Jens Ellingsen eingeschossen hatten, waren wir blind für alles andere gewesen. Waren in vollem Tempo in den Tunnel gerast und hatten erst tief im Innern bemerkt, dass auf der anderen Seite kein Licht war. Jetzt blinkte es vor mir wie ein Stroboskop. Abs hätte uns damals einen wertvollen Hinweis liefern können, wenn er den Jenny-Fall mit unserem Doppelmord in Verbindung gebracht hätte.

»Sag mir, was falsch gelaufen ist«, sagte ich, als er den Wagen auf die Straße lenkte. Staub wirbelte über die Motorhaube. »Ich denke an den Hüttenbrand und Jennys Verschwinden auf dem Øyeren. Was ist damals wirklich passiert?«

Er drehte das Radio an. Die Nachrichten. Olivia wurde mit keinem Wort erwähnt.

»Ich habe versagt«, sagte er, tiefe Falten auf der Stirn. »Ich habe die Sache mit Jenny nicht ernst genug genommen. Ich hielt sie für eine vorlaute, freche Göre, der man nur mal richtig die Leviten lesen müsste.«

»Bestimmt nicht weit von der Wahrheit entfernt.«

Sein Blick klebte auf der Straße. Er fuhr auf die Autobahn und beschleunigte. Seine Hände umklammerten das Lenkrad.

»Zuerst war da der Brand in der Hütte. Und als sie ein paar Wochen später verschwand, habe ich mich wirklich gefragt, was ich bei der Polizei verloren habe.«

»Ernsthaft?«

»Anfangs ist kein Tag vergangen, an dem ich mich nicht selbst verflucht und gefragt habe, was ich hätte anders machen können, wie ich das alles hätte verhindern können. Es war ein echter Schlag ins Gesicht, dass ich, der ich mich immer für einen anständigen Menschen ohne Vorurteile gehalten habe, nicht gesehen habe, wie sie gekämpft hat.«

»Du hast geglaubt, sie wäre ins Wasser gegangen?«

»Ich kann dir eigentlich nicht sagen, was ich geglaubt habe, aber ich habe mir damals fest vorgenommen, zugänglicher zu sein, sollte jemals wieder ein Jugendlicher mit Problemen zu mir kommen. Ihn nicht einfach wegzuschieben und wie den letzten Dreck zu behandeln.«

Ich sackte auf meinem Sitz zusammen. »Die Chance hast du jetzt.«

Abs schlug mit der Hand auf das Lenkrad.

»Seid ihr damals den Hinweisen zu dem Mann im Wald nachgegangen?«, fragte ich. »Von dem Jenny meinte, dass er sie verfolgt hat?«

»Wenn es in Jennys Umfeld Anzeichen für einen gewalttätigen Straftäter gegeben hätte, hätten wir das mitbekommen«, sagte er.

»Nein, hättet ihr nicht. Unser Täter ist viel zu klug. Habt ihr den Mann im Wald überprüft? Was ist mit dem Hinweis, dass etliche Leute sich beobachtet gefühlt haben und dass jemand in ihren Gärten gestanden haben soll? War das derselbe Mann?«

Abs fuhr von der Autobahn. Drehte den Kopf zu mir und sah mich lange an. Mit einer unergründlichen Traurigkeit im Gesicht.

Der Wagen kam auf die Gegenspur, und ein Taxi raste auf uns zu. Ich schnappte nach Luft, bevor Abs den Blick wieder auf die Straße richtete und das Lenkrad ohne sichtbare Regung herumriss.

Dann kam ein kurzes, schneidendes »Nein« aus seinem Mund.

Ich nickte. Wir mussten nicht aussprechen, was sich in den letzten Tagen aufgestaut hatte. Sollte sich zeigen, dass Jenny das erste Opfer des Täters war, trieb ihn nicht nur ihr Schicksal um. Dann könnten auch Lyra und Henriette noch am Leben sein.

»Es gibt zu viele Gemeinsamkeiten«, fuhr ich fort. »Nimmst du mich wieder im Team auf?«

»Nein.«

»Mein Gott, Abs.«

»Bjørk, ich habe dir das schon einmal erklärt. Ich schätze die Art, wie du denkst, über alles, aber wenn du wieder im Kriminalamt rumläufst, sendet das ein Signal aus. Dass wir nah dran sind.«

»Aber das sind wir doch.«

»Bjørk, ich meine es ernst. Mein Chef explodiert, wenn rauskommt, dass ich dich in die Ermittlungen einbezogen habe.«

»Hat er das nicht längst kapiert, als ich Hege gefunden habe?«

»Lass das. Wenn irgendwas schiefgeht, kann ich dir nicht helfen, das ist dir doch wohl klar.«

»Ja, ist es.«

Er fuhr an die Seite, hielt an und sah sich um. Holte das Handy heraus und legte den Zeigefinger auf die Lippen. Ich nickte. Dann drehte er mir das Display zu.

Das Armaturenbrett auf dem Foto war älteren Baujahrs. Glassplitter lagen auf dem Beifahrersitz. Ich hielt den Atem an, als ich vor dem geöffneten Handschuhfach eine Hand sah, die eine Tarnmütze hielt.

»Das Bild haben wir in einem verschlüsselten Ordner auf Heges Handy gefunden.«

61

Jenny, 2006

Das wütende Flammenungeheuer reckt seine Klauen in den Himmel.

Helikopter sind zu hören. Gestalten fliegen herbei wie dunkle Engel. Ein Mann in beiger Uniform mit leuchtenden Streifen läuft durch den Rauch. Er hat eine Art Ritterhelm auf dem Kopf und zieht mich von den Flammen weg. Öffnet eine Wasserflasche und drückt sie mir in die Hand.

»Wie geht es dir?«

Übler Gestank kommt aus meinem geöffneten Mund. Soll ich sagen, dass da wer in der Hütte ist?

Der Feuerwehrmann nimmt meine Hand. »Wie heißt du?«

Hinter ihm versuchen andere, das Feuer zu löschen. Die brüllenden, fauchenden Flammen schnappen nach ihnen. Schlagen zu, wenn die Planken brechen und in sich zusammenstürzen.

»Sind noch andere Personen hier?«, fragt der Feuerwehrmann. »Ist da jemand in der Hütte?«

Meine Augen brennen, Tränen laufen über meine Wangen. Ich schüttele den Kopf, huste, dass ich mich fast übergeben muss. »Er hat mich gejagt.«

»Gejagt? Wer? Und wo ist er jetzt?«

»Ich hatte Angst, und ...« Ich huste dem Feuerwehrmann direkt ins Gesicht. »Es ist ... das ist einfach passiert. Es ging so schnell, ich konnte ... ich ...«

Soll ich lügen? Sagen, dass jemand anderes den Brand gelegt hat? Dass ich nur zufällig hier war? Aber wer würde mir glauben, dass ich mitten in der Nacht zufällig im Wald war?

Man muss für seine Taten geradestehen, sagt Papa immer.

Ein zweiter Feuerwehrmann kommt zu uns. Der Benzinkanister in seiner Hand ist teilweise geschmolzen. Er sieht mich an, als wartete er auf eine Erklärung, aber ich bleibe stumm.

»Nimm sie mit in die Stadt«, sagt er.

Der Mann mit der Wasserflasche führt mich zum Helikopter und schiebt mich förmlich hinein. Reicht mir Ohrstöpsel und Kopfhörer gegen den Lärm und verstaut meinen Rucksack unter der Bank. Als wir abheben, werfe ich einen Blick aus dem Fenster. Die Hütte ist nur noch eine schwarze Ruine, eine klaffende Wunde, aus der weißer Rauch quillt, der sich über die Lichtung senkt. Fast wie im Märchen.

»Wir dürfen nicht mit dir reden, ohne dass ein Erziehungsberechtigter dabei ist«, sagt eine Polizistin. Sie hat null Busen und eine kurze Männerfrisur. »Würdest du hier so lange warten?«

Als hätte ich eine Wahl.

Sie setzt mich auf ein pissgelbes Sofa, auf dem lauter steife Kissen liegen. Daneben stehen bunte Sessel. Mein Kunstlehrer wäre begeistert.

Ich muss eingenickt sein, denn ich zucke erschrocken

zusammen, als die Tür auffliegt und plötzlich Mama in den Raum läuft.

»Ich brauche wohl nicht zu sagen, dass du Hausarrest hast.«

»Frau Brodersen«, sagt die Frau ohne Oberweite, die direkt hinter ihr steht. »Erst müssen wir Klarheit haben, was ...«

Mama hört wie gewöhnlich nicht zu und stürmt mit erhobenem Zeigefinger auf mich zu. »Du bringst mich noch um. Ich verstehe nicht, was ...«

»Frau Brodersen!« Die Polizistin bittet sie, auf einem der Sessel Platz zu nehmen. »Hege. Vielleicht geben wir Jenny erst einmal die Gelegenheit, etwas zu sagen. Ohne Einmischung von Ihrer Seite.«

Mama murmelt was von bösem Omen, lässt sich auf einen der Sessel fallen und verschränkt die Arme vor der Brust. Schiebt ihren Po hin und her, während die Polizistin dasselbe auf ihrem Sessel macht. Da sitzen die alten Schachteln und starren mich mit halb offenen Mündern wie neugierige Hunde an.

Die Haut in meinem Gesicht glüht noch immer. Meine Augen brennen. Ich richte mich auf, strecke den Rücken. Bin so stark wie schon lange nicht mehr.

»Magst du uns erzählen, was da passiert ist?«, fragt die Polizistin.

Draußen dämmert es. Der Himmel ist blassblau. Schneeflocken wirbeln durch die Luft. Seltsam, denke ich, dass es mitten im Sommer schneit, bis mir klar wird, dass das wahrscheinlich Löwenzahnfallschirme sind. Sie schweben davon, wie ich es gerne tun würde.

Die Polizistin hat kein Notizbuch auf dem Schoß, will

wohl nur zuhören. An der Decke hängt aber so ein runder Apparat, bestimmt ist das eine Videokamera. Noah hat erzählt, dass in der Stadt jetzt überall diese Dinger hängen. Falls ich flüchten muss, sollte ich mich vor denen in Acht nehmen.

»Ich habe das Feuer gelegt«, sage ich mit fester Stimme. Mein Entschluss steht fest. Dieses Mal will ich nicht lügen. Wenn sie den Mann in der Hütte finden, zeige ich ihnen die Nachrichten, die er an mich geschickt hat, und erkläre, dass ich einen gefährlichen Verbrecher abgefackelt habe.

Dass mich alle ansehen, als wäre ich verrückt, tut nicht mehr so weh.

»Mein Gott«, jammert Mama. »Der ganze verfluchte Wald hätte abbrennen können. Haben dich deine kaputten Freunde dazu getrieben?«

Die Polizistin räuspert sich. »Du hast zu dem Feuerwehrmann gesagt, dich hätte jemand durch den Wald gejagt?«

»Gejagt?« Mama klingt jetzt wie eine Schauspielerin. Ihre Haltung ändert sich von Grund auf. Sie springt aus dem Sessel auf, kommt mit ausgestreckten Armen auf mich zu und setzt sich neben mich aufs Sofa.

»Mein kleines Mädchen, was ist denn passiert? Sind das diese Freunde?«

Ich drücke mich an sie.

»Könntest du …«, beginnt die Polizistin aufs Neue.

Mama unterbricht sie. »Das Mädchen hat ein traumatisches Erlebnis gehabt, ich würde sie jetzt gerne mit nach Hause nehmen.«

Ich sehe aus dem Fenster. Zwei Möwen folgen den Löwenzahnfallschirmen. Bald werde ich wie sie fliegen. Weg, weg, weg.

Die Polizistin lässt nicht locker. »Könntest du mit eigenen Worten erklären ...?«

Mit meinen eigenen Worten? Wessen Worte sollte ich denn sonst nehmen?

Dann spüre ich es. Das, was in mir rumort und mir Kraft gibt. Das allem, was ich nicht mag, die Stirn bietet. Das aber auch meine Augen blank und meinen Kopf so schwach macht wie Mamas.

»Mehr habe ich nicht zu sagen«, ringe ich mir ab.

»Denk noch mal nach«, sagt die Frau. »Ich will dich nicht unter Druck setzen, aber auch wenn du noch unter fünfzehn bist, können Sachen wie diese Konsequenzen haben. Und sollte irgendwann in der Zukunft noch einmal etwas passieren ... dann wird auch diese Tat berücksichtigt werden.«

Am liebsten würde ich ihr ins Gesicht schreien, dass mir das alles vollkommen egal ist.

Mama vereinbart mit ihr, dass wir uns in ein paar Tagen noch einmal melden. Draußen auf dem Flur steht ein Polizist. Er hat einen dicken Bart, trägt Uniform und sieht Mama und mir lange hinterher. Es ist derselbe, der bei uns zu Hause war, als ich abends jemanden im Garten gesehen habe.

Zu Hause packt Mama mich so hart am Arm, dass ich aufheule. »Au! Lass mich los!«

»Ich will dich erst wieder hier sehen, wenn es Essen gibt!« Sie schiebt mich auf den Flur und zeigt die Treppe hoch. »Warum um alles in der Welt tust du mir das an?«, zetert sie weiter. »Eine Hütte im Wald anzünden. Was hast du dir nur dabei gedacht?«

Ich streife die Sandalen ab. Gehe zur Treppe. Auf der dritten Stufe bleibe ich stehen und drehe mich um.

»Warum hat Papa dich verlassen?«

Ich weiß, warum, will sie aber leiden sehen.

Mama stottert. »Er, er ...«

Ich reibe mir den Dreck von den Armen. »Weil er uns nicht mehr liebt? Oder wollte er eine Jüngere als dich?«

Oben in meinem Zimmer schicke ich eine Nachricht an Noah.

Hast du noch weitere Jobs für mich? Ich brauche Geld.

62

Eine Stunde später klingelte ich völlig erschöpft bei Kristian. Als ich meine Schuhe von den Füßen streifte, fiel mein Blick auf einen kleinen militärgrünen Feldstecher auf der Kommode.

Ich schlich in Victorias Zimmer. Sie schlief. Wachte auch nicht auf, als ich ihr über den dunklen Flaum auf dem Kopf streichelte. Wann hatte sie mich das letzte Mal gesehen? Sanft legte ich meine Hand auf ihre Brust und versuchte mir vorzustellen, was ich tun würde, wenn sie plötzlich nicht mehr da wäre.

Alles. Absolut alles würde ich tun.

Ich wusch mir das Gesicht. Fuhr mir mit nassen Fingern durchs Haar und zog mir ein frisches T-Shirt und eine verknitterte Leinenhose an, die ich im Gästezimmerschrank gefunden hatte. Als ich in die Küche kam, nahm Kristian frische Garnelen aus dem Kühlschrank. Ich setzte mich auf einen der Barhocker, die wir zusammen auf einem Flohmarkt erstanden hatten. Er fand sie cool, ich grottenhässlich, aber es waren zugegebenermaßen die einzigen Barhocker, auf denen ich je bequem gesessen hatte.

Fünf Tage. Das war nichts.

»Hast du dir einen Feldstecher zugelegt?«, fragte ich.

Er schnitt Brotscheiben ab und pulte die Garnelen.

»Nein, der hing heute Morgen am Scheibenwischer meines Autos.«

Seine Worte trafen mich wie ein Faustschlag. Er war hier, folgte mir. Beobachtete mich wie ein Raubtier, das seine Beute einkreist.

»Merkwürdig«, sagte ich und versuchte krampfhaft, mir nichts anmerken zu lassen. »Da hat wohl jemand gedacht, dass das deiner ist.«

Von meinem inneren Kopfkino konnte ich Kristian nichts erzählen.

Er reichte mir einen Teller mit zwei Scheiben Brot, Garnelen und Mayonnaise. Beim Essen erzählte ich ihm von Olivia. Von der Mütze, die ich bei Hege gefunden hatte, und dem Verdacht gegen die drei Freunde von Jenny. Von Signes offensichtlicher Angst, als ich sie zu Hause aufgesucht hatte. Von der Wohnung mit der Retrolampe. Von dem Mann, der möglicherweise achtzehn Jahre lang unter dem Radar der Polizei junge Frauen ermordet hatte. Ich hatte viele Fehlentscheidungen getroffen. Grenzen überschritten, eigenmächtig gehandelt. Kristian davon zu erzählen, dem einzigen Mann, dem ich voll und ganz vertraute, kam mir nicht wie ein weiterer Verstoß vor.

»Die Passwörter auf Olivias Mac sind gehackt«, sagte ich. »Die über Social Media verlinkten Freundesgruppen werden überprüft. Handball, Schule, Clubs, in die sie geht.« Ich verstummte, als ich sah, wie er die Brotscheiben anstarrte. »Sorry. Es tut mir leid, dass ich nicht mehr Zeit hier verbringe, aber ...« Ich geriet ins Stocken. »Ich könnte es nicht ertragen, noch ein totes Mädchen im Schilf zu finden, mit dem Wissen, dass ich nicht genug getan habe.«

Ein Schatten huschte über sein Gesicht, als er mich

ansah. Distanziert, untypisch. So hatte ich ihn noch nie erlebt, so wollte ich ihn nicht erleben.

»Ich kann mir das nicht länger ansehen«, sagte er mit einem viel zu lange unterdrückten Schmerz in der Stimme.

»Was meinst du?«

»Wie du dich quälst. Die Verzweiflung. Du musst endlich damit abschließen.«

»Ich weiß.«

»Der Preis ist viel zu hoch.«

Das stimmte.

»Was wisst ihr?«, fragte er. »Über den Abend?«

»Olivia wollte zur Sporthalle. Ihrer Mutter hat sie gesagt, dass sie zum Training geht, aber dort ist sie nicht aufgetaucht.«

»Und da bist du sicher?«

»Was meinst du? Mit dem Training?«

»Wieso bist du so sicher, dass sie nicht dort war?«

Ich zog trotzig die Schultern hoch, schob mir die perfekten Garnelen in den Mund. »Ich nehme mal an, dass sie den Trainer befragt haben.«

»Du nimmst es an? Bjørk Isdahl, die cleverste Frau, die ich kenne, nimmt an, dass der Trainer befragt wurde.«

Seine Worte trafen mich hart und wärmend zugleich. Im Hausflur lief jemand die Treppe herunter. »Ich muss doch darauf vertrauen können, dass …«

Kristian lachte abgehackt. »Du traust doch sonst niemandem? Reiß dich zusammen, Bjørk. Das kannst du besser.«

In meinem Magen begann es zu kribbeln, worauf wollte er hinaus?

»Schnapp ihn dir«, sagte Kristian. »Schließ den Fall ab.«

63

In der Halle roch es nach Harz, Leder und Tigerbalsam. Gummisohlen quietschten über den Vinylboden. Übertönt von lautem Stöhnen und gegen die Wand klatschenden Bällen.

Der Trainer richtete sich auf, stemmte die Hände in die Seiten.

»Die Polizei war schon hier. Sie war nicht beim Training.«

»Wann haben Sie sie zuletzt gesehen?«

»Sind Sie Polizistin?«

»Profilerin beim Kriminalamt.«

Er ließ die Arme sinken. »Beim Kriminalamt? Heißt das, dass Olivia …«

»Wann haben Sie sie das letzte Mal gesehen?«

Er kratzte sich am Kopf, ging hinüber zu der Trainerbank und nahm eine Spraydose.

»Das dürfte beim Training letzte Woche gewesen sein.«

»Und außerhalb des Trainings?«

Ein Mädchen mit langem Pferdeschwanz kam zu uns, streckte dem Trainer ihre Hände entgegen und wartete, bis er ihre Handflächen eingesprüht hatte.

»Ich führe kein Protokoll, wann ich die Mädchen irgendwo sehe.«

Zwei große, unnatürlich dünne Mädchen blickten zu

uns herüber, schienen unserem Gespräch zu folgen. Ich winkte sie zu mir. Hielt ihnen das Bild von Olivia hin.

»Ist sie verschwunden, oder was?«, fragte die eine, spitzes Gesicht und schmaler Mund.

»Wie kommst du darauf?«

»If you liked it, then you should have put a ring on it«, sang die andere, ehe ihre Freundin antworten konnte.

Beide kicherten.

»Was willst du damit sagen?«, fragte ich und ihr Lachen erstarb.

Das eine Mädchen zog demonstrativ langsam die Schulter hoch. »Ach, nur so. Warum? Dachte halt, sie wäre durchgebrannt.«

Ein Stück über uns sprang eine Frau von ihrem Platz auf und feuerte ein Mädchen an, das gerade den Ball aufs Tor pfefferte.

»Hören Sie«, sagte der Trainer. »Unser letztes Spiel geht gleich los. Ich wurde bereits von der Polizei befragt und ...«

»Ist Ihnen in letzter Zeit irgendetwas Ungewöhnliches aufgefallen?«, fragte ich. »Etwas, das Sie vorher nicht weiter beachtet haben, das aber ...«

»Sie war nicht mehr so aktiv beim Training«, sagte er. »Kam und ging, wie es ihr passte. Und dann hat es wohl die eine oder andere Kabbelei mit den anderen Mädels gegeben.«

»Kabbelei?«

»Es zeugt nicht gerade von Teamgeist, kurz vor einem wichtigen Spiel das Training zu schwänzen. Aber ich muss Sie jetzt wirklich bitten zu gehen. Das Spiel geht gleich los. Ich muss noch ...«

»Es geht hier nicht darum, was Sie müssen«, sagte ich.

»Ein Mädchen ist verschwunden, das zuletzt auf dem Weg zum Training gesehen wurde. Ich wäre Ihnen also sehr dankbar, wenn Sie noch einmal genau nachdenken würden.«

Die Schärfe in meiner Stimme ließ ihn stehen bleiben. Er kniff die Augen zusammen.

»Sie glauben doch nicht etwa, dass …?«

»Könnte sie in der Umkleide gewesen sein, ohne dass Sie sie gesehen haben?«, fragte ich.

»Natürlich. Was die Mädels da treiben, kriege ich nicht mit.«

»Danke«, sagte ich. »Wäre es in Ordnung, wenn ich mich dort mal umschaue?«

Er zeigte in Richtung der Mädchenumkleide. Ich überlegte kurz, was wohl die Polizei und Abs dazu sagen würden, wenn sie mitbekamen, dass ich hier Fragen stellte. Dann sah ich noch einmal zur Tribüne hoch. In der hinteren Ecke steckten zwei Frauen die Köpfe zusammen, als würden sie Geheimnisse austauschen. Eine von ihnen war Signe.

Die schwere Tür zur Umkleide quietschte geräuschvoll, als ich sie hinter mir zuzog. Der Boden war bedeckt von Sporttaschen, Klamotten, Shampooflaschen und Deos. Von Puderresten beige Schminkbeutel, dazu der Geruch von Putzmittel und Urin.

Hinter der mittleren Schrankreihe war aufgeregtes Flüstern zu hören.

»Muss auflegen. Da kommt jemand.« Ein paar Sekunden später: »Hörst du nicht, was ich sage, die Polizei … garantiert …«

Ich blieb stehen. Das Mädchen mit dem spitzen Gesicht schaute um die Schrankecke.

»Kennst du sie gut?«, fragte ich.

»Olivia?«

»Ja.«

»Ist sie verschwunden?«

»Das wissen wir noch nicht sicher. Was glaubst du?«

»Keine Ahnung.«

Ich sah das Handy an, dass sie krampfhaft umklammert hielt. »Du machst dich möglichweise strafbar, wenn du in einer Vermisstenermittlung lügst.«

Das Mädchen wog blitzschnell das Für und Wider ab.

»Ich weiß nicht, wo sie ist, ehrlich.«

»Aber du weißt etwas?«

Das Mädchen zögerte. »Olivia hat mich gebeten, dicht-zuhalten.«

»Du könntest uns helfen, sie zu finden.«

Das Mädchen schaute auf ihr Handydisplay.

»Irgendwas war seltsam.«

»Was meinst du damit?«

»Ich glaube, sie wollte was sagen, hat sich aber nicht getraut. Aus Angst, dass das zum Sachbearbeiter durch-sickert.«

»Was für ein Sachbearbeiter?«

»Kinder-Jugend-Psychiatrie. Sie versucht, ihr Leben in den Griff zu kriegen.«

»Und was befürchtet sie, könnte herauskommen?«

Das Mädchen atmete schwer. Schaute immer wieder zur Tür. »Das hab ich sie irgendwann auch direkt gefragt.«

»Und?«

»Der war voll creepy.«

»Der?«

»Ihr neuer Typ.«

»Tao?«

»Nein, Quatsch. Tao ist total süß. Olivia hat jemanden kennengelernt, einen Erwachsenen, über den sie nicht viel erzählen wollte.«

Britt hatte erwähnt, wie viel Angst Olivia nachts manchmal gehabt hatte und wie aufgedreht sie gewesen war, wenn sie ihren Freund treffen wollte. Und Olivia hatte erzählt, dass er sie abends oder nachts nach Hause fuhr.

»Wer ist der Mann?«, fragte ich.

»Wie schon gesagt, sie hat nichts erzählt.«

»Weißt du, wie sie ihn kennengelernt hat?«

»Keinen Schimmer.«

»Warum fandest du ihn creepy?«

Sie kaute auf den Nägeln. »Vor ein paar Tagen hat er wohl was gesagt. Als ihre Katze verschwunden ist. Da hat sie beschlossen, mit ihm Schluss zu machen.«

»Aha?«

»Olivia war total down, der Typ meinte aber nur, dass sie sich nicht so anstellen soll. Dass der Natur eine … Eleganz innewohnte, in der die Dinge enden.«

»Eleganz?«

»Ich glaube, das Wort hat er gebraucht. Dann hat er noch was von der Notwendigkeit gefaselt, *den Ungeeigneten Leid zu ersparen*. Keine Ahnung, was das bedeuten soll, aber es hört sich nicht gut an.«

Es rieselte mir kalt den Rücken hinunter.

»Es ging doch nur um ihre Katze«, sagte das Mädchen. »Die war nicht krank, nur weg.«

64

Fünf Tage. Handball war ein weiterer gemeinsamer Nenner. Lyra, Henriette und Olivia waren aktive Handballerinnen. Vor der Halle schrieb ich Rita eine Nachricht.

Hat Jenny Handball gespielt?

Dann rief ich Abs an, um ihm zu berichten, was das Mädchen gesagt hatte. Er ging nicht dran, also sprach ich ihm eine Nachricht aufs Band.

Als ich Stimmen hörte, zog ich mich in den Schatten zurück.

Zwei Frauen kamen heraus und zündeten sich Zigaretten an.

»Wo ist Signe hin?«, fragte die eine.

»Weiß nicht, sie musste los. Eins der Kinder ist wohl krank.«

»Sie sieht echt fertig aus, findest du nicht?«

»Furchtbar.«

»Habt ihr Kontakt?«

»Ich hab sie letzte Woche mal besucht. Die Kinder waren bei ihren Vätern, und Signe war sturzbetrunken. Hat ziemlich wirres Zeug gefaselt. Hat auf mich echt paranoid gewirkt.«

»Gott, wie tragisch. Glaubst du, sie hat was mit dem Verschwinden zu tun?«

»Mit dem verschwundenen Mädchen? Jenny?«

»Ja. Mit dem Handball ist es danach bei ihr ja den Bach runtergegangen. Da muss doch was passiert sein.«

»Ich glaub, das sind Gerüchte. Aber das mit Jenny ist ihr an die Nieren gegangen.«

Die Frau zündete sich eine neue Zigarette an, noch hatten sie mich nicht bemerkt.

»Ich musste sie ins Bett bringen, als ich bei ihr war.«

»Jeezus, wie peinlich.«

Als die Frauen zurück in die Halle gingen, versuchte ich es noch einmal bei Abs. Es dauerte eine Ewigkeit, bis er antwortete. Im Hintergrund waren Stimmengewirr und laute Musik zu hören.

»Wo erwische ich dich?«, fragte ich.

»Ich musste raus.«

Seine schleppende Stimme brachte mich darauf. Er war in einem Pub. Uns blieben noch fünf Tage, Olivia zu finden, und er betrank sich in einem Pub?

»Wo steckst du?«, hakte ich nach.

»Mysterud.«

Der Pub war nicht weit von meiner Wohnung, aber meilenweit vom Kriminalamt und der Wohnung von Abs' Frau entfernt. Laute Stimmen und Gläserklirren schlugen mir entgegen, als ich die schwere Holztür aufschob. Von Bier- und Weindunst gesättigte Luft. Ich ließ den Blick durch den Raum schweifen, konnte ihn aber nirgends entdecken. Weiter hinten im Lokal fand ich ihn schließlich zusammengesunken an einem Ecktisch, die Hände um ein halb geleertes Bierglas gelegt. Vor ihm auf dem Tisch lag ein Stapel Fotos. Er sah verlassen aus, ein Wort, das mir bezogen auf ihn noch nie in den Sinn gekommen war.

»Solltest du nicht vielleicht besser schlafen?«, fragte ich.

»Auf Heges Kontoauszügen sind Abbuchungen eines Clouddienstes«, sagte Abs. »Es würde mich nicht wundern, wenn alle Beweise gegen die drei dort zu finden wären.«

»Aber du grübelst doch nicht deswegen hier über deinem Bier«, sagte ich.

Er hob den Kopf. Schob den Fotostapel über den Tisch. Ich setzte mich. Zog die Fotos heran. Das Stimmengewirr verschwand weiter im Hintergrund, als mir klar wurde, dass er etwas gefunden hatte.

Meine Stimme war heiser. »Was hast du?«

Er nickte in Richtung der Bilder, trank einen Schluck Bier. Ich hielt die Fotos dichter unter die Lampe, blätterte den Stapel rasch durch. Zu sehen waren die Fundorte von Lyra und Henriette. Aber das waren keine Fotos von nackten Frauenleichen, Schilf und gelben Ohrmarken. Das waren Fotos von den dort versammelten Menschen. Journalisten und Schaulustige, die es immer an den Ort grausamer Verbrechen zog. Und eine Person war an beiden Fundorten zu sehen.

65

Jenny, 2006

Signe, Anders, Noah und ich. Wir gehen durch den Park unterhalb vom Wald, als wir Jacob sehen. Er starrt nach oben und hält etwas Schwarzes, Kastiges zwischen den Händen.

Ich trage eine abgeschnittene Flickenshorts und ein von Signe geerbtes Top. Mit einer Hand über den Augen, um die niedrig stehende Abendsonne abzuschirmen, folge ich Jacobs Blick. Hoch oben am Himmel fliegt ein Modellflugzeug. Man hört ein schwaches Brummen, unterbrochen von begeisterten Ausrufen Jacobs. Zwischendurch guckt er zu dem Weg am Rand des Parks. Zu den Autos, die dort in einer langen Reihe parken. Speziell zu einem grünen mit Ladefläche und dreckigen Reifen. In dem Auto scheint jemand zu sitzen, jedenfalls sind die Scheiben unten. Aber es ist zu dunkel, um die Person zu erkennen.

Noah zeigt zu einem Platz unter einer großen Eiche. Wir setzen uns, und Signe zieht eine kleine Flasche aus ihrer Tasche.

»Willst du nicht noch'n bisschen warten?«, sagt Anders. »Oder ist wieder Krise angesagt?«

Er ist irgendwie mehr gegen sie eingestellt als sonst. Kommt immer öfter mit spitzen Seitenhieben, besonders zum Alkohol. Signe funkelt ihn wütend an. Schraubt den

Verschluss von der Flasche, nimmt einen Schluck und steckt die Flasche wieder ein.

Keiner von uns sagt etwas. Alle schauen zu Jacob hinüber, der mit dem schwarzen Kasten in den Händen und dem Blick himmelwärts gerichtet über den Rasen läuft.

Ich habe Jacob noch nie mit anderen Freunden gesehen. Signe auch nicht, wenn ich darüber nachdenke. Sie hat mir noch nie erzählt, was sie nach der Schule machen will, und bei dem Gedanken fällt mir auf, dass sie auch noch nie über andere Freundinnen gesprochen hat. Klar, sie hat die Mädels vom Handball, aber in der Freizeit habe ich sie noch nie zusammen mit denen gesehen. Immer nur mit Noah und Anders.

Signe ist so schön, dass es wehtut. Die Handballerinnen sind bestimmt neidisch auf sie. Mir fällt der Abend wieder ein, als sie mich eingeladen hat und ihre Mutter an der Tür zu mir meinte, dass die Mädchen vom Handball bei ihr wären. Das kann doch nur eine Lüge gewesen sein. Da war überhaupt niemand.

Die Tür des grünen Wagens geht auf. Ein Mann steigt aus. Er geht auf Jacob zu, der breit grinst. Er ruft etwas, zeigt auf das Modellflugzeug. Der Mann legt eine Hand auf Jacobs Schulter, und ich sehe erstaunt, wie Signe, Noah und Anders ihn anstarren.

Irgendwie liegt etwas Beunruhigendes in der Art, wie Jacob und der Mann miteinander reden, auch wenn ich es nicht benennen kann. Signe und die Jungs sehen es auch. Dann fällt der Groschen. Ist das etwa sein biologischer Vater? Der das Haus angesteckt hat, in dem Jacobs Mutter geschlafen hat?

66

Die Klingel schrillte wie ein Alarm. Weniger als eine Stunde, nachdem ich angerufen hatte, stand er mit einem Pizzakarton vor der Tür.

»Wahnsinn«, flüsterte Jacob und starrte an die Wand mit dem Ermittlungsmaterial.

Ich stand direkt hinter ihm. Das Foto von Olivia hatte ich abgenommen. Ebenso die Bilder mit den Ohrmarken und den Mädchen in der Wohnung mit der Retrolampe. Alles an der Wand handelte nur noch von dem Doppelmord, bei dem die meisten Informationen bekannt waren.

Ich nahm ihm den Karton aus den Händen. »Du darfst mit keinem Außenstehenden darüber reden. Sonst muss ich dich leider umbringen.«

Jacob starrte an die Wand. Nickte. Seine weit aufgerissenen Augen verrieten mir, dass er nicht sicher war, ob er mir glauben sollte. Es vergingen ein paar Sekunden, bis er sich wieder gesammelt hatte, das Portemonnaie aus der Tasche nahm und mir die Quittung reichte. Ich nahm sie entgegen und sah auf das Foto, das unter der Plastikhülle steckte. Er selbst und die Frau mit der Pixie-Frisur.

Es versetzte mir irgendwie einen Stich. »Süß. Wohnt ihr zusammen?«

»Ja, also ...«, murmelte Jacob. »Mal so, mal so.«

»Wie bei Kristian und mir.«

»Sie hätte gern ein Haus auf dem Land.« Jacob sah wieder an die Wand. »Erzähl mir von den beiden.«

Ich reichte ihm eine Serviette und ein Pizzastück und ärgerte mich über meinen Kommentar über seine Freundin. Er nahm die Pizzaecke etwas unbeholfen an, drehte sich zum Karton, in dem noch mehr Servietten lagen, nahm zwei und legte sie unter das Pizzastück.

»Wie zu sehen ist, sind sie sich äußerlich ziemlich ähnlich«, begann ich und nahm ebenfalls ein Stück. »Sie werden als sensible, nette Mädchen beschrieben, die ihre Probleme vor den anderen versteckten.«

Jacob kaute und auch ich biss in meine Pizza.

»Was denkst du darüber?«, fragte ich.

Er bewegte die Schultern vor und zurück, trat näher an die Wand. »Bei der Untersuchung der Gehirne von Gewaltverbrechern sehen wir häufig anormale Muster, was Impulskontrolle, Aggression und Empathie angeht.«

»Und das heißt?«

»Es gibt eine positive Korrelation zwischen einer verringerten Aktivität in den Frontallappen, die die kognitive Kontrolle und Urteilskraft steuern, und der Neigung zu gewalttätiger Kriminalität.«

»Weiß man, woher das kommt?«

»In der Regel ist es zurückzuführen auf Traumata in der Kindheit. Vernachlässigung oder Misshandlung sind ziemlich häufig. Die meisten dieser Männer haben schwierige Mütter.«

»Oder sie sind Opfer eines Übergriffs geworden und kopieren den Täter?«

»Auch das, ja.«

»Der Täter oder die Täterin kann sich in ihnen wiedererkannt haben«, sagte ich kauend. »Vielleicht hat er oder sie sie als leichte Opfer angesehen.«

Was das Mädchen in der Handballumkleide gesagt hatte, deutete darauf hin, dass die Psyche deutlich komplizierter war, aber das musste Jacob nicht wissen.

Er sah mich an. »Täterin?«

»Im Gespräch mit Außenstehenden muss ich mich davor hüten, den Betreffenden irgendetwas in den Mund zu legen«, sagte ich. »Aber du hast recht, in der Regel ist es ein Mann.«

Ich dachte an die Fotos, die Abs mir gezeigt hatte. Ich musste meine Worte jetzt besonders sorgfältig wählen und möglichst natürlich klingen.

»Neben ihrem Aussehen, das ihn angesprochen hat, ging er vermutlich davon aus, dass sie kaum Widerstand leisten würden.«

Jacob schüttelte den Kopf. »In dem Punkt bin ich anderer Meinung. Leider haben wir es häufig mit Tätern zu tun, die ihre Opfer nach Besonderheiten aussuchen, die unbewusste neurologische Präferenzen oder Abweichungen ansprechen.«

»Was heißt das genau?«

»Zum Beispiel, dass eine Person, also ein Täter, neurobiologische Störungen im Bereich von Sexualität und Aggression hat. Solche Individuen fokussieren sich bei der Suche nach ihren Opfern häufig auf das Alter oder bestimmte äußerliche Merkmale, die pathologische Impulse auslösen.«

»Fehlschaltungen im Gehirn sollen dafür verantwortlich sein, dass ein bestimmter Mädchentyp bevorzugt wird?«

Ich dachte an die Instagram-Bilder aus der Wohnung. Die stark geschminkten Mädchen streckten dem unbekannten Fotografen bunte Drinks entgegen. Ich fragte mich, ob die Polizei nach meinem Rauswurf noch mehr gefunden hatte. Mögliche Hinweise auf die Lage der Wohnung oder einen Lampenhändler. Irgendjemand musste diese Dinger ja produziert haben.

»Die beiden gierten danach, gesehen zu werden«, sagte ich. »Wollten ihm vielleicht gefallen.«

Jacob nahm einen Zahnstocher aus der Tasche und steckte ihn in den Mund. Wandte sich ab. Männer mit Zahnstochern erinnerten mich immer an Ellingsen.

»Vielleicht hat er sie dehumanisiert«, sagte Jacob.

Das stimmte. Er hatte sie mit verletzten Tieren verglichen.

»Aber da muss noch mehr sein«, fuhr er fort. »Man überzeugt ein Mädchen nicht so leicht, mit einem nach Hause zu kommen.«

Jetzt war ich anderer Meinung. »Es kommt durchaus vor, dass Mädchen schon nach kurzer Zeit zu Männern nach Hause gehen.«

Jacob verdrehte die Augen. »Guter Punkt. Aber dann muss dieser Mann etwas Interessantes an sich haben.«

»Vielleicht hat er die Mädchen auf eine Art angesprochen, die sie nicht gewohnt waren?«

»Vermutlich nicht nur das. Ich glaube, es handelt sich um eine Person mit einem gewissen Status. Und den nutzt er, indem er ihnen so viel Aufmerksamkeit schenkt, dass er sich sicher sein kann, sie an der Angel zu haben. Er bringt sie dazu, sich wie Königinnen zu fühlen.«

Mir kam auf einmal in den Sinn, dass Hege irgendwann

gesagt hatte, Jenny hätte ihre ältere Freundin wie eine Göttin verehrt.

»Das kann zur Besessenheit werden«, sagte ich und dachte an meine Jugend. Für einige meiner älteren Freunde hätte ich alles getan.

Wir standen vor meiner Wohnzimmerwand. Betrachteten sie schweigend.

»Warst du da?«, fragte Jacob auf einmal. »Am Tatort?«

Mein Atem stockte. »Ja. Das heißt, nein, ich war am Fundort.«

»Beschreib ihn mir.«

»Wie meinst du das?«

»Wie sah es dort aus?«

Ich schluckte. Die Pizza rumorte in meinem Magen, trotzdem erzählte ich von den bleichen Körpern im Wasser. Wie ihre Haare sich zwischen den Schilfhalmen ausgebreitet hatten. Dass es so aussah, als hätte er sie einfach weggeworfen. Wie Abfall.

»DNA?«

»Kontaminiert.«

»Trotzdem ein Risiko«, sagte er. »Er hätte sie ins Meer werfen können.«

»Das wollte er nicht«, sagte ich. »Er wollte, dass sie gefunden werden.«

Jacob wischte sich mit der Serviette den Mund ab. Bewegte den Oberkörper hin und her. »Ein gewöhnlicher narzisstischer Persönlichkeitszug kombiniert mit mangelnder Empathie. Solche Personen finden eine perverse Befriedigung darin, wenn sie für ihre Handlungen berühmt werden. Manchmal haben wir es dabei mit einem überaktiven

Zentrum im Gehirn zu tun, das zuständig ist für Belohnung und Selbstfokussierung.«

»Und wie kann ich ihn finden?«

Es ärgerte mich, dass ich nichts von den Ohrmarken sagen durfte. Nur die in die Ermittlung involvierten Personen wussten davon.

»Wie nah seid ihr ihm denn?«, fragte Jacob.

»Ich würde gerne sagen, dass sich die Schlinge um ihn immer enger zieht«, sagte ich, hörte das Summen des Handys und sah, dass Rita geantwortet hatte.

Jenny hat, soweit ich weiß, nicht Handball gespielt.

Verdammt. Aber das musste nichts zu bedeuten haben.

»Warte mal«, sagte Jacob und reckte einen Finger in die Höhe.

Etwas an seiner Haltung ging mir direkt bis ins Mark.

»Was? Siehst du etwas?«

Er antwortete nicht gleich. Zeigte auf Lyra und Henriette und zeichnete eine unsichtbare Linie zwischen ihnen. Als er endlich den Mund aufmachte, war seine Stimme rau und zurückhaltend. »Ist es möglich, herauszufinden, ob die DNA tatsächlich vom Täter stammt? Ich meine, weiß man so etwas?«

Alle Luft entwich aus dem Raum, als mir klar wurde, was er damit andeutete.

»Du meinst, das biologische Material könnte mit Absicht dort platziert worden sein?«

»Das waren anständige Mädchen, hast du gesagt. Die gehen nicht einfach so mit irgendwem nach Hause.«

»Stimmt, aber …«

»Wem würden sie vertrauen?«

Ich verstand, worauf er hinauswollte. Dachte an die

Fotos, die Abs mir gezeigt hatte. An die Gruppe Menschen, die vor dem rot-weißen Absperrband zusammengelaufen war. Die meisten davon Journalisten oder Fotografen der wichtigsten Zeitungen. Das war an jedem Fundort mehr oder weniger dasselbe. Nachdem ich alle Gesichter gescannt hatte, war es mir aufgefallen: Eine Person hatte dort nichts verloren, und sie war an beiden Orten aufgenommen worden.

Plötzlich hatte ich einen sauren Geschmack im Hals.

»Eine Frau«, sagte ich. »Eine, die sie kannten.«

Eine, die sie wie eine Göttin verehrt hatten.

Signe.

67

»Was ist leichter?«, fragte einer der Männer, die eigentlich sonst nie etwas sagten. Er lehnte sich auf seinem Stuhl zurück und legte die Hände in den Nacken, wie Leif es immer tat. »Zu lieben oder zu hassen?«

Zwei Tage waren seit Olivias Verschwinden vergangen, und am liebsten hätte ich diese Stunde abgesagt.

Leif schnaubte. »Ist das nicht klar? Liebe braucht Vertrauen, Engagement. Man muss an Geburtstage denken, die Klobrille, und beim ersten Date an die blöden Songs aus den Charts. Zum Hassen brauchst du nur irgendeinen Idioten, der sich in der Schlange vordrängelt, und schon … bamm!«

Die anderen lachten leise.

Leif streckte den Rücken. »Hass ist wie Urlaub.«

»Ich weiß nicht«, sagte der andere. »Das kann ziemlich schnell zu einem schlechten Mieter werden, den du nicht mehr loswirst.«

»Das trifft aber auch auf meine Frau zu«, murmelte ein anderer.

»Aber hin und wieder kriegst du doch wohl auch was Schönes, oder?«, fragte Leif. »Sonst solltest du sie schleunigst rausschmeißen.«

»Nun, im Augenblick sehe ich sie nur einmal im Monat.«

Der Geräuschpegel stieg. Ich sah auf die Uhr an der

Wand. Vier Tage, bis Olivia mit einer dreieckigen Ohrmarke im Schilf am Ufer des Øyeren lag. Ich dachte an das, was ihre Mutter gesagt hatte. Dass sie abends voller Panik gewesen war und am nächsten Morgen dann vor Energie und Optimismus nur so gesprüht hatte. Wegen ihm? Ungewöhnlich wäre das nicht. Viele Männer machen Frauen Angst oder beunruhigen sie, um sie dann wieder zu trösten, sodass sie sich sicher fühlen.

Vier Tage. Ich wippte nervös mit dem Fuß. »Was tut ihr, um Liebe zu bekommen?«

Leif rutschte auf seinem Stuhl herum. »Bisschen kompliziert mit Tinder von hier aus.«

»Ich meine, wenn ihr jemanden trefft, den ihr mögt, was unternehmt ihr, um Wärme zu spüren, Liebe?«

War Olivia bereits vergewaltigt worden? Geschlagen? Wusste sie, was geschehen würde?

»An Geburtstage denken, die Klobrille, die Scheißmusik beim ersten Date«, sagte Leif und lachte so heftig, dass seine Brust bebte.

»Ernsthaft«, sagte ich. »Was tut ihr?«

»Nichts«, sagte Leif. »Frauen mögen Bad Boys.«

»So tun, als wären sie mir egal«, sagte ein anderer. »Dann hängen sie wie ein Schlips an deinem Hals.«

»Ist so ein Spiel nicht anstrengend?«, fragte ich.

»Das ganze Leben ist anstrengend«, sagte Leif. »Das Monster bin ich.«

»Denken wir daran, warum wir hier sind«, sagte ich. »Wenn die Vergangenheit, die Jugend, die Traumata und damit die Wut zu einer Zwangsjacke werden, was bedeutet das dann?«

»Dass man ein Sklave ist«, sagte Leif. »Das Pendel

schwingt dann endlos hin und her zwischen Grandiosi-
tät und Selbstverachtung. Dieser Zyklus nimmt kein Ende.
Man sitzt in der ersten Reihe, sieht zu, wie alles den Bach
runtergeht, und kann nichts daran ändern.«

68

Es wurde grün und Abs bog in Richtung Rikshospital in Nydalen ab, wo das Institut für Rechtsmedizin lag. Er sah deutlich frischer aus, hatte die Haare gewaschen und ein sauberes Hemd angezogen.

Es fühlte sich wie früher an, vor drei Jahren. Abgesehen davon, dass ich damals ein vollwertiger Teil des Teams gewesen war, während ich jetzt nur mit einem Bein auf dem Trittbrett stand.

»Signe und Anders haben beide ein Alibi«, sagte er, als wir durch die Tür des Instituts gingen. »Wir können sie beide mit ziemlich wütenden E-Mails an Hege in Verbindung bringen, nicht aber mit der Tat.«

»Was haben sie gesagt?«

»Was Anders angeht, lautet die Essenz wohl, dass wir mit Noah reden sollen, dem Kumpel von damals. Wir haben in dem zwei Stunden langen Verhör nur aus ihm rausbekommen, dass er am Abend von Heges Verschwinden zu Hause war und Netflix geschaut hat.«

»Kann das jemand bestätigen?«

»Er wohnt bei seinen Eltern, und ja, die bestätigen, dass er an dem Tag auf die Lieferung eines neuen Computers gewartet hat.«

»Haben sie ihn gesehen oder nur Geräusche gehört?«

»Sie geben an, ihn gesehen zu haben.«

»Und wie sieht es mit dem Abend aus, an dem Olivia verschwand?«

Er verzog den Mund. »Anders behauptet, nichts zu wissen.«

»Was hat Anders sich angesehen?«, fragte ich.

»Etwas über einen Typ, der für einen Mord verurteilt wird, den er nicht begangen hat.«

Ich verdrehte die Augen. »Und Signe?«

»Signe ist vorläufig als Person registriert, die sich auffällig für die Fundorte interessiert hat.«

»Sie kannte sowohl Lyra als auch Henriette vom Handball, oder? Und sie war mit Jenny befreundet.«

Abs schüttelte den Kopf. »Signe Davidsen spielt schon seit Jahren kein Handball mehr. Sie ist vor mehr als sechzehn Jahren aus der Mannschaft geflogen. Es ist nicht sicher, dass sie außer Jenny jemanden kannte. Auch Olivia nicht.«

Aber ich hatte sie in der Halle gesehen. Und die anderen schienen sie zu kennen.

»Und die Spuren im Wald?«

Die Tür zum Obduktionssaal ging auf, weißes Neonlicht strahlte ihnen entgegen. Die Rechtsmedizinerin war eine resolute Frau mit grünem Kittel und einer dicken stahlgrauen Mähne unter dem Haarnetz. Sie führte uns in einen sterilen Raum, in dem es nach Erde, Tannennadeln und Verwesung roch.

An einer Wand stand ein stählerner Rolltisch mit diversen Instrumenten, darunter eine Knochensäge. Auf dem Tisch daneben lag Hege.

Der Schädel war geöffnet und der nackte bläuliche Körper gereinigt worden. Von der Brust bis zum Nabel und weiter nach unten bis zum Venushügel führte der charakteristische Y-Schnitt. Die Wunden im Gesicht waren getrocknet. Die Augen waren verdeckt, trotzdem musste ich an die Krähen denken. Auf der rechten Seite der Stirn ein Loch. Dort war die Kugel in den Kopf eingedrungen.

»Ich bin gerade fertig geworden«, sagte die Rechtsmedizinerin. »Ein paar biochemische Proben stehen noch aus, aber in einer Stunde wird sie nach Ullevål gebracht. Wo soll ich anfangen?«

»Die Todesursache liegt wohl auf der Hand?«, fragte Abs.

Die Rechtsmedizinerin drehte Heges Kopf etwas zur Seite. »Ein Schuss in den Kopf. Durchs Stirnbein. Der Schusskanal führt erst durch die rechte Hirnhälfte, ändert dann aber die Richtung, sodass die Kugel um zwei Zentimeter verschoben am Hinterkopf wieder austrat. Das ist nicht ungewöhnlich. Und der Schuss war tödlich, ja. Ich rechne damit, dass Sie die Kugel ganz in der Nähe gefunden haben?«

»Ja«, sagte Abs. »Neun Millimeter. Sie ist noch in der Ballistik.«

»Weiter?«

Abs nahm den Blick nicht von der Toten. »Fingerabdrücke am Körper?«

»Nur ihre eigenen. Vielleicht ist da aber was durch die Tierbisse entfernt worden.«

»Mageninhalt?«

Die Rechtsmedizinerin nahm ein iPad, hielt es vor sich und strich mit dem Finger über den Bildschirm. »Reste von Elchfrikadellen und Kartoffelgratin. Rotwein.«

»Nudeln?«, fragte ich.

»Ja, auch ein kleiner Rest Nudeln. Ansonsten war sie stark dehydriert.«

»Wie sieht es mit Betäubungsmitteln aus?«, fragte Abs. »GHB oder Ähnliches?«

»Die Konzentration ist unauffällig. Es gibt keine Anzeichen, dass ihr etwas verabreicht wurde. Jedenfalls keine narkotischen Stoffe.«

»Dann war sie die ganze Zeit bei Bewusstsein«, sagte Abs. »Laut dem Bericht der Kriminaltechnik ist sie gerannt, vermutlich wurde sie durch den Wald gejagt.«

Die Rechtsmedizinerin sah auf Heges Beine. »Das passt zu den Wunden an Armen und Beinen, ja.«

»Der Täter muss ihre Schmerzen gesehen haben«, sagte ich. »Er musste die Angst in ihren Augen wahrgenommen und trotzdem geschossen haben. Kann Hege vor Angst ohnmächtig geworden sein?«

Ein Teil von mir hoffte, dass sie in den letzten Minuten ihres Lebens nicht bei Bewusstsein war.

Die Rechtsmedizinerin verzog den Mund. »Schwer zu sagen. Ich will nicht spekulieren, aber die Vertiefungen in der Haut an den Knien deuten darauf hin, dass sie eine Weile gekniet hat. Wollen Sie die Nahaufnahmen sehen?«

Sie hielt ihnen das iPad hin.

»Wollen Sie damit sagen …?«

»Ich denke, dass sie gekniet hat, als sie erschossen wurde.«

»Verdammt.«

Abs rieb sich übers Gesicht. Dann zog er die Stirn in Falten und sah mich an. Ich verzog keine Miene.

Die Rechtsmedizinerin gab uns ein Zeichen, näher an den Tisch heranzutreten, und hob Heges Haare an.

»Sehen Sie hier«, sagte sie und zeigte auf eine Stelle über der rechten Schläfe. »Rindenreste lassen vermuten, dass sie einen kräftigen Schlag seitlich gegen den Kopf bekommen hat.«

Abs hob den Kopf. »Meinen Sie, dass sie gegen einen Baum gelaufen ist, oder dass sie mit einem Stock geschlagen wurde?«

»Wie schon gesagt, ich möchte nicht spekulieren. Aber ein Schlag mit einem Stock wäre vermutlich härter ausgefallen.«

Ich stellte mir Hege im Wald vor, auf der Flucht vor mehreren Personen. Und ich dachte an ein Erlebnis, das ich als Kind hatte. Wir waren zu Besuch bei einem Freund von Papa, wo ein paar Riesentruthähne auf uns losgingen. Man hatte mich vor ihnen gewarnt, aber ich hatte keine Ahnung, wie schnell diese Viecher laufen können. Beim Weglaufen musste ich mir auf die Zunge gebissen haben, vielleicht auch wegen der verrückten Schreie dieser Tiere. Ich war so erleichtert, dass Papa mich in seinen Armen auffing, bevor die Viecher mich erreichen konnten. Die Angst, in Stücke gehackt zu werden, saß noch heute in meinem Körper.

»Sonst noch was?«, fragte Abs.

»Ein paar kleine Ölflecke an den Fingern. Und eine mikroskopische Menge an Schmauchspuren.«

»Kann sie nach der Waffe gegriffen haben?«, fragte ich.

»Noch einmal, solche Spekulationen sind nicht mein Job. An einem Finger haben wir auch alte Leimreste gefunden.«

»Leim?« Ich dachte an die Klebebandrolle, die ich in Heges Mülleimer gefunden hatte. Aber die war nicht alt gewesen. Trotzdem musste ich das zu Hause noch einmal überprüfen.

»Ihre Beobachtungen stimmen mit unserer Annahme überein, dass sie von einer oder mehreren Personen in den Wald geführt wurde«, sagte Abs.

»Okay«, antwortete die Rechtsmedizinerin und nahm die grüne Haube ab. »Eine Sache gäbe es da aber noch.«

Abs beugte sich zu Hege vor. Studierte die Wunden an ihrem Gesicht. »Nichts, das unsere Theorie ins Wanken bringt, hoffe ich?«

»Nun, ich kenne den Ablauf ja nicht im Detail, aber die Frau ist sicher nicht an dem Abend gestorben, an dem sie vermutlich verschwunden ist.«

Abs richtete sich auf. »Wie meinen Sie das?«

»Sie könnte im Wald noch bis zu zwei Tage am Leben gewesen sein, bevor sie getötet wurde.«

69

Abs räusperte sich. »Zwei Tage. Das wäre eine wertvolle Information gewesen, als ich vorhin mit Anders gesprochen habe.«

Wir fuhren vom Parkplatz und bogen in östlicher Richtung zur Ringstraße ab. Die Radionachrichten brachten die Vermisstenmeldung eines Mädchens in der Nähe von Oslo, ohne Olivias Namen zu nennen. Das Kriminalamt sei eingeschaltet, hieß es, in Kürze folge eine öffentliche Pressemitteilung.

Über uns schwebte ein Helikopter wie eine große gelbe Libelle am hellen Abendhimmel.

»Das stimmt doch alles nicht«, sagte Abs gepresst.

Ich sah ihn an. »Was meinst du?«

»Die Spuren im Wald. Hege, die noch zwei Tage gelebt hat. Die Chronologie passt nicht.«

Das Rauschen der Reifen auf dem Asphalt weckte in mir das Gefühl, dass wir unsere Zeit vergeudeten.

»Es sieht aus, als wäre sie weggelaufen, aber vor was oder wem? Und wann? Wurden die Abdrücke gleichzeitig oder über zwei Tage verteilt hinterlassen?«

Er schlug mit den Händen aufs Lenkrad, schüttelte den Kopf. Sein Handy klingelte, und er fuhr in eine Haltebucht, ehe er dranging.

»Verstehe.« Er sah mich an. »Tao Chan wurde gerade

verhört. Olivia hat vor über acht Wochen mit ihm Schluss gemacht.«

»Wie hat er das weggesteckt?«, fragte ich, sobald er das Gespräch beendet hatte.

»Weltuntergang, natürlich. Interessant ist aber, wo die Polizei ihn gefunden hat. Er liegt seit vier Tagen mit einem komplizierten Knöchelbruch nach einer Skatertour in Ahus im Krankenhaus.«

Zwanzig Sekunden später klingelte es erneut. Abs hörte zu, antwortete. Hörte weiter zu.

»Okay, verstanden. Spürt ihn auf und schickt mir das Bild.«

Ich wartete ungeduldig, während er sich durch seine Nachrichten scrollte und den verschwommenen Screenshot eines älteren Instagram-Beitrags öffnete. Ein Video, das feierwütige Jugendliche in einem mittelgroßen Boot zeigte. Der Junge auf dem Bild balancierte zwei Flaschen übereinander und trank aus der dritten. Um ihn herum applaudierten eine Handvoll Leute. Im Hintergrund saß ein junger Mann, die Arme um ein schrill geschminktes Mädchen geschlungen. Lyra.

Der junge Mann war Noah.

70

Jenny, 2006

Ich komme gerade am Schwimmbad an, als Camilla anruft. »Sorry, ich bin krank und kann nicht kommen.«

Das hätte sie ja auch ein bisschen eher sagen können, dann hätte ich Jacob gefragt. Oder lieber noch Signe, aber die kann Chlorwasser im Haar nicht ausstehen, sagt sie.

Ich habe über das nachgedacht, was Jacob über seine leibliche Mutter erzählt hat. Dass sein Vater das Haus angezündet und sie ermordet hat. Hat er dazu auch Benzin über die Wände geschüttet wie ich? Wie sah die Leiche hinterher aus? Ich verstehe nicht, wieso ich nichts mehr von der Polizei gehört habe wegen der Hütte. Die müssen ihn doch jetzt langsam mal gefunden haben.

Als ob sie meine Genervtheit spüren würde, hustet Camilla aufgesetzt. »Ich hab den ganzen Tag verschlafen. Fieber.«

Wir legen auf. Es interessiert mich herzlich wenig, wie es Camilla geht. Soll sie doch auf dem Sofa vergammeln, ich geh jedenfalls zum Training.

Die Tür zur Umkleide quietscht. Der immer in der Luft hängende Chlorgeruch vermischt sich mit dem Duft von Kernseife. Auf dem Boden sind feuchte Flecke. Das kalte, sterile Licht flimmert und wirft unruhige Schatten über die Fliesen. Die Umkleide ist leer, aus der Dusche höre ich gleichmäßiges Tropfen.

Im hinteren Teil finde ich einen freien Bankplatz. Ich öffne den Schrank und ziehe meinen Pullover aus. Lege ihn in das Fach und betrachte mich in den Spiegeln an der gegenüberliegenden Wand. Ich wende den Blick ab, mein Körper ist in dem grellen Licht so rund, so blass. Ich weiß nicht, ob es daran liegt, dass ich ganz allein bin, aber ich bereue meine Entscheidung, hierzubleiben.

Ich hätte nach Camillas Absage nach Hause gehen sollen. *Reiß dich zusammen.*

Ich ziehe den BH aus und hänge ihn in den Schrank. Falte das Shirt zusammen und lege die Unterhose darauf. Als ich den Badeanzug aus der Tasche nehme, höre ich die Tür gehen. Ich drehe mich zu der ersten Schrankreihe um, hinter der die Tür ist, erwarte Schritte und fröhliche Stimmen, höre aber weiter nur das Tropfen aus der Dusche.

Ich steige in den Badeanzug. Gehe mit kleinen Schritten über den feuchten Boden. War das ein Rufen? Klopfen und Hilfeschreie?

Ich stelle mich unter den kalten Duschstrahl und drehe mich zweimal im Kreis, damit es wenigstens so aussieht, als hätte ich geduscht. Schüttele mich unter den beißenden Tropfen.

Und wenn er gar nicht tot ist?

Die Türen zur Schwimmhalle schwingen mit einem leisen Quietschen auf. Ich nicke dem Bademeister hinter der Glasscheibe zu. Das Becken ist leer, ich lasse mich bibbernd in das kalte Wasser gleiten. Stoße mich ab. Lausche auf die Geräusche in der Halle. Das erstickte Echo des gegen die Beckenwände schlagenden Wassers.

Ich schwimme zehn Bahnen, mehr schaff ich nicht. Setze mich auf den Beckenrand und kriege Gänsehaut.

Was, wenn er noch lebt?

Zurück in der Umkleide sehe ich etwas auf dem Boden vor meinem Schrank. Ein schwarzer Strickschal. Mein Schal. Ich erkenne ihn an dem von Mama gestopften Loch an einem Ende. Ich war sicher, ihn verloren zu haben, als ich mit Camilla vor Weihnachten im Kino war.

Ich stopfe den Schal in meine Tasche und ziehe mich an.

Draußen steht der Polizist, der auch bei uns zu Hause war. Er trägt keine Uniform, aber den Bart und die strengen Augen vergesse ich so schnell nicht wieder.

Er winkt mich zu sich, und ich gehe hin, obwohl ich viel lieber zurück zum Bademeister laufen würde.

»Ich muss mit dir reden«, sagt der Polizist. »Über die Sache, in die ihr verwickelt seid. Noah und du.«

»Wir sind in nichts verwickelt«, sage ich, aber das nützt alles nichts. Er weiß es. Erzählt von den Uhren und wo sie herkommen. Von den Adressen, an die sie geliefert wurden. Er hält mir einen langen Vortrag, was mit mir passieren wird, wenn ich ihm jetzt nicht ganz genau zuhöre.

»Du musst mir einen Gefallen tun«, sagt er. »Und bevor du antwortest, will ich, dass du gründlich nachdenkst. Das kann deine ganze Zukunft verändern.«

Als ich endlich zu Hause bin, lasse ich vor Angst die Schlüssel fallen, ehe ich die Tür aufgeschlossen habe. Der Polizist ist ein mieses Arschloch. Was er von mir verlangt, ist falsch.

Ich muss mir irgendetwas einfallen lassen, wie ich aus der Sache wieder rauskomme.

71

»Laut Noah Vagaijs Sekretärin hat er Urlaub eingereicht«, sagte Abs. »Unbefristet.«

Das Verkehrsrauschen klang wie ein aufgeregter Bienenschwarm. Ich dirigierte Abs nach Nerdrum zu dem Platz, an dem ich selbst beim letzten Mal geparkt hatte, und zeigte hoch zu Noahs Haus.

Das alte Blockhaus sah verlassen aus. Die Joggingschuhe waren weggeräumt, die Campingstühle standen zusammengeklappt an der Wand. Das brennende Außenlicht war der einzige Hinweis darauf, dass hier jemand wohnte.

»Was ist mit Olivia?«, fragte ich. »Wissen wir da schon mehr?«

»Ihr Handy wurde unmittelbar vor Trainingsbeginn an der Basisstation registriert. Sie ist auf einer Überwachungskamera in der Nähe zu sehen, aber dann verlieren sich alle Spuren.«

»Suchaktionen?«

»Hundestaffel im Wald. Freiwillige suchen die nähere Umgebung ab. Helikopter mit Wärmebildkamera sind angefordert, aber es wird nahezu unmöglich sein, eine bestimmte Person zu finden, wenn so viele Leute in der Gegend unterwegs sind.«

»Warum ausgerechnet der Øyeren?«, fragte ich, als Abs

die Stufen hochging und an die Tür klopfte. »Haben wir uns die Frage jemals ernsthaft gestellt?«

Er drehte sich um und kam wieder zu mir herunter.

»Bis zum Erbrechen, oder nicht?«

Von dem Grundstück führte eine direkte Linie zum Fundort von Lyra und Henriette. Was nichts heißen musste. Gerade Linien gab es viele.

Irgendwo im Hintergrund hörte ich Nick Cave von aller Schönheit singen, die sterben musste. Während Abs das abschüssige Gelände zum Nachbarhaus hinunterging, lief ich über den gelb vertrockneten Rasen zur Rückseite des Hauses. Das Gewächshaus im hinteren Teil des Gartens war hoch genug, um darin aufrecht zu stehen. Als ich mich weiter umsah, fiel mein Blick auf die verdreckten Kellerfenster im Hausfundament. Ich ging davor in die Hocke. Spähte mit der Nase dicht an der Scheibe in einen Raum, der hauptsächlich mit Schrott gefüllt war, kein freier Fleck auf dem Boden. Mit Kleidern gefüllte Pappkartons. Volle Müllsäcke, drei alte Kinderfahrräder. Ein löchriger Ohrensessel mit mottenzerfressenen Kissen. Unter der Decke hingen uralte Angelgeräte. Netze, Ruder, Stangen. Zerbrochene Holzski steckten zwischen den Balken.

Hinter mir raschelte es im Gras, gefolgt von lautem Kläffen. Ich schnappte nach Luft und fuhr herum. Ein bulliges weißes Urviech stürmte auf mich zu. Blieb vor mir stehen und knurrte bedrohlich. Bohrte seinen schwarzen Blick in mich. Ich drückte mich mit dem Rücken gegen die Wand, schielte zum Gewächshaus hinüber.

»Ganz ruhig, guter Hund«, sagte ich in dem vergeblichen Versuch, den Hund loszuwerden. »Geh nach Hause.«

Wo war Abs?

»Stalin!«, rief eine heisere Männerstimme, und das Knurren verstummte. »Stalin! Bei Fuß!«

Der Hund machte schnaufend kehrt und rannte los. Stalin. Wer um Himmels willen nannte seinen Hund so?

»Guten Abend«, hörte ich Abs zu dem Hundebesitzer sagen. Er und der ältere Mann blieben voreinander stehen und wechselten ein paar Worte. Ich warf einen letzten Blick in den Kellerraum. Auf einen offen stehenden, mit Küchengeräten vollgestopften Kühlschrank und einen grauen Mantel an einem Wandhaken. Ein Stück daneben eine altmodische Axt mit breitem Blatt. Trotz des warmen Sommerabends rieselte es mir kalt den Rücken herunter.

Das Gewächshaus stand im hinteren Winkel des Gartens wie ein vergessenes Relikt aus grüneren Zeiten. Die Scheiben waren fleckig von Vogelschissen. Von drinnen schien sich ein wuchernder Dschungel einen Weg ins Freie sprengen zu wollen. Die mit einem simplen Haken zugehaltene Tür ächzte leise, als ich sie aufschob. Schwere, modrige Luft strömte mir entgegen. Stahlregale mit flachen grünen Plastikboxen an den Seitenwänden. Darin verwelkte Kräuter, Salat, Zuckererbsen. Von weißen Schimmelhäuten überzogene Gurken, verschrumpelt, blass, stinkend. Die Erde in den grünen Boxen war nur noch trockener Staub. Zwischen den morschen Stängeln der verdorrten Tomatenpflanzen spannten sich Spinnenweben wie gespenstische Leichenschleier.

Die groben Bretter gaben unter meinen Schritten nach. Als wollte sie mir etwas mitteilen, landete eine kleine Nebelkrähe auf dem Dach und pickte ans Glas. Starrte mich mit kohlschwarzen Knopfaugen an.

Abs und der ältere Mann standen noch immer voreinander. Der Mann gestikulierte, Abs nickte. Stalin saß brav neben ihnen. Ich ging hinunter ans Wasser, und dort traf ich den Angler vom letzten Mal.

»Die Vagaij-Familie ist Ende der Siebziger nach Norwegen gekommen«, sagte er, nachdem wir ein paar Höflichkeitsfloskeln ausgetauscht hatten.

Wir wurden von Mücken umschwirrt. Der Alte lachte, als ich nach einer schlug, fluchte und schließlich aufgab. Sollten die Viecher sich doch bedienen.

»Ein kräftiger, aber ziemlich paranoider Kerl aus dem östlichen Sibirien, der in der ewigen Angst lebte, vom Regime aufgespürt zu werden.«

Ich dachte an die Axt an der Kellerwand. Versuchte mir vorzustellen, wie es für Noah gewesen sein musste, mit einem Vater aufzuwachsen, der in ständiger Angst vor dem langen Arm der ehemaligen Sowjetunion lebte.

»Sie wissen ja, wie das ist, wenn billige Arbeitskräfte ins Land schwemmen«, sagte der Mann. Er stand im Bug seines Bootes und rollte eine kleine norwegische Flagge auf, ehe er sie in einer Plastikkiste verstaute.

»Die Leute verbittern.«

Er drückte den Deckel auf die Box. »Und Noahs Familie hat's besonders schlimm getroffen. Der Vater hat gesoffen, geriet oft in Schlägereien. Zu Hause hat er seine Wut an Frau und Kind ausgelassen. Das Übliche. Anfang der Achtziger war die Holzindustrie so gut wie tot, und der Vater wurde arbeitslos. Ein paar Monate später wurde Noah geboren.«

»Was denken Sie, wie die Probleme des Vaters den Jungen geprägt haben?«

»Sie wissen ja, wie es Kindern ergeht, deren Eltern ihr Leben nicht im Griff haben.«

Gestörte geistige und körperliche Gesundheit. Emotionale Instabilität.

»Blaue Flecken«, sagte ich. Noah hatte vermutlich Angstattacken in der Kindheit, war vielleicht Bettnässer. Trotzdem war er zu einem Mann herangewachsen, aus dem was wurde. Ein Whiz-Kid.

Der Mann nahm zwei Angeln aus dem Boot und reichte sie mir, damit ich sie auf den Steg legte.

»Sein Vater ist inzwischen im Demenznebel versunken, soweit ich weiß.«

»Wissen Sie, ob Noah Stress mit anderen Kindern hatte?«, fragte ich. »Hat er sich mehr geprügelt als andere Jungs in seinem Alter? Hat er Tiere gequält?«

»Davon weiß ich nichts«, sagte der Alte und stieg aus dem Boot. »Aber wundern tät's mich nicht.«

»Wieso?«

Er zeigte hoch zu dem Blockhaus. »Wer sonst, der noch ganz bei Trost ist, lässt sich mit Aussicht auf den See nieder, in dem das Mädchen aus seiner damaligen Clique verschwunden ist? Das macht doch keiner.«

Olivia war jetzt seit fast drei Tagen verschwunden, uns rannte die Zeit davon. Alles führte zurück zu Jenny und dem, was damals passiert war.

Der alte Mann schluckte herunter, was er noch hatte sagen wollen, und schaute über meine Schulter. Ich blickte mich um und sah jemanden auf uns zu schlendern, den ich von den Fotos wiedererkannte. Noah.

72

»Ich weiß, wer Sie sind«, sagte Noah, als er auf den morschen Steg trat, und nickte dabei frech. Er trug ein rotes Poloshirt und eine blassgrüne Shorts. Über seiner Schulter hing ein schwerer Seesack. Am anderen Arm eine Kühltasche.

»Wunderbar«, sagte ich und führte meine Hand langsam zu meiner Gesäßtasche, in der mein Telefon steckte. »Das spart uns die Vorstellungsrunde.«

Schweigen. Wo steckte Abs?

Noah steuerte auf das größte Boot am Steg zu, einen weiß-blauen Schärenjeep mit der Aufschrift Bayliner an der Seite. Der Geruch von frischer Farbe und Terpentin stieg mir in die Nase, als er vorbeiging.

Wenn er wusste, wer ich war, wusste er auch, wieso ich hier war.

Er hievte den Seesack und die Kühltasche an Bord. Drehte sich mit jungenhafter Lässigkeit zu mir um. »Kann ich Ihnen irgendwie weiterhelfen?«

Hielt dieser Mann Olivia gefangen? Hatte er Hege umgebracht, weil sie neue Beweise gegen ihn und seine Freunde gesammelt hatte? Ignorier dein Bauchgefühl, ermahnte ich mich.

»Ich bin zum Angeln hier.« Ich machte einen Schritt auf ihn zu, zwinkerte dem alten Mann zu und hob die billiger aussehende Angel vom Steg auf. »Hier kann ich doch ein Boot leihen, oder?«

Mein Kreisen um den heißen Brei brachte Noah aus dem Konzept. Er zweifelte unter Garantie an meiner Fähigkeit, ein Boot zu manövrieren. Und an meinen Angelkünsten.

Er löste ein Tau. »Ich nehm Sie gern mit raus. Wenn Sie sich trauen.«

Mein Magen grummelte. Ich schaute hoch zum Blockhaus.

»Wieso trauen? Sind Sie gefährlich?«

Er breitete die Arme aus, und ich stieg über die Reling. Mein ehemaliger Psychologe hatte mal gesagt, ich trage offensichtlich einen tiefen Wunsch nach Bestrafung in mir. Abs und Kristian nannten es meine Art der Selbstverletzung, auf jeden Fall brachte ich mich immer wieder in gefährliche Situationen.

Tappte ich jetzt naiv direkt in die Falle?

Noah nahm mir die Angel ab und schaute zu dem Alten, der bestätigend nickte. Ich schob mich weiter ins Heck. Nahm das Handy heraus, um Abs eine Nachricht zu schicken, aber Noah schnappte es mir aus der Hand, ehe ich etwas schreiben konnte.

»Der Øyeren ist arbeitsfreie Zone.«

Er zeigte auf den Sitzplatz, und ich setzte mich brav hin.

»Mit dem Blinker fangen Sie keinen Fisch. Der Trick ist, zu wissen, was die Beute mag.«

Bildete ich mir das nur ein, oder hatte seine Stimme einen dunkleren Unterton angenommen? Wollte er mich mit dem Gerede über die Beute provozieren?

»Heißt das beim Angeln auch Beute?«, fragte ich. »Ich dachte, da spricht man von Fang oder so.«

Noah sah mich mit ausdrucksloser Miene an. Nahm eine Schachtel mit Wobblern, deren Farben von Knallgrün mit schwarzen Streifen bis metallisch Orange-Blau variierten.

Er knotete ein grauschwarzes Ding mit weißem Bauch an. »Warten Sie, bis wir ein Stück draußen sind, dann können wir die schleppen.«

Er löste die zweite Vertäuung und startete den Motor. Auf kleiner Drehzahl und mit einem Ruder in der einen Hand stakte er durch das algenfleckige Wasser. Langsam, ganz langsam glitten wir durch eine schmale Passage in Ufernähe. Noch einmal schaute ich hoch zu den Häusern, in der Hoffnung, Abs irgendwo zu erblicken. Seine Aufmerksamkeit in unsere Richtung zu lenken.

»Wohnen Sie in der Nähe?«, fragte ich.

»Hab das Haus vor einem guten Monat zum Verkauf eingestellt. Ich liebe die Gegend, aber es gibt so verflucht viele Mücken hier, dass ich irgendwann kapituliert habe. Ich bin zurück in meine Stadtwohnung gezogen.«

»Ist es leicht zu verkaufen?«, fragte ich.

»Laut Makler haben wir viele Interessenten.«

»Große Gärten sind gefragt«, sagte ich und dachte an das elende Heim meiner Kindheit. »Aber den Bootsplatz haben Sie behalten?«

»Ja. Sollen die Leute doch auf den Fjord rausfahren, so viel sie wollen, ich liebe den Øyeren.«

Ich warf einen Blick über die Reling. Auf die Algen und den Schlamm, die mit kreisenden Bewegungen an die Oberfläche stiegen.

»Ich vermute mal, dass Sie meine Version hören wollen, was damals passiert ist?«, sagte Noah. »Bringen wir es hinter uns.«

»Gerne.«

Er gab mehr Gas, und mein Oberkörper ruckte nach hinten.

»Ich hatte eine epische Playlist zusammengestellt«, rief er durch den Motorlärm. »Indie-Techno gemischt mit Vintage Rap.«

Ich versuchte, nicht zu verwirrt auszusehen. »Aha?«

»Das war echt Harlem. Tierisch gut. Hab sie immer noch.«

Er sah mich an. Stumpfer Blick, aber trotzdem herausfordernd.

»Und weiter?«, fragte ich, ohne mir etwas anmerken zu lassen.

»Musik, Boot und Vollrausch. Besser wird's nicht.«

Er lachte gekünstelt und nicht sonderlich überzeugend. Ich gab ihm ein Zeichen, langsamer zu fahren, aber er gab noch mehr Gas und fuhr in einem weiten Bogen weiter aufs offene Wasser hinaus.

»Wir sind mit Papas altem Boot rausgefahren«, sagte er. »Rüber zum Flößereimuseum. Signe wollte Jenny die Schwäne zeigen.«

Durch das Brummen des Motors konnte ich mich nicht konzentrieren. Was vermutlich seine Absicht war. Ich stemmte mich hoch und tippte ihm auf die Schulter. »Anhalten!«

Er gehorchte. Nahm Gas weg, bis wir der Strömung in einer ruhigen, gleichmäßigen Bewegung folgten. Dann gab er mir das Zeichen, meinen Köder auszuwerfen, und erzählte die Geschichten aus den Internetzeitungen.

»Das kenne ich alles schon, Noah«, sagte ich, als er zum Ende gekommen war. »Ihr erzählt allesamt die identische Geschichte. Ist das nicht merkwürdig?«

»Nicht, wenn sie wahr ist.«

»Dass drei Personen ein traumatisches Erlebnis in exakt demselben Wortlaut wiedergeben, überzeugt mich nicht davon, dass es wahr ist.«

Er wollte wieder zum Gashebel greifen, aber ich hielt ihn mit einer Hand auf dem Unterarm zurück. »Wenn Sie das irgendwann abschließen wollen, müssen Sie erzählen, was wirklich passiert ist.«

Sein Blick schweifte übers Wasser. Er drückte zwei Finger an den Nasenrücken, und ich merkte, dass ich die Luft anhielt. Würde ich jetzt die wahre Geschichte erfahren?

»Wir hatten einen toten Schwan im Wasser gefunden«, sagte er und sah mich an, als wollte er meine Reaktion sehen. »Er lag im Schilf. Dreckig weiß, braunes Blut an einem Flügel. Das war ziemlich schön.« Er zog die Schultern hoch. »Kann schon sein, dass wir vergessen haben, das zu erwähnen.«

Ich seufzte. »Und was noch?«

»Am nächsten Morgen kläffte irgendwo an Land so ein verdammter Köter. Ununterbrochen. Dann hab ich Geschrei gehört und bin aufgestanden. Signe lief völlig hysterisch auf dem Boot herum.«

»Was hat sie geschrien?«

»›Jenny! Jenny! Wo zum Teufel ist Jenny?‹ Ich hatte hämmernde Kopfschmerzen, mein Mund war trocken wie die Wüste Gobi. Ich musste erst mal über die Reling kotzen, ehe ich versuchen konnte, ein vernünftiges Wort aus ihr rauszukriegen.«

Sein Oberkörper bebte, als ob er lachte.

»Finden Sie das komisch?«, fragte ich.

»Ja, das sollte Humor sein.« Er sah mich an. »Okay,

natürlich war es nicht komisch, dass Jenny verschwunden war. Aber das hieß wohl, dass sie sich entschieden hatte.«

»Wofür?«

»Ach, wissen Sie, Mädchen in dem Alter sind ja fürchterlich sensibel. Da braucht es nicht viel, damit die ganze Welt in Trümmern liegt.«

»Und warum lag Jennys Welt in Trümmern?«

Er schaute aufs Wasser.

»Ich war mir ziemlich sicher, dass ich irgendwann ein Motorboot gehört habe.«

»Wann war das?«

»Keine Ahnung. Irgendwann nachts.«

Wir tuckerten gemächlich weiter, die zitternde Schnur hinter uns herziehend. Anfangs dachte ich andauernd, es hätte etwas angebissen, aber dann gewöhnte ich mich schnell an das Bewegungsmuster des Wobblers. Wir waren jetzt in der Mitte des Øyeren. Der Himmel spiegelte sich blassblau auf den algenfreien Flecken. Fliegen tanzten übers Wasser. Dicht gefolgt von Libellen. Die besten Jäger der Natur, hieß es. Mit nahezu hundertprozentiger Trefferquote.

Noah zog die Kühltasche heran und öffnete den Deckel. »Auch ein Bier?«

»Nein, danke«, antwortete ich und folgte meiner Schnur mit dem Blick. »Was hat Jenny zum Aufgeben getrieben?«

Noah zog den Ring der Dose hoch. »Vielleicht hat sie gar nicht aufgegeben, sondern ist durchgestartet.«

»Glauben Sie, dass sie sich abgeseilt hat?«

»Jenny hatte etwas Dunkles in sich.«

»Das Gleiche wird über Sie gesagt.«

Ein rascher Blick in meine Richtung, gefolgt von einem angestrengten Lachen.

»Was glauben Sie wohl, warum sie von der Bitch weg-wollte?«

»Sagen Sie es mir.«

»Jenny war ein kaputter Mensch, und daran war ihre Mutter schuld«, fuhr Noah fort und setzte die Dose an die Lippen, trank gierig. »Das Mädchen hat sich über-fressen, gekotzt, beidhändig getrunken, geraucht. Sie war stolz und von Scham zerfressen zugleich, ohne auch nur das kleinste bisschen Verständnis und Unterstützung von zu Hause zu haben. Der Vater ist abgehauen. Und die Mut-ter hat sie erdrückt mit ihrer Fürsorglichkeit. Wollte jede verdammte Sekunde im Leben ihrer Tochter kontrollieren. Wäre Jenny dazu in der Lage gewesen, hätte sie sie wahr-scheinlich umgebracht.«

Die Aussage traf mich hart. Ich war lange genug bei Psychologen gewesen, um zu wissen, was für eine Helikop-termutter in mir steckte. Und zugleich erkannte ich mich und meine Kindheit in Jenny wieder. Aber während ich bei guten Adoptiveltern gelandet war, die meine Hilferufe hörten, hatte Jenny offensichtlich der Fels in der Brandung gefehlt. Hege kämpfte alleine für sie, und als sie zur Feindin wurde, war da niemand mehr, der Jenny beschützen konnte.

»Sie war so … so klar«, sagte Noah und signalisierte mir, dass ich meine Schnur einholen sollte. Glücklicherweise hatte nichts angebissen.

Der Wobbler lag hart und klebrig in meiner Hand. Die Hakenspitzen drückten sich in meine Fingerkuppen, als ich sie darum schloss. Das Muster entfaltete sich vor meinem inneren Auge. Zerfallene Familien. Kämpfende Mädchen und ein Mann, der es zu seiner Aufgabe gemacht hatte, sie aus diesem Leben zu befreien.

War Noah dieser Mann? Hatte er Hege wegen der von ihr neu gesammelten Beweise ermordet?

»Was ist in der Hütte abgegangen?«, fragte ich.

»Sauferei und Chillen.«

»Ein weiter Weg, um sich zu besaufen.«

Noah leerte die Dose, zerdrückte sie und schaute wieder übers Wasser.

»Jenny hatte niemanden außer uns«, sagte er, und zum ersten Mal glaubte ich so etwas wie Reue in seinem Gesicht zu sehen. Und nach einer kurzen Pause kam es. »Ich gebe zu, dass ich hierhergezogen bin als eine Art selbst auferlegte Strafe für alles, was passiert ist. Weil wir nicht besser auf sie aufgepasst haben.«

Es war alles da. Körperhaltung, Stimmlage, trauriger Blick. Trotzdem kaufte ich ihm seine Aussage nicht ab.

»Aber egal, ich bin fertig mit diesem Ort.«

»Hege hat gesagt, dass sie endlich die nötigen Beweise gegen euch hätte«, sagte ich.

»Ja, sie hat uns eine E-Mail geschickt.«

Er warf die leere Dose unter Deck, gab Gas und nahm Kurs auf den Steg. Als wir ankamen, machte er keine Anstalten, das Boot zu vertäuen. Ich überlegte kurz, ob ich das Foto ansprechen sollte, auf dem er mit Lyra im Arm zu sehen war.

»Ihnen ist klar, dass wir Ihr Haus durchsuchen müssen«, sagte ich. »Gibt es schon einen neuen Besitzer?«

»Kein Problem. Ich gebe Ihnen die Schlüssel, es steht noch leer.«

Er streckte eine Hand aus.

»Kommen Sie mit in die Stadt«, sagte ich. »Machen Sie eine Aussage, damit Sie von dem Fall ausgeschlossen werden können. Das ist die letzte Chance für Anders, Signe und Sie, Ihre Aussage von damals zu korrigieren.«

»Signe?« Noah sah mich an. »Wenn Sie von der was wollen, müssen Sie sich beeilen. Sie hat mir gerade eine Nachricht geschickt, dass sie ein One-way-Ticket aus dem Land gebucht hat.«

73

Jenny, 2006

In dem schummrig beleuchteten Café ist es pickepackevoll. Vier Mädchen, die ich aus der Schule kenne, sitzen direkt hinter der Tür. Sie kichern, als ich mich an ihnen vorbeischiebe.

Würden sie auch noch lachen, wenn sie wüssten, dass ich jemanden umgebracht habe?

Ich setze mich auf ein Sofa an der Treppe nach oben. Kurz darauf kommt Signe. Die schöne, begabte, perfekte Signe. Mit goldenem Haar, das sich über ihre Schultern ergießt.

»Da ist ja mein Mädchen«, sagt sie. »Mein Gott, toll siehst du aus!«

Sie grinst so breit, dass es mir fast peinlich ist. Ich fahre mir mit der Hand über die frisch gewaschenen, offenen Haare. Versuche, nicht rot zu werden. Die Mädchen vorne am Tisch werfen uns lange Blicke zu. Neidische Bitches.

Dass Signe mich mag, ist kein Geheimnis. Sie bezeichnet mich oft als die kleine Schwester, die sie nie hatte.

»Erst mal muss ich mich entschuldigen. Für die Sache neulich mit dem Fest«, sagt sie. »Das war ein scheiß Missverständnis. Mama ist einfach blöd. Willst du einen Latte?«

»Kein Stress«, sage ich und fühle mich erwachsen. »Ich nehm gern einen Latte, einen doppelten.«

Signe geht zum Tresen und kommt mit Kaffee und zwei Monsterstücken Torte mit einem Berg Sahne zurück. Dann setzt sie sich neben mich aufs Sofa. Ich schlürfe den heißen Kaffee und überlege, ob ich von der Hütte erzählen soll.

»Was war los?«, fragt sie.

»Ich glaube, ich habe jemanden umgebracht.«

Sahne spritzt aus ihrem Mund. »Du glaubst, du hast was?«

Signe starrt mich an. Wartet auf eine Erklärung, Ich beiße mir in die Wange und denke daran, dass sich die Polizistin, die mich verhört hat, nicht mehr gemeldet hat. Nur der andere Polizist, der diesen Gefallen von mir wollte.

»Er hat mir ständig Nachrichten geschickt. Total widerlich.«

Signe legt mir eine Hand auf den Schenkel. Lässt sie liegen. »Der Typ, den du glaubst, umgebracht zu haben?«

»Ja.«

»Mein Gott. Geht's dir gut?«

»Ja, klar«, lüge ich, denn inzwischen habe ich mehr Angst vor diesem Polizisten.

»War das nicht einfach jemand, der sich aufspielen wollte?«, fragt Signe.

Ich trinke einen Schluck Latte. Signe zupft an meiner Bluse. Zieht den Ausschnitt nach unten und betrachtete meinen Hals und mein Gesicht. »Was waren das denn für Nachrichten?«

Was glaubt sie denn? Ich habe doch gerade gesagt, dass ich jemanden umgebracht habe. Warum fragt sie nicht danach?

»Du weißt schon, dass Jungs manchmal so sind?«, sagt sie und isst ein winziges Stückchen von ihrer Torte. »Seit es Handykameras gibt, glaubt jeder Idiot, dass wir nur auf ihre Dickpics warten.«

Die Mädchen aus der Schule beobachten uns. Signe sitzt dicht neben mir, aber sie nimmt mich nicht ernst. Sonst würde sie doch wohl mehr über den wissen wollen, der tot ist.

Der vielleicht gar nicht tot ist.

Stattdessen wechselt sie das Thema.

»Du brauchst eine Aufmunterung. Bereit für eine Überraschung?«

Sie hebt eine Tasche hoch, die ich noch nie gesehen habe. Schwarz mit einem dreieckigen Logo. Prada.

»Guck mal«, sagt sie und zeigt in das Innere dieses kleinen Wunders.

Ich beuge mich vor und schaue in die Tasche. Soll die Augen schließen. Als ich sie wieder öffne, ist der Schein noch immer da. Ein Fünfhundertkronenschein.

»Für dich«, flüstert Signe. Sticht die Gabel in die Torte und öffnet den Mund.

Ich lache, höre aber selbst, wie nervös ich klinge. »Warum?«

Signe blinzelt mich an. »Jetzt iss schon.«

Ich nehme die Gabel. Schiebe mir ein Stück in den Mund. Der Kuchen ist viel zu süß. Ich warte, dass Signe etwas sagt, aber sie isst schweigend weiter.

»Hast du einen Käfig für dein Kaninchen gefunden?«, fragt sie schließlich.

Ich schüttele den Kopf.

»Dann brauchst du Geld, um einen zu kaufen.«

Signe ist so unglaublich lieb. Wenn Mama das wüsste! Ich sollte ihr erzählen, dass Signe mir Geld für einen Käfig gegeben hat. Vielleicht rafft sie dann endlich, wie sehr sie sich in ihr irrt.

»Hat das Kaninchen einen Namen?«, fragt Signe.

Ich schüttele den Kopf, weiß ja nicht einmal, ob es ein Junge oder ein Mädchen ist. Da schießt mir durch den Kopf, dass ich ja *ihn* um Rat fragen kann. Antwortet er, weiß ich, dass er lebt.

Wir trinken den Kaffee aus und essen unseren Kuchen. Anschließend zieht Signe mich hinter sich her raus auf die Straße und legt mir den Arm um die Schultern. Ihr Mund dicht an meinem Ohr. Sie zieht mich an sich, während die Blicke der Mädchen in meinem Nacken brennen.

»Ich würde gerne Fotos von dir machen«, flüstert sie.

Meine Stimme ist belegt. »Was für Fotos?«

»Ohne Kleider.«

Ich zucke zusammen. »Vergiss es.«

»Es ist wichtig, dass Mädchen sich anderen Mädchen gegenüber zeigen«, sagt Signe. »So lernt man seinen Körper kennen.«

»Nein, vergiss es. Ich weiß, wie mein Körper aussieht.«

»Ich zeige die Bilder auch niemandem. Will nur, dass du ihn aus allen Perspektiven kennenlernst. Damit du weißt, wie sexy du bist.«

Meine Brüste brennen. Ich will einen giftigen Kommentar bringen, als Signe die Hand in die Tasche steckt und zwei Fotos von sich herauszieht.

Auf einem davon kniet sie auf einem breiten Bett. Der weiße Slip ist über die Schenkel heruntergezogen. Der BH liegt daneben. Die Decke hängt halb zu Boden, als hätte gerade jemand wilden Sex gehabt. Die Haare und Signes Blick verraten mir alles.

»Wie du willst«, sagt sie. »Es ist nur ein Angebot, weil ich dich mag. Und weil ich dir beibringen will, Grenzen zu setzen.«

Als Signe gefahren ist, fühle ich mich wie eine undankbare Idiotin. Schöne, liebe Signe. Sie mag mich und will doch nur, dass es mir gut geht.

74

Die Suche nach Olivia wurde ausgeweitet. Weitere Helikopter und noch mehr Hunde. Die ganze Nachbarschaft beteiligte sich an der Suche. Das Handballteam hängte Fotos auf. Teiche und Waldwege wurden abgesucht, ebenso die leeren Fabrikgebäude, die schon bei der Suche nach Hege durchkämmt worden waren. Alle Büsche, Container und Flüsse. Sogar Abwasserkanäle wurden geöffnet und durchsucht.

Signe beteiligte sich nicht an der Suche. Sie trug Tights und ein ausgewaschenes Handballtrikot und lud Koffer und Kartons in einen silbergrauen Mercedes-Kombi. Als sie Abs und mich sah, hielt sie inne. Warf einen Blick auf die Rückbank und sagte ein paar Worte, bevor sie die Wagentür schloss.

»Signe Davidsen«, sagte Abs. »Können wir kurz mit Ihnen reden?«

»Kommen Sie nicht näher«, presste sie zwischen zusammengebissenen Zähnen hervor und hob abwehrend die Hände. »Ich hab mit alldem nichts zu tun.«

»Womit?«, fragte Abs. »Hören Sie, wir wollen nur mit Ihnen reden.«

Sie bewegte sich rückwärts von uns weg. Abs trat neben sie, streckte einen Arm aus.

Da rannte sie los. Abs setzte ihr nach, auch ich lief los.

Signe stürmte überraschend schnell und federnd an den Gebäuden vorbei die abschüssige Straße hinunter. Schlängelte sich blitzschnell zwischen Kindern und Wanderern hindurch. Wich einem Ball aus, der angeflogen kam, und verschwand hinter einer Ecke.

Als wir kurz hinter ihr um die Ecke bogen, war sie weg. Ich legte einen Zahn zu, und hinter dem nächsten Haus hatte ich sie wieder vor mir. Ich spürte den Puls in meinem Hals und stürmte weiter, schloss mehr und mehr zu ihr auf. Sie rannte weiter Richtung Autobahn.

»Signe! Stopp! Wir wollen doch nur reden.«

Sie sah sich nicht um, beschleunigte ihre Schritte.

»Stopp!«, rief ich noch einmal, aber meine Stimme wurde von dem Rauschen der Reifen übertönt. Ich wusste, was geschehen würde, und konnte es nicht verhindern.

Signe sprang vor einen Lastwagen. Bremsen quietschten, gefolgt von einem grausamen Knall. Die Menschen um uns herum schrien auf und liefen weg. Auf beiden Seiten der Straße begannen Autos zu hupen.

Abs Stimme. »Los, weg hier.«

Ich hatte versagt, wieder einmal.

Alles um mich herum lief in Zeitlupe ab. Im Taxi nach Hause, auf dem Weg die Treppe hoch. Im Wohnzimmer, wo ich manisch begann, die Mappen vom Fußboden aufzuheben. Ich sehnte mich nach Victoria. Nach Kristian. Nach einem Alltag, den ich nach eigenen Aussagen verachtete.

»Sie schläft«, sagte er, als ich anrief. »Kommst du noch vorbei?«

Ich schluchzte und er fragte, was geschehen war. So

gerne hätte ich mir alles von der Seele geredet, aber ich schaffte es nicht.

»Eine Frau hat sich vor einen Lastwagen geworfen«, sagte ich schließlich, weil er das sicher bald in der Online-Zeitung lesen würde. »Vor meinen Augen.«

Ich klang wie eine Radiomoderatorin. Hörte mich davon berichten, als wäre ich eine Zeugin und nicht diejenige, die sie gejagt hatte.

Als ich auflegte, arbeitete sich etwas anderes in mir hoch. Der Schock, die Erkenntnis, was wir provoziert hatten, traf mich wie eine Detonation. Ich stieß einen tief aus der Brust aufsteigenden Schrei aus und schleuderte die Mappen, die ich noch immer in der Hand hielt, von mir. Ich heulte Rotz und Wasser, die Haare klebten mir an der Stirn.

Ich hatte eine Frau in den Tod getrieben.

Als Abs am Nachmittag kam, musterte er mich lange.

»Mein Gott, Bjørk, wie geht es dir?«

Der Unterton in seiner Frage gefiel mir nicht, doch als er für einen Moment die Arme um mich legte, fühlte es sich gut an. Schließlich setzte er sich aufs Sofa, öffnete die Wasserflasche, die er aus dem Kühlschrank geholt hatte, und goss uns beiden ein. Er schien den Blick an meine Ermittlungswand ganz bewusst zu meiden.

Kein Wunder, dass er sich fragte, wie es mir ging.

»Es ist ... ich bin in Ordnung.« Ich schluckte. Blieb stehen. Mein Gesicht glühte, ich hätte duschen und aufräumen sollen.

»Was heute geschehen ist ...«

»Danke, aber ich komme klar.«

»Wie wäre es, wenn du dir ein paar Tage freinehmen würdest?«, fragte er. Jetzt war er es, der rot wurde. »Danach können wir darüber reden.«

Ich versuchte zu verdauen, was er zwischen den Zeilen sagte, aber ich wollte nicht freinehmen, und ich glaube, er wusste das ganz genau.

»Abs«, sagte ich und wartete, bis er mich ansah. »Danke, dass du dich kümmerst.«

Er sah verlegen zur Wand mit dem Material. Stand auf und betrachtete die Bilder genauer. Eine Frage zeichnete sich auf seinem Gesicht ab.

»Raus damit«, sagte ich.

Er trank einen Schluck Wasser und räusperte sich.

»Zwei Dinge. Erstens: Das Foto mit der Mütze im Auto wurde in einem VW aufgenommen. Kollegen versuchen herauszufinden, wer einen solchen Wagen fährt und ihn im letzten Jahr zur Reparatur gebracht hat. Finden wir in diesem Zeitraum nichts, gehen wir noch weiter zurück.«

»Was ist mit den Metadaten des Fotos? Geben die keinen Hinweis darauf, wann das Foto aufgenommen wurde?«

»Das Bild wurde nicht mit dem Handy aufgenommen, auf dem es gespeichert war.«

»Du hast von zwei Dingen gesprochen.«

»Die Hand auf dem Foto ... das ist Heges Hand.«

»Sie wusste, wer er war, hat nach Beweisen gesucht und die Mütze gefunden?«

»So lautet die Theorie.«

»Kann sie mehrere Handys gehabt haben?«

Wir saßen einen Moment schweigend da.

»Ist es denkbar, dass Signe Olivia gefangen hält, um sie später zu töten?«, fragte ich.

»Wir haben es mit einem sexuell motivierten Täter zu

tun«, sagte Abs. »Das passt nicht zu Signe. Die drei Freunde haben sich 2006 vermutlich gegenseitig gedeckt und die Konsequenzen ihres Handelns erst viel später erkannt.«

»Sie könnten auch den Täter geschützt haben«, sagte ich. »Irgendwie müssen sie über ihn Bescheid gewusst haben.«

Ist er es? Ist er zurück?

Der Gedanke, dass Olivia vielleicht nur noch wenige Tage zu leben hatte, war so erschreckend, dass ich ihn nicht laut auszusprechen wagte.

»Dieses Mal müssen wir ihn kriegen«, sagte Abs. »Sonst sind wir beide fertig.«

Ich zeigte auf den Zettel, auf den ich mit Großbuchstaben MO geschrieben hatte – Modus Operandi.

»Es gibt da jemanden, den ich fragen kann.«

75

Jedes Organ in mir vibrierte. Ein Arzt sagte mir einmal, dass alle Organe im Körper einen eigenen Puls haben und dass es in der östlichen Medizin nicht ungewöhnlich sei, Krankheiten anhand dieses Pulses zu diagnostizieren. Als die Männer sich setzten und Jacob außerhalb des Kreises Platz genommen hatte, versuchte ich, ebendieses Gefühl einzufangen.

»Du hast dich heute schick gemacht!«, sagte Leif. Sein Brustkorb hob und senkte sich rasch. Die Schlüsselbeine sahen aus wie ein auseinandergebogener Kleiderbügel. »Warum diese zusätzliche Stunde?«

Die Männer hatten längst verstanden, dass etwas anders war. Nicht nur, weil ich sie so kurz nach dem letzten Treffen wieder einbestellt hatte. Im Gefängnis ist es essenziell, schon winzigste Signale aufzufangen.

Ich war mir nicht sicher, wo ich anfangen sollte. Balancierte auf Messers Schneide. Ich hatte schlecht geschlafen, wusste aber, dass jede Sekunde, die ich zögerte, ein verlorener Augenblick für Olivia war.

»Ich brauche eure Hilfe«, sagte ich.

Die Stille war so massiv, dass ich das Blut in meinen Ohren rauschen hörte.

»Lasst mich vorher aber noch einmal unterstreichen, dass alles, was hier gesagt wird, unter uns bleibt. Nicht ein Wort wird an die Leitung oder an die Anklagebehörden weitergegeben.«

Die Männer sahen mich fragend an.

»Ihr kennt mich«, fuhr ich fort. »Wisst, dass ich mich schuldig am Tod von Jens Ellingsen fühle. Und ich brauche eure Hilfe, um das alles zu verstehen.«

Kein Mucks war zu hören. Auch Jacob sah mich fragend an. Seine Theorien waren zweifelsohne nützlich, halfen mir jetzt aber auch nicht weiter.

»Und noch etwas«, sagte ich. »Es erwartet niemand, dass ihr antwortet. Ihr könnt den Raum jederzeit verlassen. Aber ich brauche euch.«

Leif knetete seine Finger so heftig, dass sie knackten, und musterte Jacob mit mürrischem Blick.

»Es gibt viele Arten, eine Katze zu häuten«, sagte er. »Du darfst aber nichts weitergeben.«

»Es wird alles unter uns bleiben.«

Die Stille dauerte an. Bis Leif sie brach. »Also, schieß los.«

»Ich bin auf der Fährte eines Serienmörders«, sagte ich und bildete mir ein, dass ein Raunen durch den Raum ging. »Ich muss wissen, wie so ein Mann denkt.«

»Was für ein Mörder?«, fragte einer von ihnen mit ausdruckslosem Gesicht.

»Ein sexuell motivierter Täter.«

»Was kriegen wir, wenn wir dir helfen?«

Ich ließ die Arme hängen. »Nichts.«

»Und warum sollen wir es dann tun?«

Ich blinzelte heftig. »Ihr könnt ein junges Mädchen retten.«

»Was hab ich mit der zu tun?«, sagte er, zuckte mit den

Schultern, stand auf und ging. Die Tür fiel hinter ihm mit einem Seufzen ins Schloss.

Ich zog eine Augenbraue hoch. »Wie seht ihr das?«

Die Männer sahen sich an.

»Die Ausgangssituation?«, fragte Leif.

»Drei Mädchen, vielleicht vier.« Ich befeuchtete meine Lippen. »Wir glauben, dass der Täter …«

»Wenn du jetzt mit dem Mist kommst, dass er eine miese Kindheit hatte, kotz ich«, sagte Leif.

Schwere Atemzüge, einige rutschten auf ihren Stühlen herum. Draußen auf dem Flur begann jemand zu singen. Gefühlvollen Prison Blues. Schief, aber mit Humor.

Leif musste blinzeln. »Du willst also wissen …«

»Wie ein sexuell motivierter Täter tickt?«

»Du brauchst nicht zu wissen, wie er tickt«, fuhr Leif fort. »Du musst wissen, wie sich das anfühlt.«

»Jemanden zu töten?« Meine Stimme war wie ein trockenes Flüstern.

»Genau.« Er fuhr sich mit der Hand über das glatt rasierte Kinn. »Manchmal geht es um die Gelegenheit. Du siehst sie und weißt, das ist die Richtige.«

»Die Richtige?«

»Erkenn das Band, die Verbindung.«

»Das verstehe ich nicht.«

»Das ist eine Kunst«, fuhr er fort, »die die wenigsten beherrschen. Wer sich aber auf diese Kunst versteht, sieht sie nicht nur, sondern kann sie auch riechen.«

Leif tippte sich an die Nase, legte den Kopf in den Nacken, atmete durch die Nase ein.

»Was riechen?«, fragte ich.

»Ihre Seele. Und die erzählt ihm, dass sie bereit ist. Dass der Bund besiegelt werden kann.«

Ein Schauer lief mir über den Rücken, und ich sah kurz zu Jacob, der keinen Muskel rührte.

»Und das Gefühl ist gegenseitig«, fuhr Leif fort.

»Gegenseitig?«

»Die Interaktion zwischen ihnen. Die Wellen, das ist wie eine Brandung, die erspürt und gezügelt werden muss.«

»Dann geht es bei sexuell motivierten Taten darum, die Seele zu erkennen, die bereit ist, gezähmt zu werden?«, fragte ich und spürte, wie viel Speichel ich im Mund hatte.

»Man erwählt einander«, sagte Leif, als wäre es die natürlichste Sache der Welt. »Hast du schon mal am Meer gestanden und die Wellen beobachtet? Eine heranrollende Welle wird abgeschwächt, wenn eine andere zurückrollt. Erst wenn das Meer sich beruhigt hat, kann eine neue Welle ihr volles Crescendo aufbauen.«

»Nun, ich ...« Die Worte blieben mir im Hals stecken.

»Genau«, sagte Leif. »Das Warten auf die Richtige ist ein Teil des Spiels.«

Ich musterte ihn. »Willst du damit sagen, dass das Opfer ... den Täter aussucht?«, sagte ich mit etwas hitzigerem Tonfall als beabsichtigt.

»Erinnerst du dich an den Fall vor ein paar Jahren, wo ein Mann einen anderen kontaktiert hat, der ihn essen wollte?«, fragte Leif.

Ich schluckte. Natürlich erinnerte ich mich an den Fall des Kannibalen, der einen jungen Mann gesucht hatte, der gegessen werden wollte, und tatsächlich eine Antwort erhalten hatte.

»Das war ein psychisch gestörter ...«

»Du kannst das verstehen oder nicht, Fakt ist, dass es jemanden gab, der getötet und gegessen werden wollte. Er wollte Teil des Körpers einer anderen Person werden, Teil seiner Seele. Im Inneren eines stärkeren Mannes weiterleben.«

»Du kannst die jungen Mädchen doch nicht mit so einem schweren psychiatrischen Fall vergleichen. Diese Mädchen wollten nicht sterben.«

Ich suchte Jacobs Blick, der nur Augen für Leif hatte. Die beiden konnten keine gemeinsame Ebene finden, weil Jacob Leifs Bullshit immer gleich durchschaute. Ich hätte gern gewusst, was Jacob in diesem Augenblick dachte.

»Willst du damit sagen, dass er die Illusion hat, dass es eine *gemeinsame* Entscheidung ist?«, fragte ich.

»Ich glaube, er sieht das als eine Art Pakt an, ja«, sagte Leif. »Eine Art Verliebtheit.«

Was auch immer ich mir von diesem Gespräch erhofft hatte, das war es nicht.

»Ich habe das schon mal gespürt«, sagte Leif. »Habe eine Seele gesehen und gewusst, dass sie für mich bestimmt war. Manchmal sucht man sein ganzes Leben vergeblich danach. Und plötzlich ist es da. Die richtige Welle schlägt ungebremst an Land. Man spürt es in den Fingerkuppen, im Mund. Der Puls geht schneller. Genau, wie wenn man verliebt ist.«

Ich konnte die Frage nicht zurückhalten. »Was hast du mit ihr gemacht?«

»Darfst du so was fragen?«

»Nein, aber ich tue es trotzdem. Was hast du gemacht?«

»Nichts.« Er sagte es so leicht, als wäre es der Anfang eines Liedes. »Das ist der Unterschied zwischen mir und ihm. Ich habe immer nur Abschaum eliminiert. Der, den du suchst, ist auf der Jagd nach einer Person, die ihm das gibt, was er begehrt. Einen Bund.«

»Und woher weiß ich, wonach ich Ausschau halten muss?«

»Das kannst du nicht wissen, außer du hast selbst so eine Seele.«

»Das verstehe ich nicht.«

Er rutschte auf die vordere Stuhlkante. Legte die Hände auf die Oberschenkel.

»Wenn du zugehört hättest, als ich über den Kannibalen gesprochen habe, würdest du es verstehen.«

»Ich höre jetzt zu.«

Leif saß einen Moment still da. »Du musst den Tod fühlen.«

»Herausfinden, wie es sich anfühlt, fast zu sterben?«

Leif seufzte. »Hör mir zu, Baby. Wie es sich anfühlt, Leben zu nehmen. Das Magische an der eigentlichen Tat.«

Ich drehte den Kopf, bis mein Nacken knackte. Das Gefühl, Leben zu nehmen, war mir vertrauter, als die Männer ahnten.

»Und dann?«, fragte ich.

»Du willst wissen, wie du ihn finden kannst?«

»Ja.«

Mit einem Mal sah ich in seinen Augen so etwas wie einen zerbrochenen Spiegel. Mir wurde kalt. Leif hat aufgegeben, dachte ich, als er sich räusperte.

»Wenn er gut ist, dürfte das ein Ding der Unmöglichkeit sein. Außer er will geschnappt werden. Glaub es oder nicht, aber die meisten wollen das. Wollen die Scham loswerden.«

»Du meinst, er empfindet Reue? Schämt sich?«

Hatte er sie deshalb so leicht auffindbar zurückgelassen?

»Er hofft, dass die Gewalt, der Mord sein Begehren stillt«, sagte Leif. »Nach der Tat erkennt er dann, dass der Mord nicht zum gewünschten Effekt geführt hat, und denkt, dass es das nächste Mal ganz bestimmt klappen wird.«

Leif klang, als wüsste er genau, wie sich das anfühlt.

76

Ich versuchte, möglichst offen zu sein, aber Leifs Wortschwall machte mich ganz benommen. Dabei verstand ich,
was er sagen wollte. Opfer von Gewalt in engen Beziehun-
gen kehren oft zu dem Angreifer zurück. Dasselbe gilt für
Frauen, die durch eine gewaltgeprägte Kindheit navigieren
mussten. Kinder, die ständig angeschrien wurden, sehen ein
Ereignis oft schon lang voraus, bevor es eintritt. Passen ihr
Verhalten daran an. Leider nicht in der Art wie eine Person
ohne Traumata.

Und dann waren da die Mädchen mit dem Bedürfnis
nach Anerkennung und Liebe. Möglicherweise mit einer
Faszination für potenziell gefährliche Männer. Nichts
davon ist unbekannt in einer Welt, in der die Frauen
dazu erzogen werden, das Alfa-Männchen zu bewun-
dern.

Alle Mädchen hatten mit etwas gekämpft. Hatte er sie
so gesehen?

Der Täter strahlte etwas aus, das faszinierend auf andere
wirkte. Waren sie davon angezogen worden?

Jacob und ich schwiegen während der Fahrt. Natürlich hätten wir über Leifs Ausführungen reden können, er
schien aber wie ich das Bedürfnis zu haben, das erst einmal
sacken zu lassen. Selbst als ich vor seiner Wohnung parkte,
saßen wir noch eine Weile stumm nebeneinander.

»Erinnerst du dich noch an andere Vorfälle, die deine Mutter erwähnt hat?«, fragte ich schließlich.

»Leider, nein«, sagte er und öffnete mit langsamen Bewegungen den Gurt. »Wie gesagt, ich war damals erst zwölf.«

»Und als du älter warst? Habt ihr irgendwann noch mal über die Geschehnisse gesprochen, gab es irgendeinen Verdächtigen?«

»Die Stadt war voller erwachsener Männer, die ich nicht kannte, aber nach unserem letzten Gespräch ist mir tatsächlich einer in den Sinn gekommen. Er hat Jungs wie mich an seinem Auto rumschrauben lassen. Es ist nie was passiert, aber im Rückblick finde ich das ziemlich gruselig.«

Einer, der sich an Kinder oder Jugendliche ranmacht, fängt oft so an. Er lässt sie bei kleineren Sachen helfen, damit sie sich gesehen fühlen, wahrgenommen.

Ich fuhr zu Kristian, und danach tat ich etwas, das ich schon viel zu lange aufgeschoben hatte.

»Ich suche nach dem Ariadnefaden«, sagte Lyras Mutter. »Dem Leuchtstrang, dem ich folgen kann, um wieder aus dem furchtbaren Labyrinth herauszufinden.«

Ein mittelgroßes Reihenhaus in Skedsmo, unweit der Autobahn. Wenn mich meine Erinnerung nicht täuschte, gab es noch einen jüngeren Bruder und einen Vater, der am anderen Ende des Landes wohnte. Ich parkte vor dem Haus, nahm Victoria aus dem Babysitz und ging hinein. Stieg über Fußballschuhe und einen Pullover, der auf dem Flurboden lag.

In dem übermöblierten Haus roch es stark nach Gewürzen. Ein stickiger Bunker, dunkler, als ich es in Erinnerung hatte. Kinderfotos bedeckten die Wände. Die meisten von Wettkämpfen und Siegerehrungen. Ich setzte mich auf den angewiesenen Platz auf dem Sofa und legte Victoria auf den Rücken neben mich. Ich hatte keine andere Wahl gehabt, als sie mitzunehmen, aber als ich jetzt den starren Blick der Frau sah, bereute ich es.

»Ich hab lange Rachegedanken gehabt«, sagte sie. »Wollte, dass der Teufel, der mir Lyra weggenommen hat, in der Hölle schmort.«

»Und jetzt?«

Sie wedelte mit der Hand vorm Gesicht. »Rachegelüste sind wohl menschlich, aber früher waren sie nur gegen ihn gerichtet. Inzwischen gegen alle.«

»Alle?«

»Gegen Sie, vor allen Dingen, und natürlich die Polizei. Lyras Vater, der keine Verantwortung übernommen hat. Freunde, die nicht mitbekommen haben, was sie gemacht hat. Ihre Lehrer.«

Sie schob die Finger ineinander. Fragte nicht, ob ich etwas trinken wollte. Ich nahm das Fläschchen aus der Schultertasche und gab es Victoria.

»Das ist verständlich«, sagte ich. »Gab es jemanden, den sie besonders mochte? Außer dem Lehrer, dem sie sich anvertraut hat?«

Draußen klirrte Glas. Dumpfe Schläge, ein anfahrender Lastwagen. Das unverkennbare Geräusch der Müllabfuhr, das mich immer daran erinnerte, dass er Lyra und Henriette wie Abfall entsorgt hatte.

»Ist er wieder aktiv?«, fragte sie. »Sind Sie deshalb hier?«

Ich traute mich kaum, sie anzusehen, aus Angst, dass sie meine Gedanken las.

»Ich bin hier, weil ich Ihnen schon viel zu lange einen Besuch schulde.«

»Kommen Sie nicht mit Ihren Entschuldigungen, ich ertrag das nicht. Erzählen Sie mir lieber, ob Sie neue Erkenntnisse haben.«

»Nichts, worüber ich sprechen kann«, sagte ich. »Aber ich hätte ein paar Fragen.«

Sie signalisierte mit einer kurzen Handbewegung, dass ich weiterreden konnte.

»Ich erinnere mich, dass von teuren Sachen die Rede war, zu denen Lyra sich nicht äußern wollte«, sagte ich. »Haben Sie rausgefunden, wo sie die herhatte?«

»Im Nachhinein hab ich mich gefragt, ob er ihr die gekauft hat.«

»Was für Sachen waren das?«

»Kleinigkeiten. Schmuck, Ringe, ein Schal. Ich hab gedacht, sie hätte die geklaut. Dann kam sie mit einem sauteuren Kleid nach Hause. Sie hatte mir deswegen das Ohr abgekaut, um es zu kriegen, aber ich kann mir so etwas nicht leisten.«

»Gab es einen besonderen Anlass?«

»Den Schulball. Die Jugendlichen würden ihre Großmutter verkaufen, um das teuerste Kleid für das wichtigste Fest des Jahres zu kriegen.«

Begann alles mit dem Schulball? War es die Verzweiflung, dort am besten auszusehen, die sie blind in die Falle tappen ließ?

»War das nach der weiterführenden Schule?«

Sie nickte. »Der Ball findet im letzten Jahr statt. Es war kurz vor unserem Umzug. Aber wie ich schon vor drei Jahren gesagt habe, hat es da begonnen, dass sie immer mehr in Opposition gegen uns gegangen ist. Wenn da schon etwas getan worden wäre ...«

»Sagt Ihnen der Name Signe Davidsen etwas?«

»Die Handballerin? Lyra hat sie angehimmelt.«

Ich hob Victoria hoch und setzte sie auf meinen Schoß. Traute mich nicht, meiner eigenen Tochter über den Kopf zu streicheln, wollte Lyras Mutter nicht den Eindruck von Familienglück vermitteln. Dachte an das, was Rita über Hege gesagt hatte. Eine Frau, die ein Kind verliert, darf nicht strahlen.

Sie sah zu Victoria. Schob eine Strähne aus der Stirn. »Hoffen Sie, dass Ihre Tochter mal hübsch wird?«

Die Frage überraschte mich.

»Schönheit ist wohl nicht das Wichtigste«, sagte ich, auch wenn es nicht von der Hand zu weisen war, dass hübsche Mädchen es in vielerlei Hinsicht leichter haben als andere.

Sie schüttelte seufzend den Kopf. »Insgeheim war ich nur froh, dass Lyra nicht diese Göttin war, von der alle Jungs träumten. Und das hab ich ihr auch gesagt.«

Ich wunderte mich über ihre plötzliche Offenheit. »Warum haben Sie es ihr gesagt?«

Sie sah mich mit großen Augen an. »Aber verstehen Sie denn nicht?«

»Nicht wirklich.«

Die Frau verdrehte die Augen und drückte das Kinn auf die Brust.

»Es könnte jetzt alles anders sein und ich kein zerstörter Mensch.«

Ich sah Victoria an, dann die Fotos an den Wänden. War nicht in der Lage, zu antworten.

»Und ich hatte recht.« Ihre Lippen bebten. »Sie wurde vergewaltigt und ermordet. Genau, wie ich es ihr vorhergesagt hatte.«

Die Worte brannten. Ich konnte ein leichtes Kopfschütteln nicht unterdrücken. »Das spielt jetzt keine Rolle.«

Aber das tat es. Die Frau war auch die Mutter eines Sohnes. Wenn die Eltern nicht für ihn da waren, konnte er zu einem Glaskind werden, das im Schatten seiner verstorbenen Schwester aufwuchs.

»Ist Ihnen rückblickend noch irgendetwas anderes in den Sinn gekommen?«

»Nichts. Die drei Jahre waren komplett ruhig. Erst vor Kurzem ist was passiert.«

»Aha?«

»Seltsam, dass Sie grade jetzt kommen«, sagte sie. »Vor ein paar Tagen lag ein Umschlag vor meiner Tür. Mit Ihrem Namen drauf.«

Mit meinem Namen?

Sie holte den Umschlag. Ich nahm ihn zögernd entgegen, wie ein Vorzeichen. Hielt den Umschlag an einer Ecke gegen das Licht, verstand, was er enthielt, und riss ihn auf.

Olivia schaute lächelnd in die Kamera, glücklich. Sie war im Freien, der Hintergrund nicht schwer zuzuordnen. Das Feuchtgebiet am Øyeren.

77

Jenny, 2006

Der Duft von amerikanischen Pancakes zieht durchs ganze Haus. Endlich Geburtstag.

Ich werde früh wach und mache einen kurzen Abstecher aufs Klo, ehe ich zu Mama in die Küche runterlaufe. Sie steht am Herd.

»Setz dich«, sagt sie, wirft einen Pfannkuchen hoch in die Luft und fängt ihn mit der Pfanne wieder auf. »Und vielleicht wartet ja sogar ein Geschenk auf dich.«

Sie dreht sich um und zwinkert mir verschwörerisch zu. Am Ende des Küchentisches steht ein hübsch in weißes Papier eingewickeltes Päckchen mit roter Seidenschleife. Es hat ungefähr die Größe eines dicken Buches, aber das kann es nicht sein. Mama weiß, was ich mir wünsche. Ein schwarzes Handy, von Prada.

Die Pfannkuchen schmecken genau richtig. Süß und würzig zugleich. Sogar den richtigen Ahornsirup haben wir im Haus.

»Und was machen wir heute Abend?«, fragt Mama. »Wie wär's mit Kino?«

Sie sieht so erwartungsvoll aus, aber Signe hat mich für heute Abend schon eingeladen. In ein Restaurant, von dem ich noch nie was gehört habe. In der Stadt, und teuer, so viel ist sicher.

Ich stopfe die warmen, luftigen Pfannkuchen in mich rein und sage: »Guckst du, welche Filme heute laufen?«

Und dann, endlich überreicht Mama mir mit Stolz in den Augen das Geschenk.

»Hoffentlich gefällt es dir.«

Ich reiße das Papier auf und sehe schon Camillas Gesicht beim Anblick meines neuen Prada-Handys. In dem Papier steckt aber keine schwarze Box mit Prada-Logo. Ein lila Karton mit rosa Herzen auf dem Deckel strahlt mir höhnisch entgegen. Meine Hand verkrampft, als ich die Schachtel öffne und den Inhalt sehe.

Ein billiger Modeschmuck, zwei ineinander verschränkte Herzen.

»Du und ich«, sagt Mama. »Ist das nicht hübsch?«

78

Er war uns immer einen Schritt voraus und ließ uns das auch wissen.

»Es gibt eine Augenzeugin«, sagte Abs, als ich sein Büro betrat. »Olivia wurde an einer Tankstelle in Skedsmo in einem grünen Auto gesehen.«

»Von wem?«

»Eine ältere Dame hat eine junge Frau in Trainingsklamotten gesehen, die ihr auffällig abwesend und schlaff vorkam. Aber erst am nächsten Morgen ist ihr aufgegangen, dass das Mädchen auch unter Drogen gestanden haben könnte. Den Gesichtsausdruck kannte sie von einem Mal, als sie eine zu hohe Medikamentendosis bekommen hatte.«

Ich trommelte mit den Fingern auf die Tischplatte. »Was sonst noch?«

»Die Einheit Ost überprüft die Kameras und Kassenbons und befragt die Angestellten. Nachdem du das Bild geschickt hast, konzentriert sich die Suchaktion um Lillestrøm, Skedsmo und Nerdrum.«

Er zeigte auf zwei verstaubte Pappkartons, die in der Sitzgruppe standen. »Das Material zum Fall Jenny. Wir werden uns da noch mal durchackern müssen. Nach Fehlern suchen. Überschneidungen.«

Endlich, dachte ich, und ließ mich auf das Sofa fallen.

Abs nahm den Deckel vom ersten Karton. Teilte den

Inhalt in drei Stapel auf. Nummer eins für den Tag, an dem Jenny verschwunden war. Die Chronologie. Ausdrucke elektronischer Dateien, E-Mails, Fotos und Karten sowie die Transkriptionen der Zeugenvernehmungen von Anders, Noah und Signe. Im zweiten Stapel lagen Personenbeschreibungen von Jenny. Befragungen von Mitschülern, Lehrern und Pflegepersonal sowie Hege. Der dritte Stapel enthielt lose Notizen, Blätter und Quittungen. Noch nicht zugeordnet war eine dünne Pappmappe mit einem Bericht von der Feuerwehr und zwei Kopien des Verhörs von Jenny nach dem Hüttenbrand.

Wir fingen mit Signes Zeugenvernehmung am 29. August 2006 an, zwei Wochen nach Jennys Verschwinden. Bei jedem Blinzeln sah ich ihr verzweifeltes Gesicht, bevor der Lastwagen sie mitgerissen hatte. Ich dachte an ihre Kinder, wie sie wohl mit dem Tod der Mutter fertigwurden. Zwang meine Konzentration zurück zu dem Ausdruck. Das Verhör war vom Leiter der Ermittlungen in Lillestrøm geführt worden, dem Polizisten, den ich vor Kurzem besucht hatte.

Ihre Aussage brachte mir keine neuen Erkenntnisse.

»Wieso hat es so lange gedauert, bis Signe ihre Zeugenaussage gemacht hat?«, fragte ich.

»Die Mutter hat uns nicht mit ihr sprechen lassen. Später haben wir erfahren, dass Signe mit einer Alkoholvergiftung im Krankenhaus war.«

»Jesses. Hat sie das Verschwinden der Freundin so mitgenommen, dass sie die Kontrolle verloren hat, oder steckte da noch was anderes dahinter?«

Wenn Hege recht hatte und die Freundesclique Jenny ausgenutzt hatte, könnte Signe die teuren Klamotten als eine Art Gegenleistung beschafft haben. Vielleicht hatte sie schon zu diesem Zeitpunkt das Gefühl gehabt, dass die Welt zusammenbricht.

»Sie war in den folgenden Wochen nur noch ein Schatten ihrer selbst«, sagte Abs. »Als ich sie schließlich getroffen habe, war mein einziger Gedanke, dass diese junge Frau unmöglich jemandem etwas antun kann.«

Die Zeugenaussagen von Anders und Noah waren auch nicht aufschlussreicher. Ich nahm mir den Stapel mit der Tür-zu-Tür-Befragung vor. Strich mit dem Finger über die Ausdrucke. An dem Tag und Abend schien alles, was kreuchen und fleuchen konnte, draußen unterwegs gewesen zu sein. Es war heiß, die meisten Bootsbesitzer hatten den Abend auf dem Wasser verbracht. Alle schienen aber noch vor Mitternacht wieder an Land gewesen zu sein.

Bei einer Aussage stutzte ich.

»Ein Mann hat gesagt, er hätte nachts ein schrilles Jaulen gehört. Als ob jemand einen Hund getreten hätte. Beim Flößereimuseum, glaubte er.«

»Das wurde überprüft«, sagte Abs. »Mehrere Zeugen hatten im Laufe der Nacht irgendwo Hunde kläffen hören. Eine Frau hat gesagt, dass sie ihren Hund auf der Terrasse angekettet hat, weil er sich nicht beruhigen wollte.«

Ich blätterte weiter. Die Aussage eines anderen Mannes wirkte glaubwürdig, aber seltsam. »Wer hat mit dem Naturfotografen gesprochen?«

»Mit wem?«

Ich hielt Abs das Blatt hin. »In der folgenden Woche hat eine Person behauptet, auf einer der Inseln etwas weiter südlich Wolfspuren gesehen zu haben. Wurde dem nachgegangen?«

Abs schüttelte den Kopf. »Wir haben das als für den

Fall irrelevant eingestuft. Weiter im Inland gibt es Wölfe. Das Delta ist Brutgebiet für etwa zwanzig Vogelarten. Und Biber. Kein Wunder, dass das Wölfe anzieht.«

»Das wurde also nicht überprüft?«

»Ich will nichts Schlechtes über einen früheren Kollegen sagen, aber manchmal wurden die Sachen recht flott abgehandelt.«

Gab es dafür einen Grund? Wollte der Polizist aus Lillestrøm den Fall möglichst rasch aufklären, als einen Unfall?

»Gibt es noch andere Fälle, in die Signe verwickelt war?«, fragte ich.

Abs stand auf, ging an seinen Schreibtisch und setzte sich. Er tippte etwas in die Tastatur. Ich sah die restlichen Zeugenaussagen durch. Arbeitete mich systematisch durch den Stapel und nahm mir schließlich Jennys Akte vor. Sie war mehrmals beim Ladendiebstahl erwischt worden und wohl in eine größere Sache mit Luxusuhren involviert. Hatte Rita nicht etwas von einer teuren Uhr gesagt, die Hege in Jennys Schrank gefunden hatte?

»Weißt du etwas über den Uhrenraub?«

»Ja, aber nicht im Detail. Das war eine größere Bande, soweit ich mich erinnere.«

Ich griff nach Signes Zeugenaussage. »War nicht irgendwo die Rede davon, dass der Bootsausflug die Freundschaft retten sollte?«

»Mmh …«

Ich sah Abs an, der auf den Bildschirm starrte und abwesend nickte.

»Hast du was gefunden?«

»Jenny hat sie angezeigt. Ich hab das damals überprüft.

Irgendeine Sache im Wald. Wir sind davon ausgegangen, dass sie das Feuer in der Hütte deswegen gelegt hat.«

Ich stand auf und stellte mich hinter ihn an den Schreibtisch. Las über die Schulter mit. Es waren nicht sehr viele Informationen zugänglich. Eine digitale Fallakte gab es nicht, aber man konnte sie beim Amtsgericht Romerike und Glåmdal einsehen. Die Adresse war gleich neben der Polizeistation in Lillestrøm.

»Sie hat sie angezeigt und vor Gericht gebracht«, sagte Abs. »Wegen etwas, das im Wald passiert sein soll.«

79

Die Frau am Empfangstresen schaute auf die Uhr. »Haben Sie angerufen? Vom Kriminalamt?«

»Genau.«

Sie rollte den Stuhl ein Stück nach hinten und suchte einen dünnen Umschlag heraus. Sie wirkte müde und wollte keinen Ausweis sehen.

»Normalerweise wird so etwas hier gar nicht archiviert, da haben Sie Glück gehabt.«

»Ja, das haben Sie schon zu meinem Kollegen gesagt.«

»Ich hab mich ins Zeug gelegt.«

»Das weiß ich sehr zu schätzen.«

Die Frau reichte mir den Umschlag. Danach legte sie ein Blatt und einen Stift vor mir auf den Tresen. »Eine kleine Unterschrift noch, dann können Sie gehen.«

Ein paar Minuten später verließ ich das Gebäude und suchte mir ein ruhiges Café. Kaufte ein Mineralwasser an der Theke und setzte mich an einen der hinteren Tische. Ich zog zehn dicht beschriebene Seiten aus dem Umschlag und begann zu lesen.

Drei Monate vor ihrem Verschwinden hatte Jenny ihre drei Freunde wegen eines Vorfalls in der Waldhütte angezeigt. Der brisante Fall war ungewöhnlich schnell bearbeitet worden, wohl in der Hoffnung, ihn rasch mit einem Vergleich zwischen den Parteien abschließen zu können.

Zuerst gab Jenny ihre Version des Vorfalls wieder, soweit sie sich erinnerte. Sie sagte, dass sie den ganzen Weg nach Hause gelaufen sei, eingeschmiert mit Tierblut. Und dass ihre Freunde Signe, Anders und Noah sie gezwungen hätten.

Hege erzählte, sie hätte Jenny unter dem Bett in ihrem Zimmer gefunden. Hysterisch. Berauscht von irgendwelchen Pilzen und mit zerrissenen Kleidern. Irgendwann hatte sie aus ihr herausbekommen, dass die anderen sie gezwungen hätten, ein Ritual auszuführen, zu dem das Schlachten eines Tieres und das Trinken von frischem Blut gehörte. Das sollte den *Schatten* in ihr wachrufen.

Die drei Jugendlichen beteuerten hingegen, dass das alles völlig harmlos gewesen sei. Ein Rollenspiel aus der nordischen Mythologie.

Waren die drei Jugendlichen wirklich so naiv? War ihnen nicht klar, dass Jenny zu jung für so etwas war? Oder war während des Rituals noch mehr passiert? Etwas, weswegen sie Jenny später einzuschüchtern versucht hatten, damit sie den Mund hielt?

Ich blätterte zur letzten Seite vor. Stutzte. Es war kein Urteil gesprochen worden, kein Vergleich zustande gekommen. Jenny hatte vor Gericht die Anzeige zurückgezogen.

80

Ich trotzte meinem Vorgesetzten und erzählte Rita von dem Ritual im Wald und den gelben Ohrmarken. Vom Vernehmungsvideo, auf dem Jenny eine solche Marke in der Hand gehalten hatte, und dass ich glaubte, dass Olivia vom selben Täter entführt worden war und Hege diesen Mann gekannt hatte.

»Hege hat um eine Kopie ebendieser Videoaufnahme gebeten, als der Fall geschlossen wurde«, sagte Rita mit einer unangezündeten Zigarette zwischen den Fingern. »Ich habe mir das Video auch angeschaut, muss aber gestehen, dass mir das mit der Marke nicht aufgefallen ist.«

»Haben Sie eine Ahnung, wo Jenny die hergehabt haben könnte?«

Ritas Lippen öffneten sich, es kam aber kein Laut heraus. Ich fragte mich, welchen Preis ich dafür bezahlen musste, dass ich ihr all das erzählt hatte, und ob es das wert war.

»Hege hat einen Vorfall erwähnt«, sagte sie schließlich. »Ungefähr ein halbes Jahr vor dem Unglück waren die Mädchen schwimmen und auf dem Heimweg von ...«

»Welche Mädchen?«

»Jenny und Signe. Hege hatte sie in dem Sommer öfter zu einem Waldsee rausgefahren.«

»Mit Signe?«

Rita schüttelte den Kopf und hielt die Zigarette an die

Lippen. »Fragen Sie nicht. Ich glaube, das war ihr Versuch, das Mädchen unter Kontrolle zu halten. Wie auch immer, auf dem Weg durch den Wald haben sie einen jungen Hirsch angefahren. Das Tier stand wie aus dem Nichts mitten auf dem Weg, sagte Hege. Sie hatte nicht die leiseste Chance, auszuweichen.« Rita starrte auf ihre Finger. »Hege hat wie gelähmt dagesessen, und auch die Mädchen, die den ganzen Tag rumgealbert hatten.« Rita schaute hoch. »Haben Sie schon mal ein großes Tier angefahren?«

»Noch nicht mal ein kleines.«

»Ich auch nicht, aber das muss ein grauenvoller Anblick gewesen sein. Das Tier lag zuckend auf dem Schotter. Hat versucht, sich aufzurichten und in den Wald zu flüchten, aber scheinbar war die Hüfte verletzt, die Hinterbeine sollen ganz schlaff gewesen sein. Nach ein paar Minuten hat Hege dann die Polizei angerufen, die einen Wildhüter vorbeischicken wollte.«

»Haben sie auf den gewartet?«

»Ja, der Typ war schnell da. In einem rostigen grünen Pick-up, den Hege schon ein paar Mal in unserem Viertel gesehen hat. Auch er schien gerade baden gewesen zu sein, hatte seinen Sohn dabei. Ihre Haare waren jedenfalls noch nass.«

Ich wunderte mich, wie detailliert Rita diese Geschichte wiedergeben konnte, bei der sie gar nicht dabei gewesen war.

»Ein grüner Pick-up?«

»Ja, so einer mit Winde hintendrauf, hat Hege gesagt. Damit hat er wohl die Tierkadaver auf die Ladefläche gezogen.«

»Und was war mit den Mädchen?«, wollte ich wissen.

»Die sind natürlich auch ausgestiegen, obwohl Hege sie gebeten hatte, im Auto zu bleiben, während der Typ das arme Viech erlöst hat. Als das Tier auf der Ladefläche lag, hat er ihm so eine gelbe Marke ans Ohr getackert. Hege war das seltsam vorgekommen. Sie meinte, damit würde man nur lebende Tiere markieren, um sie zu überwachen.«

»Hat er den Hirsch erschossen?«

»Das war auch merkwürdig. Er hat das Tier festgehalten, es getätschelt und beruhigt und ihm dann eine Art Rundmesser ins Gehirn gestoßen. Von hinten.«

»Ein Krummmesser«, sagte ich. »Direkt in die Medulla.«

Rita zog die Augenbrauen hoch. »Was?«

Ich wedelte mit der Hand. »Wer war der Mann?«

»Das wusste Hege nicht, ich habe ihr aber angesehen, dass sie nach dem Ausflug irgendetwas bedrückt hat. Natürlich ist das ein Schock, ein Tier anzufahren, aber danach lag lange Zeit ein ganz dunkler Schatten über ihrem Gesicht. Sie hat mir erst Jahre später erzählt, was der Grund dafür war. Als der Wildhüter kam, hatte Hege das Gefühl, dass Signe den Mann kannte.«

Ich fuhr noch einmal zu dem Jäger, den ich schon vor ein paar Tagen aufgesucht hatte. Der struppige Hund war noch genauso angriffslustig wie beim letzten Mal, dieses Mal lief ich aber zügig an ihm vorbei und direkt in die Scheune.

»Wie funktioniert das mit der Markierung von Wild?«, fragte ich.

Der Jäger war gerade dabei, Würste in einen Räucherschrank zu hängen.

»Die Lebensmittelaufsichtsbehörde legt fest, welche

Tiere zu Forschungszwecken markiert werden. Das ist nicht mehr wie früher, als noch jeder Hansel sein eigenes Süppchen gekocht hat.«

»Ah ja?«

Er wickelte eine lange Wurstkette um eine Stange.

»Na ja, Sie verstehen schon, was ich meine.«

»Nicht so ganz. Ich suche jemanden, der es mit den Regeln nicht so genau genommen hat. Der als Wildhüter gearbeitet und Tiere markiert hat, die bereits tot waren.«

Der Jäger schien nicht überrascht über meine Andeutung.

»Es gab da mal einen Kerl ...« Es sah aus, als würde er vergeblich versuchen, sich zu erinnern.

»Wer?«

»Weiß nicht.« Er wendete sich von mir ab, und ich konnte sein Gesicht nicht mehr sehen. »Aber ich erinnere mich, dass eine Zeit lang tote Tiere mit älteren Verletzungen und neueren Ohrmarken gefunden wurden.«

»Und das ist ungewöhnlich?«

Der Jäger nickte.

»Was könnte der Grund dafür gewesen sein?«

»Das machte eigentlich überhaupt keinen Sinn, aber ich habe mir trotzdem meinen Teil gedacht. Wenn Sie mich fragen, waren die Verletzungen der Grund für die Markierungen.«

Auf dem Heimweg sah ich wieder den Bettler vor dem Café, der den Passanten seine Lebensweisheiten mitteilte.

»Was ist das wahre Böse, wenn nicht das System selbst?«

81

Jenny, 2006

Absätze auf glänzendem Marmorboden. Der Duft von süßem Parfüm. Signe hat mich in die Mall in Oslo entführt, eine exklusive Oase, in der sie mir zum Geburtstag Unterwäsche kaufen will.

Drinnen überkommt mich das spontane Gefühl, schäbig und billig zu sein. Ich habe mich nie sonderlich um mein Aussehen gekümmert, aber seit Signe in mein Leben getreten ist, verstehe ich, was Luxus bedeutet. Und wie wenig Ahnung ich hatte. Obwohl ihre Eltern nicht reich sind, trägt Signe immer teure Kleider und Designertaschen. Sie spart, sagt sie, wenn ich sie frage, woher sie das Geld dafür nimmt. Lässt sich Geld zu Weihnachten schenken, um sich das zu kaufen, was sie wirklich haben will. Außerdem gibt sie nichts für Süßigkeiten oder anderen Unsinn aus. Es gibt Stimmen, die behaupten, Signe würde stehlen, aber ich habe ihre Geldbörse gesehen, die voller Bargeld und Quittungen von den teuren Sachen ist, die sie gekauft hat. Ich selbst habe versucht, das Schmuckstück zurückzugeben, das Mama mir geschenkt hat, um zu ein bisschen Geld zu kommen, aber der Verkäufer meinte nur, das sei eine Sonderaktion gewesen, aus der er nichts zurücknehmen könne.

Ein drahtiger, gut aussehender Mann kommt zu uns. Er hat eine Boyband-Frisur und trägt Mascara.

»Braucht ihr Hilfe oder wollt ihr euch nur umsehen?«

Signe sagt ihm, was wir suchen, und er führt uns zu drei Regalen mit den schönsten BHs, die ich jemals gesehen habe.

»Meine Lieblingsmarke«, sagt Signe. Sie nimmt mit ihren Blicken Körpermaß und wählt vier Slips mit passenden Oberteilen aus. Schiebt mich in die Umkleidekabine, folgt mir nach drinnen und hängt alles an die Haken. Als ich die Preise sehe, wird mir schwindelig. Für ein einziges Set würde ich eine neue Jeans kriegen.

»Dann zieh dich mal aus«, sagt Signe. Sie hat ganz offensichtlich nicht vor, mich in Ruhe anprobieren zu lassen.

Ich beginne mit dem Oberkörper. Signe justiert die Träger der BHs. Es scheint sie nicht zu kümmern, dass ich mit nacktem Busen vor ihr stehe. In dem kalten Licht sehen meine Brustwarzen fast schwarz aus. Ich möchte wetten, dass Signes ganz blass sind, nordisch, perfekt.

»Probier den hier zuerst«, sagt sie und reicht mir einen cremerosa Push-up.

Er macht meine Brüste größer und meinen Bauch flach. Als ich den Slip über meinen eigenen ziehen will, hält sie mich zurück.

»Probier ihn besser ohne deinen Slip, sonst kannst du nicht beurteilen, ob er wirklich gut sitzt.« Sie zeigt auf die Folie im Inneren. »Das machen alle so.«

Signe wühlt in ihrer Tasche herum, nimmt das Handy heraus und hält es hoch.

»Nicht«, sage ich. »Keine Fotos in Unterwäsche.«

Signe macht ihr Stell-dich-nicht-an-Gesicht.

»Nur damit du siehst, wie toll du aussiehst. Ich lösche es anschließend auch gleich, versprochen.«

Ich probiere alle Garnituren, während Signe ihre Bilder knipst. Anschließend zeigt sie mir ein paar der Fotos in BH und Slip, und sie hat recht. Die Unterwäsche lässt mich älter aussehen. Eine junge Frau, die erwachsen wird.

»Welcher hat dir am besten gefallen?«, fragt sie, als ich alle probiert habe.

Ich zögere, will sie entscheiden lassen.

»Cremerosa ist nie falsch«, sagt sie und schnappt sich die Garnitur. »Zieh dich wieder an, ich geh zur Kasse und zahle.«

An der Ausgangstür redet Signe mit einem Mann, den ich schon mal gesehen habe. Ich ducke mich hinter einen Kleiderständer und beobachte sie. Signe lacht zuckersüß. Der Mann nimmt etwas entgegen, das wie eine Kreditkarte aussieht, steckt sie in die Tasche. Dann legte er Signe den Arm um die Hüfte und zieht sie an sich. Küsst sie sanft, während seine Finger sich in ihren Po graben.

Die Art, wie sie sich anfassen, lässt mir warm werden. Er flüstert ihr etwas ins Ohr. Signe weicht von ihm zurück, streckt die Hand aus und wartet, dass er etwas aus der Innentasche seiner Jacke holt. Es sieht aus wie ein Umschlag oder ein kleines, flaches Päckchen.

»Wer war das?«, frage ich Signe, als sie mich erblickt und der Mann gegangen ist.

»Mein Lover«, sagt sie und zwinkert mir zu. »Er kriegt von mir etwas, was seine Frau ihm nicht geben kann, und er gibt mir Geld dafür. Eine klare Win-win-Situation.«

Im Bus auf dem Weg nach Hause sehen wir ihn noch einmal. Signe und der Mann grüßen sich jetzt nicht einmal. Sie geht direkt an ihm vorbei, den Blick starr nach vorn gerichtet. Eilt zur letzten Reihe und schiebt sich schnell auf den Sitz am Fenster, als wollte sie etwas abschütteln. Starrt nach draußen. Der Mann lächelt mich an, als ich an ihm vorbeigehe, und da erkenne ich ihn. Es ist der Mann, den ich im Wald gesehen habe, als Jacob und ich baden waren. Und der im Park war, als Jacob sein Modellflugzeug ausprobiert hat.

Signe sagt etwas, ich höre aber nicht zu. Kann den Blick nicht von dem Mann nehmen, den sie ihren Lover nennt. Es wirkt fast so, als hätte sie Angst vor ihm.

Als er aussteigt, sehe ich ihm hinterher und merke mir, in welcher Straße er verschwindet.

82

Hielt er es für seine Aufgabe, schwierige Mädchen aus der Gesellschaft zu entfernen?

Hatte er mit Tieren begonnen und dann mit Menschen weitergemacht?

»Interessant ist«, sagte ich zu Abs, »dass niemand ein schlechtes Wort über Lyra oder Henriette verliert. Sie haben sich nach Anerkennung gesehnt und waren immer freundlich zu ihren Freunden, auch wenn sie zu Hause Schwierigkeiten hatten.«

Abs seufzte tief und blätterte durch seine Unterlagen. »Jenny war das Gegenteil davon.«

»Du meinst, sie war manipulativ?«

»In einem ziemlich hohen Grad, würde ich sagen.«

Ich musste an das Gespräch in der Schule denken. Jenny sei ein aufgewecktes, sehr begabtes Mädchen, hatte der Lehrer gesagt.

»Sie soll Gerüchte verbreitet haben, dass der Schulsanitäter zu Gewalt aufgerufen hat. Wie ist das eigentlich ausgegangen?«

»Ihm wurde gekündigt.«

»Ist er damals verhört worden?«

»Klar, er ist aber irgendwo im Norden gewesen, als Jenny verschwand.«

»Okay, gehen wir mal davon aus, dass sie einen Stalker

hatte«, sagte ich, »der sie durch den Wald gejagt hat. Hat sie den Spieß einfach umgedreht?«

Warum war ich nicht früher auf diesen Gedanken gekommen?

»Ein Jugendlicher oder Erwachsener hätte das sicher schwer verdaut«, sagte Abs. »Das passt zu dem Szenario, dass er sich Mädchen sucht, an denen er seine Wut auslassen kann.«

»Und anschließend bestraft er sich selbst, weil der Mord nicht den gewünschten Effekt hatte. Und hofft auf das nächste Mal.«

Serienmörder ermorden den immer gleichen Frauentyp aus den immer gleichen Gründen: Traumata aus der Kindheit, die sie nie losgeworden sind. Jungs identifizieren sich eher mit den Tätern, internalisieren das Verhalten und geraten dadurch in einen Teufelskreis. Mädchen spielen das Spiel, das sie in der Kindheit gelernt haben, häufig weiter und werden zu Opfern, bevor sie erwachsen sind. Ich dachte daran, was mein biologischer Vater gesagt hatte: Wer nicht hören will, muss fühlen.

»Kann Jenny ihn getriggert haben?«, fragte ich mehr mich selbst als Abs.

Wir hatten nie an einen solchen Trigger für den Täter gedacht.

»Möglich«, sagte Abs, als ein Mann in sein Büro kam.

Er reichte ihm einen Zettel, die beiden sprachen leise miteinander.

Ich dachte an eine Reise in die Türkei, die ich als Neunzehnjährige gemacht hatte. Ich war allein unterwegs und schlenderte abends noch einmal durch den Hafen. Der Wind spielte mit meinem leichten Kleid, meine Haut glühte nach den entspannten Tagen am Strand, und meine Haare waren von der Sonne strohgelb geworden. Ich war zum ersten Mal allein im Süden und fühlte mich so weltgewandt.

Am Ende des Kais lag ein spektakuläres Segelboot. Ich blieb stehen, bewunderte das Boot und wurde auf einen jungen Mann an Deck aufmerksam. Er war groß, muskulös und attraktiv wie ein Fotomodell. Erzählte, er sei Architekt in Istanbul, und das Boot gehöre seinem Vater. Am nächsten Tag wollten die beiden mit ein paar Freunden seines Vaters eine Segeltour machen. Er lud mich ein, mitzukommen. Ich antwortete, dass ich darüber nachdenken wollte, und sah mich selbst mit diesem Model-Typ übers Mittelmeer segeln.

Ich fuhr nicht mit, und am nächsten Morgen war das Boot verschwunden und kam auch nicht wieder. Als ich einen Restaurantbesitzer später nach den Männern fragte, erzählte er mir, der Bootsplatz sei nicht länger gemietet gewesen und dass sie immer an diesem Wochenende lossegelten.

Was mir seitdem Angst machte, war die Tatsache, dass ich damals ernsthaft über das Angebot nachgedacht hatte. Mein naives junges Hirn hatte tatsächlich erwogen, an einer Segeltour teilzunehmen, von der die Männer nie zurückkamen.

Hatte ich damals einen potenziellen Täter erkannt und war von ihm angezogen worden?

»Anders gibt zu, in Heges Haus eingebrochen zu sein, um nach den angeblichen Beweisen zu suchen«, sagte Abs, als der Mann wieder gegangen war. »Aber ansonsten können wir sie alle vergessen. Anders, Noah und Signe haben wasserdichte Alibis für die beiden Abende, an denen Lyra und Henriette verschwanden.«

83

Ich hatte mich auf die drei eingeschossen, das spürte ich jetzt. Aber Olivia wurde weiterhin irgendwo gefangen gehalten, und wir hatten keine anderen konkreten Verdächtigen. Wäre Ellingsen noch am Leben, würde ich ihn vermutlich noch immer für den Täter halten. Irgendetwas an ihm hatte mich nie losgelassen, weshalb ich mir das Video von dem Verhör noch einmal anschauen wollte. Ich musste verstehen, was ich damals missverstanden hatte.

Zu Hause schaltete ich den Mac ein. Ging in die Küche, starrte aus dem Fenster, kochte mir Kaffee und schmierte mir zwei Scheiben Knäckebrot mit Leberwurst, die ich nicht anrührte. Meine Finger zitterten, als ich mich an den Computer setzte und das Video startete.

Der Raum war unpersönlich, das Licht fahl, es waren kaum Schatten zu sehen. Weiße Wände und ein einzelner Tisch aus hellem Holz. Drei Personen. Abs, Ellingsen und ich. Abs mit ernstem Gesicht, während ich mein Zittern zu kontrollieren versuchte. Ellingsen mit entspanntem Lächeln, bei dem mir noch immer ein Schauer über den Rücken lief. Im Mundwinkel ein Zahnstocher, der von links nach rechts und zurück wanderte.

Mir fiel auf, wie normal er aussah. Sonnengebräuntes Gesicht, blaue Augen. Die tiefen Falten in der hohen

Stirn zeugten von einem aktiven Leben draußen in der Natur. Der Mann war nicht attraktiv, sondern ganz und gar durchschnittlich. Ein unauffälliger Familienvater. Nach dem Selbstmord hatte er sich in meinen Gedanken in einen abstoßenden, widerlichen Kerl verwandelt. Jetzt sah ich einen Unschuldigen mit Frau und Tochter, die ihn liebten. Trotzdem verstand ich, wie wir damals zu dieser Einschätzung gekommen waren. Trotz aller Normalität verströmte der Mann etwas Beunruhigendes, Verstörendes. Seine Körpersprache war übertrieben selbstsicher, zugleich war er einer dieser Menschen, die mit den Schatten verschmelzen und sich unsichtbar machen können.

Obwohl ich die einleitenden Floskeln am liebsten übersprungen hätte, zwang ich mich, keine Sequenz des Verhörs auszulassen. Ich wollte jedes noch so kleine Detail mitbekommen.

»Sie wissen, warum Sie hier sind?«, fragte Abs.

Ellingsen sah auf die Uhr, als hätte er noch etwas Wichtigeres vor. »Da muss ich leider passen.«

Ich erinnerte mich noch genau an meine Gedanken während des Verhörs: Er hat nicht gesagt, dass er die Mädchen *nicht* umgebracht hat.

»Erzählen Sie uns, was Sie am 15. Juli gemacht haben«, sagte Abs.

»Dieses Jahr?«

»Dieses Jahr.«

Ellingsen lachte leise, seine Schultern bebten. »Ich wurde angerufen, musste mich um ein Tier kümmern.«

Er war Mitarbeiter der Wildbehörde. Sein Beruf passte zu den Ohrmarken der Mädchen. Viel zu gut. Vielleicht hatte er auch das Tier geholt, das Hege angefahren hatte.

Aber er konnte nicht der Mörder sein, Olivia war der sichere Beweis für seine Unschuld.

»Was für ein Tier?«, fragte Abs.

»Ein kleines Reh. Es hatte sich das Bein gebrochen.«

»Wo?«

»An der Ausfahrt Gardermoen.«

»Und später?«

Der Zahnstocher wechselte die Seite. »Zu Hause bei meiner Frau.«

»Was haben Sie gemacht?«

Mit einem Mal erinnerte ich mich an seinen erdigen Geruch. Und dass er am rechten Hemdkragen einen kleinen Fleck hatte, bei dem es sich gut um Blut handeln könnte. Er lächelte, als er bemerkte, wie mein Blick seinen Körper scannte.

»Bist du so eine?«

»Wie, so eine?«

»Eine, die es hart mag?«

Ich verstand nicht, wie Abs so ruhig bleiben konnte, und fragte mich, ob Ellingsens Familie diese Seite von ihm kannte.

Abs ignorierte den Kommentar. »Was haben Sie am Abend gemacht?«

»Einen Film gesehen.«

»Sie wurden in Lillestrøm gesehen.«

»Vermutlich war ich auf dem Markt und habe eingekauft. Überprüfen Sie das, in der Gegend gibt es Überwachungskameras.«

»Welchen Film haben Sie gesehen?«, fragte Abs.

»Irgendwas über einen Serienmörder. Meine Frau liebt so was. Dokus.«

So ging die Befragung weiter. Ich ermahnte mich, an die biologischen Beweise zu denken und dass er nicht der Mörder der Mädchen sein konnte, sondern sich bloß aufspielte.

»Sie sind am Abend in eine Polizeikontrolle gekommen«, sagte Abs. »Unweit der Brücke.«

»Ja, und?«

»Ich dachte, Sie hätten einen Film gesehen?«

»Hatte was auf der Arbeit vergessen.«

»Was?«

»Ein Werkzeug, meine Frau wollte, dass ich im Bad ein Rohr repariere.«

»Und auf dem Weg dahin sind Sie in die Polizeikontrolle geraten?«

»Hören Sie«, sagte Ellingsen. »Wie es aussieht, sind Sie irgendwie zu dem Schluss gekommen, dass ich etwas mit dem Mord an diesen Mädchen zu tun habe, aber da sind Sie komplett auf der falschen Fährte.«

Abs ließ ihn nicht aus den Augen. Das Kriminalamt hatte mit den Beamten gesprochen, die ihn kontrolliert hatten, denen war aber nichts Besonderes aufgefallen. Ein anderer Wagen hatte hinter Ellingsen gehalten und war durchgewunken worden.

Ellingsen verschränkte die Hände lässig im Nacken. »Ich habe niemanden getötet. So was machen nur Idioten.«

Ich lehnte mich über den Tisch. »Wie hätten Sie es gemacht?«

»Ich habe niemanden getötet und damit ein reines Gewissen.«

»Aber wie hätten Sie es getan?«, wiederholte ich, wohl wissend, dass ich mich damit in einer Grauzone bewegte.

»Ich hätte sie ganz sicher nicht offen zur Schau gestellt«, sagte er.

»Sie hätten sie begraben?«

»Ich hätte dafür gesorgt, dass sie nicht gefunden wird.«

»Sie?«

Ellingsen befeuchtete die Lippen. »Noch einmal, ich habe niemanden getötet. Ich habe auch nicht den Wunsch, und wenn, hätte ich es nicht auf diese Weise getan. Okay?«

Den Telefondaten war zu entnehmen, dass er vor Monaten in der Gegend gewesen war, aber das war nicht weiter ungewöhnlich. Die Baustelle, auf der er arbeitete, war nicht weit vom Feuchtgebiet am Øyeren entfernt.

Ich ließ die Schultern hängen, als das Video zu Ende war. Wie sehr ich ihn auch studierte, sah ich in ihm einen Mörder.

Ich denke besser, wenn ich körperlich aktiv bin, und die Erinnerung an Ellingsen zwang mich nach draußen. Die Einheit Ost unterrichtete Abs fortlaufend über die Suche nach Olivia, da war also alles unter Kontrolle.

Trotz des vorgerückten Abends stand die Sonne noch ziemlich hoch über dem Horizont, als ich zu meinem Elternhaus fuhr.

Dort angekommen holte ich den Spaten aus dem Keller und begann, im Sonnenblumenbeet zu graben. Die oberste Schicht war schnell abgetragen, Wurzeln und Gras hatten das Erdreich aufgelockert. Darunter wurde es schwieriger. Der Boden war hart und steinig, sodass ich kaum vorwärtskam. Das Blut pulsierte in meinen Adern. Ich nahm all meine Kräfte zusammen, zweifelte aber daran, hier jemals fertig zu werden.

Mein Rücken schmerzte, als ich mich aufrichtete. Die Blasen an den Händen erinnerten mich an das Versäumnis, keine Handschuhe gekauft zu haben. Sollte ich doch eine dieser Trollkraft-Dosen kaufen? Oder etwas noch Kräftigeres? Mit Dynamit könnte ich den ganzen Scheiß in die Luft jagen und mich für immer von meinem Elternhaus befreien.

Ich grub weiter, bis ich keine Kraft mehr hatte. Ging ins Haus, vorbei an den Zimmern im Erdgeschoss. Vor der Treppe blieb ich stehen, dann nahm ich alle Kraft zusammen und ging nach oben. Das Knirschen der Stufen war ein Echo aus der Vergangenheit. Wie in einer Art Selbstkasteiung öffnete ich die Tür zu meinem alten Schlafzimmer. Starrte auf den Karton mit den Spielsachen, das Bett, die Kommode mit der Lavalampe. Und erstarrte. Ich hatte das Bett sorgsam gemacht und die verblichene Decke mit Kuscheltieren und Puppen geschmückt. Jetzt lag alles auf dem Boden, und ein dünner, schwarzer Schlafsack ersetzte die Decke. Neben dem Bett stand ein dunkelgrüner Rucksack und daneben eine große Colaflasche, sechs leere Bierdosen und eine Styroporverpackung mit Resten von Kebab.

Hier hatte jemand übernachtet.

84

Jenny, 2006

Ich nehme die Abkürzung hinter der Tankstelle, als ich Jacob sehe. Das grüne Auto mit Ladefläche, das ich auch schon im Park gesehen habe, steht mit offener Motorhaube da. Ein erwachsener Mann beugt sich über den Motor, verschwindet fast mit dem Oberkörper darin. Er zeigt hin und her und erklärt irgendetwas Aufregendes, auf jeden Fall nickt Jacob begeistert und saugt jedes Wort auf. Die nächste Äußerung des Mannes lässt Jacob strahlen. Sie stoßen die Fäuste aneinander und lachen. Als hätte Jacob gerade einen Test bestanden.

Sie haben mich noch nicht bemerkt, und ich traue mich kaum, mich zu bewegen. Der Mann reicht Jacob etwas, das nach einem Werkzeug aussieht. Jacob hält es vorsichtig in der Hand, stellt sich auf die Zehen und beugt sich über den Motorblock. Dann streckt er den Arm vor und schiebt das Werkzeug hinein.

»Genau so«, höre ich den Mann sagen, als er eine Hand zum High-Five hebt.

Jacob zuckt mit den Schultern, als wäre das alles nebensächlich, aber ich sehe ihm an, wie stolz er ist. Als der Mann die Motorhaube schließt und sich die Hände abwischt, ist Jacob mehrere Zentimeter gewachsen.

Bevor er in den Wagen einsteigt, lehnt der Mann sich

durch das offene Fenster und nimmt ein Päckchen heraus. Jacobs Gesicht glüht. Er schüttelt dem Mann die Hand und verbeugt sich fast bis zum Boden.

Es ist derselbe Mann, der im Wald am Seeufer gestanden hat. Signes Lover. Woher kennen Jacob und er sich? Ist das sein biologischer Vater, der die Mutter umgebracht hat?

Ich radele wie eine Besengte zu Jacob nach Hause. Bin noch völlig außer Atem, als die Frau vom letzten Mal mir die Tür aufmacht. Sie muss seine Adoptivmutter sein.

»Kann ich Sie mal was fragen?«

Die Frau sieht mich verwundert an. Sie ist mindestens so elegant gekleidet wie bei meinem ersten Besuch, vielleicht ein bisschen alltäglicher.

»Magst du reinkommen?«, fragt sie. »Du kannst hier auf Jacob warten.«

In der Küche zeigt sie auf einen Barhocker. Schenkt kalten grünen Tee in einen Glasbecher, der scheußlich schmeckt. Sie fragt nicht, was ich von Jacob will. Ist mehr an mir interessiert, wie es scheint, da sie alles über meine Eltern wissen will und was ich nach der Schule vorhabe.

»Also, was ich fragen wollte ...«, sage ich.

»Ja?«

»Jacobs eigentlicher Vater, ist der gefährlich?«

»Was meinst du mit eigentlicher Vater?«

»Der das Haus angesteckt hat, in dem seine Frau, also Jacobs Mutter, geschlafen hat. Ist er gefährlich?«

Die Frau sieht mich ernst an. Ihr Gesicht ist rot geworden. Mir ist klar, dass es eine ganz doofe Idee war, hierherzukommen. Hab ich jetzt alles kaputtgemacht für Jacob?

»Hat er dir auch den Brautschleier gezeigt?«, fragt sie und schenkt mir mehr von dem ekligen Tee ein.

Ich hebe das Glas hoch, stelle es aber gleich wieder zurück. »Äh, ja.«

»O je, dieser Junge«, sagt sie und ein sanftes Lächeln huscht über ihre Lippen. »Er wird bestimmt mal Politiker.«

Ich verstehe nur Bahnhof, fühl mich irgendwie verarscht.

»Aber es ist schon auch ein bisschen lustig«, sagt die Frau. »Du solltest mal dein Gesicht sehen.«

Ich fühl mich wie die letzte Idiotin. Will von dem Hocker rutschen, aber sie zeigt mit einem Nicken auf mein Glas, das ich noch nicht leer getrunken habe.

»Hör zu, Jenny«, sagt sie. »Wir wissen nicht, was wir mit dem Jungen noch anstellen sollen. Er hat eine starke Aufmerksamkeitsdefizitstörung und lügt das Blaue vom Himmel herunter. Ignorier ihn einfach. Das ist die einzige Lösung.«

»Aber wer ist dann der Mann?«, frage ich.

Ich beschreibe ihr das Auto und den Mann, mit dem Jacob gesprochen hat.

Sie schüttelt den Kopf. »Ich weiß es nicht. Jacob spricht mit allen.«

Fünf Minuten später kommt der kleine Scheißkerl zur Tür rein. Als seine Mutter ihm erzählt, dass ich seine Geschichte geglaubt habe, lacht er und sieht fast ein bisschen stolz aus, dass er mich erfolgreich an der Nase rumgeführt hat. Ich bin echt sauer, aber er bekniet mich, mit nach oben in sein Zimmer zu kommen. Seine Mutter hätte auch die weltbesten Zimtschnecken gemacht, die ich unbedingt probieren müsste.

Ich gehe hinter ihm die Treppe hoch. Seine Mutter kommt mit einem großen Teller Schnecken und Saft hinterher. Jacob breitet eine Decke auf dem Boden aus, stellt Teller und Saft darauf. Dann macht er die Deckenlampe aus und knipst ein Licht an, das sich langsam dreht und die Zimmerdecke in einen Sternenhimmel verwandelt. Er setzt sich dicht neben mich. Nimmt eine Zimtschnecke und führt sie zu meinem Mund.

»Hör auf«, sage ich, schärfer als geplant, und schnappe ihm die Schnecke aus der Hand. »Ich kann alleine essen.«

»Willst du Musik hören?«, fragt er. »Ich habe Tommy Nilsson da.«

Hilfe, bloß keine Schnulzen! »Nein, danke.«

Jetzt fällt mir auf, dass er das Päckchen nicht dabeihatte, das er von dem Mann bekommen hat. Ich will ihn gerade danach fragen, als er mir einen Stapel CDs unter die Nase hält.

»Was magst du für Musik? Michael Jackson? Amy Winehouse? Ich kann alle Hits spielen.«

Der Kerl nervt. Und die Zimtschnecken sind aus Vollkornmehl.

»Ich muss nach Hause«, sage ich und stehe auf.

Er läuft vor mir zur Tür. Stellt sich davor und versperrt mir mit ausgebreiteten Armen den Weg.

»Geh nicht.«

Er tut mir leid. Wahrscheinlich hat er keine anderen Freunde, und seine Eltern scheinen sich genauso wenig zu kümmern wie Mama. Ich gehe auf ihn zu und schubse ihn mit einem leichten Knuff zur Seite.

»Willst du mit mir gehen?«, fragt Jacob.

Ich lache laut. »Natürlich nicht. Du bist zwölf.«

85

Die Straße vor Britts Haus war voller Blumen, Bären, Kerzen und – makabererweise – Grablichtern. »Findet Olivia«, stand auf Bildern, die wie von Kindern gemalt aussahen.

»Der Snap kam vor zwei Wochen«, sagte Rita, als ich in die Wohnung trat. »Britt hat nicht darauf geachtet, aber als wir uns die Fotos von Olivia angeguckt haben, kam mir an der Lampe irgendwas bekannt vor.«

»Inwiefern bekannt? Haben Sie die schon mal irgendwo gesehen?«

Rita hatte einen gehetzten Gesichtsausdruck, als sie sich zu mir umdrehte.

»Das ... war Heges Lampe.«

Mir fiel keine schlagfertige Antwort ein. »Sind Sie sicher?«

Rita umklammerte das Feuerzeug in ihrer Hand so fest, dass ihre Knöchel weiß waren.

»Hege hat sie vor drei, vier Jahren mit einem Haufen anderer Einrichtungsgegenstände auf dem Flohmarkt verkauft. Ich habe Ihnen doch erzählt, dass sie das Haus entrümpelt und Sachen verkauft hat. Ich bin mir so sicher, dass es die Lampe war, weil sie lange überlegt hat, ob sie sie überhaupt weggeben soll, weil ihre Mutter den Lampenschirm selbst gemacht hatte.«

Sie sprudelte förmlich über. Ich hatte Mühe, ruhig zu bleiben, gab bald den Kampf auf und fluchte.

»Verdammt, Rita, wie lange halten Sie die Information jetzt schon zurück?«

Rita krümmte sich unter meiner vorwurfsvollen Frage.

»Quatsch, was denken Sie denn? Ich habe den Snap erst heute gesehen.«

Aus irgendeinem Grund glaubte ich ihr nicht. Ich wollte noch nachhaken, was Olivia damit gemeint hatte, dass die beiden sich heftig gestritten hatten, verkniff es mir aber.

»Habt ihr bei Snap Map nachgesehen?«

»Das hat Olivia schon vor eine Weile deaktiviert. Damit nicht alle sehen können, wo sie gerade ist.«

»Okay«, sagte ich. »An wen hat Hege sie verkauft? Die Lampe.«

»Keine Ahnung.« Sie schob das Kinn vor und schaute zur Seite. »Sie meinte, es wäre einer von den Beerdigungen gewesen. Vielleicht hab ich ihn ja gefilmt?«

Sie lebte auf. Hoffte möglicherweise, mich damit besänftigen zu können. Aber ich war so erschöpft, dass ich am liebsten einfach nur gegangen wäre.

»Sie haben die Beerdigungen gefilmt?«, fragte ich tonlos.

»Ich wollte einen Beitrag daraus machen«, sagte Rita. »Wie befreiend es sein kann, zu Beerdigungen von Menschen zu gehen, zu denen man keine Beziehung hat.« Wieder wich sie meinem Blick aus. »Die Aufnahmen sind von der letzten Reise eines Menschen, den Sie leider sehr gut kannten.«

86

Jenny, 2006

Mein Fahrrad liegt hinter einem Busch. Weit weg ist das Rauschen der Autobahn zu hören. Im Dunkeln unterscheidet sich das Haus kaum von unserem, mit großen Glastüren zur Terrasse und blau flackerndem Fernsehlicht hinter den Gardinen.

Im hinteren Teil des Gartens, vor der Thujahecke und dem Waldrand, steht eine Art Geräteschuppen. An der Außenwand hängen halbe Schädel mit Rentiergeweihen. Von drinnen dringt ein süßlicher, Übelkeit erregender Geruch heraus, wie er Ratten und Maden anzieht. Ich versuche, mir nicht auszumalen, was er da dort aufbewahrt, aber mein Kopf ist voller Bilder. Waffen, Werkzeuge, Überreste von Tierkadavern. Oder hängen da die Fotos der Mädchen, die er heimlich beim Baden fotografiert?

Mein Puls schlägt schneller, aber ich schiebe die Angst weg. Zwänge mich durch den Spalt zwischen der Hecke und den groben Planken. Was würde er sagen, wenn er wüsste, dass ich hier stehe? Dass zur Abwechslung mal sein Garten nachts besucht wird? Würde er ausrasten oder eher wie Jacob reagieren? Dem egal ist, was andere über ihn denken.

Die Stille wird von Reifengeräuschen auf Asphalt unterbrochen. Ich zucke zusammen, als die Scheinwerfer des

Autos über die Wand wischen. Für ein paar Sekunden ahne ich eine Bewegung hinter den Gardinen.

Ein Mann und eine Frau. Plötzlich taucht sein Gesicht am Fenster auf. Ich stolpere zurück und muss mich an der Hecke festhalten, um nicht zu fallen. Schnell richte ich mich wieder auf und stehe ganz still da. Er hat die Gardine mit einer Hand zur Seite geschoben, die andere über die Augen gelegt. Und er späht mit schweifendem Blick in die Dunkelheit. Hält inne. Verwundert. Und sieht mich direkt an.

Meine Kiefermuskeln verkrampfen. Ich schließe die Augen, aus Angst, dass sich das Licht von drinnen darin spiegeln und mich verraten könnte. Stehe wie versteinert da und merke erst jetzt, dass sich ein paar harte Zweige der Hecke in meine Oberschenkel bohren. Gleich darauf geht die Terrassentür auf und er kommt nach draußen. Abgetragene Jeans, nackter Oberkörper.

In einer Hand baumelt eine Flasche. Von drinnen ist eine Frauenstimme zu hören. Sie sagt etwas, das ich nicht verstehe.

Der Mann hebt den Arm und schleudert die Flasche in meine Richtung.

»Scheiß Dachs!«

Die Flasche erreicht mich nicht ganz. Aber wenn ich wiederkomme, muss ich wie ein Dachs reagieren. Ich hocke mich hin, schiebe mich durch die Lücke zwischen den Stämmen der Hecke und verschwinde in der Nacht. Dann schwinge ich mich auf mein Rad und trete so kräftig in die Pedale, wie ich kann.

Als ich zu Hause ankomme, habe ich eine Nachricht bekommen.

Vorsicht, kleiner Dachs

87

Matte Erdtöne, weiße Kerzen und tonloses Flüstern. Ich hatte nicht damit gerechnet, Ellingsens Beerdigung zu sehen.

»Das Objektiv war leider nicht sehr lichtstark«, sagte Rita. »Die Aufnahme ist nicht besonders, aber ich muss Ihnen was zeigen.«

Sie spulte vor. Versuchte Optimismus zu verbreiten, ich war aber noch immer sauer.

»Stopp«, sagte ich scharf. »Ich will auch den Anfang sehen.«

Sie hatte von der Empore gefilmt, die Kamera schweifte über leere Kirchenbänke. Blieb bei einer Handvoll Menschen stehen, die still dasaßen und darauf warteten, dass die Zeremonie losging. Drei von ihnen fächelten sich mit den Programmheften Luft zu. Einige drehten sich unkonzentriert um. Im Mittelgang standen vier Männer und unterhielten sich leise. Schließlich gingen sie gemessenen Schrittes auf den aufgebahrten Sarg zu. Sie sahen aus wie Theaterschauspieler. Einer nach dem anderen traten sie mit unnatürlich zackigen Bewegungen an den Sarg, der mit drei spärlichen Blumenkränzen dekoriert war. Hinterher gaben sich zwei der Männer die Hand und wechselten ein paar Worte, ehe sie links und rechts vom Mittelgang Platz nahmen. Ihre Gesichter strahlten einen unausgesprochenen

Schmerz aus. Ich hatte nicht gewusst, dass so wenige Menschen zu seiner Beerdigung gekommen waren. Möglicherweise wollten Freunde und Bekannte nicht mit jemandem in Verbindung gebracht werden, der im Suchscheinwerfer der Polizei gestanden hatte.

Die bunten Glasfenster knackten leise unter einem Windstoß. Als die Kirchenglocken verstummten und die Orgelmusik einsetzte, beugte Rita sich zum Bildschirm vor und zeigte auf eine Person in der dritten Reihe. Hege trug eine schwarze Jacke und hatte die Haare in einem strengen Knoten hochgebunden. Neben ihr, mit ein bisschen Abstand, saßen noch vier weitere Personen in der Bankreihe. Sie sahen aus, als gehörten sie zusammen, ohne sich näher zu kennen. Eine Gruppe, und auch wieder nicht.

»Sind sie das?«, fragte ich.

»Ja. Die Freunde aus der Kirche. Die alle auf Beerdigungen fremder Leute gehen.«

Trauer kann einen Menschen dazu bringen, die verrücktesten Dinge zu tun. War das hier wirklich so befreiend, wie Hege behauptete? Oder tat sie das, um ihre Verzweiflung lebendig zu halten? Ich wartete gespannt, ob noch mehr Leute kommen und sich an den Presseleuten vorbeiquetschen würden, die in Türnähe Position bezogen hatten. Es waren nicht allzu viele, die Medienaufmerksamkeit hatte sich vor allen Dingen auf mich gerichtet. Ellingsen war ein durchschnittlicher Mann, kein Stoff für eine reißerische Story.

Die Perspektive wechselte, die Kamera fuhr näher ran.

»Das habe ich vom Boden aus gefilmt«, sagte Rita mit einem Zittern in der Stimme. »Ich wollte so nah wie möglich an den Sarg ran, um Heges Gesicht einzufangen, wenn sie ihre Rose als letzten Gruß an einen Fremden ablegt.«

»Das muss ein eindrückliches Erlebnis für Sie gewesen sein«, sagte ich und merkte, dass meine Wut sich in Hoffnung verwandelte. Darauf, ihn vielleicht hier zu finden. Heges Gesicht kam ins Bild. Mit tränenfeuchten Augen schaute sie hinter sich zu den Pressevertretern. Ging dann ganz langsam zum Sarg und legte ihre Rose auf den Deckel. Die winzige Geste verriet nichts über ihre inneren Regungen. Welche Gedanken ihr in diesem Moment durch den Kopf gingen. Als sie sich umdrehte, sah ich wieder ihre Augen. In einer Sekunde noch schwermütig, vollzog sich ein jäher Wandel. In ihr und in mir.

»Jetzt kommt das, was ich Ihnen zeigen wollte«, sagte Rita. »In diesem Moment hat sie offensichtlich etwas entdeckt, was sie aufgewühlt hat.«

Die Kamera folgte Heges Blick durch den Kirchengang. Zoomte die Versammlung der Journalisten und Kameraleute hinter der letzten Bankreihe heran.

Ich ging mit der Nasenspitze fast bis an den Bildschirm. Studierte jeden Einzelnen von ihnen. Die meisten erkannte ich trotz der unscharfen Aufnahme wieder. Hatte sie so oft gesehen. Ihre Stimmen gehört, als sie mir wochenlang mit den immer gleichen Fragen vor meinem Haus aufgelauert hatten. Ob ich meine Entscheidung bereute. Was ich der Familie des Verstorbenen gerne sagen würde. Wie ich mich so irren konnte.

Hinter der Journalistengruppe stand ein Mann. Sein Gesicht lag im Schatten, seine Körperhaltung tickte aber etwas in mir an. Wie er hinter den anderen in den Schatten verschwand, den Kopf neigte und die Schultern hochzog. Als wollte er nicht gesehen werden und konnte sich zugleich nicht verkneifen, sich zu zeigen.

»Kann ich eine Kopie davon haben?«, fragte ich.

88

Im kalten Licht des Parkhauses sah ihre Haut fahl aus, als sie mit zitternden Beinen Waren in den Wagen lud. Vermutlich hörte sie, dass jemand sich näherte, denn sie drehte sich um und starrte mich ungläubig an.

»Wenigstens sind Sie taktvoll genug, nicht bei meiner Arbeit aufzutauchen.«

Ich hob abwehrend die Hände. »Können wir kurz reden?«

»Reden? Worüber? Wie Sie meinen Vater in den Selbstmord getrieben haben? Und dass der Letzte, mit dem er geredet hat, ein Pastor war und niemand aus seiner Familie? Dass er nie mehr zum Lachsfischen zu seinem geliebten Deatnu fahren kann? Themen gäbe es genug.«

Ich schluckte. Hielt die Bilder des Videos von der Beerdigung vor mir in der Hand. »Ich wollte wirklich nicht, dass so etwas passiert. Und wir haben den Schuldigen noch immer nicht gefunden.«

»Und was hat das mit mir zu tun?«

»Ich brauche Ihre Hilfe.«

»Nein, wissen Sie was? Verschwinden Sie einfach, sonst zeige ich Sie an.«

»Ein junges Mädchen wird vermisst«, sagte ich.

»Und warum sollte mich das kümmern?«

»Weil da draußen noch immer ein Mörder frei herumläuft.«

Ein Kinnmuskel zuckte. Sie schloss die Heckklappe und öffnete die Fahrertür. Setzte sich in den Wagen. »Sie haben in unserer Familie genug Schaden angerichtet. Papa war ein guter Mann. Sie haben ihn in den Dreck gezogen.«

Sie warf die Tür zu und ließ den Motor an. Ich klatschte das Bild auf die Scheibe. Sie sah es sich nicht an. Legte den Rückwärtsgang ein und richtete den Blick auf die Rückfahrkamera.

»Kennen Sie diesen Mann?«, schrie ich. »Er war auf der Beerdigung Ihres Vaters.«

Sie setzte zurück, ich folgte ihr und stellte mich ihr in den Weg. Legte das Foto erneut auf die Windschutzscheibe und trat vorsichtig ein paar Schritte zurück. Klopfte an die Seitenscheibe, ohne dass es half.

»Ein weiteres Mädchen ist verschwunden!«

Jetzt hielt der Wagen an, Ellingsens Tochter streckte den Arm heraus und sagte: »Zeigen Sie her.«

»Dieser Mann stand ganz hinten in der Kirche«, sagte ich und reichte ihr das Foto. »Haben Sie ihn bemerkt?«

Ihr Blick war mit einem Mal weniger verbissen.

Ich trat einen Schritt näher. »Wissen Sie, wer das ist?«

»Und wenn ich es wüsste, warum sollte ich Ihnen das sagen?«

»Weil Sie damit Leben retten können«, antwortete ich. »Und den Namen Ihres Vaters reinwaschen. Vielleicht können wir gemeinsam herausfinden, was damals wirklich passiert ist.«

Sie dachte einen Augenblick über meine Worte nach.

»Ich habe ihn bemerkt«, räumte sie ein. »Er war auch auf dem Friedhof, hat sich aber im Hintergrund gehalten.

Ich habe ihn nicht gut gesehen, mich aber gewundert, dass er nicht zum Kondolieren gekommen ist.«

»Wissen Sie, wer das ist?«

»Leider nein.«

Ich schloss enttäuscht die Augen. Es waren bald fünf Tage vergangen. Wenn der Täter dem früheren Muster folgte und Olivia noch am Leben war, rann ihr die Zeit immer rascher durch die Finger.

89

»Was zum Henker hast du dir nur dabei gedacht?«

Abs hob selten die Stimme. Dass er mal vor Wut etwas herausbrüllte, geschah extrem selten. Wer ihn nicht richtig kannte, konnte Zurechtweisungen mitunter sogar als Lob missverstehen. Ich kannte ihn und wusste, dass er keine Antwort erwartete.

Trotzdem sagte ich: »Hege hat ihr Haus ausgeräumt, die Sachen auf dem Flohmarkt verkauft. Dieser Mann hat die Lampe gekauft. Sie muss die Instagram-Bilder von Lyra und Henriette gesehen und eins und eins zusammengezählt haben.«

»Aber seine Tochter, Bjørk!«

»Er war bei der Beerdigung von Ellingsen, und ich dachte, dass sie ihn vielleicht kennt.«

»Und du hast es dann auch noch für nötig befunden, sie in die Ecke zu drängen? An ihrem Arbeitsplatz!«

Im Parkhaus, wollte ich ihn korrigieren, verkniff es mir aber.

»Sie wollte dich wegen Polizeischikane anzeigen«, fuhr Abs fort. »Ich konnte sie gerade so eben davon abbringen.«

Die Zeit für Olivia lief ab, aber das musste ich ihm nicht sagen.

»Setz dich«, sagte er.

Es klang wie ein Kommando. Ich nahm auf dem Stuhl vor seinem Schreibtisch Platz.

Abs blätterte durch die Papiere. »Bei Signe zu Hause haben wir etwas Interessantes gefunden.«

»Eine Verbindung zu Olivia?«

»Jennys Handy.«

Ich konnte kaum atmen. »Signe hat es behalten?«

»Ich tippe eher darauf, dass sie sich nicht getraut hat, es zu entsorgen.«

»Und?«

»Der Chat zwischen den beiden deutet darauf hin, dass Jenny Nacktfotos geschickt hat und dafür bezahlt worden ist. Signes Handy aus dieser Zeit muss noch aufgetrieben werden, wir glauben aber, dass Signe Jenny erwachsenen Männern vorstellen wollte. Wir wissen auch, dass Anders Fotos von ihr gemacht hat.«

»Neben toten Tieren.«

»Erinnerst du dich an die Sache mit der Uhr, die ich erwähnt hatte?«

»Ja.«

»Damals war die Rede von einer Einbruchserie, bei der die Täter es auf teure Uhren abgesehen hatten, die außer Landes gebracht wurden.«

»Ja?«

»Ich habe mir die alten Ermittlungsunterlagen vorgenommen. Es war ein Fall der Einheit Ost. Jenny wurde dabei erwischt, wie sie gestohlene Uhren aus der Stadt brachte. Und jetzt kommt das Hässliche. Unser Freund, der Griesgram aus Lillestrøm, hat damals die Ermittlungen geleitet und eine größere Bande festnageln können. Später geriet er unter Verdacht, Jenny als Lockvogel benutzt zu haben. Vielleicht konnte er diese Leute nur dank Jennys Aussage dingfest machen.«

Eine Vierzehnjährige, die von der Polizei eingesetzt wurde? 2006 war zwar lange her, aber sauber war das damals auch nicht gewesen.

»Kein Wunder, dass er die Sache unter Verschluss halten wollte«, sagte ich.

»Dann ist es gut möglich, dass sie von irgendjemandem aus dem kriminellen Milieu liquidiert wurde.«

»Diese Spekulationen gab es damals auch schon«, sagte Abs. »Sie konnten zurückverfolgen, dass Noah sie damals in diese Kreise eingeführt hatte. Er stand direkt mit der kriminellen Gruppe in Verbindung, die übrigens auch noch schlimmere Sachen gemacht hat, als Uhren zu verschieben. Vorwiegend ging es um Drogen.«

Ich begann langsam zu verstehen, warum Hege die drei zur Rechenschaft ziehen wollte. Und warum sie der Polizei nicht traute. Anders hatte Fotos von Jenny neben toten Tieren gemacht. Noah hatte sie auf die schiefe Bahn gebracht und Signe hatte sie für Nacktfotos bezahlt. Hege musste das alles gewusst haben. Selbst wenn die drei nichts mit Jennys Tod zu tun hatten, musste ihr Verschwinden ihnen eine Wahnsinnsangst gemacht haben.

»Da ist noch eine Sache«, sagte Abs. »Etliche von Jennys Nachrichten deuten darauf hin, dass sie verfolgt wurde.«

Er hat mich gejagt.

»Anfangs sind die Nachrichten noch ganz harmlos. Später werden sie dann ziemlich beunruhigend.« Abs massierte seine Hände. »Wie du weißt, hat Noah Alibis für die Abende des Doppelmordes. Trotzdem versuchen wir, einen

Durchsuchungsbeschluss für seine Wohnung und das Haus am Øyeren zu erwirken.«

»Ich dachte, das wäre längst erledigt?«, sagte ich.

»Das Haus ist verkauft«, sagte er, als ein junger Beamter in sein Büro kam. Sie wechselten ein paar Worte und gingen raus auf den Flur.

Abs kam mit zwei Tassen Kaffee zurück. »Die Analyse der Mütze ist abgeschlossen. Sie haben Hautreste gefunden, vorläufig gibt es aber keinen Match im DNA-Register.«

»In der Rechtsmedizin hast du gesagt, dass mit den Schuhabdrücken im Wald etwas nicht stimmt?«

Abs stellte die Tasse ab. »Sie beginnen und enden irgendwie viel zu abrupt.«

»Verstehe ich nicht.«

»Vielleicht hat das nichts zu bedeuten, aber ich habe mit der Kriminaltechnik gesprochen, und ...« Er atmete langsam seufzend aus.

»Ja?«

»Es sieht so aus, als stammten sämtliche Spuren nur von Hege selbst.«

90

Jenny, 2006

»Das dauert fünf Minuten, und du kriegst jedes Mal einen Tausender«, sagt Signe. »Die einfachste Sache der Welt.«

Wir sind in ihrem Zimmer. Sie hat mich auf dem Bett platziert und durchsucht ihren Schrank nach Sachen, die sie mir geben kann. Urkunden und signierte Handballtrikots hängen an den Wänden. Daneben aufgereihte Pokale.

»Die sind so geil, die kommen sofort.«

Signe redet von ihrem Lover und anderen Männern, mit denen sie für Geld Sex hatte.

»Außerdem mache ich das nur mit Leuten, die mir sympathisch sind«, sagte sie. »Nicht mit jedem. Soll ich dir einen aussuchen?«

Sekunden vergehen. Ich kapiere noch immer nicht richtig, wie das alles zusammenhängt. Signe ist meine beste Freundin. Sie überschüttet mich mit Geschenken. Alle sehen zu ihr auf, und ausgerechnet sie prahlt damit, sich für Sex mit irgendwelchen Männern bezahlen zu lassen?

»Bald kannst du dir alles leisten, was du dir nur wünschst«, sagt sie.

»Ich muss aufs Klo«, erwidere ich. »Hast du Tampons?«

»Unter dem Waschbecken.«

Ich setze mich auf den Klodeckel und stütze die Unterarme auf die Knie. In mir kämpfen zwei Teufel gegeneinander. Einer davon will wie Signe sein, mit schicken Klamotten und einem Haufen Geld im Portemonnaie, der andere mag den zwölfjährigen Jacob. Dessen Weg klar vor ihm liegt und der ein Ziel hat, das er mit harter Arbeit erreichen kann.

Ich komme in der Schule klar und kriege gute Noten. Die Lehrer mögen mich und sagen immer, dass ich es weit bringen kann. Signe hat im Gegenzug alles, was sie sich wünscht. Zu ihr sehen alle auf.

»Du bist stark«, sagt Signe, als ich zurückkomme. »Ich wusste das schon, als wir uns das erste Mal getroffen haben. Mit Mädchen wie dir spielt man nicht. Du bist aber auch verwundbar und musst aufpassen, dass man dich nicht ausnutzt.«

»Was kann ich dabei verdienen?«, frage ich.

»Wie meinst du das?«

»Ein Tausender hin und wieder reicht nicht.«

Ich habe eine Idee. Einen Plan, in dem Signe eine Rolle spielt.

»Du kannst sicher auch zweitausend kriegen«, sagt Signe.

»Vielleicht will ich mehr als das«, sage ich. »Aber ich tue es. Besorg mir einen Mann.«

91

Ich schlief bei Kristian und träumte vom Tod. Nicht von meinem, auch nicht von dem von anderen, sondern vom Konzept als solchem. Der ursprünglichen Muse, der grundlegenden Inspiration, dem allgegenwärtigen Filter, den jede Erkenntnis, jedes Wissen passieren muss. Als ich wach wurde, hing ich noch eine Weile an der im Traum aufgeworfenen Frage fest, ob die Menschheit so viel Großartiges und Böses hervorgebracht hätte, wenn unsere Zeit unbegrenzt wäre.

Victoria begann zu weinen, und ich stand auf. Über ihrem Bett hing ein Mobile mit weichen Fischen in Regenbogenfarben. Ich zog einen Fisch zu ihr herunter, und es trieb mir Tränen in die Augen, als ich sah, wie die winzigen Finger sich um die Figur legten.

Sie ließ den Fisch los, und er schnellte zurück nach oben. Dann nahm ich sie aus dem Bett und legte ihr eine Hand auf die Stirn. Sie war warm. Zu warm? Natürlich warm? Mussten wir zum Arzt?

Ich ging auf den Flur, um das Thermometer zu holen, das Kristian immer in der Wickeltasche hatte. Es war nicht da, also suchte ich im Bad, dann in den Schubladen auf dem Flur, dann in der Küche. Ich fand es nicht. Schließlich ging ich in sein Büro und öffnete die oberste Schublade seines Schreibtisches.

Ich hätte nicht überrascht sein sollen, trotzdem versetzte es mir einen Stich. Am rechten Rand lag ein kleines, mit schwarzem Samt bezogenes Kästchen. Es musste schon ein paar Jahre dort liegen, da sich Staub darauf gesammelt hatte. Natürlich war mir klar, dass ich es nicht öffnen sollte. Trotzdem legten sich meine kribbelnden Finger wie von selbst darauf. Ich hoffte, dass es leer wäre, und auch wieder nicht. Mein Herz setzte einen Schlag aus, als ich den Deckel hochklappte und den Ring aus Weißgold sah, mit einem großen, glitzernden Diamanten, umringt von vier kleineren.

Schnell klappte ich den Deckel wieder zu, als hätte ich mich verbrannt. Für Kristian war der Gedanke an Hochzeit nichts Neues, und eigentlich sollte er das auch für mich nicht sein. Er war ruhig und stabil und gab mir Sicherheit, und er war der beste Vater, den Victoria bekommen konnte. Er vereinte alles in sich, was ich liebte und brauchte, war genau der Mann, den ich mir wünschte, mit dem ich aber trotzdem nicht leben konnte. Wir passten perfekt zueinander, und vor dem Doppelmord, vor Ellingsen, vor der Dunkelheit, in die ich abgerutscht war, hatten wir oft im Regen getanzt.

Auf Kristians Nachtschränkchen fand ich endlich das Thermometer. Ich schob es vorsichtig in Victorias Ohr und atmete erleichtert auf. 37,5 Grad. Im Wohnzimmer öffnete ich das Fenster. Die Nacht war warm, ein leichter Wind strich über meine Haut, als ich die Hand nach draußen streckte. Ich setzte mich dicht ans Fenster und ließ uns beide von der Luft etwas abkühlen. Wiegte vorsichtig mein Kind. Ihre feuchten Haare kitzelten mich am Ohr, als ich sie an die Schulter legte. Es war kurz vor drei, mitten in der Nacht. Ich legte mich mit Victoria auf meiner Brust aufs Sofa. Dachte an all die Frauen, all die Mütter, die ihre Töchter verloren hatten. Plötzlich und unerwartet. Ihre Schatten begleiteten mich in den Schlaf.

Kristian weckte mich ein paar Stunden später. »Ich muss zu einer Sitzung. Hab Kaffee aufgesetzt.«

Die Wohnungstür schloss sich hinter ihm, dann waren seine schnellen Schritte auf der Treppe zu hören. Victoria schlief noch immer fest, und ich legte sie aufs Sofa und ging in die Küche. Als ich mir den Kaffee eingoss, klingelte das Telefon.

Meine Kontaktperson im Gefängnis klang verunsichert. »Haben Sie ein paar Minuten?«

Die angestrengte Stimme quälte mich, und plötzlich hatte ich einen schlechten Geschmack im Mund. »Ist etwas passiert?«

Er räusperte sich, ich hörte Stuhlbeine über den Boden kratzen. »Ähm, ja. Leif Moen.«

Der Geruch des Gefängnisses war plötzlich in meiner Nase. Aggression, Schweiß, abgestandene Luft. Das war nicht gut, gar nicht gut.

»Worum geht's?«, fragte ich.

»Ja, also, entschuldigen Sie. Wir hätten Sie früher informieren müssen.«

Ich dachte daran, was mir bei der letzten Gruppensitzung durch den Kopf geschossen war. Hatte er aufgegeben?

»Ist ihm etwas passiert?«

Durch die Stille, die folgte, hörte ich das Rauschen eines Computers irgendwo im Hintergrund.

»Er ist abgehauen.«

Seltsamerweise erleichterte mich diese Nachricht. »Abgehauen? Wie?«

»Wichtig ist nicht das Wie, sondern das Wohin.«

Jetzt fiel der Groschen. Ich versuchte, den miesen Geschmack herunterzuschlucken, der noch immer an meinem Gaumen klebte. Leif war abgehauen, nachdem ich gesagt hatte, dass wir dem Mörder auf der Spur waren.

»Glauben Sie, dass er Kontakt zu mir aufnehmen wird?«, fragte ich.

»Ziemlich unwahrscheinlich, würde ich sagen, aber man weiß ja nie. Ich wollte nur Bescheid geben, damit Sie Maßnahmen ergreifen können.«

Maßnahmen?

»Ich glaube nicht, dass er mir etwas antun will«, sagte ich, hörte aber, wie wenig überzeugend meine Stimme klang. In Gedanken ging ich die Gespräche mit Leif Moen noch einmal durch. Er war ein gefährlicher Mann. Verurteilt für einen Mord, wobei er immer wieder angedeutet hatte, dass es vielleicht noch mehr Opfer geben könnte.

»Er hätte nicht mehr lange sitzen müssen. Warum riskiert er das?«, fragte ich und wusste doch längst die Antwort. Die Polizei arbeitete daran, weitere Anklagen gegen ihn zu erheben. Und dann würde er lange im Gefängnis bleiben.

»Wann ist das passiert?«, fragte ich.

»Direkt nach der letzten Gruppensitzung. Noch einmal, es tut mir leid, dass wir Sie nicht früher angerufen haben. Es ist nicht wahrscheinlich, dass er Kontakt aufnimmt, aber … seien Sie bitte trotzdem vorsichtig.«

92

Jenny, 2006

»Jetzt zier dich nicht so, das wird lustig.«

Camilla schüttelt den Kopf, wirft aber sehnsüchtige Blick auf den Schmuck, den ich ihr hinhalte. Es ist der Anhänger, den ich von Mama zum Geburtstag bekommen habe.

»Ich weiß nicht, Jenny. Das fühlt sich falsch an.«

»Falsch? Du wirst einen schönen Abend mit einem hübschen Kerl haben, außerdem kriegst du ein Schmuckstück, das Tausende von Kronen wert ist. Was kann daran falsch sein?«

Camilla verschränkt die Arme vor der Brust und sieht mit einem Mal aus wie ein trotziges Kleinkind.

»Dann halt nicht«, sage ich und lege den Schmuck zurück in das Kästchen. »Ich finde sicher andere, die richtig viel Geld verdienen wollen.«

Camilla biss sich auf die Lippe. »Richtig viel Geld?«

Genau wie die meisten anderen ist sie feige und schwach und leicht zu beeinflussen.

Ich mache auf dem Absatz kehrt und tue so, als wollte ich gehen. »Selbst schuld. Ich habe ihn schon ein paar Mal getroffen, da kommt es auf das eine Mal auch nicht mehr an. Du darfst dich aber nicht beschweren, wenn ich dann irgendwann reich und berühmt bin.«

Die Aussage scheint keinen sonderlichen Eindruck zu machen, aber kaum bin ich ein paar Meter weg, höre ich ihre piepsige Stimme hinter mir:

»Von wie viel reden wir?«

Mein Plan ist genial. Signe besorgt den Mann. Ich besorge Camilla. Und das Geld teilen wir uns.

In der Bahn auf dem Weg zum Øyeren lege ich Signe meinen Plan dar. »Ich habe sechs Mädchen gefunden. Camilla ist bereits dabei. Aber ich will fünftausend pro Stück.«

»Psst!« Signe legt den Zeigefinger an die Lippen und sieht sich um. »Wovon redest du?«

»Dass ich gut bezahlt werden will. Du verdienst ja auch daran, ohne einen Finger krumm zu machen, warum soll ich das also nicht auch tun?«

Sie tut so, als würde sie nachdenken. Wir sind auf dem Weg zu der Stelle, wo das Boot von Noahs Vater liegt. Anders, Noah, Signe und ich wollen feiern, dass Anders das Künstlerstipendium bekommen hat und in die USA reisen kann. Aber vermutlich nehmen sie mich auch mit, um wiedergutzumachen, was sie mir angetan haben.

»Du verstehst ja wohl, dass ich dir keine fünftausend Kronen geben kann«, flüstert Signe.

Ihr Gesicht ist nicht mehr so schön wie vorher. Gefühlskalt. Aber das Geld will sie, das sehe ich. Nur weiß sie nicht, wie sie mich manipulieren kann.

Ich ziehe meine Sandalen aus, lege die Füße auf den Sitz gegenüber und lehne meinen Kopf an ihren Arm. »Ich könnte ja auch zur Polizei gehen.«

Ihr Körper zuckt zusammen. »Womit?«

»Weißt du, was eine Wildkamera ist?«

Ich hebe den Blick, sehe nur ihr Profil, aber sie ist blass geworden.

»Was hast du getan?«, fragt sie, ohne mich anzusehen.

Ich ziehe ein Foto aus der Tasche. Anders vor einem malträtierten Fuchs. Ein Messer ragt aus seiner Gesäßtasche. »Sieht das nicht so aus, als würde Anders Tiere quälen?«

»Anders würde so etwas niemals tun, das weißt du.«

Ich habe ihr nicht erzählt, dass ich Papas alte Wildkamera vor der Hütte montiert habe. Und dass unter der Bodenplatte meines Kleiderschranks ein Umschlag klebt, in dem steht, wo sie jetzt zu finden ist.

Und dass ich abhauen will, weiß sie auch nicht. Ich muss nur erst genug Geld zusammenkratzen.

93

Vorsichtig sein? Kann man das in solchen Situationen überhaupt? Bleibt man besser drinnen? Ich habe überprüft, ob die Tür abgeschlossen ist. Habe Kristian angerufen und ihm eine Nachricht hinterlassen.

»Kann Victoria ein paar Tage zu deinen Eltern?«

Ich lief ins Wohnzimmer, um mich zu vergewissern, dass sie noch da war. Nahm meine Tasche und schob den herausgerutschten Stapel Zettel wieder hinein. Dabei fiel mein Blick auf einen verblichenen Post-it-Zettel: *Den Mann mit der Brandwunde überprüfen!*

Brandwunde? Haben wir jemanden übersehen? Fieberhaft checkte ich die restlichen Zettel. Auf einer herausgerissenen Seite, die nicht so aussah, als hätte sie auch nur irgendetwas mit den anderen zu tun, stand eine handschriftliche Liste. Drei schnell hingekritzelte Namen.

Das Telefon riss mich aus meinen Grübeleien. Ich kniff die Augen zu und sammelte mich.

Am anderen Ende hörte ich Abs tief seufzen.

»Ich stehe vor Noahs Wohnung. Ein altes Mietshaus in Frogner.«

»Was ist aus dem soliden Alibi geworden?«

»Er ist zusammen mit Lyra gesehen worden. Hat Haus und Boot in der Gegend und war einer der Letzten, der

Jenny gesehen hat. Die Staatsanwaltschaft hat uns grünes Licht gegeben.«

Ich kommentierte das nicht.

»Vielleicht ist das die Wohnung, die wir suchen, Bjørk. Verstehst du? Das könnte sie sein. Ein anderes Team ist gerade bei seinem Haus am Øyeren.«

Ich verstand das alles, konnte den Zettel, den ich noch in den Fingern hielt, aber nicht ignorieren. Ich las die Namen noch ein paar Mal und drehte die Notiz um, ohne dadurch klüger zu werden. Das war Abs' Handschrift. Was mich am meisten überraschte, war, dass ich alle Namen auf der Liste kannte. Drei Männer, die wegen Mordes verurteilt waren.

Ich öffnete die verschlüsselte Notiz-App auf meinem Handy, wo ich alle Informationen über meine Klienten speicherte. Persönliche Daten, Haftbedingungen und Freigänge. Ich zögerte, die Datei mit dem Namen des dritten Mannes auf der Liste zu öffnen.

»Bjørk? Bist du noch da? Ein SEK-Team ist unterwegs. Mit etwas Glück können wir Noah festnehmen.«

Leif saß einundzwanzig Jahre für einen Mord, war bei Lyras Verschwinden aber auf Freigang gewesen. Als er nicht zum festgelegten Datum zurückgekommen war, wurde er zur Fahndung ausgeschrieben. Erst sechs Wochen später kam er aus freien Stücken ins Präsidium marschiert. Da war Henriette gerade gefunden worden.

»Ja, ich höre.«

Leif? Nein, das passte nicht zusammen. Die Polizei hatte ihn sicher überprüft, außerdem hätte es dann einen Match im DNA-Register gegeben.

»Ich muss los«, sagte Abs, »ich wollte nur, dass du

Bescheid weißt. Er könnte es wirklich sein, Bjørk. Vielleicht ist das Alibi falsch.«

Das Telefon lag noch in meiner Hand, als ich die restlichen Informationen über Leif las. In den letzten Jahren hatte er sich vorbildlich verhalten, aber keinen Freigang mehr bekommen.

Und als Olivia verschwand, war er definitiv hinter Gittern.

»Abs, da ist noch eine Sache ...«

»Was denn, ich hab wirklich keine Zeit mehr.«

»Hast du jemals mit den Beamten gesprochen, die vor drei Jahren die Verkehrskontrolle durchgeführt haben?«

»Als Ellingsen angehalten wurde? Ja, warum?«

»Ich frage mich bloß, ob da noch irgendwas anderes war. Etwas, das im Nachhinein ungewöhnlich erscheint.«

94

Mama ist zu Hause, fahr sie einfach vorbei

Ich packte eine Reisetasche, Flaschen und Windeln. Fand die Keycard vom Tesla und war schon auf dem Weg zur Tür, als noch eine Nachricht von Kristian kam.

Vergiss Mulle nicht

Das zerliebte Kaninchen Mulle, voll von getrocknetem Sabber. Ich lief zurück ins Schlafzimmer. Mulle lag nicht im Bett, nicht darunter. Ich suchte im Wohnzimmer, unterm Sofa, im Bad, im Flur. Mulle war weg.

»Brauchst du wirklich das blöde Viech, Süße?«

Victoria schrie als Antwort aus voller Kehle.

»Okay, okay«, sagte ich und suchte noch einmal alle Zimmer ab. Keine Spur von Mulle.

Dann konnte er eigentlich nur noch im Auto sein.

Mit Victoria auf dem Arm lief ich zum Wagen. Schaute unter beiden Sitzen nach, im Fußraum vor der Rückbank. Im Kofferraum. Die Hitze war unerträglich, ich drehte die Klimaanlage voll auf. Wenn das Kaninchen nicht im Auto war, hatte ich es vielleicht mit ins Haus am Waldrand genommen?

Als ich auf den Schotterweg bog, versuchte ich mich selbst davon zu überzeugen, dass meine Vergangenheit Victoria nicht beeinflussen würde, wenn ich nur innerlich ruhig blieb. Sie war ja noch so klein. Außerdem hatte ich vor, sie im Auto zu lassen und nur schnell ins Haus zu flitzen, um Mulle zu holen.

In Wohnzimmer und Küche: kein Kaninchen. Ich lief die knarrende Treppe hinauf und dachte erst jetzt wieder daran, dass ja irgendwer im Haus übernachtet hatte.

Oben sah ich mich im engen, dunklen Flur um. Alle Türen waren geschlossen. Ich atmete tief ein. Legte meine Hand zögernd auf die Klinke der Tür zu meinem Kinderzimmer. Öffnete sie.

Das Tageslicht sickerte durch mottenzerfressene Gardinen, gefiltert zu aschegrauen Schatten auf Wänden und Boden. Ein paar Tüten mit Abfällen zeugten davon, dass hier jemand hauste.

Okay. Meine Schwester war ein Junkie gewesen. Offensichtlich brauchte einer ihrer obdachlosen Freunde ein Versteck oder ein Dach über dem Kopf. Meinetwegen.

Mulle war aber auch nicht oben, weshalb ich wieder nach unten lief. Vielleicht war mir das Kaninchen bei der Gartenarbeit aus der Tasche gefallen.

Er kam mit langsamen, festen Schritten auf mich zu, als ich um die Hausecke bog. Leif trug einen Sixpack Bier in der einen Hand, Victoria und Mulle im Babysitz in der anderen.

95

»Gib sie mir.« Ich lief Leif entgegen und streckte die Arme nach Victoria aus.

Er stellte das Sixpack ab und hielt mir abwehrend seine Handfläche entgegen. »Wie heißt sie?«

Der Unterton in seiner Stimme versetzte mein Gehirn in Alarmbereitschaft. Ich versuchte, autoritär zu wirken, was mir nicht gelang.

»Lass das, Leif. Gib mir mein Kind.«

»Entspann dich, Baby«, sagte er in seiner ihm eigenen schleppenden Art. »Ich liebe Kinder. Wie heißt sie?«

»Victoria«, flüsterte ich kaum hörbar.

»Victoria. Sieg. Was für ein schöner Name.«

Endlich fand ich die Kraft. »Was willst du, Leif? Die Polizei fahndet nach dir, es ist nur eine Frage der Zeit, bis sie ...«

»Du solltest das Schloss auswechseln«, sagte er. »Die Tür hier kriegt ja jeder Volldepp auf und kann sich hier einnisten, ehe du es überhaupt mitbekommst.«

Er hob Victoria vor sein Gesicht und schnupperte an ihr. Drückte ihr einen feuchten Kuss auf die Stirn. Sie gluckste ihn an, und mir drehte sich der Magen um.

»Nach was gräbst du?«, fragte er.

Mein Hals war rau. »Ich suche einen passenden Ort für eine besondere Rosenart.«

Er zeigte mit einem Nicken auf die schlaff herabhängenden Pflanzen, die ich aus dem Keller geholt, aber noch nicht eingepflanzt hatte. »Höchste Zeit.«

»Gib mir mein Kind«, drängte ich erneut.

»Du behältst hoffentlich für dich, dass ich hier bin?«

»Warum sollte ich?«

Er drückte Victoria an seine Brust und gab ihr noch einen Kuss auf die Stirn.

Die Sonne blendete mich. »Okay, zwei Tage. Dann bist du verschwunden. Verstanden?«

»Drei. Ich brauche drei Tage.«

Ich schüttelte den Kopf. »Zwei.«

»Roger. Aber da wäre noch etwas. Ich muss wissen, was die Polizei gegen mich in der Hand hat.«

»Nicht, bevor du mir mein Kind gibst.«

»Mein Gott, wofür hältst du mich denn?« Leif setzte Victoria behutsam im Gras ab. Ich lief zu ihr und riss sie ihm fast aus den Fingern. Drehte mich um und ging aufs Auto zu.

»Was haben sie gegen mich in der Hand?«, fragte Leif hinter mir.

»Ich weiß es nicht«, sagte ich, ohne mich umzudrehen. »Ganz ehrlich.«

»Krieg raus, warum er mich dort haben will. In deiner Gruppe.«

»Er?« Ich sah Leif an und ahnte, dass mich das heute Nacht wachhalten würde. »Wer?«

»Dein Chef. Er hat mich zu deinem Wutcoaching geschickt.«

Ich könnte lügen, aber wem würde das weiterhelfen?

»Er glaubt, dass du etwas über den Doppelmord weißt.«

»Ah, verstehe.«

»Tust du das?«

»Verstehen oder was wissen?«

»Was wissen.«

Leif verzog nachdenklich das Gesicht, und ich sah die Lüge, ehe er sie aussprach.

»Nein.«

Mit der festgeschnallten Victoria im Auto ließ die Anspannung in mir endlich ein bisschen nach. Ich stieg ein. Ließ die Scheibe runter.

»Woher weißt du von dem Haus?«

»Ich kannte den Mann, der früher hier gewohnt hat«, antwortete Leif trocken.

Die kalte Luft der Klimaanlage strich über meine Arme.

»Wen?«

Leif nahm eine Dose Bier aus dem Sixpack.

»Deinen Vater, Bjørk. Deinen biologischen Vater.«

96

Mir liefen Tränen über das Gesicht, als ich vor dem Haus von Kristians Eltern parkte. Mit einem Papiertaschentuch trocknete ich mir die Wangen und schaute in den Rückspiegel. Übte mich an einem selbstbewussten Lächeln und stieg aus. Kristians Mutter stand im Garten, in der Hand einen Strauß verwelkte Pflanzen, die die vertrockneten, länglichen Blütenköpfe hängen ließen.

»Kannenpflanzen«, sagte sie, als sie meinen fragenden Blick sah. »Selten. Fleischfressend. Locken ihre Beute in den Trichter, wo sie von den Säften zersetzt wird.«

Sie reichte mir das Bündel und nahm mir dafür Victoria aus dem Arm. Drückte ihr einen schmatzenden Kuss auf die Wange. »Hallo, meine kleine Prinzessin.«

Ich sah mich nach einer Stelle um, an der ich den vertrockneten Strauß ablegen konnte, aber sie schüttelte den Kopf. »Die sind sehr selten und ein Vermögen wert, selbst getrocknet und gepresst. Und jetzt erzähl mir, wie es euch geht?«

Ich fing prompt wieder an zu heulen, und sie legte einen Arm um mich. Ich konnte ihr keine Lügengeschichte auftischen. Als sie ihre Frage wiederholte, erzählte ich ihr alles über Leif. Meine Angst. In was für eine furchtbare Situation ich Victoria gebracht hatte. Es brach alles aus mir heraus, zusammen mit der Erleichterung darüber, dass mein

Kind jetzt in Sicherheit war. Hinterher bereute ich meine Offenheit. Flehte sie an, Kristian nichts davon zu sagen.

Zurück im Auto zwang ich mich, Leifs Worte in den hintersten Winkel meines Gehirns zu verbannen. Auf meinen Vater würde ich vielleicht irgendwann mal in einem Gespräch unter vier Augen mit Leif zurückkommen.

Schotter spritzte unter den Reifen auf, als ich losfuhr und Abs' Nummer wählte.

»Habt ihr die Lampe gefunden?«

Er gähnte. »Nein. Noahs Wohnung wird gerade renoviert, die Innenwände sind eingerissen. Da ist nichts außer Backsteinen und Balken.« Er stöhnte. »Das Haus in Frogner sieht aus wie eine verfluchte Fabrikhalle.«

Verdammt.

»Haben die Techniker irgendwas Interessantes in Heges Haus gefunden?«

Abs zögerte kurz. »Ist dir der Ölfleck aufgefallen?«

Ich hatte nicht weiter über den kaum zu sehenden kleinen Fleck auf Heges Küchenarbeitsfläche nachgedacht, obwohl er in dem ansonsten so pedantisch sauberen Haus auffällig gewesen war.

»Waffenöl«, kam Abs meiner Antwort zuvor.

»Und der Leim, den die Rechtsmedizin an ihren Händen gefunden hat?«

»Klebeband. Vermutlich eine osteuropäische Marke.«

»Irgendwelche Schlussfolgerungen?«

»Du weißt, dass auf der Innenseite eines Waffenlaufs spiralförmige Nuten verlaufen, die sogenannten Züge?«

»Ja.«

»In der Regel laufen diese Züge rechtsherum, aber die

Kugel, die Hege getötet hat, muss aus einer Waffe mit links-läufigen Zügen abgefeuert worden sein.«

»Und das heißt was?«

»Es gibt nicht viele solche Waffen, am ehesten ist das bei älteren Revolvern zu finden. Beim Grenzzoll gab es vor etwa einem Jahr allerdings eine Beschlagnahme von Waffen aus Rumänien. Und möglicherweise war das ja nur eine von vielen.«

»Das heißt, dass Hege mit einer geschmuggelten Waffe erschossen wurde?«

»Nicht nur wegen der Züge, sondern auch wegen des Fakts, dass alle Waffen getapte Griffe hatten.«

»Um Fingerabdrücke und Hautschuppen leichter entfernen zu können?«

»Die gleiche Sorte Klebeband wie an Heges Fingern.«

Auf dem Weg zu Kristian legte ich einen Zwischenstopp im Café ein und kaufte einen kalten Saft für mich und ein Sandwich für den Obdachlosen, der wieder an seinem Stammplatz saß. Ich dachte über Abs' neue Informationen nach, während der Mann mit zwei Fingern an der Schläfe salutierte. Im Auto hörte ich seine heisere Stimme:

»In der Tiefe des Daseins lauert das Böse wie ein trüge-rischer Fisch.«

97

»Ich werde das alleinige Sorgerecht für Victoria beantragen«, sagte Kristian.

Die Worte trafen mich wie ein Schlag auf den Solarplexus.

»Was willst du damit sagen?«

»Nach dem, was du ihr heute zugemutet hast, halte ich dich nicht für geeignet, Verantwortung für sie zu übernehmen.«

Wir standen in Victorias Schlafzimmer. Kristians Mutter hatte ihn direkt nach meiner Abfahrt angerufen. Natürlich hatte sie das.

»Das war eine Notsituation, und du warst nicht zu Hause«, sagte ich und erkannte die Unsinnigkeit meiner Worte. »Außerdem hast du darauf bestanden, dass ich das verdammte Kaninchen mitnehme.«

»Eine von dir selbst heraufbeschworene Notsituation!«, fuhr Kristian mich an und machte einen Schritt auf mich zu. »Welche Mutter setzt ihr Kind solchen Gefahren aus?«

Ich fragte mich dasselbe, konnte mir die Frage aber trotzdem nicht verkneifen: »Hat deine Mutter die Geschichte zu etwas aufgebauscht, was es nicht war?«

»Lass meine Mutter aus dem Spiel.«

»Du bist ein totaler Mamajunge. Alles ist von dem gefärbt, was sie sagt.«

Ich bereute meine Worte im gleichen Moment, als sie meinen Mund verließen. Kristians dunkle Augen wurden schmal.

»Es geht hier um Victoria!«

Sein Zorn überraschte mich. Er kam auf mich zu. Ich wich im Reflex zurück und stieß mit dem Fuß gegen Victorias Bettchen. Im Stolpern griff ich nach dem Fischmobile über dem Bett und riss es herunter, als ich zur Seite taumelte.

»Kristian, ich hatte keine andere Wahl«, sagte ich mit belegter Stimme. »Woher sollte ich wissen, dass Leif dort ist?«

»Du wusstest, dass dort jemand übernachtet hat. Und da braucht es ja wohl nicht viele Hirnzellen, um sich auszurechnen ...«

»Es geht gar nicht um Victoria, hab ich recht? Es geht darum, dass ich in meinem Leben eine Passion habe, während du auf diesem verdammten, langweiligen ...«

Kristian breitete die Arme aus. »Passion? Du bist besessen! Ein verdammter Psychopath ist dir wichtiger als deine eigene Tochter!«

Ich umklammerte das Mobile und sah ihn verzweifelt an.

»Du hast es immer noch nicht begriffen, oder?«

»Offensichtlich nicht.«

»Morgen um diese Zeit wird eine weitere junge Frau tot sein, wenn ich sie nicht vorher finde.«

Kristian schüttelte den Kopf.

»Wenn *du* sie nicht findest? Was ist mit der Polizei? Sieh zu, dass du diesen Retterkomplex endlich loswirst.«

Ich versuchte es mit einer letzten Trumpfkarte. »Du hast selbst gesagt, dass ich das zu Ende bringen muss.«

»Aber nicht, indem du Victoria da mit reinziehst.«

Ich zerdrückte den Stofffisch fast in meiner Faust.

»Natürlich nicht, aber ...«

Kristian stand jetzt direkt vor mir. Riss mir das Mobile aus der Hand. Die Schnur an dem Fisch, den ich immer noch umklammerte, ratschte über meinen Handrücken. Brennend heiß und erschreckend gut.

Kristian zeigte zur Tür. »Verschwinde, und lass dich nicht mehr blicken.«

Ich akzeptierte die Botschaft erstaunlich leicht. Trat in den Hausflur und zog die Tür leise hinter mir ins Schloss. Dann stolperte ich die Treppe runter, knetete den Fisch in meiner Hand. Rotz und Wasser liefen mir übers Gesicht. Kristians Worte brannten wie Messerstiche, aber er hatte recht. Ich hätte Victoria niemals mit in das Haus nehmen dürfen. Der Ort zog Böses an.

Welche Mutter setzt ihr Kind solchen Gefahren aus?

Natürlich hatte Victoria etwas Besseres verdient. Dass Kristian eine normale Frau fand, mit einem normalen Beruf. Eine, die sich um unsere Tochter kümmern konnte, wie meine Adoptiveltern sich um mich gekümmert hatten.

Ich lief planlos durch die Straßen, als ob nichts Böses passieren könnte, wenn ich nur in Bewegung bliebe. Dabei knetete ich den Stofffisch, schlug mir mit der Schnur auf die Finger. Sah Victoria vor mir, erst auf Leifs Arm und danach bei Kristians Mutter. Dort war sie sicher. Das war das Wichtigste.

Mit einem Mal musste ich an Hege denken. Wie sie verzweifelt darum gekämpft hatte, dass der Fall ihrer Tochter wieder aufgenommen wurde. Und an ihre Mutlosigkeit, als ihr aufging, dass von der Polizei keine Unterstützung zu erwarten war. Ich verstand ihre Besessenheit, Jennys Fall zu lösen, nur zu gut. Ich hätte es genauso gemacht. Wäre komplett manisch geworden, wenn Victoria verschwunden wäre.

Abs' Informationen arbeiteten in mir. Die Spuren im Wald schienen ausschließlich von ihr zu stammen. Laut Rechtsmedizin hatte sie auf dem Boden gekniet, als sie erschossen wurde. Als ich sie fand, waren ihre Hände leicht nach vorn gestreckt. An ihren Fingern waren Spuren von Leim und Waffenöl nachgewiesen worden, als hätte sie mit ihrem Mörder um die Waffe gestritten.

Aber wenn alles ganz anders abgelaufen war?

In einer Sache war ich mir ganz sicher. Hege musste die Instagram-Fotos von Lyra und Henriette gesehen haben, bevor das Konto geschlossen worden war. Sie hatte die Lampe gesehen, den Zusammenhang erkannt und den Lampen-Käufer mit den Morden in Verbindung gebracht. Wenn der gleiche Mann achtzehn Jahre zuvor in der Gegend unterwegs gewesen war, hatte sie ihn möglicherweise von damals wiedererkannt. War es der Wildhüter, der den von ihr angefahrenen Hirsch mit einem Stich in den Nacken von seinem Leiden erlöst hatte?

Ein Mann, der Signe kannte.

Ich nahm den Fisch aus der Tasche und sah ihn an. Zog mir noch einmal die Schnur über die Finger und hörte im Kopf die Worte des Obdachlosen. *Ein trügerischer Fisch*.

Abs ging beim vierten Klingeln dran.

»Ich habe etwas«, sagte ich. »Nenn es eine Theorie.«

98

Auf dem weiten Marsch durch den Wald legte ich Abs meine Theorie dar. Wie das Ganze meiner Meinung nach zusammenhing. Wie ich mir bei einem gründlichen Rundgang durch Heges Haus die von ihr angelegte Inszenierung erschlossen und mir daraus den Tathergang zurechtgelegt hatte.

»Das Mausoleum in ihrem Schlafzimmer lässt keinen Zweifel an ihrer extremen Trauer«, sagte ich. »Die sorgsam ausgewählten Gegenstände in Jennys Zimmer erzählen von einer Verbindung zu Lyra und Henriette, und natürlich zu Signe und deren Freunden. Die Mütze, die Hirschskizze auf der Zeitung und meine Handynummer haben dafür gesorgt, dass Rita sich mit mir in Verbindung gesetzt hat. Denn ich würde verstehen, dass es um den Doppelmord ging.«

»Hätte sie dich nicht selbst anrufen können?«

»Hege hat behauptet, dass das Verschwinden ihrer Tochter von der Polizei nicht korrekt behandelt wurde«, sagte ich. »Achtzehn Jahre lang hat sie die Polizei zu überzeugen versucht, sich noch einmal genauer anzusehen, was Signe, Noah und Anders ihrer Tochter angetan haben. Was sie über den Mann wussten, der abends und nachts durch die Gegend schlich. Aber niemand wollte den Fall ihrer Tochter wieder aufnehmen.«

»Das kommt häufiger vor, leider.«

»Sie muss das als einen wahnsinnigen Verrat empfunden haben«, sagte ich. »Vor allem, weil sie wusste, dass der Polizist aus Lillestrøm ihre Tochter als Lockvogel für eine Verbrecherbande eingesetzt hat. Kein Wunder, dass sie ihr Vertrauen in die Polizei verloren hatte. In mich wahrscheinlich auch.«

»Das alles hätte sie klären können, wenn sie uns die Mütze gegeben hätte«, sagte Abs. »Wir hätten sie ernst genommen.«

»Und was hätte sie sagen sollen? Zu euch? Zu mir? Dass sie die Mütze aus dem Auto eines Mannes gestohlen hat, den sie bei Ellingsens Beerdigung gesehen hat? Einem Mann, von dem sie annahm, dass Signe ihn vor achtzehn Jahren gekannt hat?«

In dem folgenden Schweigen waren nur unsere Schritte auf dem trockenen Waldboden zu hören.

»Wir hätten mit ihm sprechen können«, sagte Abs.

»Mit ihm sprechen?« Ich schnaufte. »Ja, das ist wohl das Einzige, was ihr hättet machen können. Weil auf so einer dünnen Grundlage niemand einen Durchsuchungsbeschluss ausgestellt hätte.«

»Worauf willst du hinaus?«

»Warum kocht sie Nudeln, nachdem sie einen Hirschburger und Kartoffelgratin gegessen hat? Warum hat sie auf dem Klo nicht gespült? Auf mich wirkt das so, als hätte sie den Eindruck erwecken wollen, dass sie das Haus Hals über Kopf verlassen musste.«

»Aber sie hat ihr Handy nicht mitgenommen.«

»Wie du selbst gesagt hast – vielleicht wollte sie nicht gefunden werden.«

Ich erzählte ihm den Rest. Wie ich Hege auf dem Boden liegend gefunden hatte, mit vorgestreckten Händen. Wie sie in diese Position gezogen worden sein könnten.

Er schien auf eine Fortsetzung zu warten.

»Vergiss nicht, dass sie ja nicht mehr die Jüngste war«, sagte ich. »Das Einzige, was sie wollte, war, eine neue Ermittlung in Gang zu setzen. Euch mit ins Boot zu holen, damit ihr euch das Ganze noch mal genau anschaut, ein letztes Mal.«

Abs hob einen trockenen Zweig vom Boden auf. Schlug damit gegen die Stämme, an denen wir vorbeigingen. »Ohne triftige Beweise gibt es nur eine Sache, die eine neue Ermittlung in Gang setzt.«

»Ein Mord«, sagte ich. »Den Hege selbst inszeniert hat.«

Die Absperrbänder flatterten leicht in der Vormittagsbrise. Der Druck an meinen Schläfen wurde stärker. Unmittelbar vor dem abgeschirmten Tatort legte ich den Kopf in den Nacken und schaute am Stamm hoch. Suchte nach etwas, was ich dort oben vermutete. Getriggert von Heges Verzweiflung, den Ausrufen des Obdachlosen vorm Café von trügerischen Fischen und von Victorias Mobile.

Abs' Blick pendelte zwischen mir und dem Tatort hin und her, bevor auch er in den Baum schaute, unter dem Hege gefunden worden war. Ich steckte ein Paar Einmalhandschuhe in die Gesäßtasche meiner Jeans und duckte mich unter dem Band durch.

Ich hob ein Knie an. »Hilf mir.«

Er verschränkte die Hände zu einer Räuberleiter, in die ich meinen Fuß setzte. Dann schob er mich hoch, bis ich einen kräftigen Ast zu fassen bekam, auf den ich mich hochziehen konnte. Eine schwierige Operation für jemanden, der es nicht gewohnt war, auf Bäume zu klettern. Man konnte schnell abstürzen und sich an der rauen Rinde schmerzhaft die Haut aufschürfen. So wie es bei Hege der Fall gewesen war.

Ich suchte mir einen Ast, der stark genug aussah, um mein Gewicht zu tragen. Zog mich an dem darüber nach oben. Ich hatte keine Höhenangst, achtete aber trotzdem darauf, nicht nach unten zu schauen. Ich wollte weiter nach oben. Wo ich hoffentlich fand, wonach ich suchte.

Kurz darauf sah ich meine Theorie bestätigt.

An einem langen, dicken Gummiband hing eine Waffe.

Das weiche und äußerst dehnbare Band war sorgfältig am Abzug der Waffe befestigt. Ich stellte mir Hege am Boden vor, die die Pistole nach oben schnalzen ließ wie beim Bungee-Jumping. Sie dürfte einige Zeit mit Try and Error verbracht haben. Vielleicht zwei ganze Tage. Schließlich hatte sie nur eine einzige Chance, sich auf dem Boden sitzend selbst hinzurichten.

Ihr letzter verzweifelter Stunt, um die Polizei aus der Reserve zu locken.

99

Jenny, 2006

Ich setze die Tasse an die Lippen und trinke. Kämpfe, das bittere Zeug bei mir zu behalten. Versuche, mich auf das zu konzentrieren, was passieren wird. Als ich die Tür aufschiebe, quietschen die rostigen Scharniere. Zuerst kann ich Signe nicht sehen, weil das Getränk meine Sicht trübt. Aber plötzlich steht sie da. Im gleichen Leinenkleid wie ich, mit trockenem Laub im Haar. Ein Engel. So schön, dass es wehtut.

»Hab keine Angst«, sagt sie. »Wir haben es alle gemacht.«

Die Luft ist klamm und zäh, und die Sonne steht so tief, dass sie lange Schatten über den Waldboden wirft. Noah legt Steine in einen Ring. Bereitet alles für mich vor. Dort soll ich stehen.

Anders stellt sich neben mich. Er riecht nach Moos und Erde, hat endlich die verfluchte Kamera aus der Hand gelegt. Er drückt mir ein Messer in die Hand und zeigt zwischen die Bäume.

»Geh ungefähr zehn Minuten geradeaus. Die Falle ist neben der großen Eiche.«

»Muss ich barfuß gehen?«

»Frag nicht so dumm.«

»Mach es einfach«, sagt Signe. Sie legt ihre Arme um mich und gibt mir einen feuchten Kuss auf den Mund.

Anders schubst mich an.

»Und komm erst zurück, wenn du alles Notwendige getan hast.«

Meine Beine zittern, als ich dem Trampelpfad folge. Die Geräusche von den anderen klingen wie aus einer Dose. Kurz darauf stolpere ich einen Schritt zur Seite. Weil das Getränk raus will. Die große Eiche ist noch ganz schön weit weg. Und wenn ich es nicht bis dahin schaffe?

Da höre ich Signes Stimme in meinem Kopf.

Keine Angst. Wir haben das alle gemacht.

Die Fichten um mich herum sind voller Zapfen. Ich lausche auf Vogelgezwitscher, Insektengesumme. Auf irgendwelche Zeichen, dass dies ein ganz normaler Tag ist, an dem nichts Schlimmes passieren kann. Aber es zwitschert kein einziger Vogel. Keine Maus läuft vor mir über den Pfad, um sich in Sicherheit zu bringen. Es scheint zu stimmen, was sie gesagt haben. Dass hier Kräfte wirken, die ich mir nicht vorstellen kann und die alle Tiere fernhalten.

»Wieso glaubt Anders dann, dass etwas in der Falle ist?«

Egal, was mich dort erwartet, ich muss es mit dem Messer töten und zurück zur Hütte tragen.

Als ich die Eiche sehe, bemerke ich auch den Geruch. Nicht ganz schlimm, eher als hätte jemand einen Eimer Bioabfall ausgekippt, der jetzt vor sich hinrottet. Ich gehe langsam näher ran, bis ich es höre. Ein leises Rascheln.

Der arme Kerl ist mit Blut und Erde verschmiert. Ich erkenne ihn an dem schwarzen Fleck am Ohr wieder. Mein Kaninchen, das vor einer Woche verschwunden ist. Es hat versucht, sich den Fuß abzubeißen.

Das Messer liegt schwer in meiner Hand. Ich hocke mich

hin. Das Kaninchen zappelt, faucht, wirft sich hin und her und versucht, mich zu beißen.

Das Blut von seinem Fuß riecht streng, wie verdorbenes Fleisch. Eine Weile sitze ich einfach nur da. Dann hebe ich das Messer hoch. Lasse es kurz in der Luft hängen. Streichele das Kaninchen mit der anderen Hand. Kopf und Körper. Fühle, wie das kleine Herz ruhiger schlägt. Dann packe ich es an den Ohren, drücke den Kopf auf die Erde und steche die Klinge in seinen Hals.

Das Blut spritzt in kurzen Stößen aus der Wunde, dann bleibt das Herz stehen. Das Töten war erstaunlich leicht. Ich öffne die Schlinge, hebe das Kaninchen an den Ohren hoch und trage es zurück zur Hütte. Mein Kleid ist blutverschmiert. Signe kommt mit offenen Armen auf mich zu. Führt mich zu dem Steinkreis, wo Noah steht. Er befiehlt mir, das Kaninchen zu häuten, aber so, dass das Fell in einem Stück ist. Anders zeigt mir, wie ich das machen muss. Die Augen des Tieres sind trübe. Trotzdem starrt es mich an, als würde es nicht verstehen, was ich da mache.

Mein Mageninhalt steigt in meiner Speiseröhre hoch. Ich halte die Luft an und schlucke es herunter. Um mich herum tanzen Noah, Signe und Anders. Sie schlagen Steine aneinander und singen irgendein leises Lied.

Endlich löst sich das Fell. Ich kann wieder frei atmen. Die schmal zulaufenden Beinenden stehen ab wie Träger. Anders sagt, dass ich Löcher hineinschneiden und Bindfäden hindurchziehen soll. Als ich das Fell vor mir hochhalte, sehe ich, dass es wie ein blutiger BH aussieht. Und ich soll ihn anziehen.

Signe steigt zu mir in den Steinkreis und zieht mich an sich. Lässt ihre Hände über mein Gesicht gleiten, mein

Haar, meine Brüste. Mit einem harten Ruck reißt sie mein Kleid auf, holt eine Brust heraus und beugt sich darüber. Sie saugt daran, leckt, schiebt eine Hand zwischen meine Schenkel. Dann nimmt sie das Kaninchenfell aus meiner Hand, hält sich den BH an, grinst, tanzt, lacht.

Anders und Noah reißen mir das Kleid ganz vom Körper, Signe zieht mir den BH an. Sie geht vor mir in die Hocke und schiebt ihre Zunge zwischen meine Beine. Sie hat mal zu mir gesagt, dass sie mir beibringen will, Grenzen zu setzen, aber ich weiß nicht, wo die jetzt sind.

Tausend Hände an meinem Körper. Signes Hände auf meinen Pobacken, sie begräbt ihr Gesicht zwischen meinen Schenkeln. Ich fühle ihre Zungenspitze, zucke. Die anderen pressen ihre Körper an mich. Ich kriege keine Luft mehr. Meine Augen werden feucht. Ich will mich von ihnen losreißen, durch den Wald laufen, nach Hause, zu Mama. Aber dann verderbe ich ihnen den Spaß. Und das will ich nicht. Ich muss erwachsen werden, darf mich nicht mehr wie ein kleines Kind aufführen. Wenn ich einfach stehen bleibe, ganz still, und sie mit mir machen lasse, was sie wollen, wird alles gut.

Dann kann ich hierbleiben, in der Leere. Außerhalb der Grenzen.

100

»Wir haben Heges Laptop«, sagte Abs. »Sie hat ihn bei einem Anwalt deponiert, der ihn sechs Monate nach ihrem Tod der Polizei überreichen sollte.«

»Und warum hat er ihn jetzt schon abgegeben?«

»Da die Rede von Mord war, hat die Kanzlei sich entschlossen, ihn vorzeitig freizugeben.«

»Und die Beweise?«

»Da ist alles drauf. Filme, Fotos, Dokumente. Auch Aufnahmen, die von einer alten Wildkamera zu stammen scheinen. Wer die installiert hat, ist nicht mehr zu eruieren, aber sie hat die Zeremonie vor der Hütte aufgezeichnet. Ich finde es wie gesagt höchst merkwürdig, dass Hege damit nicht früher zu uns gekommen ist.«

Sie hatte der Polizei nicht vertraut. Ich fand das nicht so merkwürdig.

»Was ist mit dem Nummernschild des Wagens, in dem Hege die Mütze gefunden hat?«

»Die Kennzeichen waren gestohlen.«

Ich dachte an die Person, die Jacobs Mutter solche Angst gemacht hatte. Der Mann, der Frauen beim Joggen verfolgte und nachts in den Gärten stand und rauchend zu den Schlafzimmerfenstern hochschaute. Ich sah ihn vor mir, einen Mann mit einem gewöhnlichen Job, aber außergewöhnlichen Gedanken. Einen Mann, der Jungs an seinem

Auto schrauben ließ. Vielleicht war es der Wildhüter, den Hege getroffen hatte.

Abs riss mich aus meinen Überlegungen, als er mir die Bilder aus Heges Laptop vorlegte. Die drei Jugendlichen in weißen, blutbeschmierten Leinengewändern. Jenny zwischen ihnen, von dem Kaninchenfell vor ihren Brüsten abgesehen, nackt.

»Wenn jemand so etwas mit meiner Tochter tun würde, würde ich ihn umbringen«, sagte ich.

Abs klickte eines der Fotos an und zoomte es ein. Zwischen den Bäumen stand ein Mann mit einer tarnfarbenen Mütze.

»Vielleicht hat er sie bedroht«, sagte Abs. »Ihnen gesagt, dass sie keine Zukunft haben, wenn irgendjemand davon erfährt.«

»So etwas hinterlässt Spuren«, sagte ich. »Erst recht bei einer Vierzehnjährigen. Da kann man hinterher nicht so tun, als wäre nichts geschehen.«

Das Gefühl, unmittelbar vor der Lösung des Falls zu stehen, war überwältigend. Meine Beine bewegten sich wie von selbst, aber das änderte nichts an der Tatsache, dass Olivia die Zeit davonlief. Wenn es nicht schon zu spät war.

Sobald ich draußen war, rief ich Jacob an. Er ging nicht dran, weshalb ich es bei Rita probierte.

»Erinnern Sie sich daran, dass Anfang der Zweitausender in der Gegend ein Mann unterwegs war, der die Nachbarschaft ausspioniert hat? Viele Frauen hatten da unangenehme Erlebnisse.«

Am anderen Ende war ein Schnaufen zu hören. »Die Polizei ist dem nachgegangen, als es dann aber ganz plötzlich vorbei war, sind sie davon ausgegangen, dass der Täter nicht mehr in der Region war.«

»Wann hat es aufgehört?«

»Das weiß ich nicht mehr genau. Die Leute haben aber auch danach noch lange Angst gehabt.«

Ich fuhr mir mit der Hand durch die Haare. »Jemand hat einen Mann erwähnt, der kleine Jungs an seinem Auto schrauben ließ.«

»Möglich, davon weiß ich nichts.«

Nach dem Auflegen versuchte ich es noch einmal bei Jacob. Falls er sich noch an Details erinnerte, könnten wir den Mann vielleicht aufspüren und mit ihm Olivia, wenn tatsächlich er sie in seiner Gewalt hatte.

Jacob antwortete noch immer nicht.

In Gedanken ging ich erneut alles durch, was wir über den Fall wussten. Sah mir die Fotos auf meinem Handy an. Heges Haus, Jennys Zimmer. Es ärgerte mich, dass ich nicht auch in Olivias Zimmer Fotos gemacht hatte, aber das hatte sich im Beisein ihrer Mutter übergriffig angefühlt.

Da war die Skizze von dem Hirsch mit nur einem Geweih. Und auf dem Schreibtisch das Buch mit gepressten Blumen. Auf der Fensterbank standen haufenweise verdorrte, ganz gewöhnliche Topfpflanzen. Bis auf den grünen Übertopf hinter der Gardine mit demselben verdorrten Gewächs, das Kristians Mutter mir in die Hand gedrückt hatte. Selten, hatte sie gesagt. Ein Vermögen wert.

Ich googelte Kannenpflanzen. Sie kamen aus Südostasien, wurden bei uns nur im Gewächshaus gezüchtet, aber die Kultur war kompliziert. Britt hatte keines, mir kam aber ein anderes in den Sinn, und das lag nicht weit von den Fundorten entfernt. Es war der Griff nach einem Strohhalm, überprüfen musste ich es trotzdem.

Ich rief die Maklerin in Lillestrøm an, um mich nach dem Grundriss des Hauses von Noah zu erkundigen, wohl wissend, dass die Polizei es sicher bis auf den letzten Winkel abgesucht hatte.

»Tut mir leid, aber das Haus ist bereits verkauft«, sagte sie.

»Wer ist der Käufer?«

»Das kann ich Ihnen im Moment nicht sagen, ich rufe Sie zurück.«

101

Jenny, 2006

»Zieh dich aus«, ruft Noah.

»Das hättest du wohl gern«, antworte ich. »Ich habe Badesachen mit.«

Stattdessen hätte ich sagen sollen, dass ich es bereue, meine Anzeige zurückgezogen zu haben, und eine neue machen werde.

Noah zieht sich die Shorts aus, wirft sie ins Boot und springt ins Wasser. Als er wieder hineinklettert, hängt sein Schwanz wie eine eingeschrumpelte Wurst zwischen den Beinen.

»Runter mit dem Kleid, stell dich nicht so an.«

Noah und Anders rufen im Chor. Ich sehe hilfesuchend zu Signe, aber sie lacht nur. Im grellen Licht klirren ihre Stimmen, und die Musik dröhnt so laut, dass ich mir die Ohren zuhalten muss.

»Ausziehen, ausziehen, ausziehen!«

Noah zerrt an meinen Kleidern, und mit einem Mal sind alle Erinnerungen wieder da.

Der bittere Geschmack des ekligen Getränks, das Messer am Hals des Kaninchens, ihre Hände auf mir, in mir. Das blutige Fell. Die Angst, als ich anschließend durch den Wald laufe.

»Ich will dich nackt sehen! Ausziehen!«, ruft Noah wieder und wieder. Wie ein Echo. Ich sehe zu Anders. Suche bei ihm Hilfe.

Die Jungs, die ich als meine Freunde bezeichnet habe, halten mich fest, und Signe lacht nur. Sie ziehen mir das Kleid über den Kopf. Lösen den BH. Reißen mir den Slip herunter. Anders riecht daran, bevor all meine Sachen im Wasser landen. »Ich hab eure Scheißhütte angezündet«, rufe ich. »Und den ganzen Sommer über war da draußen eine Wildkamera montiert.«

Der Ausdruck in ihren Augen ist unbezahlbar.

Ehe sie etwas fragen können, klingelt ein Telefon. Signe dreht die Musik leise, nimmt Noahs Handy und legte es sich ans Ohr.

»Sekretariat Noah Vagijs. Ich höre.«

Ihr Lächeln erstarrt, und sie legt die Hand auf das Mikrofon. »Polizei.«

Noah wird blass. »Polizei?«

Ich stelle mich auf die Badeplattform des Bootes. »Ach ja, das hatte ich vergessen.«

Noah sieht mich an. »Was meinst du?«

»Die Uhren. Ich habe der Polizei alles gesagt und ihnen die Namen gegeben, die ich kenne. Die Adressen, wo ich die Sachen abgeholt oder wohin ich sie geliefert habe. Ja, und deine Handynummer natürlich, du hast das ja alles organisiert.«

Noahs Mund steht offen. Sein Körper ist zusammengekrümmt, als hätte ihm jemand in den Bauch geboxt. Signe drückt sich das Handy an die Brust. Von Anders kommt ein seltenes Mal kein Laut.

Verdammte Idioten, denke ich, als ich ins Wasser springe, um meine Sachen zu holen. Ich hätte sie kaltmachen sollen.

102

Tischplatten, eine alte Waschmaschine und Unmengen von anderem Kram lagen im trockenen Gras. Es roch muffig nach moderndem Holz und verbrannter Erde. Die Fenster im Erdgeschoss waren mit Zeitungspapier verklebt, im ersten Stock hingen schwere Gardinen. Nichts deutete darauf hin, dass hier jemand wohnte.

Ich ging zur Tür und klopfte, es rührte sich aber nichts. Keine Schritte, kein Geräusch von drinnen. Am Fenster neben der Tür versuchte ich, durch den schmalen Spalt zwischen zwei Zeitungen zu blicken. Dann klopfte ich noch einmal an, dieses Mal kräftiger. Ich drückte die Klinke nach unten, aber die Tür war verschlossen. Ich schaute über das Grundstück und überlegte, was ich jetzt tun sollte.

Der See ruhte still im Nachmittagslicht. Das entfernte Brummen eines Motorbootes drang durch die Stille. Konnte Olivia hier gewesen sein? War sie noch immer hier? Ich bereute es, Abs nicht gebeten zu haben, mit mir zu kommen, wusste aber, was er gesagt hätte. Der Polizeibericht gab keinen Anlass zur Annahme, dass Olivia im Haus gewesen war.

Als ich über die Treppe durch das trockene Gras zum Gewächshaus ging, ließ ich erstmals den Gedanken zu, dass die Schlacht verloren war. Wir würden Olivia nicht rechtzeitig finden. In der kommenden Nacht würde sie getötet werden, und morgen lag sie dann irgendwo im Schilf. Und wir wären wieder an exakt dem Punkt wie vor drei Jahren.

Die Erkenntnis lähmte mich, und ich fürchtete, wieder in eine Depression abzurutschen. Die irgendwann von Besessenheit abgelöst wurde, wie Kristian es mir vorwarf.

Im Gewächshaus verstärkte sich das Gefühl der Resignation, weil ich nicht eine Spur von den seltenen fleischfressenden Pflanzen entdeckte, die ich bei Olivia gesehen hatte.

Auf dem Weg hinaus rief die Maklerin zurück.

»Tut mir leid, dass es so lange gedauert hat. Aber jetzt habe ich den Vertrag. Lassen Sie mich sehen …«

Ich hörte das Klappern einer Tastatur, leises Murmeln, in das sich ein lauter werdendes Motorengeräusch mischte. Ein flaschengrüner Pick-up näherte sich der Einfahrt.

»Einen kleinen Moment noch«, sagte die Frau.

Hinter ihr klingelte ein Telefon.

Der grüne Wagen hielt vor der Haustür. Als der Fahrer zu mir sah, erstarrte ich.

»Sind Sie noch da?«, fragte die Frau.

Ich brachte kein Wort über die Lippen.

»Der neue Besitzer heißt Thoresen.«

Mein Herz setzte einen Schlag aus.

»Um ganz exakt zu sein, das Anwesen wurde an eine Firma verkauft, die im Besitz von Jacob Thoresen ist«, fuhr sie fort.

103

In dem dunklen Flur hinter dem Windfang roch es nach
Lack und frischem Holz. Die Farben waren modern, ein
Wechselspiel zwischen Weiß und Grau. Jacob führte mich
in eine alte, saubere Küche mit Hochschränken in grellen
Siebzigerjahre-Farben. Er nahm eine Kanne mit Eistee aus
dem Kühlschrank und goss uns beiden ein. Ich trank einen
kühlenden Schluck und nickte in Richtung Flur.

»Was glaubst du, wie lange du für die Renovierung
brauchst? Wenn du alles selber machen willst?«

»Das wird seine Zeit dauern«, sagte er und lachte aufgesetzt. »Ich bin ja nicht gerade der geborene Heimwerker,
aber das hast du sicher längst erkannt.«

»Was zieht dich hier raus?«

Er lehnte sich an die Anrichte und musterte mich einge-
hend. Sein Zeigefinger tippte ruhelos an das Glas.

»Ich habe doch erzählt, dass meine Freundin sich ein
Haus auf dem Land wünscht, und als ich die Anzeige sah,
habe ich zugeschlagen. Wobei ich schon länger mit diesem
Haus geliebäugelt habe, das gebe ich gerne zu.«

Er ließ mich nicht aus den Augen.

Ich sah die beiden vor mir. Ein attraktives, glückliches
Paar in einem frisch renovierten Landhaus mit Aussicht
über den See.

»Aber woher ... kennst du dieses Haus überhaupt?«

»Tja, gute Frage. Ich würde sagen, dass ich eine besondere Beziehung zu diesem Ort habe.«

Er streckte die Hand mit dem Glas aus und ging vor mir her durch den Flur. »Habe ich dir erzählt, dass ich hier meinen allerersten Glühwürmchenschwarm gesehen habe? Der war eine ganze Woche hier, das war absolut magisch.«

Stimmt, bei unserem ersten Treffen hatte er so etwas erwähnt.

»Aber du bist ja sicher nicht hier, um von meinen Kindheitsträumen zu hören«, sagte er.

»Nicht wirklich. Ich habe noch mal an diese Sache denken müssen, von der deine Mutter gesprochen hat. Von dem Mann, der nachts in den Gärten der Leute stand. Hat das irgendjemand bei der Polizei angezeigt? Gab es Verdächtige?«

»Verdächtige? Bestimmt, aber mein zwölfjähriges Gehirn hat das meiste wohl gelöscht.«

»Und was ist mit dem Typ, der dich an seinem Auto hat schrauben lassen?«, fragte ich und trank noch einen Schluck.

»Tut mir leid. Ich habe mir wirklich das Hirn zermartert.«

Ich seufzte. »Heges Freundin erinnert sich daran, dass es in der Gegend jemanden gab, vor dem alle Angst hatten, der dann aber irgendwann plötzlich weg war.«

Der Flur machte eine Kurve. An der Wand gegenüber hing ein verblichenes Foto. Eine Panoramaaufnahme vom Øyeren, auf der eine Gruppe Schwäne aus dem Schilf aufflog. Im Hintergrund waren die Konturen eines Augenpaares zu erkennen.

»Das hing noch von Noah da. Schrecklich, oder?«

Als ich näher an das Foto herantrat, um es mir genauer anzuschauen, kam ich am Durchgang zum Wohnzimmer vorbei. Auch hier waren die Fenster mit Zeitungspapier zugeklebt und der Raum nur durch eine einzige schummrige Lichtquelle erhellt. Die Lampe mit dem orangenen Retroschirm, nach der wir seit drei Jahren suchten.

Ich erstarrte innerlich, als ich auf die entscheidenden Worte wartete.

»Hat Noah dieses coole Teil wirklich hiergelassen?«

Jacob amüsierte sich. »Nein, das ist meine. Die habe ich gestern Abend aus meiner Wohnung in der Stadt mitgebracht. Ich wollte hier auch etwas mit Stil haben.«

Jacobs Wohnung am St. Hanshaugen. Eine klassische Oslo-Wohnung mit hohen Decken. Ich konnte den Blick, den er mir zuwarf, nicht richtig deuten. Meine Zunge fühlte sich aufgedunsen und träge an.

»Kann ich hier bei dir mal aufs Klo?«

Jacob zeigte auf eine Tür. »Klar doch.«

Ich ging hinein, wollte hinter mir abschließen und sah, dass der Schlüssel fehlte. Setzte mich auf den Toilettensitz. Stützte die Ellenbogen auf die Knie, um meinen Puls unter Kontrolle zu bekommen. Starrte auf den matten blassrosa Linoleumboden und zog ein paar Blatt Toilettenpapier ab, um etwas in den Händen zu haben.

Jacob, ein Mörder? Es fiel mir schwer, den Gedanken zu Ende zu denken, und diese Erkenntnis brachte mich aus der Fassung. Er kannte mich möglicherweise schon viel länger als ich ihn. Konnte Heges Haus überwacht und mich dort gesehen haben. War er der Erwachsene, der die Mädchen erst beunruhigt und sie dann in seinen Bann gezogen hatte? Das passte irgendwie nicht zusammen. Er war zwölf

Jahre alt gewesen, als Jenny verschwand. Andererseits war die Lampe ein Fakt, den ich nicht ignorieren konnte. Die Mädchen mussten in seiner Wohnung gewesen sein. Olivia erst vor ein paar Wochen, als sie ihrer Mutter diesen Snap geschickt hatte.

Ich riss das Handy aus meiner Tasche und suchte Abs' Namen heraus. Legte die Hände um das Telefon und flüsterte: »Die Lampe ist in Noahs altem Haus. Jacob Thoresen ist der neue Besitzer.«

Es klopfte an der Tür. »Alles in Ordnung?«

Unter Auferbietung all meiner Kraft stand ich auf und ging nach draußen.

Jacob stand auf dem Flur und hielt mir das Glas mit dem Eistee hin. Ich ging ein paar Schritte auf ihn zu, schwankte.

»Geht es dir gut? Ist alles in Ordnung?«, fragte er, fasste mich unter dem Arm und stützte mich. »Du brauchst ein bisschen frische Luft.«

Ich suchte nach Auswegen, ohne einen zu finden. Wurde passiv und fügsam, was mich verwunderte und erschreckte. Jacob stützte mich über den Flur zur Haustür und führte mich dann die Treppe runter in Richtung Gewächshaus.

Was sollten wir da?

Die Dielen knarrten unter unseren Füßen. Er schob ein Regal zur Seite, und da sah ich die Streifen im Staub. Er bückte sich und klappte mehrere zusammenhängende Dielenstücke hoch. Als ich die Falltür darunter sah, musste ich an den alten Fischer denken, der erzählt hatte, dass Noahs Vater aus dem östlichen Sibirien immer Angst gehabt hatte, vom Regime verfolgt zu werden.

Er hatte einen Bunker gebaut.

Jetzt überkam mich die Panik. Ich begann, mich zur Wehr zu setzen, aber Jacob hielt mich fest und drückte mich bäuchlings auf den Boden. Bog meine Hände auf den Rücken und fixierte sie mit seinem Knie. Er drückte zwei Metallriegel zur Seite, öffnete die Luke und zog mich auf die Knie. Gebogene Metallrohre bildeten eine Art Leiter, die nach unten in das schwarze Loch führte.

Der letzte Rest Hoffnung schwand, als er mich kopfüber in das Loch stieß.

104

Der Gestank von fauligen Kartoffeln und nassem Heu weckte mich. Mein Schädel dröhnte. Ich blinzelte, probierte, den Kopf zu drehen, aber mein Nacken protestierte und versuchte mir einzureden, dass ich einfach nur still auf dem harten Boden liegen bleiben müsse, um das Furchtbare ungeschehen zu machen: dass ich in diesem Loch unter der Erde gefangen war.

Mit langsamen Bewegungen prüfte ich, ob ich mir etwas gebrochen hatte. Woher kam nur dieser infernalische Gestank? Ich tastete den Boden nach dem Handy ab, konnte es aber nicht finden. Kam irgendwann zu dem Schluss, dass ich weitestgehend in Ordnung war. Ein Knie fühlte sich geschwollen an und meine Zunge irgendwie aufgedunsen. Endlich gelang es mir, die Augen ganz zu öffnen. Über mir hing eine fahl schimmernde, nackte Glühbirne.

Die Panik meldete sich zurück, nahm mir den Atem, weshalb ich ganz still liegen blieb und an die weißen, von Schimmel überzogenen Betonwände starrte. Die waagerechten, angetrockneten Schlammstreifen an den Wänden erzählten mir, dass der Keller bei Hochwasser geflutet wurde. Der Gestank, war das Schimmel?

Da bemerkte ich ein leises Brummen wie von einer Klimaanlage. Es kam aus einem Gitter an der Decke über mir. Ich stemmte mich in die Hocke und richtete den Blick auf die Luke, durch die ich gestoßen worden war. Mit unsicheren Schritten kletterte ich die provisorische Leiter hoch und hämmerte gegen die Luke, stemmte mich mit aller Kraft dagegen und schrie so laut ich konnte.

»Jacob! Mach auf!«

Als ich wieder nach unten kletterte, zog die Erkenntnis mir komplett den Boden unter den Füßen weg. Der Tesla stand unten am See. Wenn die Polizei ihn fand, sah es womöglich so aus, als wäre ich auf dem Øyeren verschwunden.

In dem schwachen graugelben Licht der Glühbirne sah ich Metallregale, bis zum Rand gefüllt mit Konserven, Nudeln und Reis. Verstaubte Gläser mit Erdnussbutter und Honig. Kekspackungen. Meterweise Wasserkanister und kleinere Flaschen. Eine Mikrowelle älteren Baujahrs. Es gab sogar eine Biotoilette. Ich könnte hier mehrere Monate überleben, wenn der Schimmel mich nicht vorher umbrachte.

Hatte Noahs Vater nur das alte Sowjetregime gefürchtet oder doch eher das Jüngste Gericht? War er einer dieser Untergangspropheten, die sich auf Monate und Jahre im Bunker vorbereitet und ausgerüstet hatten, bis der Krieg über ihnen zu Ende war und der atomare Fallout sich gelegt hatte? Die Panik nahm neuen Anlauf. Ich erinnerte mich daran, dass Abs wusste, wo ich war, und dass ich die Lampe gefunden hatte. Aber mein Verstand sagte mir, dass Jacob mein Versteck nicht verraten würde, selbst wenn man ihn verhaftet hätte. Einen angstvollen Moment lang fragte ich mich, was Kristian Victoria erzählen würde.

Deine Mutter ist auf dem Øyeren verschwunden. Es weiß niemand, was mit ihr passiert ist.

Ein leises Geräusch, ein Jammern ließ mich herumschwingen. Ich war noch immer völlig benommen, mein Blick verschleiert. Ganz hinten in der Ecke lag jemand auf dem Boden. Mit Handschellen an die Wand gekettet. Sie trug ein dünnes geblümtes Baumwollkleid. Der Kopf hing zur Seite, die Augen waren geschlossen, die Lippen leicht geöffnet. Ihre langen kastanienbraunen Haare waren verfilzt und dreckig. Neben ihr stand eine Schale mit Wasser, als wäre sie ein Hund.

An ein Ohr war ein gelbes Stück Plastik getackert worden. Eine Tiermarke.

Ich ging zu ihr, legte ihr einen Finger an den Hals. Spürte einen schwachen Puls.

»Olivia?«, flüsterte ich und dann noch einmal etwas lauter. »Olivia. Wach auf!«

Sie rührte sich nicht. Ich legte meine Hände um ihre Schultern und schüttelte sie, tätschelte ihre Wangen. Zerrte an der Kette und den Handschellen. Dann lief ich zu den Regalen, um nach einem Werkzeug zu suchen, mit dem ich das Schloss aufbrechen konnte. Ohne Erfolg. Ich setzte mich wieder neben den schlaffen Körper und streichelte Olivia über die Stirn, wie ich es so oft bei Victoria getan hatte.

Während ich bei ihr saß, sah ich mich im Raum um und versuchte mir vorzustellen, wie Jacob dachte. Wie er das Spiel in die Länge ziehen wollte.

Wenn Noahs Vater ein Überwachungssystem installiert hatte, dann vermutlich mit nach außen gerichteter Kamera. Ich könnte wetten, dass Jacob es durch ein System ersetzt hatte, mit dem er jetzt von draußen den Bunker überwachte.

Ich ging zur Belüftungsanlage. Streckte den Arm nach oben und spürte frische Luft über meine Finger streichen. Die Öffnung im Gitter war zu klein zum Durchkriechen, aber der perfekte Ort für eine Überwachungskamera. Als ich nichts fand, suchte ich erneut die Regale, Dosen, Leitungen und die Glühbirne ab. Ich war mir sicher, dass er uns beobachtete und dass ich das nutzen konnte, um ihn zu uns zu locken.

Nach einer Weile hatte ich alle Boxen geöffnet und sämtliche Regale abgesucht, ohne Waffen oder ein Werkzeug zu finden, mit dessen Hilfe wir ausbrechen konnten. Eine Kamera hatte ich auch nicht gefunden. Nur weitere Konserven, Getränke, Taschenlampen, Batterien und Kleidung. Einen Heizlüfter, drei Schlafsäcke und einen Erste-Hilfe-Koffer mit einer scharfen Nagelschere, die ich in die Tasche steckte. Außerdem eine Packung Zement, Fliesen und Kartenspiele.

Auf dem unteren Regalbrett in der hintersten Ecke stand neben dem Zement ein weißer Eimer mit rotem Deckel. Mit der Aufschrift: *Hey'di Trollkraft*. Hatte der Verkäufer im Gartencenter nicht gesagt, dass man damit Felsen und Beton sprengen konnte? Ich hob den Eimer an. Las die Aufschrift. Man mischte den Inhalt mit Wasser, bohrte ein Loch in den Stein und füllte die Masse hinein. Sie entwickelte beim Trocknen durch die Expansion einen solchen Druck, dass der Stein im Laufe von … Ich schluckte. Der Prozess konnte Stunden bis Tage dauern. Blieb Jacob bei seinem Modus Operandi, war das Olivias letzter Abend.

Ein Wimmern wie von einem kleinen Kind riss mich aus meinen Gedanken. Ich hockte mich neben sie. Streichelte mit der Hand über ihre Haare. »Olivia? Wie geht es dir?«

Sie riss die Augen auf, als sie begriff, dass sie nicht allein war. Wich ein Stück vor mir zurück und zerrte an der Kette.

»Hab keine Angst, Olivia«, sagte ich. »Wir finden einen Ausweg!«

Ihre Nasenflügel vibrierten. Sie keuchte. Ich holte eine Flasche Wasser und einen der Schlafsäcke.

»Darf ich dir den umlegen?«

Ihre Augen zuckten hin und her.

Ich hielt ihr die Flasche hin. »Ist es okay, wenn ich dir ein bisschen Wasser gebe?«

Sie öffnete den Mund. Ich hockte mich hinter sie und lehnte ihren Oberkörper an meinen. Sie war steif wie eine Schaufensterpuppe. Ihre Arme hingen schlaff herab. Vorsichtig setzte ich die Öffnung der Flasche an ihre Lippen.

Sie trank gierig, hustete und spuckte Schleim.

»Wo ist er?«, fragte sie mit dünner, flüsternder Stimme.

Ich gab ihr noch einen Schluck zu trinken, während sie die Füße bewegte, um wieder Leben in sie zu bekommen.

»Nicht hier«, sagte ich. »Er hat dich aber vermutlich unter Drogen gesetzt, und es kann eine Weile dauern, bis die Wirkung verflogen ist.«

Während ich sie im Arm hielt, beruhigte ihr Atem sich etwas. Ihr Blick ging erst zur Decke und dann zu mir. Dann schob sie tastend eine Hand zwischen die Schenkel, zog sie aber hastig wieder weg. Ich gab ihr mehr Wasser, bis sie selbst die Flasche nahm und mit geschlossenen Augen trank.

»Die Stille ist das Schlimmste«, sagte sie.

Mein Blick ging noch einmal zu dem Eimer mit dem expandierenden Zement. Ich suchte nach den richtigen Worten, wusste nicht, was ich sagen sollte.

»Einfach hier zu liegen und zu warten.«

Wenn wir das hier überlebten, würde sie es eines Tages verstehen. Aber würde sie jemals wieder einem Mann vertrauen können und nicht beim geringsten Anlass von Angst übermannt werden?

»Es fühlt sich so an, als würde er ... mich sehen.«

Ihre Stimme klang wieder etwas kräftiger. Ich biss mir in die Wangen. »Es ist schwer, das zu glauben, Olivia, aber wir schaffen es hier raus.«

»Niemand sieht mich so an wie er.«

»Nun«, begann ich, brachte den Satz aber nicht zu Ende. Was sein Blick nämlich meiner Meinung nach bedeutete. Dass Jacob daran glaubte, der Welt einen Dienst zu erweisen, indem er kaputte Mädchen wie sie daraus entfernte.

»Diese Augen ...«

Ich verstand sie. Das Erste, was mir an Jacob aufgefallen war, war sein warmes Lächeln. Jetzt fragte ich mich, welche Ereignisse in seinem Leben ihn an diesen Punkt gebracht hatten. Auch wenn Leif nichts von einer schlechten Kindheit hören wollte, waren sich Wissenschaftler und Psychiater darüber einig, dass es keinen Serienmörder mit einer glücklichen Kindheit gab.

»Er ist total kaputt«, sagte ich und dachte an das, worüber Abs und ich gesprochen hatten. Jenny konnte sein Trigger gewesen sein. Und Jacob hatte erzählt, dass er sie in seiner Kindheit gekannt und gemocht hatte. Ohne seine Aussage würden wir aber nie eine Erklärung bekommen, und ich zweifelte stark daran, dass er sich mir gegenüber äußern würde. Sollte er aber tatsächlich in Jenny verliebt gewesen sein, war es gut möglich, dass er ihre Abweisung als tiefe Kränkung erlebt hatte.

»Ich glaube, er wurde früher einmal von einem Mädchen manipuliert, das dir ähnlich sah«, sagte ich. »Vielleicht hat er nie mit jemandem darüber sprechen können, wie schlecht es ihm ging.«

Wieder ging mein Blick zu dem Trollkraft-Eimer. Laut dem Gartencenterverkäufer musste man ein Loch bohren und die Masse hineinfüllen. Aber was, wenn man nach oben rauswollte? Ein idiotischer Gedanke. Durch die Schwerkraft würde der Mörtel natürlich aus dem Loch fallen.

»Das ging alles von mir aus«, sagte Olivia. »Bei unserer ersten Begegnung hat er sich von mir abgewandt.«

Scham kann so grausam sein.

»Das war ein Spiel und nicht dein Fehler.«

»Er hat meinen Kaffee bezahlt und ist dann einfach gegangen. Ich bin in der Woche drauf jeden Tag in dieses Café gegangen.« Sie wischte sich eine Träne weg. »Ich habe ihn regelrecht gestalkt.«

Es musste doch irgendeinen Weg hier raus geben. Ich ging zum Regal, leerte eine mittelgroße Plastikbox und stellte sie auf den Boden. Nahm den Eimer Trollkraft und einen Wasserkanister. Las die Gebrauchsanweisung für das richtige Mischungsverhältnis und begann zu rühren. Ich wusste nicht, ob Jakob uns sah oder hörte, musste ihn aber dazu bringen, die Luke zu öffnen.

Im Erste-Hilfe-Koffer fand ich eine Dosierspritze. Ich füllte sie mit der Mischung und kletterte zur Luke. Spritzte den Inhalt in den Spalt, doch er floss an der Wand herab. Eine hirnrissige Aktion, die aber vielleicht dazu führte, dass er reagierte.

»Was machst du da?«, fragte Olivia.

»In zwei Stunden sind wir draußen«, flüsterte ich, obwohl das weit von der Wahrheit entfernt war.

Mein Kopf war völlig vernebelt. Ich versuchte nicht daran zu denken, wie diese Sache für sie und mich enden konnte. Welchen Plan Jacob für uns hatte, wie er die Tat rechtfertigen und sich anschließend dafür schämen würde.

Durch das Gitter über der Lüftungsluke füllte ich den Zement ein. Achtete sorgfältig darauf, nichts auf die Finger zu bekommen. Das Resultat war natürlich dasselbe wie bei der Luke. Die Mischung tropfte auf den Boden und bildete kleine Lachen, die die Oberfläche des Bodens angriffen, uns der Freiheit aber kein Stückchen näher brachten.

So würde ich uns keinen Weg in die Freiheit sprengen. Unsere einzige Chance war, Jacob irgendwie zu uns zu locken und seine Schwäche zu nutzen. Seine Fantasie von den dunkelhaarigen, kaputten Mädchen, über die er die Kontrolle übernahm.

Olivia winkte mich zu sich und legte die Hand an mein Ohr. »Auf dem oberen Regalbrett liegt ein Erste-Hilfe-Koffer mit einer Schere. Er hat mir eine Locke abgeschnitten.«

Ich zog die Schere aus der Tasche. Damit musste ich eine tiefsitzende Wut in ihr geweckt haben, die sich mir jetzt offenbarte. Sie riss mir die Schere aus der Hand und stach sie sich in den Hals.

105

Ich stieß einen heiseren Schrei aus. »Nein!«

Wie ein Reflex schoss mir durch den Kopf, was Victoria gerade machte. War sie wach? Hatte sie Hunger? Weinte sie? Saß sie vor sich hin plappernd auf Kristians Schoß? Ich war so unendlich dankbar, dass es sie gab, und ich schämte mich, nicht mehr Zeit mit ihr verbracht zu haben. Sehnte mich nach stinknormalen Tagen mit langen Spaziergängen gemeinsam mit ihr und Kristian.

Metallisches Knirschen riss mich aus meinen Gedanken. Die Luke ging auf. Jacob näherte sich mit undefinierbarem Gesichtsausdruck. In der Hand hielt er eine Pistole.

»Jacob …«, sagte ich.

Ein Schuss knallte in die Wand, der ohrenbetäubende Krach ließ mich erstarren. Der erwartete Querschläger kam nicht, die Kugel musste sich hinter mir in den Beton gebohrt haben.

»Gut, du hast gewonnen.« Ich drehte mich mit erhobenen Händen um. »Aber lass uns reden. Du bist ein kluger Mann, ich mag dich, wenn du …«

»Normal bist?«

Ich nickte in Richtung von Olivia. »Entführung und Vergewaltigung. Du siehst doch selbst, dass das nicht normal ist.«

»Du hast das Mädchen gefangen gehalten«, sagte er.

»Auf dem Grundstück eines anderen Mannes. Hast sie mit der Schere bedroht. Ich bin dazugekommen und habe sie dir abgenommen. Dabei ist es zu einem Kampf gekommen, bei dem ich dich getötet habe.«

»Warum sollte ich ein unschuldiges Mädchen töten wollen?«

»Indem du mir die Schuld in die Schuhe schiebst, kannst du deinen ganz persönlichen Albtraumfall lösen, der dich in den letzten Jahren komplett um den Verstand gebracht hat.«

»Der Fall ist längst gelöst«, sagte ich. »Daran wird auch das, was hier unten passiert, nichts mehr ändern. Die Polizei ist schon informiert.«

»Die waren schon hier«, sagte Jacob. »Haben sich nur für die Lampe interessiert. Ich habe gesagt, dass sie Noah gehört.«

Die Welt löste sich zu Fragmenten aus Staub auf, die um mich herum durch die Luft wirbelten. Sollte Abs ihm wirklich geglaubt haben, dass ich wieder gegangen war? Nein, nicht, solange mein Auto noch in der Nähe stand. Er würde jeden Stein umdrehen, um mich zu finden. Hoffentlich rechtzeitig.

»Was ist passiert?«, fragte ich.

Jacob musterte mich. Ging zu Olivia und stellte sich neben sie. Ließ sie bluten. »Wie meinst du das?«

»Wie ist es dazu gekommen?«

Seine Augen wurden schmal. »Das wirst du nie verstehen.«

»Es ist mein Job, so etwas zu verstehen.«

Hinter ihm schob sich Olivia näher an ihn heran. Jacob schüttelte den Kopf, zögerte. Er wollte etwas erklären, seine Körpersprache war eindeutig. Wollte Sympathie von jemandem bekommen, dessen Arbeit es war, mit Mördern zu reden.

Als er den Mund öffnete, um etwas zu sagen, hieb Olivia ihm die Schere tief ins Bein.

Jacob brüllte. Ein weiterer Schuss löste sich, ehe ihm die Pistole aus der Hand fiel und über den Boden wegrutschte. Ich stürzte mich auf ihn, aber er reagierte schnell, drehte sich zur Seite und brachte mich mit seinem Ellenbogen aus dem Gleichgewicht.

Wir gingen so hart zu Boden, dass ich für einen Moment keine Luft bekam. Als ich mich aufrappelte, gelang es mir, einen Arm zu befreien und Jacob die Faust auf den Kehlkopf zu schlagen. Er stieß ein Gurgeln aus und ich warf mich in Richtung Pistole, aber er packte meine Beine und zog mich zurück.

Ich schlug nach seiner Nase, verfehlte sie aber. Im Gegenzug platzierte er einen Tritt gegen meinen Schenkel und einen Faustschlag in den Bauch. Ich schrie vor Schmerzen, unbändige Wut kochte in mir hoch und verdrängte die Angst. Ich durfte es nicht zulassen, dass Jacob noch mehr Leben nahm.

Mit letzter Kraft rammte ich ihm den Daumen ins Auge. Er schrie auf, und ich nutzte die Gelegenheit, mich noch einmal in Richtung Pistole zu werfen, aber Jacob war schneller.

Ich änderte die Richtung und griff nach dem Zementeimer. Jacob hatte die Pistole erreicht, als ich ihn anschrie.

»Jacob!«

Er reagierte, sah die Zementbox in meinen Händen, die graue Masse, die auf ihn zuflog.

Als der Zement seinen weit geöffneten Mund traf, verrieten mir seine Augen, dass er verstanden hatte. Er beugte sich hektisch vor, schob sich die Finger in den Hals, um die Mischung aus dem Mund zu bekommen.

Ich schnappte mir die Pistole, als der Zement sich auszudehnen begann.

106

Im Kriminalamt schleuste mich eine Frau durch die Pforte, mit der ich schon einmal zusammengearbeitet hatte. Sie sah mich nicht mehr so ablehnend an wie früher und informierte mich kurz darüber, dass Olivia im Krankenhaus war. Sie sei schwach, würde aber wieder werden.

Im Flur vor Abs' Büro standen ein paar Kollegen, Kaffeetassen in den Händen, zufriedene Blicke. Sie nickten mir freundlich zu, als ich vorbeiging, und ich konnte Gesprächsfetzen aufschnappen.

»Jacob Thoresen ... USA ... ungeklärte Fälle.«

»Offene Vermisstenfälle in Norwegen ... gebe Bescheid, sobald ich was habe.«

Ich klopfte an Abs' Tür und trat ein.

»Die technischen Beweise gegen Jacob Thoresen sind wasserdicht.« Abs trank Cola, was er sonst nie tat. »Wir können ihn wegen der Morde an Lyra und Henriette und wegen der Entführung von Olivia anklagen. In seiner Wohnung am St. Hanshaugen konnten DNA-Spuren von beiden Mädchen gesichert werden.«

»Die Fasern an der Mütze?«

»Auch da gibt es ein Match. Und Fotos von ihm selbst mit Lyra, Henriette und drei unbekannten Mädchen, die wir im Moment noch nicht zuordnen können.«

Am nächsten Morgen besuchte ich Leif im Gefängnis. Den Mann, wegen dem ich meine Tochter nicht sehen durfte und auf den ich so wütend war, dass ich ihm am liebsten meine Faust ins Gesicht gerammt hätte. Er hatte sich freiwillig der Polizei gestellt. Jetzt wollte er mit Sicherheit verhandeln und hoffte auf meine Hilfe. Die würde er aber nur bekommen, wenn er auch mir etwas gab.

»Danke, dass du bereit bist, mich zu treffen«, sagte ich, nachdem der Wachmann uns allein gelassen hatte. Ich setzte mich auf den Stuhl am Schreibtisch. Rang mit meiner Wut.

Leif setzte sich aufs Bett. Die kreideweißen Hände rechts und links von sich. »Du willst wissen, was ich habe.«

Ich zuckte mit den Schultern.

»Ich mag dich, Bjørk. Du hast mich nie verurteilt.«

Ich schob die Hände in die Taschen, um Entspannung zu signalisieren. Doch jetzt, in diesem Moment, verurteilte ich ihn. Für das, was er war und was er getan hatte. Und ich glaube, er wusste das.

»Wenn du etwas hast, wäre das jetzt der Moment, es zu sagen«, begann ich.

»Erst muss ich dir etwas anderes sagen.«

»Raus damit.«

»Das, wonach du in deinem Garten gräbst, ist nicht da.«

Wie zum Henker konnte er wissen, wonach ich grub? Dann wurde es mir klar. »Ich suche nicht nach meinem Vater.«

»Ich weiß, deine Mutter ist da aber auch nicht.«

»Wie …«

»Ein andermal, Bjørk. Deshalb bist du nicht hier.«

Er verstand sich wirklich darauf, Menschen zu entwaffnen, und hielt meinen Blick lange fest, damit wir eine Art gegenseitiges Verständnis fanden.

»Okay.«

Stille bekommt hinter Gefängnismauern eine tiefere, nuanciertere Bedeutung. Auf der einen Seite ist sie eine Möglichkeit, Konfrontationen zu vermeiden und die Kontrolle zu behalten, und entspricht damit einem gewissen Selbsterhaltungstrieb. Der Insasse wird damit aber auch für die Umwelt unsichtbar und seine Meinungen bedeutungslos. Ich wusste das ebenso gut wie Leif. Wir beide wussten aber auch, dass Stille auch eine Form der Macht ist.

»Ich hab den Kerl einmal getroffen«, sagte er. »Hier im Gefängnis.«

»Welchen Kerl?«

»Jens Ellingsen.«

Die Enttäuschung packte mich. Ich wollte den Namen von jemandem, den ich verhaften konnte.

»Ganz zufällig, unter der Dusche«, fuhr Leif fort. »Er war ein Chamäleon. So ein Typ, der total harmlos aussieht, aber mit den Schatten verschmilzt.«

Ich hörte ihm zu.

»Wir haben nicht viel gesagt«, sagte Leif. »Aber dabei hat er erwähnt, dass er Besuch bekommt.«

Ich dachte nach. »Ellingsen hat nur von einer Person Besuch bekommen, während er einsaß, einem Pastor.«

»Du weißt aber schon, dass man kein ausgebildeter Pastor sein muss, um als Gefängnisseelsorger zu arbeiten?«, fragte Leif. »Da herrscht akuter Personalmangel.«

Mir wurde übel. »Was hat er gesagt?«, fragte ich beinahe flüsternd.

»Dass er von seinem Lehrling Besuch bekommt.«

107

Jens Ellingsen hatte nach einem Seelsorger gefragt. Aber er wollte nur mit einer ganz bestimmten Person reden. Abs hatte eine Kopie des Ausweises, die dieser Mann im Gefängnis vorgelegt hatte.

Jacob Thoresen.

Der Besuch hatte nicht lange gedauert. Jacob hatte später erklärt, er sei nur auf die Toilette gegangen und habe Ellingsen bei seiner Rückkehr an einem Wandhaken erhängt aufgefunden. Ellingsen hatte seine Schuhriemen genutzt.

»Hat Jacob ihn getötet?«, fragte ich und dachte an das, was er über den Mann gesagt hatte, der ihn an seinem Auto hatte mitarbeiten lassen. Bestimmt hatte er sich dabei wie ein Erwachsener gefühlt. So etwas kann der erste Schritt eines Grooming-Prozesses sein. Nur dass wir es hier nicht mit sexuellen Übergriffen zu tun hatten, sondern mit einem Lehrling. Einem der seine Taten fortführen konnte.

»Jacob ist intelligent. Er hat verstanden, was Ellingsen ihm in seiner Kindheit angetan hat«, sagte Abs.

»Nicht nur das«, fügte ich hinzu. »Er hat Kriminologie und Neurokriminologie studiert. Jacob hat durchschaut, in welcher Weise Ellingsen ihn beeinflusst hat. Wie er die Morde bagatellisiert und als Notwendigkeit verkauft hat, und wie er über diese, seiner Meinung nach kaputten Mädchen gesprochen hat.«

Jacob. Der zerstörte, verlorene Mann, ein Opfer der Umstände, die ihn dann selbst zum Täter gemacht hatten.

»Ich habe übrigens mit dem Beamten gesprochen, der Ellingsen am Abend von Lyras Tod kontrolliert hat«, sagte Abs. »An diesem Abend ist wirklich noch was passiert. Durch einen Zufall wurde auch der Wagen hinter Ellingsen registriert, obwohl der Fahrer gar nicht kontrolliert wurde.«

»Werden solche Daten gespeichert?«, fragte ich.

»Normalerweise nicht, aber da an dem Abend ja die Mordermittlung begann, wurde alles aufgehoben.«

»Und?«

»Hinter Ellingsen war ein VW-Bus, gefahren von Jacob Thoresen.«

»Sie haben das gemeinsam gemacht«, sagte ich. »Aber diese Morde hat Jacob ausgeführt, deshalb waren der Modus Operandi und die Signatur anders als bei Jennys Verschwinden. Und deshalb stimmte die DNA auch nicht mit Ellingsen überein.«

Abs nickte. »Und Ellingsen war sein einziger Zeuge, den er loswerden musste.«

»Er brauchte seinen Lehrmeister nicht mehr. Jacob wollte alles selbst in der Hand haben.«

108

Endlich kam der Regen. Auf den Straßen bildeten sich Pfützen und Rinnsale, und Wege, die über Wochen knochentrocken gewesen waren, verwandelten sich in Sturzbäche, weil der rissige Boden das Wasser gar nicht so schnell aufnehmen konnte.

Ich stand neben Abs am Nordrand des Feuchtgebietes, wo der Fluss in den See mündete. Ließ meinen Blick über die Landschaft schweifen, die vor Leben nur so wimmelte. Insekten schwirrten herum, Vögel zwitscherten, Gänse flogen auf der Suche nach Nahrung oder einem sicheren Ort zum Landen tief über das Wasser. Wir hatten den Doppelmord gelöst, und die Medien waren wie ein außer Kontrolle geratenes Feuer, von dem ich mich weitestmöglich fernhielt. Vor einer Stunde hatte ich Abs überredet, mit mir hier rauszufahren. Ich hoffte, dass die Journalisten mit der Gegend fertig waren.

Obwohl ich noch immer auf einer Wolke der Erleichterung schwebte, fühlte ich mich innerlich komplett leer. Ich hatte einen Mörder zur Verantwortung gezogen, war gleichzeitig aber auch hart und brutal zu Boden gegangen. Kristian war weg und verwehrte mir bis auf Weiteres, Victoria zu sehen. Wie sollte ich es da mit mir selbst aushalten? Nicht nur professionell, sondern vor allem auch als Mutter?

»Du hast die ganze Zeit über recht gehabt«, sagte Abs. Seine Stimme klang tiefer und anerkennender, als ich es von ihm gewohnt war. »Ellingsen war ein Mörder, und du warst die Einzige, die das gesehen hat.«

Das Zucken meines Kopfes konnte als Zustimmung gedeutet werden. Aber es bereitete mir keine Freude, bei so grausamen Taten recht zu haben. Der bittere Geschmack des Triumphes mischte sich mit der Trauer über all den vermeidbaren Schmerz.

Gerechtigkeit, die zu spät kam.

Ich hatte die dunklen Abgründe in Ellingsen erkannt, den Mörder. Wenn wir Jenny fanden, konnten wir das vielleicht beweisen.

In einem Verhör hatte Ellingsen angegeben, *sie* begraben zu haben.

»Wenn Jenny von dem Boot ans Ufer geschwommen ist, kann sie überall und nirgends an Land gegangen sein«, sagte ich.

Abs schob die Hände in seine Taschen. »Aber von hier aus kannte sie den Weg zum Bahnhof. Und wenn das Boot nicht weit entfernt geankert hat, ist es doch naheliegend, dass sie hier auf den ersten Zug am Morgen gewartet hat.«

»Okay«, sagte ich. »Gehen wir davon aus, dass er sie hier getroffen hat. Woher wissen wir, dass er sie nicht an einen anderen Ort gebracht hat?«

Abs strich sich durch den Bart. »Er kann sie überall begraben haben, trotzdem glaube ich, dass sie irgendwo hier in der Nähe liegt. Und dass auch Jacob seine Opfer deshalb hier abgelegt hat.«

Ich stemmte die Hände in die Seiten und ließ meinen Blick schweifen. Dachte an das, was Jacob über die Glühwürmchen erzählt hatte. Ein wildes Schwärmen, das eine ganze Woche angedauert hatte. Wenn das mit dem Zeitpunkt vom Mord an Jenny zusammengefallen war, musste das ein einschneidendes Erlebnis gewesen sein. Die reinste Magie für einen Zwölfjährigen.

»Jacobs erste Begegnung mit Mord«, sagte ich. »Deshalb wünschte er sich das Haus hier. Er wollte den Blick auf den Ort seines ersten Mals haben.«

Wir gingen hoch zu seinem Haus. Stellten uns an die Absperrbänder und sahen über die Landschaft. Zum Ufer auf der anderen Seite. Zu dem Delta, wo der Fluss in den See mündete.

»Noah hat in seiner Aussage von einem Boot gesprochen, das er gehört hat«, sagte ich.

»Wir haben das damals überprüft, das kann jeder gewesen sein. Das hat damals nur unsere Aufmerksamkeit auf eine Sache gelenkt, die ein paar Monate vor Jennys Verschwinden passiert ist. Ein Naturfotograf hat Anzeige erstattet, weil er mehrere Abende einen Mann zu einer Insel hat fahren sehen. Er war wütend darüber, dass einige Leute das Naturreservat einfach so missachteten und die Vögel verschreckten.«

»Rekognoszierung«, sagte ich. »Er hat nach geeigneten Plätzen gesucht, um seine Opfer zu vergraben. Haben wir eine Beschreibung des Mannes?«

»Der Zeuge hat das Gesicht des Mannes nicht gesehen, dafür war er zu weit entfernt gewesen. Er meinte aber, dass der Mann eine Tarnjacke mit passender Mütze getragen hätte.« Abs zeigte nach Süden, wo eine Reihe von Inseln und Sandbänken lagen. »Wir haben vergeblich an Land, am Ufer und im Schilf nach Jenny gesucht. Und wir haben den Wald mit Hundertschaften durchkämmt, falls sie gestürzt war und sich verletzt hatte.«

Es würde unendlich Zeit und Ressourcen kosten, ein so großes Gebiet abzusuchen.

»Ihr habt aber nicht nach einem Grab gesucht.«

»Nein. Nach einem Grab haben wir nicht gesucht.« Er dachte nach. »Der ganze Bereich hier wird jedes Jahr weiträumig überflutet. Mal mehr, mal weniger. Das ist nicht gerade die beste Gegend, um jemand zu begraben. Oberhalb der Böschung auf der anderen Seite des Flusses ist es besser.«

Lyra und Henriette hatten im Schilf gelegen, das musste etwas bedeuten.

»Jemand hat hier Spuren von Wölfen gesehen«, sagte ich. »Wo war das?«

Abs zeigte zu der uns am nächsten liegenden Insel. An der Nordspitze wuchs dichter Wald.

»Können Wölfe Tote riechen?«

Abs zuckte mit den Schultern. »Auf so vager Basis kriegen wir die Suche niemals genehmigt.«

Ich sah ihn an. »Hör mal, wir haben gerade erst den Doppelmord gelöst. Deine Chefs sind sehr zufrieden und die Presse lobt uns in den höchsten Tönen. Ich bin mir sicher, dass da irgendjemand ein gutes Wort für uns einlegen wird.«

Er neigte den Kopf zur Seite. »Einen Versuch ist es wert.«

Eine Woche später begann die Suche nach den sterblichen Überresten von Jenny.

Dichter Nebel lag über dem Ufer, trieb zwischen die Bäume und schluckte das Licht. Es war sehr früh am Morgen. Ein breiter Silberstreifen teilte den schwarzen See in zwei Hälften. Die Insel war ein Naturreservat und damit für die Allgemeinheit gesperrt.

Die Suchmannschaft stieg aus den Booten, ein Dutzend orange gekleidete Männer und Frauen gingen entschlossen durch das Schilf zur Insel. Das Licht ihrer Taschenlampen irrlichterte durch den Morgennebel. Abs und ich folgten mit etwas Abstand.

Im Boot hatten wir schweigend dicht beieinander gesessen. Ich gähnte, weil ich in der Nacht schlecht geschlafen hatte. Fragte mich, ob ich durch die Lösung des Falls etwas gewonnen hatte. Kristian wollte noch immer nicht mit mir reden, und seit dem Tag, als ich sie bei seiner Mutter abgegeben hatte, hatte ich Victoria nicht mehr gesehen.

Als wir uns dem Ufer näherten, nahm Abs meine Hand. Erst da merkte ich, dass ich die ganze Zeit über meine Handflächen gerieben hatte.

Natürlich hatte ich etwas gewonnen. Mein Name war reingewaschen. Die Führungsriege des Kriminalamts war mir gegenüber nicht mehr so feindselig. Ein Mörder war gefasst worden, und ich glaubte fest daran, dass wir auch Jenny finden würden. Aber als ich über die Reling kletterte und durch das Schilf watete, kam mir das alles falsch vor.

Abs reichte mir einen Stock, damit ich mehr Halt hatte. Die Stiefel versanken im Morast und schmatzten laut bei jedem Schritt. Es fühlte sich an, als wollte der Boden mich festhalten oder ganz verschlingen. Hatte Jenny das auch so empfunden, als sie irgendwann erkannt hatte, dass niemand kommen und sie retten würde?

Wir schoben uns durch das dichte Schilf und kamen in den Wald. Die Vegetation war eine undurchdringliche

Wand. Es raschelte im Unterholz, als wir uns durch das Dickicht schoben. Zweige zerkratzten unsere Gesichter und Hände. Zwangen uns, tief in die Hocke zu gehen oder über den Boden zu kriechen. In regelmäßigen Abständen blieb Abs stehen und sah nach oben zwischen die Bäume. Danach richtete er seine Aufmerksamkeit wieder auf die Vegetation am Boden.

Die Suchmannschaft bildete eine Kette mit wenigen Metern Abstand zwischen den Beteiligten. Jede zweite Person hatte einen Metalldetektor. Die Bewegungen waren gleichmäßig und monoton, und die Arbeit ging methodisch und konzentriert vor sich. Hin und wieder bückte sich einer und untersuchte etwas am Boden, doch jedes Mal endete es mit einem Kopfschütteln und einem Fortsetzen der Suche.

Ein paar Schafe sahen uns skeptisch an, als wir an ihnen vorbeiliefen. Ihre Kiefer mahlten in kreisförmigen Bewegungen. Ich suchte nach allem nur Erdenklichen, Stofffetzen, Metallteilen, Jennys Bikini, dabei wusste ich natürlich, dass davon nach so vielen Jahren nichts mehr hier rumliegen würde.

Als der Nebel sich lichtete, kamen zwei Drohnen zum Einsatz, um das Terrain aus der Luft abzusuchen. Begleitet von dem Sirren drehte Abs sich zu mir um und warf mir einen unmissverständlichen Blick zu. Wir würden hier niemals ein achtzehn Jahre altes Grab finden.

Als die Suchmannschaften den höchsten Punkt der Insel erreicht hatten, wurde die Linie enger gezogen, ab jetzt arbeiteten jeweils zwei Personen zusammen. Eine hielt die Vegetation zur Seite, die andere suchte den Boden gründlich auf alle möglichen Anzeichen ab, dass hier einmal gegraben worden oder kürzlich jemand hier gewesen war.

Abs und ich folgten mit Abstand den Spuren der anderen, falls sie etwas übersehen hatten.

Als die Sonne hoch am Himmel stand, ohne dass wir etwas gefunden hatten, gab Abs ein Zeichen, Pause zu machen. Wir suchten uns einen Platz etwas abseits des Suchgebietes und setzten uns ins Gras. Die anderen folgten uns, bis auf einen. Er war unter einem Baum stehen geblieben und studierte den Boden.

Alle Augen richteten sich auf ihn, und ich glaube wirklich, dass in diesem Moment jeder von uns die Luft anhielt. Dann hob er die Hand.

»Ich glaube, ich habe etwas gefunden!«

109

Jenny, 2006

Ich lehne mich an den Bootsrand. Höre, wie das Wasser den Rumpf liebkost. Ein einzelnes Licht, begleitet von dem Brummen eines Motorrads, kommt entfernt auf der Brücke zum Vorschein. Wie winzige Spiegelbilder des Lichts sammeln sich immer mehr Glühwürmchen über der Wasseroberfläche. Das sei jetzt die Zeit, meint Anders, und heute Nacht sollen richtig viele schwärmen, die reinste Invasion, die ganze sechs Tage andauern soll.

Er und die anderen schlafen unter Deck ihren Rausch aus und erholen sich von dem Schock. Sie hoffen bestimmt, dass morgen alles vergessen ist, aber das wird es nicht sein. Noah wird den Anruf von der Polizei nicht vergessen, Signe wird sich noch an unseren Streit erinnern, und wenn sie nicht tut, was ich sage, muss auch sie mit der Polizei reden. Und Anders kann sich sein Stipendium in die Haare schmieren, wenn die Schule erfährt, was er mir angetan hat.

Das Grinsen kommt ganz von selbst. Ich bin so wahnsinnig stolz darauf, dass ich nicht in letzter Sekunde gekniffen habe. Die drei Idioten sind mir wirklich scheißegal. Bald bin ich in Spanien, und dann können sie sich meinetwegen gern zu Tode saufen. Bevor ich fahre, werde ich ihnen in einem Brief schreiben, wo die Wildkamera ist. Eigentlich ist sie leicht zu finden. Sollte Mama den Brief finden, kann sie sie bestrafen lassen.

Ich sehe an meinen Kleidern herunter, die im Wind getrocknet sind. Mein Körper ist gewachsen, meine Bauchmuskeln sind diesen Sommer definierter geworden, und der neue Bikini ist wirklich verflucht schick. Ich lasse mein Kleid liegen, meine anderen Sachen auch. Gehe auf die Badeplattform und lasse die Beine baumeln. Dann gleite ich lautlos ins Wasser und schwimme in Richtung Land, auf einen neuen Anfang zu, auf den Menschen zu, der ich von jetzt ab sein werde.

Die Glühwürmchen folgen mir bis ganz ans Ufer. Wassertropfen glitzern auf meiner Haut, als ich an Land gehe.

Plötzlich steht Jacob da. Was macht er hier? So spät in der Nacht.

Bei ihm ist der Mann, der mit ihm Autos repariert und Modellflugzeug fliegt. Der ihm Geschenke gibt und Jacob stolz macht. Der Lover von Signe, der nachts in den Gärten der Nachbarschaft steht. Er ist es, der mir diese Nachrichten schickt.

Woher wissen sie, dass ich hier bin?

Dann verstehe ich es. Er weiß immer, wo ich bin.

Jacobs Blick sagt mir, dass er nicht vergessen hat, dass ich ihn ausgelacht habe, als er gefragt hat, ob ich mit ihm gehen will.

»Hi«, sagt er. »Das ist Jens. Komm mit.«

Wo Schnee fällt,
werden Geheimnisse begraben –
bis eine Lawine entsteht ...

464 Seiten. ISBN 978-3-7341-1271-3

Seit Bjørk Isdahl als Profilerin durch ein Fehlurteil in Ungnade gefallen ist, arbeitet sie als Wut-Coach und Drogenberaterin. Ihre psychische Verfassung ist seit dem Vorfall nicht viel stabiler als die ihrer Klienten. Wiederkehrende Albträume um eine verschneite Landschaft suchen sie nachts heim. Als eine drogenabhängige Patientin am Telefon behauptet, sie würde genau wissen, wovon Bjørk träumt, sucht sie diese auf. Vor Ort wird Bjørk Zeugin, wie sich die Patientin auf brutale Weise umbringt – und findet einen Zettel mit der Aufschrift »Ich weiß, warum du Albträume hast«. Auf der Suche danach, was sie mit dieser Frau verbinden könnte, wird klar, dass deren Tod kein Selbstmord war ....